PETE DEXTER

Schwarz auf weiß

Buch

Alles andere als begeistert sind die Einwohner von Lately, Nordflorida, als im Sommer 1972 die jungen Starreporter Ward James und Yardley Acheman von der *Miami Times* auftauchen. Bereits vor vier Jahren hat der Ort für Schlagzeilen gesorgt: der langjährige Sheriff war damals brutal ermordet worden. Aufgrund einiger nicht ganz reiner Indizien war der Autoverkäufer Van Wetter verhaftet, angeklagt und zum Tode verurteilt worden.

Die beiden Reporter glauben, daß ein Unschuldiger in der Todeszelle sitzt – und, daß die Geschichte ihnen den ersehnten Pulitzer Preis einbringen kann. Ward James, dessen Vater Besitzer der Lokalzeitung vor Ort ist, stößt auf erste Ungereimtheiten. Doch dann gestaltet sich die Recherche ungewöhnlich langwierig. Ein Autounfall zwingt Ward, für Wochen im Krankenhaus zu liegen. Sein Kollege Yardley schreibt in dieser Zeit, trotz unklarer Beweislage, an der Story – und sorgt für eine Sensation. Der Mordfall wird wieder aufgerollt, Van Wetter freigesprochen, und die beiden Journalisten erhalten tatsächlich den Pulitzer Preis.

Einige Monate später schöpft eine Kollegin Verdacht und schreibt einen Enthüllungsartikel über den, wie sie findet, zu Unrecht verliehenen Preis. Während an Yardley die Vorwürfe abprallen, beginnt Ward, an seiner Arbeit zu zweifeln ...

Autor

Pete Dexter, Jahrgang 1943, gilt als einer der ganz großen amerikanischen Romanautoren. Für seinen Roman *Tollwütig* (eindrucksvoll verfilmt mit Dennis Hopper) erhielt er 1988 den National Book Award. Pete Dexter lebt mit seiner Frau und einer Tochter auf einer Insel im Puget Sound in der Nähe von Seattle.

Bei Goldmann bereits erschienen

Bruderliebe. Roman (btb 72046)

PETE DEXTER

Schwarz auf weiß

Roman

Aus dem Amerikanischen
von Bernhard Robben

GOLDMANN

Die amerikanische Originalausgabe erschien 1995 unter dem Titel
»The Paperboy« bei Random House, New York

Umwelthinweis:
Alle bedruckten Materialien dieses Taschenbuches
sind chlorfrei und umweltschonend.
Das Papier enthält Recycling-Anteile.

Der Goldmann Verlag
ist ein Unternehmen der Verlagsgruppe Bertelsmann

Taschenbucherstausgabe 5/98

Umschlaggestaltung: Design Team München
Umschlagfoto: Bavaria/IPL
Druck: Elsnerdruck, Berlin
Verlagsnummer: 43122
FB · Herstellung: Heidrun Nawrot
Made in Germany
ISBN 3-442-43122-0

1 3 5 7 9 10 8 6 4 2

Für Irwin Potts und Gil Spencer,
zwei verdammt gute Reporter,
denen ihre Arbeit nie zu Kopf gestiegen ist.

Mein Bruder Ward war früher ein berühmter Mann.

Heute spricht keiner mehr davon, und offenbar will auch niemand mehr davon reden, vor allem mein Vater nicht, der doch sonst jene Dinge am meisten liebt, die er nicht mehr berühren oder sehen kann. Dinge, die von ihren Makeln und Vieldeutigkeiten reingewaschen wurden im Lauf der Jahre, in denen er sie in seiner Erinnerung aufbewahrte, um sie immer wieder aufs neue zu bearbeiten, bis die Geschichten und die Dinge, von denen sie handeln, schließlich so vollkommen und scharf wie die Schneide des Messers in seiner Tasche sind.

In seinen Geschichten sind die Barsche alle größer, als man sie je gesehen hat, und immer fängt sich die Sonne in ihren Schuppen, wenn sie aus dem Wasser springen.

Und jedesmal läßt er sie entkommen.

Doch über meinen Bruder erzählt er keine Geschichten. Wenn dessen Name fällt, verändert er sich – eine kleine Veränderung, man muß ihn kennen, um sie wahrnehmen zu können. Ohne einen Muskel in seinem Gesicht zu rühren, stiehlt sich mein Vater davon, zieht sich, glaube ich, an jenen geschützten Ort zurück, an dem er seine Geschichten aufbewahrt.

Vielleicht haben wir alle solche Orte.

Eine Stunde später fällt einem dann vielleicht auf, daß er kein Wort mehr gesprochen hat.

Zwischen den Städten Lately und Thorn in Nordflorida wurde im August des Jahres 1965 an einer Landstraße, die parallel zum eine Viertelmeile weit entfernten St. Johns River verläuft, ein Mann namens Thurmond Call, der selbst für die Verhältnisse von Moat County in Ausübung seines Amtes eine unziemliche Anzahl von Schwarzen umgebracht hat, seinerseits ermordet.

Thurmond Call war der Sheriff von Moat County und hatte dieses Amt bereits vor meiner Geburt ausgeübt. Er wurde am Vorabend seines siebenundsechzigsten Geburtstags ermordet. Erst im Frühjahr zuvor hatte er einen Mann auf offener Straße zu Tode getreten. Zwar ging damals das Gerede – und nicht nur in Lately, der Kreisstadt, sondern auch in der größeren Stadt Thorn, in der wir wohnten, sowie in den kleinen Siedlungen am vierzig Meilen langen Flußlauf zwischen den beiden Städten –, daß es an der Zeit sei, Sheriff Call vom Staatssäckel abzunabeln. Doch soll damit keineswegs gesagt sein, daß er seinem Job nicht gewachsen war.

Man führte die Krankhaftigkeit des Sheriffs auf äußere Umstände zurück und fand es daher entschuldbar, wenn es auch nicht zu heilen war. Wie Tuberkulose. Hippies, Bundesrichter, Schwarze – er konnte sich einfach nicht merken, was er mit ihnen anstellen durfte und was nicht, und dies erzeugte eine Verwirrung in seinem Kopf, die, so der Kern des Gedankengangs in Moat County, ihn zu weit maßloseren Ansichten führte, als er sie sonst gehegt hätte. Und dies wiederum hatte ein gewisses Unbehagen in der allgemeinen Bevölkerung erzeugt.

Womit nur gesagt werden soll, daß der Mann, dem er Handschellen angelegt und den er im Frühjahr zu Tode getreten hatte, ein Weißer gewesen war.

MAN FAND THURMOND CALL früh am Morgen in einem Regenschauer auf der Landstraße, eine Viertelmeile von seinem Jeep entfernt. Der Motor lief nicht mehr, doch die Scheibenwischer regten sich noch ruckartig, und die Scheinwerfer leuchteten blaßorange. Das große Glas, das er sich während der Fahrt zwischen die Beine geklemmt hatte, um den Tabaksaft hineinspucken zu können, stand auf dem Dach. Man hatte ihn vom

Magen bis zur Leiste aufgeschlitzt, für tot gehalten und liegengelassen.

Die Frage, wie er derart ausgeweidet bis zu jener Stelle auf der Landstraße gelangen konnte, an der er gefunden wurde, hat mit dem Mord an sich vermutlich nichts zu tun, weist aber mit störrischer Beharrlichkeit auf etwas Unerledigtes hin, so daß sie bis zu diesem Augenblick in der Sphäre jener profunden Fragen über Moat County schwebt, auf die es wohl keine Antworten gibt. Und vielleicht schwebt sie auch noch über anderen Orten, da der Sheriff gegen Ende seines Lebens im ganzen Staat ein Symbol in dem einen oder anderen Sinn geworden war.

Nach meiner anfänglichen Meinung in dieser Angelegenheit – und dies war eine jener Angelegenheiten, über die ich mit fünfzehn Jahren eine Meinung hatte – war er von Bären fortgeschleppt worden. Im Gegensatz zu seinen Freunden glaubte ich nicht, daß er dem Wagen seines Mörders hinterhergekrochen war, eine Ansicht, die auf seiner Beerdigung als Tatsache dargestellt wurde.

Erst als ich älter war, kam mir der Gedanke, daß er vielleicht einfach nur fortgekrochen war – ohne zu wissen wohin, nur fort, weil er woanders sein wollte als dort, wo er war.

Doch darf man, wie immer auch Sheriff Call seine letzten zweihundert Meter zurücklegte, wohl behaupten, daß mit Ausnahme des Krieges kein Ereignis in der Geschichte des Countys von so entscheidender Bedeutung für seine Bürger war wie der Tod des Sheriffs. Und da sie nicht wußten, wie sie dem Verlust anders Rechnung tragen sollten – nicht dem Verlust von Thurmond Call, sondern von etwas Existentiellem, das die Leute schon seit langem zu verlieren glaubten –, ließen sie eine Statue des Sheriffs auf dem Marktplatz von Lately errichten. Sie steht noch heute dort und feiert jenen Riß in der Geschichte, den das Ableben des Sheriffs markiert.

An Halloween erscheint manchmal eine Narbe auf seinem

Abbild, die vom Magen bis zur Leiste verläuft. Diese Erinnerung an Sheriff Calls Lohn wird üblicherweise jugendlichen Missetätern angelastet, doch mangelt es dieser Phrase dermaßen an Überzeugung, daß statt Vandalismus ein gehässigeres Ansinnen vermutet werden darf.

Der Mann, den Sheriff Call in Lately zu Tode trampelte, hieß Jerome Van Wetter und war ehemals Verkäufer für Chrysler und Plymouth bei Duncan Brothers Motors gewesen. Er wurde letztlich keineswegs deshalb entlassen, weil er ein Säufer gewesen war – das war er zwar, doch sind Säufer nicht unbedingt schlechte Verkäufer, und irgend jemand muß schließlich die Autos an andere Säufer verkaufen –, sondern weil etwas an ihm trotz der vielen Jahre, die er schon in diesem Geschäft arbeitete und obwohl er treuen Plymouthkäufern ebenso zum Inventar des Vorführraums zu gehören schien wie die neuen Wagenmodelle, die Kunden verschreckte. Weder mit seiner Kleidung noch mit seinem Gerede über den Titelverteidiger Litte League oder mit seinem Lächeln konnte er diese Wirkung abmildern. Das Lächeln machte die Sache sogar nur noch schlimmer. Ich weiß Bescheid, weil ich einmal mit diesem Lächeln und den neuen Plymouths allein gelassen wurde, während mein Vater und Mr. Duncan ins Büro gingen, um einen Vertrag für einen neuen Chrysler zu besiegeln.

Die vage Bösartigkeit, die Jerome Van Wetter ausstrahlte, schien ihm wie seine Anzüge mit überraschenden Falten und Kniffen am Leib zu hängen, ballte sich aber zu ganzer Kraft in seinen Augen. Sie hatten etwas von einem Raubvogel an sich, wenn sie dich anstarrten, etwas erwarteten, verharrten, bis sich schließlich die Neugier wie ein leises Lächeln regte, hatte der Mann erst jene kleinen Orte in dir gefunden, an denen er nichts zu suchen hatte. Er schien die Wirkung zu kennen, die er auf seine Kunden hatte, und trug im Geschäft stets eine Sonnenbrille.

Ich erwähne Jerome Van Wetters frühere Beschäftigung als Verkäufer nicht, um sein späteres Versagen in der Autobranche zu betonen, sondern weil seine Beschäftigung bei Duncan Motors meines Wissens der einzige Job war, den er je gehabt hatte. Zumindest war es seine einzige Arbeit, die nicht mit Wilddieberei in Zusammenhang gebracht werden konnte. Darüber hinaus stellte dieser Vorstoß in das öffentliche Geschäftsleben von Moat County alle bekannten sozialen und beruflichen Leistungen sämtlicher Van Wetters, gestern wie heute, weit in den Schatten.

Sie waren eine Familie, die sich abseits hielt, am Rande der Zivilisation lebte und in der Gegend von Lately, in der die meisten von ihnen wohnten, häufig mit Bären verglichen wurden, die irgendwann jegliche Angst vor den Menschen verloren hatten und deshalb getötet werden sollten. Doch selbst der zahmste Van Wetter war nicht so zahm, daß man unter dem Blick seiner blaßblauen Augen gemütlich in einem neuen Plymouth Fury hätte sitzen können, einen Fuß auf dem Papier, das schützend über dem Bodenteppich im Wagen lag, den anderen Fuß noch auf dem Boden des Vorführraums, in der Nase den Geruch nach neuem Polster und nach süßem, metastasiertem Alkohol, der durch Van Wetters Poren drang.

Und deshalb hat Mr. Duncan Jerome Van Wetter letztlich gehen lassen, und auf der anschließenden Sauftour wurde Van Wetter verhaftet und dann von Sheriff Call zu Tode getrampelt.

Kein Mensch war überrascht, als eine Woche nach dem Mord an Sheriff Call Jeromes Vetter ersten oder zweiten Grades, Hillary Van Wetter, für dieses Verbrechen verhaftet wurde. Es war allgemein bekannt, daß die Van Wetters zusammenhielten.

Nach weit verbreiteter Ansicht war Hillary Van Wetter das unberechenbarste und bösartigste Mitglied der ganzen Familie – ein Ruf, den er sich einige Jahre zuvor erworben hatte, als er einen Polizisten im Streit um einen über den Boden schleifenden Auspuff mit einem Messer angegriffen und dem Mann den Daumen abgeschnitten hatte. Der Fall kam allerdings nicht vor Gericht. Mit halbem Daumen sehnte sich der Polizist zurück nach seiner Heimat Texas, und einmal dort, wollte er nicht mehr zurück, um eine Aussage zu machen.

Und so fielen sieben Tage, nachdem man Sheriff Call auf der Landstraße gefunden hatte, im dicht bewachsenen Sumpfland nördlich von Lately die Deputies über Hillary Van Wetters Holzhaus her, töteten mehrere Hunde und fanden im Spülbekken in der Küche ein blutiges Messer. Im Waschtrog entdeckten sie ein blutiges Hemd, und Hillary Van Wetter, der beim Eintreffen der Deputies betrunken und zufrieden in der Badewanne lag, wurde wegen Mordes verhaftet. Innerhalb von fünf Monaten erhob man Anklage, brachte ihn vor das Landgericht und verurteilte ihn zum Tod im »Old Sparky«, Floridas Staatsgefängnis in Starke. Und dies, obwohl er vom teuersten Anwalt von Moat County verteidigt worden war.

Kein Mensch wußte, woher das Geld für den Anwalt kam.

Die Zeitung meines Vaters berichtete natürlich über den Prozeß und über die eingelegte Berufung – in jenem Herbst sah man in Moat County Berichterstatter von Landeszeitungen aller Größenordnungen, aber auch Reporter aus Städten wie Atlanta, Mobile, New York und New Orleans –, doch obwohl die *Tribune,* so lange sie meinem Vater gehörte, bei Todesurteilen stets im Leitartikel gegen die Todesstrafe gepredigt hatte, machte die Zeitung um den Prozeß gegen Hillary Van Wetter seltsam wenig Aufhebens.

»Meine Haltung ist allgemein bekannt.« Das war alles, was mein Vater je dazu sagte. Und er hatte recht. Seit er in Nordflorida wohnte, also seit 1965, hatte er der öffentlichen Meinung getrotzt – die *Tribune* war die einzige liberale Zeitung des Staates in ländlicher Gegend –, doch führte er sein Blatt ein wenig augenzwinkernd. Die Zeitung war liberal, aber auf eine hoffnungslose und harmlose Art, die keinem Menschen weh tun sollte. Eine Einstellung, die es nicht zuließ, daß sie Gnade für den Mörder von Thurmond Call forderte.

VIER JAHRE DANACH verlor ich an einem kalten Wintermorgen zu Beginn des Jahres 1969 – in eben jenem Jahr, in dem sich mein Bruder als Journalist auszeichnen sollte – mein Schwimmstipendium an der University of Florida. Einige Wochen darauf wurde ich wegen Vandalismus exmatrikuliert.

Genauer gesagt, ich trank eine kleine Flasche Wodka und ließ das Wasser aus dem Schwimmbecken ab, ein kindischer Streich, aber doch weit komplizierter, als es für Außenstehende den Anschein haben mag. Ich will jetzt nicht in die Einzelheiten gehen, kann aber versichern, daß man nicht nur den Stöpsel ziehen muß.

Beschämt kehrte ich nach Hause zurück und begann, für die Zeitung meines Vaters, die *Moat County Tribune,* zu arbeiten und fuhr deren Lieferwagen.

Mein Vater hat mich nie gefragt, was in Gainesville geschehen war und ob ich jemals an die Universität zurück wollte. Aber er machte deutlich, daß er mich Lieferwagen fahren lassen würde, bis ich einsah, daß dies in meinem Leben die einzige Alternative zur Hochschulausbildung bedeutete.

Er selbst hatte keine geregelte Bildung genossen und sprach oft davon, als hätte er etwas verloren. »Himmel, ich hätte verdammt gern Literatur studiert«, sagte er dann, als brauche er die Erlaubnis eines Colleges, um Bücher lesen zu können.

In jenem Winter und Frühling fuhr ich für die *Tribune* die Nordroute, dreihundertfünfundzwanzig Meilen über die engen, randlosen und zweispurigen Straßen des nördlichen Moat County. Ich belud den Lieferwagen bei Dunkelheit und passierte das Ortseingangsschild von Thorn gegen drei Uhr dreißig am Morgen.

Falls der Laster keine Panne hatte und die Druckerei pünktlich war, kam ich jeden Morgen um neun Uhr an der Lichtung vorbei, auf der man Sheriff Calls Wagen gefunden hatte. Die Stelle war von der Straße nur teilweise einsehbar – ein verdorrter, baumloser Flecken in einem Kiefernwald mit einem Picknicktisch und zwei Toilettenhäuschen, höchstens zehn Meter voneinander entfernt, das Häuschen für die Männer auf der östlichen, das für die Frauen auf der westlichen Seite. Eine Gedenktafel markierte den Ort, an der einst die erste Schule des Staates gestanden hatte, und auf einem handgemalten Schild an einem der Aborte waren eine Flagge der Konföderierten, ein Arm und eine abgetrennte Hand zu sehen. Über dieser Zeichnung stand: MOAT COUNTY HEISST ALLE YANKEES HERZLICH WILLKOMMEN!

Fünfzig Meilen weiter war der letzte Halt auf meiner Tour: zehn Zeitungen, die ich mit der Titelseite nach unten auf einen behelfsmäßigen Holztisch gleich hinter den Kaugummiautomaten in den sonnengebleichten Kramladen legen sollte, der von einer ungewissen Anzahl von Mitgliedern der Familie Van Wetter geführt wurde, die es ihren Kunden ersparen wollten, gleich am Eingang mit schlechten Nachrichten konfrontiert zu werden.

Ich weiß nicht, welches blutsverwandtschaftliche Verhältnis diese Van Wetters nun genau mit jenem Mann hatten, der von Sheriff Call zu Tode getrampelt worden war. Die Namen der Van Wetters nahmen eine halbe Spalte im Telefonbuch von Moat County ein, und ihre Kinder heirateten nur selten außerhalb der Familie. Erst recht hätte ich unmöglich die einzelnen Seitenzweige aufzeigen können, selbst wenn die Van Wetters geneigt gewesen wären – was sie nicht waren –, über ihren Stammbaum mit mir zu diskutieren.

Ich kann nur sagen, daß an manchen Vormittagen ein alter Mann im Laden war, blind und überaus verärgert, als wäre er über Nacht erst blind geworden. Er ging zu den Zeitungen, die ich gebracht hatte, und zählte sie, wobei er die gefalzten Zeitungsränder mit den Fingern in seine Handfläche blätterte, als wolle er sich kitzeln, während er das Gesicht mit finsterer Miene dem Fenster zuwandte wie eine sieche Pflanze sich dem Licht zudreht. Und an manchen Vormittagen war seine Frau im Laden.

Dann wiederum war da eine junge, schwangere Frau mit der schönsten Haut, die ich je gesehen habe, und ihre Kinder rannten durch einen Vorhang nach hinten, sobald ich den Laden betrat.

Diese Frau blickte niemals auf, doch kaum waren die Kinder verschwunden, tauchte ein Mann mit verbranntem Gesicht – die Haut an seinem Auge warf Falten wie ein schlecht gebügeltes Hemd – vor dem Vorhang auf, stellte einen Fuß in den Laden, ließ die Arme an seinem Körper herabbaumeln und beobachtete mich, bis ich die Zeitungen aufgestapelt und mich verabschiedet hatte.

Als ich einmal vergessen hatte, das Wochengeld einzusammeln, ging ich zurück in den Laden und sah, daß er immer noch an derselben Stelle stand und die junge Frau begaffte, die in dem Fach unter der Theke Kartons mit Candyriegeln sortierte.

Damals hat sie mich einen Augenblick angesehen, und fast schien es so, als hätte ich ihr außer dem, was in der Zeitung stand, noch einige zusätzliche schlechte Nachrichten gebracht. Wahrscheinlich, dachte ich, erwartete sie immer schlechte Neuigkeiten, wenn die Tür aufging.

Ich habe sie nie zu dem Mann mit dem verbrannten Gesicht reden hören, und ich habe nie gehört, daß er mit ihr geredet hätte. Ich nahm an, daß sie verheiratet waren.

VOR ZEHN war ich mit meiner Runde fertig, stellte den Laster ab, ging die sechs Straßen nach Hause und fiel mit einem Bier und einer Ausgabe der Zeitung, die ich den ganzen Morgen lang ausgetragen hatte, ins Bett. Am frühen Nachmittag ließen mich die Geschichten in der Zeitung in einen unruhigen Schlaf voller

Träume gleiten, und einige Stunden später wachte ich in ebendiesem Zimmer auf, in dem ich alle Nächte meiner Kindheit verschlafen hatte, und ich wußte nicht, wo ich war.

Etwas Ähnliches war auch in Gainesville passiert, und in jenen Augenblicken zwischen Traum und Wachheit, in denen ich verloren war, glaubte ich manchmal, jemand zu sein, der an keinen dieser Orte gebunden war.

Ich stand auf, ging ins öffentliche Schwimmbad und schwamm einige Runden. Oder fuhr, wenn ich mir den Lieferwagen meines Vaters borgen konnte – sein neuer Chrysler stand in der Auffahrt, weil er die Garage für seinen geliebten, zwölf Jahre alten Ford reservierte, mit dem er nur zum Fischen fuhr –, nach St. Augustine im Norden und schwamm eine Meile oder weiter hinaus in den Ozean, bis meine Arme und Beine schwer wie Blei waren. Dann ließ ich mich vom Wasser tragen, drehte um und kehrte zurück.

Ich warf mich fort und wurde heil an den Strand zurückgebracht, und auf diese Weise blieben mir hier irgendwie jene Momente erspart, die ich gleich nach dem Aufwachen gebraucht hatte, um das Zimmer wiederzuerkennen, in dem ich die persönlichsten Gedanken gedacht und den Lauf meines Schicksals bestimmt hatte. Die Wände meiner Kindheit.

Man könnte sagen, daß ich Angst vor dem Schlafen hatte.

MEIN VATER kam jeden Abend um Viertel nach sechs von der Redaktion nach Hause, stieß langsam die Tür seines alten, schwarzen Chrysler auf und langte noch einmal in den Wagen, um seine Zeitungen herauszuholen. Er war zweifellos ein stattlicher Mann, doch gegen Ende seines Lebens bedeutete ihm jede Bewegung eine große Last. Er liebte seine Arbeit nicht mehr so, wie er sie einmal geliebt hatte.

Um 1969 überließ er den größten Teil der Nachrichtenredaktion seiner Chefredakteurin, einer unscheinbaren, energischen jungen Frau mit muskulösen Beinen und peinlichem, unbestimmtem Ehrgeiz, und verbrachte seine Zeit in der Werbeabteilung, beim zweiköpfigen Redaktionsvorstand und mit der Vorbereitung von Reden, die er in den diversen Journalistenvereinigungen des Landes hielt.

Ich weiß noch, daß ich mich gefragt habe, ob er seiner Chefredakteurin in der Mittagspause an die Wäsche ging, ob sie mit diesen Beinen alle Energie aus ihm herauspumpte.

So lange ich mich erinnern kann, fuhr mein Vater einen schwarzen Chrysler – eine Angewohnheit, die aus schlichteren Zeiten stammte, als Chrysler noch bessere Autos als Pontiac, Oldsmobile, etwa ebensogut wie Buick waren und gleich nach Cadillac kamen. Ein anständiges Auto, aber nicht zu auffällig. Er wollte nicht, daß seine Anzeigenkunden auf den Gedanken kamen, er könnte zuviel Geld verdienen.

Abendessen war um halb sieben und wurde von einer jungen Schwarzen serviert, die es auch zubereitet hatte. Sie kochte, wusch, hielt das Haus sauber und richtete nur selten das Wort an uns, ohne zuvor angesprochen worden zu sein. Dadurch unterschied sich sich von vielen Hausmädchen jener Zeit, die sich bei ihren Arbeitgebern einschmeicheln wollten. Doch sie war eine intelligente Frau, und die Situation war beredt genug.

Sie hieß Anita Chester, und mir schien, daß sie und die Chefredakteurin der Zeitung meines Vaters besser ihre Position getauscht hätten.

Nach dem Essen half ich, das Geschirr abzuräumen, und mein Vater dankte dem Dienstmädchen, an dessen Namen er sich nicht erinnern konnte, schlich durch das große, leere Haus wie ein alter Geist, blieb lange im Bad, ging dann ins Schlafzimmer, wo er sich Jackett, Schlips und Schuhe auszog und einen Bademantel über das Hemd streifte, machte es sich schließlich mit einem Glas Wein im Arbeitszimmer in seinem Lieblingssessel bequem und lehnte den Kopf zurück, bis er genau jene Stelle berührte, wo das Birkinöl in seinen Haaren den Bezug schon vor langer Zeit dunkel gefärbt hatte.

Dann schloß er einen Moment die Augen, öffnete sie wieder, nippte an seinem Glas, griff nach den Zeitungen, die er sich mitgebracht hatte, und ließ sie in seinem Schoß liegen, während er nach der Brille suchte und die Lampe anmachte. Die *Atlanta Constitution,* der *Orlando Sentinel,* die *St. Petersburg Times,* das *Daytona Beach News-Journal* und die *Miami Times.* Ein halbes Dutzend kleiner Zeitungen aus dem ganzen Land. Er las sie nicht, er inspizierte sie vielmehr und sah nach, was auf ihren Titelseiten und nicht auf der Titelseite seiner Zeitung stand. Doch vielleicht war es auch umgekehrt.

Im Grunde ging es in diesem Geschäft um Rivalität, war es ein Wettlauf darum, wer die schlechtesten Nachrichten zuerst brachte, und wenn es keine schlechten Nachrichten gab – es gab natürlich immer welche, aber ich rede jetzt von einer wirklichen Katastrophe –, dann suchte sich der Wettstreit ein neues Ziel.

Mein Vater starrte dann lange auf das *News-Journal,* blickte auf, lächelte und reichte mir die Zeitung. »Und so was nennen die journalistischen Spürsinn«, sagte er.

Als wäre ich Mitbesitzer der Zeitung und müßte deshalb eine Meinung darüber haben, was auf der oberen Hälfte der Titelseite stehen sollte. Als wäre ich derjenige, der seine Zeitung übernehmen würde, wenn mein Vater glaubte, gefahrlos abtreten zu können.

Vor der *Atlanta Constitution* hatte er größeren Respekt, da er früher einmal unter ihrem berühmten Herausgeber Ralph McGill gearbeitet hatte. Er erzählte seine Geschichten über Ralph McGill in einem gutmütigen, aber ehrerbietigen Ton, als wäre Mr. McGill im nächsten Zimmer und würde ihm zuhören. Die Geschichten drehten sich immer um seine Tollkühnheit, die sich stets nur auf den Tasten einer Schreibmaschine bewiesen hatte, und um seine zielstrebigen Bemühungen für eine Verbesserung der Lage im Süden.

Doch schon lange vor 1969 war mir der Gedanke gekommen, daß noch etwas anderes hinter der Bewunderung meines Vaters für Ralph McGill steckte.

Er war berühmt.

Ich war mein Leben lang von Journalisten umgeben, mein Vater war früher selbst einer gewesen und brachte seine Lieblingsreporter oft auf einen Cocktail mit nach Hause, und ich begriff sehr bald, daß sie ein Hunger trieb, den ich nicht kannte.

Seine Lieblingsreporter gehörten zur aggressiven Sorte, doch trotz der Jagd zum Ort des Geschehens, trotz all ihrer Recherchen, ihrer Ermittlungen, ihrer Hetzereien, Schmeichelein und Betrügereien, mit denen sie sich ihre Geschichten verschafften – später gaben sie dann mit ihren Methoden an –, haßten sie es weit mehr, stumm zu sein, als sich geirrt zu haben.

Es erregte sie nicht so sehr, etwas zu wissen, sondern es zu erzählen. Für einen kurzen Augenblick waren sie dann ebenso wichtig wie die Neuigkeit selbst.

Und auf gewisse Weise gehörte auch Ward zu ihnen. Damit will ich nur sagen, daß es da etwas in seinen Geschichten gab, das er für sich selbst wollte. Nicht, daß er gern berühmt gewesen wäre.

Zu Hause war er wie meine Mutter gewesen. Er hatte still dagesessen und den Geschichten meines Vaters über Flutkatastrophen, über Unfälle bei Flugvorführungen und immer wieder über Ralph McGill zugehört, so oft der sie auch erzählen mochte.

Und wie meine Mutter, war er die Geschichten zum Ende leid, da er wußte, daß er mit ihnen nicht konkurrieren konnte, und er ging.

Natürlich verschwanden sie jeder auf seine Art. Mein Bruder kam einfach nie mehr vom College nach Hause, nahm statt dessen diverse Jobs als Reporter an und landete schließlich bei der *Miami Times*. Meine Mutter zog mit einem Schauspiellehrer vom Moat County Junior College, der häufig Leserbriefe für die Seite des Herausgebers in der Zeitung meines Vaters verfaßt und ihn in seinen liberalen Ansichten unterstützt hatte, nach Kalifornien.

Mein Vater ertrug diese Verluste mit Fassung und hielt Wards Fortbleiben für eine Phase seiner Entwicklung – eine gesunde Erfahrung, wie er es nannte, und eine gute Vorbereitung für seine spätere Arbeit als Herausgeber der *Moat County Tribune*. Über meine Mutter hegte er allerdings keine derart hoffnungsvollen Theorien.

Sie hatte sich regelrecht aus seinem Leben fortentwickelt.

Und so saß mein Vater nach dem Abendesssen in dem zweistöckigen weißen Haus, das er sich in der Macon Street gebaut hatte und das nun leer stand, von dem Hausmädchen einmal abgesehen, das ihn trotz seiner öffentlich gezeigten Sensibilität für Schwarze nicht mochte, und dem Sohn, der für seinen Beruf nichts übrig hatte, und er erzählte seine Geschichten und inspizierte die Zeitungen, wie er es immer getan hatte, bis er schließlich zur *Miami Times* kam, die er Seite für Seite nach der Verfasserzeile Ward James absuchte.

An den Tagen, an denen er sie fand, unterließ er all die anderen kleinen Dinge, die er sonst so tat – an seinem Wein nippen, die Brille zurechtrücken, die Füße aneinanderreiben –, und las den Artikel sorgfältig, oft sogar zweimal, bis sich allmählich ein Lächeln auf seinem Gesicht ausbreitete. Wenn er den Artikel zu Ende gelesen hatte, hielt er die Zeitung weit von sich fort, um die Plazierung oder die Größe des Textes zu beurteilen und um daran, so vermute ich, den Aufstieg meines Bruders in seine Welt zu ermessen.

Wenn er damit fertig war und der Stapel Zeitungen in seinem Schoß durch seine Hände zu seinen Füßen gewandert war, fragte er manchmal, ob ich am Nachmittag schwimmen gewesen war, und nachdem ich ihm mit ja oder nein geantwortet hatte – es war eine Frage aus purer Höflichkeit; die Antwort interessierte ihn nicht mehr, seit ich mich nicht mehr auf Wettkämpfe vorbereitete –, sah er auf seine Uhr, reckte sich und ging zu Bett.

»Halb sieben wird es früh genug«, sagte er, immer dieselben Worte, und schien zu vergessen, daß mein Tag um halb sieben bereits vier Stunden alt war. Ich sah ihm nach, wie er die Treppe hinaufging, und nahm dann, wenn Ward etwas geschrieben hatte, die *Times*, um seinen Artikel zu lesen.

Zuerst, bis zum Flugzeugabsturz, ging es meistens um einen Mord oder um Drogengeschichten. Fast immer waren es die Kubaner. Und ich dachte an die Bücher, die Ward durchgearbeitet hatte, an seinen pedantischen, strengen Schulunterricht, und versuchte mir vorzustellen, was es für ein Gefühl war, wenn ihm auffiel, daß all die Jahre Latein, Chemie, Physik und Differentialrechnung nur bis in irgendeinen dritten Stock in einem Ghetto von Miami geführt hatten.

Da ich selbst einige Zeit an einem College verbracht hatte, nahm ich an, daß er erleichtert war.

Von jenen Vorfällen von Gesetzwidrigkeit, die im Jahr 1969 über die Familie James hereinbrachen, überraschte mich meine Exmatrikulation von der University of Florida weit weniger als die Verhaftung meines Bruders wegen Trunkenheit am Steuer.

Bis zu jenem Sonntag, an dem Ward anrief, hatte ich nicht einmal gewußt, daß Ward Alkohol trank. Als Kinder hatten wir beide manchmal vor dem Schlafengehen in der Küche gesessen und Cornflakes gegessen, während mein Vater mit seinen Reportern im Nachbarzimmer saß – wir durften sie nicht stören –, und hatten zugehört, wie die Stimmen auf der anderen Seite der Tür immer lauter und schriller wurden, bis jedes Wort von einem anderen Wort überschrien wurde und das Gelächter hart und vulgär klang, als lägen nebenan die Leichen der Opfer.

Um Eis zu holen, öffnete mein Vater hin und wieder die Tür, riß sie aber immer weiter auf, je später es wurde und je mehr Wein er getrunken hatte, bis sie schließlich krachend an die Wand flog, sein Gesicht rot angelaufen und schweißnaß war und der Zigarettenrauch an ihm vorbei in die Küche wallte. Und nachdem er uns das Haar zerzaust und sich sein Eis geholt hatte, verschwand er wieder durch die Tür in die dahinterliegende Rauchwand, während Ward sich langsam das Haar glättete und den Kopf auf eine Weise schüttelte, die mir Mißbilligung auszudrücken schien.

Ich hatte nie daran gedacht, daß er gern dabeigewesen wäre.

Man hatte ihn um halb fünf morgens, einem Sonntagmorgen, in der Alligator Alley an den Straßenrand gewinkt, weil er mit hundertsechzig Sachen durch die Everglades gerast war.

Der Polizist näherte sich dem Wagen von hinten, in der Hand eine Taschenlampe. Er beugte sich durch das offene Fenster, bewegte den kleinen Lichtkreis hierhin und dorthin, ließ ihn auf die Flasche zwischen den Knien meines Bruders fallen, danach auf die Bierkiste auf dem Rücksitz, schließlich auf das Gesicht meines Bruders und dann auf das Gesicht des Beifahrers.

»Haben Sie getrunken, Sir?« fragte der Polizist.

Ward drehte sich langsam um und sah den Mann an, der neben ihm saß. Der Mann lachte.

Der Polizist bat Ward auszusteigen und redete ihn wieder mit »Sir« an. Ward stieß die Tür auf und glitt aus dem Auto, die Flasche in der Hand. Er nahm noch rasch einen Schluck, ehe er sie abgab. Der Polizist ging zurück ins Scheinwerferlicht des Streifenwagens und stellte sie auf die Heckklappe.

»Dürfte ich bitte Ihren Führerschein sehen, Sir?« fragte der Polizist, und mein Bruder zog seine Brieftasche verkehrt herum aus der Hosentasche, so daß der Kreditkartenstreifen herausfiel, und als er die Brieftasche öffnen wollte, verstreute er Karten und Geld über den Bürgersteig und das nasse Gras am Straßenrand.

Er taumelte ins Gras und dann in den dahinterliegenden Sumpf, suchte seinen Führerschein und sein Geld und fiel in den Schlamm. Der Polizist achtete nicht weiter auf die Geräusche, die Ward im Sumpf von sich gab, begutachtete den Führerschein, den er vom Boden aufgehoben hatte, und richtete die Lampe auf die eine oder andere Einzelheit.

Eine Minute verstrich, und mein Bruder tauchte schlammbedeckt wieder im Licht der Scheinwerfer des Streifenwagens auf.

»Mr. James«, sagte der Polizist und las den Namen vom Führerschein ab, »Sie sind verhaftet.«

Und mein Bruder, der, soweit ich weiß, in seinem Leben einen anderen Menschen noch nie um etwas gebeten hatte, das ihm nicht gehörte, stand am Straßenrand, schwankte und sagte: »Sir, es würde mich stolz machen, wenn ich Ihren Hut tragen dürfte.«

Der andere Mann im Wagen meines Bruders in jener Nacht war ebenfalls Reporter bei der *Miami Times.* Er hieß Yardley Acheman, und für die Journalisten und Redakteure, die mit ihnen in der Nachrichtenredaktion arbeiteten, waren Yardley Acheman und mein Bruder auffällige Gegensätze.

Auffällige Gegensätze.

Manche Redakteure der *Times* waren der Meinung, diese Unterschiede hätten zu ihrem Erfolg beigetragen, denn eine scharfsichtige Personalführung wußte darum, daß Gegensätze oft eine gewisse gegenseitige Anziehung erzeugten – der Gedanke der gegenseitigen Anziehung gefiel ihnen, diesen Redakteuren, der Gedanke an Magie. Die *Miami Times* war klug genug gewesen, diese Anziehung auszunutzen, so daß ein Ermittlungsteam von so herausragender Qualität geschaffen wurde, wie es die einzelnen Ingredienzien nicht hätten vermuten lassen.

Ein ideales Paar, hieß es. *Auffällige Gegensätze.*

Und vielleicht hatten sie recht, obwohl mir nicht einleuchten will, daß Menschen Gegensätze sein können, ob nun auffällig oder nicht – denn was ist schließlich das Gegenteil von einsachtzig? Oder davon, in der neunten Klasse das Periodensystem auswendig gelernt und es nie wieder vergessen zu haben? Oder von Schweißfüßen?

Trotzdem sind die Menschen verschieden, und Ward und Yardley Acheman waren so verschieden, wie man es sich nur vorstellen kann.

Bevor die Redakteure der *Miami Times* entschieden, Yardley Acheman gemeinsam mit meinem Bruder – ein Team, das eher dem Zufall und den Gegebenheiten zu verdanken war als dem Wissen um gegenseitige Anziehung, wie die *Times* später zugab – über einen Flugzeugabsturz in den Everglades berichten zu lassen, war Yardley Acheman in meinen Augen nur einer dieser faulen Reporter vom Lokalteil, deren Name selten über einem Artikel in der Zeitung erschien, weil die Redakteure des Lokalteils keine Lust hatten, sich auf jenen langen Prozeß einzulassen, dessen es bedurfte, um Yardley Acheman zum Schreiben eines Textes zu bewegen, an dem er keinen persönlichen Anteil nahm.

Wenn Yardley Acheman allerdings ein Thema fand, das ihn interessierte, dann hielt man ihn für eine Art literarisches Genie. Darin waren sich die Redakteure einig, denn viele von ihnen hatten selbst literarische Ambitionen. Sie alle erkannten einen guten Stil, wenn sie ihn vor sich sahen; das war ihr Job.

Doch zwischen diesen Ereignissen von persönlichem Interesse hockte Yardley Acheman an seinem Tisch im fernsten Winkel der Lokalredaktion, unterhielt sich am Telefon mit einer endlosen Zahl von Frauen und Buchmachern und versuchte den neuen einzureden, daß sie ihm eine Chance geben, und den alten, daß sie ihn in Ruhe lassen sollten.

Auf eine verzogene Art und Weise war er attraktiv, ein hübscher Junge, und das schien ihm Zugang zu allem zu geben, was er haben wollte. Es fiel ihm oft nicht leicht, seine sämtlichen gesellschaftlichen Verpflichtungen im Terminkalender unterzubringen.

Die Redakteure wußten, was Yardley Acheman am Telefon trieb, aber alle Zeitungen schleppen eine Art Ballast mit sich herum – Reporter, die eigentlich keine Reporter sein wollen, Redakteure, denen ihre Titel wichtiger sind als ihre Arbeit. Und wie es nun einmal so lief, bereitete Yardley Acheman keine besonderen Schwierigkeiten. Anderen Journalisten, die nicht über seine literarische Eleganz verfügten, fand er sich überlegen, und folglich gehörte er nie zu jener Art von Ballast, aus der die Gewerkschaftsagitatoren hervorgehen.

Ein Gewerkschaftler war eine ganz andere Last, und Menschen, die eine Zeitung führen, neigen eher dazu, sich von einer solchen Last zu befreien.

Doch etwas geschah mit Yardley Acheman an jenem Abend, an dem ihm und Ward, offensichtlich ohne Vorbedacht und Zeremonie, sondern einfach nur, weil sie die beiden einzigen unbeschäftigten Journalisten im Raum waren, aufgetragen wurde, zum Wrack der Maschine mit der Flugnummer 119 zu fahren, die von der Startbahn des internationalen Flughafens in Miami abgehoben hatte, zwei Minuten und vierzig Sekunden in der Luft geblieben war und dann in den Everglades abstürzte, wobei alle Insassen ums Leben kamen.

Yardley Acheman fand seine Berufung im Gemetzel jener Nacht, in der Ungeheuerlichkeit des Aufpralls von einhundertvierzig Menschen und einer Metallröhre im weichen Schlamm des Sumpfes, in der Ungeheuerlichkeit des Entsetzlichen. Er wurde rot vor Aufregung, wenn er davon erzählte, wenn er die Einzelheiten auflistete, das wachsende Gewicht ihrer Bedeutung.

Es war wie fahrradfahren, er beherrschte es im Handumdrehen.

Doch Yardley Acheman hatte die Einzelheiten natürlich nicht

allein zusammengetragen. Die entsetzlichsten Details kamen von meinem Bruder, der durch den Schlamm watete und das Flugzeugwrack betrat, während Yardley draußen blieb, wo sich doch, so schrecklich der Unfall auch war, der Blick abwenden ließ, wo es, wie er später sagte, Platz genug für den allgemeinen Überblick gab.

Ward dagegen durchquerte das Flugzeug der Länge nach von jener Stelle im hinteren Bereich, an der das Heck abgebrochen war, bis zur Pilotenkanzel. Er wischte sich die Mücken aus dem Gesicht, zählte die noch im Flugzeug liegenden Toten, vermerkte ihre Körperhaltungen und zog daraus Schlußfolgerungen über die schreckliche Geschwindigkeit des Aufpralls.

Durch einen Zufall war in jener Nacht die gesamte Rettungsmannschaft von Dade County eine Stunde zuvor zu einem kleineren Unfall geschickt worden, einem abgestürzten Privatflugzeug, so daß Ward und Yardley Acheman die Katastrophe länger als dreißig Minuten für sich allein hatten.

Die Maschine sackte noch ein wenig ab und ächzte, als Ward nach vorn ging; die einzigen anderen Geräusche gab der Sumpf von sich. Einen Tag später konnten die Abonnenten der *Miami Times* diese Geräusche hören, und sie konnten im abgedunkelten Passagierraum die Leichenteile sehen, die noch immer an den Sitzen festgeschnallt waren.

Und obwohl sorgsame Leser feststellen konnten, daß der Bericht vom Gesehenen und Gehörten eine persönliche Note trug, die auf andere Dinge als auf das Unglück anspielte, waren die Details doch derart überwältigend, daß sie diesen Eindruck überdeckten.

Wie Yardley Acheman hielt sich mein Bruder vom Klatsch und Tratsch in der Nachrichtenredaktion fern.

Selbst nach dem Erfolg mit der Geschichte über den Flugzeugabsturz konnte sich Ward nicht dem Leben der anderen Reporter anschließen. Er hielt seinen Tisch makellos aufgeräumt und überprüfte zwanghaft die Details; er arbeitete noch stundenlang nach Feierabend und füllte keinen Antrag auf Vergütung der Überstunden aus.

All dies wurde von jenen Journalisten, die es bemerkten, falsch verstanden und mißbilligt, da sie nicht wußten, daß mein Bruder keinen Menschen um etwas bitten konnte, es sei denn, er war hinter einer Story her.

Man nahm in der Nachrichtenredaktion allgemein an, daß Ward seinen Job durch den Einfluß seines Vaters erhalten hatte. Ob das stimmt, weiß ich nicht – Redakteure und Herausgeber schieben sich gegenseitig gewöhnlich eine Stelle für ihre Kinder zu, und ich kann nicht sagen, ob mein Vater trotz all seines moralischen Gehabes wirklich über so etwas erhaben war. Aber ich bin mir sicher, daß Ward nichts davon ahnte. Einer solch peinlichen Situation wäre er aus dem Weg gegangen.

Kein Mensch hatte größere Angst vor peinlichen Situationen als er.

Trotzdem erhöhte sich Wards Ansehen durch die Storys über das Wrack des Fluges 119, da die anderen Journalisten ehrlicherweise zugaben, daß er etwas getan hatte, was sie vermutlich nicht getan hätten: ein abgestürztes Flugzeug, durch das noch der Strom summte, das noch warm von der Reibung des Aufpralls und voll von Treibstoff war – wer wäre da schon durch das Loch, dort, wo einmal das Heck gewesen war, in die Maschine gestiegen und im Dunkeln durch den gesamten Passagierraum gewandert? Aber Ward wehrte alle Komplimente ab und wußte nichts zu sagen, als sie am nächsten Morgen mit ihren Glückwünschen an seinen Tisch kamen.

Er konnte nichts geben und konnte nichts nehmen, es sei denn, er sammelte Material für eine Story.

Eine Story besaß für meinen Bruder eine eigene Autorität, und mit Hilfe dieser Autorität konnte er sogar vertrauliche Themen angehen, denen er sich niemals aus eigenem Antrieb genähert hätte.

EINE WOCHE nach Veröffentlichung der Absturzgeschichte auf der Titelseite der *Miami Times* wurden Ward und Yardley Acheman in ein Büro gerufen, in dem vier Redakteure in weißen Hemden um einen langen Tisch saßen, Zigaretten der Marke Camel rauchten und Tabakkrümel von ihren Zungenspitzen klaubten.

Nach einigen Augenblicken zwangloser Unterhaltung – eine Kunst, die Yardley Acheman ebensogut beherrschte wie die Redakteure und die nur mein Bruder lästig fand – verkündete ihnen der rangniedrigste Redakteur die Neuigkeit ihrer Beförderung: Yardley Acheman und mein Bruder wurden von ihren Pflichten in der Lokalredaktion entbunden und sollten in Zukunft als Team zusammenarbeiten.

Es ist grundlegendes Prinzip der Zeitungsführung, daß sämtliche Entscheidungen, vor allem aber personelle Entscheidungen, von der jeweils nächsthöheren Instanz übermittelt werden. Diesem Grundsatz zufolge würde der Chefredakteur einem Lokalredakteur niemals sagen, wie er seine Reporter einzusetzen habe.

Gäbe es dieses Prinzip nicht, würden die Journalisten, die sich instinktiv immer an die höchste Autorität wenden, den Chefredakteur und nicht den Lokalredakteur aufsuchen, um sich darüber zu beschweren, daß die Aufträge nicht ihrer Begabung entsprachen oder ihre Artikel verunstaltet wurden. Und auf der Liste jener hundert Gründe, die belegen, daß es besser ist, Chefredakteur als Lokalredakteur zu sein, steht das Vermeiden von Diskussionen über verunstaltete Texte ganz oben.

ICH FUHR noch keine zwei Monate auf der Nordroute, als Flug 119 in den Everglades abstürzte. Sieben Wochen später erschien der nächste Artikel von Ward und Yardley Acheman:

ein sorgfältig recherchierter Bericht über die Schikanen einer Burschenschaft an der University of Miami, die mit dem Tod eines jungen Mannes durch Ertrinken in einem Whirlpool endeten.

So wie an der Absturzstelle arbeitete sich Ward bis ins Innerste vor, während Yardley Acheman die nötige Distanz bewahrte, um seinen Überblick behalten zu können.

In den Wochen, die er benötigte, um das Material für die Story zu sammeln, wurde Ward von Mitgliedern der Burschenschaft bedroht und eines Abends vor ihrem Haus von einem halben Dutzend Burschenschaftlern überfallen und zusammengeschlagen. Er konnte keinen von ihnen erkennen. Als sie von ihm abließen, fuhr er ins Krankenhaus, ließ sich die Wunde am Augenlid mit fünfzehn Stichen nähen und stand noch am selben Abend wieder vor ihrer Tür.

Danach stach man ihm die Reifen durch, und sein Telefon klingelte zu jeder Nachtstunde, doch meldete sich niemand am anderen Ende der Leitung, wenn mein Bruder abhob.

Und jeden Morgen war er wieder da und trieb sich vor dem Haus der Burschenschaft herum wie der leibhaftige Tod. Telefonanrufe, Prügeleien und durchstochene Reifen – damit machte man meinem Bruder keine angst.

Der Anwalt der Burschenschaft hatte seine Klienten nach dem Tod des jungen Mannes vor einem Gerichtsverfahren bewahren können und erwirkte nun einen Gerichtsbescheid, der es Ward und allen Angestellten der *Miami Times* untersagte, sich dem Haus auf mehr als hundert Meter zu nähern.

Ward hielt sich an diesen Bescheid, zog im Geist in hundert Metern Abstand einen Kreis um das Haus, wartete zwei Tage die Woche außerhalb dieser Bannmeile und erinnerte die Burschenschaftler bei Betreten oder Verlassen ihres Hauses daran, daß er noch da war.

An anderen Tagen wartete er vor ihren Seminarräumen in der Universität. Er rief sie in der Burschenschaft an und schrieb ihnen Briefe, sowohl nach Hause als auch in die Universität. Der Anwalt erwirkte einen weiteren Gerichtsbescheid, der meinem Bruder weitere Anrufe und Briefe untersagte.

Doch es war schon zu spät, mein Bruder hatte einen Anwortbrief erhalten. Der Absender war ein breitschultriger, langhaariger Footballspieler namens Kent de Ponce, der sich mit Ward im Haus seiner Eltern in Coral Gables traf und ihm gestattete, ein Tonband auf den Tisch zwischen ihnen zu stellen und das Gespräch mitzuschneiden. Ich habe diese Aufnahme so oft abgespielt, daß ich die Stimmen manchmal aus dem Summen der Reifen auf der Landstraße herauszuhören glaube.

Der Footballspieler sitzt so nah am Gerät, daß man sogar seinen Atem hören kann. Er trinkt Bier und entschuldigt sich immer wieder – dafür, daß er nicht früher mit Ward gesprochen hat, daß er geholfen hat, Ward zu verprügeln, daß er zuviel Bier trinkt, daß er Ward kein Bier angeboten hat, daß er am Beckenrand des Whirlpools gestanden und zugesehen hat, wie der Junge, der nur ein oder zwei Jahre jünger als er selbst gewesen war, kopfüber im Wasser hing und um sich trat, bis er sich nicht mehr rührte und sein Körper doppelt so schwer zu sein schien wie in dem Augenblick kurz zuvor, als man ihn ins Wasser getaucht hatte.

Er entschuldigt sich, als läge es in Wards Macht, ihm zu vergeben.

Er weint beim Reden und entschuldigt sich dafür.

Die Brüder, sagt er – so nennt er die Mitglieder der Burschenschaft, seine »Brüder« –, waren betrunken und hatten jedes Zeitgefühl verloren, als sie den »Fuchs« unter Wasser hielten. Sie hielten seine Bewußtlosigkeit für gespielt. Er denkt laut darüber nach, ob er sein Stipendium verliert. Die Nase des Footballspielers trieft, und er schnieft, gibt hin und wieder heftige Schnaubgeräusche von sich, und einmal tropft ihm Speichel von den Lippen auf das Tonband. Er lacht und will sich im selben Augenblick dafür entschuldigen. »Herrje, tut mir leid, Mann ...«

»Ehrlich, Mann«, sagt er später und ändert kurz vor dem Ende des Gesprächs noch einmal seine Meinung. »Ich weiß nicht, ob ich dir das wirklich erzählen sollte ...« Es folgt eine Pause, in der er begreift, daß er bereits alles gesagt hat.

Als er weiterspricht, klingt es, als wolle er an Ward einen Einfall ausprobieren. »Jetzt könnte ich nur noch eins tun«, sagt er, »ich könnte dir den Hals umdrehen und behaupten, ich hätte dich für einen Einbrecher gehalten.«

Das Band bleibt danach ziemlich lange stumm, und dann sagt der Footballspieler: »Tut mir leid, Mann, ich weiß nicht mehr, was ich sage.«

Wenn ich diese lange Pause abwarte – denn so oft ich die Aufnahme auch höre, ich warte immer noch gebannt auf die Worte, die dieses Schweigen beenden –, denke ich an meinen Bruder, der in dem Wohnzimmer in Coral Gables an der Seite dieses Footballspielers sitzt und mit einer Gewalttat rechnen muß, und ich frage mich, ob er von diesen seltsamen, gleichsam kinetischen Augenblicken fasziniert ist, in denen sich derartige Dinge entscheiden.

Ob dies den Kern seiner Faszination ausmacht.

Ward traf den Footballspieler am nächsten Tag in einem Restaurant in der Nähe seines Hauses wieder, während Yardley Acheman das Umfeld bearbeitete, sich Notizen über die teuren Schuhe des Footballspielers, über sein Auto und über die Häuser in der Straße machte, in der die Eltern des Mannes wohnten. Und über seinen Zehndollarhaarschnitt.

In dem veröffentlichten Artikel gewinnen diese Details und die Einzelheiten über das Aussehen der anderen Mitglieder der Burschenschaft und ihre Besitztümer – der Text beginnt mit einer Beschreibung des Parkplatzes, auf dem lauter Jeeps und

Mustangkabrios stehen – eine derartige Bedeutung, daß sie bei näherer Betrachtung die Schilderung der Ermordung selbst zu verdrängen scheinen. Der Artikel ist so geschrieben, als wollte Yardley Acheman beweisen, daß seine Sichtweise ebenso wichtig war wie die Innenansicht des Falls.

Das Auto des ermordeten Jungen wurde in diesem Artikel nicht erwähnt, auch nicht die Gegend, in der seine Eltern wohnten, oder die Vorteile, die er genossen hatte. Davon wurde er reingewaschen. Er wurde derart makellos präsentiert, wie es Zeitungslesern vertraut ist, die immer schon bereitwillig vergessen haben, was sie über die menschliche Natur wissen, und die immer schon glauben wollten, daß die Leute, über die in diesen Artikeln geschrieben wird, sich von denen unterscheiden, die sie aus ihrem eigenen Leben kennen.

Dies schließt natürlich nicht die Leser ein, die selbst einmal Opfer gewesen sind. Niemand, der persönlich eine solche Geschichte durchlebt hat und dann sieht, was die Zeitungen darüber berichten, wird jemals wieder einer Zeitung so vertrauen wie zuvor.

Andererseits, denke ich, ist der ertrunkene Junge für all jene, die ihn geliebt haben, vielleicht wirklich rein und makellos gewesen. Wenn es mir überlassen bliebe, würde ich das um der Exaktheit willen diesen Menschen nicht nehmen, was immer es ihnen an Trost auch bedeuten mag. Zwar wurde nie darüber geschrieben, aber es stimmt dennoch, daß dieser selbe Junge, wäre er nicht ertrunken, ein Jahr später sicherlich selbst besoffen zugesehen hätte, wie »Füchse« mit verbundenen Augen und gefesselten Händen hereingeführt und in einen Whirlpool mit eiskaltem Wasser geworfen wurden.

Selbst wenn es nicht geschrieben stand, gehört es doch zur Geschichte des toten Jungen, daß er einer von jenen sein wollte, die ihn ertrinken ließen.

Es war früh am Morgen jenes Tages, an dem die Burschenschaftsgeschichte in der Zeitung erschien, als mein Bruder und Yardley Acheman beim Passieren der Grenze zum Territorium der Miccosukee-Indianer in der Alligator Alley mit hundertsechzig Stundenkilometern in die Radarfalle eines Staatspolizisten gerieten.

Aus Gründen, die Yardley Acheman nicht verstand, waren sie unterwegs zur Absturzstelle des Flugzeugs. Ward, der zuviel getrunken hatte, verriet nur, daß er etwas überprüfen wollte.

Nachdem er am Morgen gegen das Versprechen, vor Gericht zu erscheinen, aus dem Gefängnis freigelassen worden war und sich auf eine Bank vor dem Gericht in die Sonne gesetzt hatte, um auf Yardley Acheman zu warten – der getrocknete Schlamm bröselte von seinen Schuhen, und sein Gesicht brannte noch immer von der Gefängnisseife –, war mein Bruder zwar noch nicht berühmt, aber er war auf dem besten Weg dorthin.

Yardley Acheman kam mit seiner Freundin, einem Fotomodell, das seinen Wagen fuhr, da ihm der Führerschein ebenfalls wegen Trunkenheit am Steuer entzogen worden war. »Das Telefon klingelt schon den ganzen Morgen wie verrückt«, sagte er und erwähnte mit keinem Wort, daß mein Bruder die Nacht im Gefängnis verbracht hatte.

Er saß auf dem Beifahrersitz neben seiner Freundin, mein Bruder auf dem Rücksitz. Sie warf einen raschen Blick in den Spiegel, als mache sie sich Sorgen darum, was ein gerade aus dem Gefängnis Entlassener hinter ihrem Rücken trieb.

Yardley Acheman drehte sich um und kniete sich auf seinen Sitz. Seine Schuhe hinterließen Abdrücke auf dem Armaturenbrett.

»He!« sagte sie.

»Im Augenblick«, meinte er zu Ward, ohne sie zu beachten, »gibt es keinen Ort auf der Welt, der uns nicht offenstünde.

Vergiß das nicht. Wir können überallhin, wohin wir auch wollen.« Dann drehte er sich wieder um, rückte näher an das Mädchen heran und ließ einen Arm um ihre Schultern gleiten. Eine oder zwei Sekunden später zwinkerte er Ward zu und legte seine Hand auf ihre Brust. *Wohin wir wollen.*

»He!« sagte sie, stieß seine Hand mit dem Ellbogen fort und schaute wieder in den Rückspiegel. Aber mein Bruder konnte sehen, daß Yardley Acheman ihr gefiel und daß es ihr egal war, wo er sie anfaßte und wer sie dabei beobachtete.

Yardley, erzählte mir mein Bruder einmal, wußte mit Frauen umzugehen.

Als mein Vater an diesem Sonntag nachmittag, den Anglerhut noch auf dem Kopf, die *Miami Times* aufschlug, richtete er sich schon nach wenigen Abschnitten in seinem Sessel auf. Ein großer Fisch hatte angebissen. Er beugte sich vor, hielt sich das Blatt vor die Augen, als ob die Buchstaben verschwinden wollten, dann blätterte er weiter, um mehr über die Geschichte zu erfahren. Manchmal hielt er inne, markierte sich die Zeile mit dem Zeigefinger, schaukelte hin und her, starrte an die Decke und ließ sich auf der Zunge ein Detail zergehen, das ihm besonderes exquisit zu sein schien.

Als er fertig war, kehrte er zur Titelseite zurück, blätterte von dort zur Mitte der Zeitung vor, schätzte die Größe des Artikels ein, beurteilte seine Plazierung und las ihn dann noch einmal von vorn.

»Darum dreht sich alles«, sagte er schließlich und legte die Zeitung zur Seite.

Ich hatte an diesem Tag zwei Stunden lang den Rasen gemäht und wollte nach draußen, um die Scheren des Rasenmähers zu schleifen, bevor es dunkel wurde. Als ich aus dem Zimmer ging, sah ich, wie er in seine Hemdtasche faßte, um eine Pille herauszunehmen.

Als ich später wieder hereinkam, lag die Zeitung auf dem Fußschemel vor seinem Sessel, noch immer auf den Mittelseiten aufgeschlagen, dort, wo die Story über den toten Burschenschaftler zu Ende war.

Ich fand meinen Vater auf der Veranda, wo er in einer alten, an einem Dachbalken festgebundenen Holzschaukel ein Bier trank. Die Sonne ging unter, Anita Chester hatte das Abendessen aufgetischt und war gegangen.

»Trinkst du?« fragte er.

Eine seltsame Frage, dachte ich, nach all dem, was in Gainesville passiert war. Vielleicht wollte er wissen, ob ich trotzdem noch Alkohol trank. »Ein Bier. Manchmal«, sagte ich.

»Dann hol dir ein Bier«, sagte er. Und als ich wieder ins Haus ging, sagte er. »Dein Bruder ist ein echter Zeitungsmann.»

Und so saßen wir auf der Veranda und tranken auf das Wohl meines Bruders, an meinen Schuhen haftete der Geruch von frisch gemähtem Gras, und mein Vater, der sich gemächlich schaukeln ließ, lächelte, schüttelte aber auch hin und wieder bekümmert den Kopf, als würde Wards plötzlicher Ruhm in seiner eigenen Welt ihm Probleme bereiten, an die er bisher nicht gedacht hatte.

»Der Flugzeugabsturz«, sagte er, »das hätte ein Zufallstreffer sein können.« Ich sah ihn einen Augenblick verwirrt an, da ich erst nicht begriff, daß er von dem Artikel und nicht von dem Unglück selbst redete. »Aber diese Sache mit dem Burschenschaftler ... das ist ein Pulitzer. Dies könnte der stolzeste Augenblick meines Lebens werden.«

Er hielt inne, als wolle er die Sache noch einmal unter einem anderen Gesichtspunkt überdenken, doch einige Minuten später fügte er dann hinzu: »Ich frage mich nur, wer dieser Yardley Acheman ist.«

Am nächsten Sonntag mähte ich wieder den Rasen. Wenn ich sonntags keinen Rasen mähte, kam mein Vater am Nachmittag vom Fluß zurück, ging wortlos und geradewegs in die Garage und zog den Rasenmäher heraus – ein einfaches Gerät mit verrosteten Scheren und profillosen Reifen – und schob ihn über den Rasen hin und her, in der Hemdtasche einen kleinen Vorrat Nitroglyzerin gegen einen Anfall von Angina pectoris.

Ehe ich noch nicht wieder nach Hause zurückgekehrt war, hatte er stets eines der Kinder aus der Nachbarschaft gebeten, den Rasen für ihn zu mähen. Aber jetzt, da einer seiner eigenen Söhne im Haus lebte, war es ihm peinlich, das Geld so zu verschwenden.

Ich war im hinteren Hof, als Ward anrief, ließ den Rasenmäher stehen, nahm mir ein Bier, als ich am Kühlschrank vorbeikam, und hob den Hörer ab. Ich brauchte einen Moment, um seine Stimme zu erkennen. Seit Gainesville hatte ich nicht mehr mit ihm gesprochen, und er klang seltsam distanziert, als er nun mit mir redete. Fast als wäre er ebenso besorgt wie mein Vater, daß ich verrückt geworden sein könnte. Denn die große Frage in jenem Frühjahr damals lautete, ob ich nicht vielleicht einen Sprung in der Schüssel hatte.

Aber es ließ sich nur schwer sagen, was Ward dachte; er hatte sich mit seinen Antworten immer sehr bedeckt gehalten.

Er besaß kein Talent für Konversation, hatte nie herausgefunden, wie er sagen konnte, was er empfand. Fast schien es so, als ob gewöhnliche Gesten – ein Lächeln, eine Kopfbewegung – nicht zu ihm paßten, als wären sie zu ungenau für die exakte, wortwörtliche Natur seines Verstandes. Er hielt eine Distanz, die niemand überbrücken konnte.

»Wie läuft's in der Stadt?« fragte ich ihn. Und zehn Sekunden lang schien jemand die Verbindung getrennt zu haben.

»Gut«, sagte er schließlich. Und nach einer weiteren Pause: »Gehst du heute nicht schwimmen?«

»Nein.«

In dem anschließenden Schweigen zuckte eine plötzliche Erinnerung an die Geschehnisse in Gainesville auf, eine Erinnerung an jenen Morgen im Schwimmbad, als sich die Dinge änderten, als die Geräusche von Decke und Wänden abzuprallen schienen, so daß ich sie nicht zu ihrem Ursprung zurückverfolgen konnte... Wie soll ich das beschreiben? Ich hatte schreckliche Angst, daß es keine Quelle mehr gab. Daß ich zerrissen, nicht länger intakt war.

Der Schwimmlehrer, ein ungarischer Emigrant, der bei dem Einmarsch der Russen verwundet worden war, holte mich zehn Minuten später aus dem Wasser und klopfte gegen meine Stirn, als wäre sie eine Verandatür. Er sagte mir, ich wäre begabt, würde es aber nie zu etwas bringen, wenn ich mich nicht anstrengen würde. Wenn ich meine ganze Kraft nicht fürs Schwimmen mobilisieren würde.

Doch das war zu einer anderen Zeit an einem anderen Ort gewesen.

»Ich hole W. W.«, sagte ich, wie mein Vater, William Ward James, von aller Welt gerufen wurde, Anita Chester einmal ausgenommen, die ihn mit Mr. James anredete, und auch alte Freunde, die ihn »World War« – »Weltkrieg« nannten.

»Warte eine Sekunde«, sagte Ward.

Ich wartete und fürchtete, er würde mich über Gainesville ausfragen. Die Augenblicke vergingen.

»Wie geht's dir?«

»So lala.«

»W. W. meinte, du würdest für ihn die Nordroute fahren.«

»Sechs Tage die Woche.«

Die *Moat County Tribune* hatte keine Sonntagsausgabe. Mein Vater hatte es einige Jahre zuvor acht Monate lang damit probiert und darüber beinahe die Zeitung verloren.

»Willst du einen Job?« fragte er mich leise.

»Einen Laster fahren?«

»Nein«, sagte er, »keinen Laster.«

Wieder schien die Verbindung tot zu sein.

»Ein Auto«, sagte er schließlich.

»Was für ein Auto?«

»Ich weiß nicht, einen Mietwagen...« Etwas blieb ungesagt.

»Du brauchst mich doch nicht, damit ich für dich einen Mietwagen fahre«, sagte ich.

»Doch«, sagte er, »dafür brauche ich dich.«

Ich war mir nicht sicher, ob mein Vater an einen festen Zeitpunkt dafür dachte – aber er hatte sein Leben lang immer nur für den nächsten Tag gearbeitet, denn das entsprach dem ureigenen Rhythmus des Nachrichtenwesens, und mein Vater war nur dann wirklich glücklich, wenn er seine Zeit in täglichen Zeitungsausgaben messen konnte, und unglücklich, wenn er weiter vorausdenken mußte, als es die wirtschaftliche Situation seines Geschäftes verlangte –, aber für mich war von Anfang an klar, daß er eines Tages Ward die Zeitung überlassen wollte.

Ich glaube, seine Vision von diesem Augenblick, sicherlich irgendeine Zeremonie, blieb auch dann noch unverändert, als sich alles um ihn herum veränderte.

Er hatte Veränderung immer gutgeheißen, doch sparte er diesen Augenblick seiner Belohnung davon aus, eine Vision, die so vollkommen und makellos wie die Dinge in seinen Geschichten war.

Und bis mein Bruder aus Miami anrief und fragte, ob ich als sein Fahrer arbeiten wollte, wäre es mir nie eingefallen, daß ich in der großen Belohnungszeremonie meines Vaters eine Rolle spielen würde. Ich hatte angenommen, daß ich mich vielleicht auf einem Platz in den vorderen Zuschauerreihen befinden würde, neben meiner Mutter etwa und ihrem neuen Mann, um der Feier zuzuschauen.

Doch als ich einige Tage später beim Abendessen erwähnte, daß Ward mir einen Job angeboten hatte, bei dem ich nicht mehr um halb drei morgens aus dem Bett mußte, legte mein Vater, ohne zu merken, was er tat, die Gabel neben den Teller und starrte an mir vorbei aus dem Fenster. Ich kannte den Blick aus jener Zeit, in der ihn meine Mutter verlassen hatte.

Er zog sein Taschenmesser aus der Tasche, ließ die Klinge aufschnappen und prüfte ihre Schärfe mit der Daumenkuppe. Dann suchte er, immer noch geistesabwesend, in seiner Hemdtasche nach einer Herztablette. Das hatte er in letzter Zeit öfter getan.

Kurz darauf öffnete Anita Chester die Tür, sah das kalt werdende Essen auf dem Teller meines Vaters und dann den Schleier über seinen Augen.

»Stimmt was nicht mit dem Essen, Mr. James?« fragte sie.

»Nein, es ist lecker«, sagte er und schaute noch immer aus dem Fenster.

Die Tablette hatte bereits dafür gesorgt, daß er sich etwas wohler fühlte.

»Dann essen Sie es auch«, sagte sie und ging zurück in die Küche.

Er nahm die Gabel auf, da er sich ihr nur ungern widersetzte, und starrte auf seinen Teller. Okraschoten, Saubohnen, Speckstreifen, angerührt zu einem gerinnenden Haufen. Anita Chester nahm sich unsere Reste mit nach Hause. Er stocherte in dem Essen herum, zerstach den Film über dem Gemüse. Dampf stieg vom Teller auf und beschlug seine Brille.

Er spießte einen Speckstreifen auf und legte seine Gabel dann wieder hin. »Ich dachte, du wolltest hierbleiben«, sagte er schließlich. Er sah sich rasch um und erinnerte mich daran, wie leer das Haus sein würde.

»Ich fahre nicht nach Miami«, sagte ich. »Ward kommt hierher.« Aber er schien mich nicht zu hören.

»Alle gehen sie fort«, sagte er.

»Ich bleibe«, sagte ich langsam. Er schaute mich an, als wüßte er nicht, wer ich war. »Ward will sich hier in Moat County näher umsehen«, sagte ich. »Er braucht einen Fahrer.«

Mein Vater nahm sein Glas Wasser und trank aus. Als er das Glas abstellte, war er ganz da. »Warum kann er nicht selbst fahren?« fragte er.

Ich schüttelte den Kopf, da ich nichts dazu sagen wollte.

»Ich weiß nur, daß er sich mit Yardley Acheman einige Wochen hier aufhalten will.«

»Und danach?« fragte er.

Anita Chester kam wieder ins Zimmer, musterte den Teller meines Vaters und sein Taschenmesser, das aufgeklappt daneben lag, und stemmte ihre Hände in die Hüften. »Wollen Sie das jetzt essen, oder wollen Sie es foltern?« fragte sie. »Ich habe noch mehr zu tun.«

Ohne ein Wort nahm mein Vater den vollen Teller und reichte ihn ihr. Sie nahm ihn, griff dann nach meinem Teller und verschwand wieder in der Küche.

»Was passiert danach?« fragte mein Vater noch einmal.

Ich sagte, ich wüßte es nicht.

Nachdem er am Abend die Zeitungen gelesen hatte, erhob sich mein Vater aus seinem Sessel, ging in die Küche und kam mit einem Bier und einer Flasche Wein zurück. Ein Glas. Er gab mir das Bier, setzte sich und schenkte sich Wein ein.

»Als ich jung war und in diesem Geschäft anfing«, sagte er, »kannte ich einen Redakteur beim *Times-Herald* in New York. Er hieß Henry McManus und kam aus Savannah in Georgia. Bis auf den heutigen Tag ist er der ordentlichste Mensch, den ich je in einer Redaktion gesehen habe. Er ließ sich einmal die Woche die Haare schneiden, ließ die Ärmel den ganzen Tag lang bis zu den Handgelenken zugeknöpft und wurde niemals laut.«

Mein Vater trank einen Schluck Wein und sah mich fragend an, als wolle er wissen, ob er die Geschichte schon einmal erzählt hatte. Ich konnte mich nicht an sie erinnern, jedenfalls gehörte sie nicht zu seinen Lieblingsgeschichten aus der Zeit mit Ralph McGill. Mein Vater lächelte und ließ den Kopf zurück in den Sessel sinken, bis er an jener Stelle ruhte, an der das Polster speckig geworden war.

»Er beschriftete seinen Leimtopf mit seinem Namen, damit die anderen Redakteure ihn nicht benutzten, und wischte die verschütteten Leimtropfen am Rand ab, ehe sie hart werden konnten«, sagte mein Vater, »so ordentlich war er.« Er schwieg und dachte an Henry McManus' Leimtopf. »Und er wurde von seinen Kollegen so sehr geschätzt, daß die anderen Redakteure seinen Leimtopf in Ruhe ließen und ihn niemals benutzten, selbst wenn Henry nicht da war, um auf ihn aufzupassen.

Henry war schon älter«, sagte er, »er wird um die fünfunddreißig gewesen sein, was mir damals außerordentlich alt vorkam, und er hatte bei etwa einem Dutzend Zeitungen gearbeitet. Trotzdem sprach er mit allen, vom Chef bis hinunter zu den Laufjungen, in einem respektvoll höflichen Ton, wie man ihn nur selten in einer Nachrichtenredaktion zu hören bekommt. Er war schnell und bearbeitete die Manuskripte sehr sorgfältig, so daß manch einer von uns Jungtürken abends, wenn wir unseren Schlußstrich unter die Zeitung gesetzt hatten, in der Bar auf der anderen Straßenseite saß und überlegte, warum er keine bedeutendere Position einnahm.

Er benahm sich wie ein stellvertretender Chefredakteur und kannte die Stadt so gut wie jeder Reporter, obwohl er erst weniger als ein Jahr dort war. Wir kamen schließlich zu dem Schluß, daß Henry McManus einfach keine bedeutendere Position einnehmen wollte und deshalb von Zeitung zu Zeitung zog.«

Ich nickte, während mein Vater von seinem Wein trank und überlegte, ob dies das Ende der Geschichte war. Dann lächelte er wieder, während vor seinem inneren Auge ablief, was dann geschehen war.

»Jedes Jahr zu Weihnachten gab es ein Fest«, sagte er. »Wir zogen zu Henrys Wohnung und zwangen ihn, uns auf das Fest zu begleiten. Wir drängten ihm einen Drink auf und warteten in seinem Wohnzimmer, bis er geduscht und sich umgezogen hatte. Auf dem Weg zum Fest spendierten wir ihm noch einen Drink, gegen den er sich kaum noch sträubte, und dann noch einen ...«

Anita Chester kam mit ihrer Handtasche ins Wohnzimmer.

»Ich gehe jetzt«, sagte sie.

Mein Vater nickte geistesabwesend und versuchte, den Faden seiner Geschichte nicht zu verlieren. Anita Chester reckte das Kinn einige Zentimeter in die Höhe und stürmte aus dem Haus. Die Verandatür fiel krachend hinter ihr ins Schloß. Mein Vater haßte es, wenn die Verandatür zugeschlagen wurde.

Er schwieg, als warte er darauf, daß irgendein Schmerz in seiner Brust verklang, und dann setzte er genau da wieder ein, wo er aufgehört hatte.

»Auf dem Fest«, sagte er, »stand Henry in einer Ecke, kerzengerade wie ein Zinnsoldat, und trank Punsch, den jemand mit Wodka versetzt hatte. Er redete nur, wenn er angesprochen wurde, schüttelte Hände und lächelte, wenn die Chefs ihren Frauen einige Nettigkeiten über seine Arbeit erzählten.«

Mein Vater schwieg erneut, trank den Wein in seinem Glas aus und schenkte sich wieder ein. »Und dann kam es über ihn«, sagte er leise, die Verblüffung noch immer in der Stimme. »In der einen Sekunde stand er an der Wand, in der nächsten glich er bis aufs Haar einem verrückten Hund, selbst Schaum stand ihm vorm Mund. Er fiel über einen Redakteur her, dann über einen anderen, fuhr ihm an die Kehle. Nur mit mehreren Mann konnten wir ihn fortzerren, aber er befreite sich. Er war so stark wie drei von uns, und mehr konnten ihn zugleich nicht fassen. Er schleuderte eine Frau zur Seite und stürmte auf ihren Mann zu.

Die Frau fiel in den Punsch, und das schien seiner Wut eine neue Richtung zu geben, denn er fing an zu schreien: ›Jude‹, ›Itzig‹, unfaßbare Worte, grölte sie heraus.«

Mein Vater hielt wieder inne, dann schüttelte er langsam den Kopf. »Er hat sich nicht mal seinen Lohn abgeholt«, sagte er, »er verschwand einfach. Jahre später hörte ich, daß er nach Chicago gegangen sei, dort sechs Monate in der Nachrichtenredaktion gearbeitet hat und dann dieselbe verdammte Sache abgezogen hat.«

Mein Vater schaute mich an. »Er war ein Zeitungsmann«, sagte er, »aber es gibt Leute, die sollten Savannah nie verlassen.«

Ich saß mäuschenstill, fragte mich, was er über meine Exmatrikulation gehört hatte und ob er glaubte, daß ich auch jemand sei, der Savannah niemals verlassen sollte.

Da er seine eigenen Wurzeln im vorstädtischen Miami und damit also eigentlich überhaupt keine hatte, hatte Yardley Acheman bei seiner Ankunft in Moat County keinen sonderlichen Respekt vor örtlichen Eigenheiten. Nichts wirkt so lächerlich wie Traditionen, wenn man selbst keine kennt.

Er stieg in Thorn ohne Hemd aus dem Bus, das dunkle lockige Haar fiel ihm fast bis auf die Schultern, und er trug eine Underwood-Schreibmaschine vor sich her. Sie muß um die zehn Kilo gewogen haben. Mein Bruder stieg als nächster aus. Die Stadt war natürlich langes Haar gewohnt, es war das Jahr 1969, aber noch nie zuvor hatte man einen Mann mit bloßem Oberkörper mit einer Schreibmaschine in der Hand aus einem Trailways Bus steigen sehen, und selbst Hal Sharpley, Thorns anerkannter Stadtpenner, stand auf und ging, als Yardley Acheman sich auf Hals Bank setzte, um sich die Schuhe zuzubinden.

Yardley Acheman war kleiner als mein Bruder und lauter. Beim Abendessen unterbrach er meinen Vater mit eigenen Geschichten, die nicht so gut und nicht so geschliffen wie dessen waren. Das machte mir seltsam zu schaffen – nicht, weil er meinem Vater ins Wort fiel, sondern weil es so leichthin und abweisend geschah. Fast schien es, als wären die abertausend Stunden, die mein Bruder und ich am Abendbrottisch damit zugebracht hatten, höflich den Geschichten zu lauschen, nicht nötig gewesen.

Lange nachdem mein Vater sich entschuldigt hatte und zu Bett gegangen war, trank Yardley noch ein Bier ums andere, was man am nächsten Morgen auf dem Weg nach Lately riechen konnte. Ich hatte mir einen von Vaters Lieferwagen ausgeliehen, und es wurde eine gemächliche Fahrt. Eine Kolonne Bauarbeiter besserte einen vier Meilen langen Straßenabschnitt unmittelbar hinter Thorn aus, und Yardley Acheman schaute dann und wann aus dem Fenster und warf einen kurzen Blick in die Gegend, auf den breiten, braunen Fluß, einen alten, hinter einigen Kiefern versteckten Wohnwagenparkplatz oder auf eine kleine Ansammlung von Baracken, in denen die Zitrusfarmer für die Dauer der Erntezeit Jamaikaner unterbrachten.

»Um Gottes willen«, sagte er. »Um Gottes willen!«

Er stellte das Radio an, drückte einen Sender nach dem anderen und stellte das Radio wieder ab. Er stemmte seine Füße gegen das Armaturenbrett.

»Um Gottes willen!«

Ward saß in der Mitte, den Schaltknüppel zwischen den Beinen, und starrte ebenfalls in die Landschaft. Seinem Gesichtsausdruck nach zu urteilen schien es keinesweg unmöglich, daß er selbst auch *Um Gottes willen* dachte. Er war lange nicht daheim gewesen, und diesmal muß es anders für ihn gewesen sein.

MEIN BRUDER und Yardley Acheman nahmen sich zwei Zimmer im Prescott Hotel in Lately und zahlten für einen Monat im voraus. Mrs. Prescott, die seit dem plötzlichen Tod ihres Mannes im letzten Sommer das Hotel allein führte, stand regungslos und lächelte höflich, als Yardley sich eintrug, ohne daß ihm zuvor das Gästebuch angeboten worden wäre, und dann musterte sie lange seine Unterschrift, als könne sie an ihr ablesen, ob sie es mit diesen jungen Männern riskieren sollte oder nicht.

»Gibt's ein Problem?« fragte Yardley mit einer für diesen Raum viel zu lauten Stimme.

Sie zuckte zusammen, schaute vom Gästebuch auf, lächelte und schüttelte den Kopf. »Nur Sie beide?« fragte sie und warf mir einen raschen Blick zu.

»Nur wir beide«, sagte mein Bruder.

Sie nickte und starrte wieder auf die Unterschrift. »Mein Mann hat früher immer die Rezeption gemacht...«

»Gibt's ein Problem?« fragte Yardley noch einmal. »Wenn es ein Problem gibt, Lady, können wir auch woanders hingehen.«

»Nein«, sagte sie und nahm die Kreditkarte, die er auf den Tisch geworfen hatte, »es ist nur, daß mein Mann immer die Rezeption gemacht hat, und ich weiß noch nicht genau, wo alles steht.«

Yardley Acheman starrte die Frau an, während sie nach dem American-Express-Gerät suchte und dann seine Kreditkarte zweimal einlegte, beim erstenmal falsch herum. Ihre Finger zitterten unter seinem Blick.

Sie gab ihnen zwei Zimmer im zweiten Stock mit gemeinsamem Bad. Die Zimmer rochen klamm, und der Linoleumboden vor der Badewanne wellte sich und wölbte sich an den Fußleisten hoch. Über dem Heizungskörper war ein mit Farbe verklebtes Fenster, das sich selbst dann nicht öffnen ließ, als Yardley Acheman auf die Heizung kletterte und es mit ganzer Kraft aufziehen wollte.

»Wir sagen ihr, daß sie das in Ordnung bringen soll«, sagte er zu niemand Bestimmtem. Ward und ich sahen uns einen Moment an, dann drehte Ward sich um und ging aus dem Zimmer hinüber in sein eigenes.

Ein uraltes Messingbett stand an der Wand, und darüber hing das Vaterunser in einem Bilderrahmen. Die Farbe rund um das Vaterunser warf Blasen, blätterte ab und wies Risse auf, als hätte an ebendieser Stelle die Schlacht um Gut und Böse stattgefunden.

Ein Bodenventilator stand in einer Ecke gegenüber der Tür, eine kleinere Ausgabe stand auf der Kommode.

Ward öffnete seinen Koffer und zog dann die Schubladen der Kommode auf. Er musterte sie einen Moment, ging dann ins Bad und feuchtete ein Handtuch an. Yardley Acheman kniete immer noch auf der Heizung, hämmerte auf das Fenster ein und versuchte, es zu öffnen. Der Lärm war im ganzen Haus zu hören, doch daran dachte ich erst, als Mrs. Prescott mit rotem Kopf und ein wenig außer Atem erschien und behutsam an die offene Tür klopfte.

»Alles in Ordnung?« fragte sie.

Yardley Acheman hörte auf, gegen das Fenster zu hämmern, hielt sich aber noch am Fensterrahmen fest, wandte sich zu ihr um und starrte sie an, bis sie einen Schritt zurückwich und wieder im Flur stand.

»Er hat versucht, das Fenster zu öffnen«, sagte mein Bruder.

»Tut mir leid, das Fenster läßt sich nicht öffnen«, sagte sie so leise, daß wir sie kaum verstehen konnten. »Aber die Fenster in Ihrem Zimmer sind offen.«

Yardley Acheman stieg langsam von der Heizung herunter, die Rippen des Heizkörpers zeichneten sich auf den Knien seiner Hose ab.

»Es ist ein Fenster«, sagte er, »es muß sich öffnen lassen.«

Sie lächelte, schien ins Leere zu blicken und schüttelte den Kopf. »Es war noch nie auf«, sagte sie, und dann war sie fort.

Mein Bruder ging zurück in sein Zimmer, putzte die Schubladen mit dem Handtuch und mußte noch zweimal ins Bad, um das Tuch auszuspülen. Yardley Acheman ließ das Fenster in

Ruhe, folgte meinem Bruder, setzte sich auf dessen Bett und beobachtete ihn. »Das ist ihre Aufgabe«, sagte er. »Ist mir egal, wo das Hotel steht, aber es ist wohl kaum meine Aufgabe, das Zimmer zu putzen, bevor ich es benutzen kann. Das ist schließlich der Sinn eines Hotels.«

Yardley Acheman hatte die Schubladen in seinem Zimmer ungeöffnet gelassen. Seine Sachen steckten noch immer in zwei großen, teuren Lederkoffern, die er einfach mitten im Zimmer abgestellt hatte. Er plazierte seine Schreibmaschine auf einem wackligen Tisch am Fenster, vor dem eine sonnengebleichte Jalousie hing. Durch die Jalousie drang gelb gefiltertes Licht ins Zimmer.

Mein Bruder hörte auf, die Schubladen zu putzen, und sortierte sorgsam seine Kleider ein, ordnete Socken, Unterwäsche und Hemden genauso, wie Mutter es uns daheim beigebracht hatte. Langsam, um seine Sachen nicht wieder durcheinanderzuwerfen, schloß er die Schubladen und stellte dann die Koffer in den Schrank.

Yardley Acheman beobachtete all dies vom Bett aus. »Weißt du, Jack«, sagte er und wandte sich damit eher an Ward als an mich, »es geht das Gerücht, daß dein Bruder ein Zwangsneurotiker ist.«

Er war einer von der Sorte, die es genoß, eine gutmütige Beleidigung anzubringen, wenn durch die Anwesenheit einer anderen Person die Reaktion gemildert wurde. Er war auch einer von der Sorte, die mit den jeweils modischen psychologischen Syndromen vertraut war, da er in den Klatschspalten der Zeitschriften davon las.

Mein Bruder schaute ihn an, begriff, daß die Bemerkung humorvoll gemeint war, und lächelte zaghaft. Ein unnatürliches Lächeln, als müßte er einen Moment innehalten und sich daran erinnern, welche Bewegungsabläufe ein Lächeln hervorbrachten.

Auf dem Weg nach draußen kamen wir an der kleinen Wohnung von Mrs. Prescott vorbei. Die Tür stand offen, und Mrs. Prescott saß in ihrem Zimmer und wünschte sich, uns nie hereingelassen zu haben.

NOCH AM SELBEN TAG richteten mein Bruder und Yardley Acheman ein Büro in einem großen Raum im ersten Stock über dem Moat-Café am östlichen Ende der Stadt ein. Irgendwann vor nicht allzulanger Zeit hatte man sich die Mühe gemacht, das Dach so zu verändern, daß das Gebäude einer Burg glich, eine Attraktion für Touristen, die auf ihrem Weg zu den langen Stränden im Süden hier vorbeifuhren. Der Umbau war genehmigt worden, obwohl weder das Café noch die Straße oder das County irgend etwas mit Burgen zu tun hatte. Der Name »Moat« leitete sich nicht von einem Burggraben, sondern von Luther Moat her, einem Sklavenhändler, dem einst das Land gehört hatte, auf dem heute die Stadt steht.

Die Verwandlung des Moat-Cafés in eine Burg war auf halbem Weg ins Stocken geraten, doch durch die erfolgten Baumaßnahmen – ein Turm, dessen Silhouette einem spitzen Papierhut glich – war oben ein kleines Zimmer geschaffen worden, das sein Besitzer der *Miami Times* per Telefon für dreißig Dollar im Monat vermietet hatte. So lange wir das Zimmer benutzten, roch es dort nach gekochten Zwiebeln.

Mein Bruder und Yardley Acheman stellten zwei schwere Holztische herein, die sie von Moat Countys Schulbehörde erstanden hatten und in die an hundert Stellen die Initialen von Schülern gekratzt worden waren, zwei Holzstühle, deren Räder abfielen, sobald sie bewegt wurden, einen kleinen Kühlschrank und ein lederbezogenes Sofa. Diese Sachen nahmen etwa ein Viertel der Ladefläche des Lieferwagens ein und waren von ihrem Platz unmittelbar an der Ladeklappe, wo sie abgestellt worden waren (man kann Reportern nicht sagen, wie sie einen

Lastwagen beladen sollen; die denken sich, wenn Lastwagenfahrer so verdammt clever sind, warum sind sie dann nicht selbst Reporter?), bis nach hinten gerutscht und gegen die Trennwand gekracht, ein Geräusch, das sich anhörte, als wäre ich mit dem Wagen rückwärts gegen die Laderampe gefahren, was ich an meinem ersten Tag bei der *Tribune* fertiggebracht hatte.

Sie trugen die Sachen selbst nach oben, scheuerten sich die Knöchel auf, als sie die Möbel um die Kehren der Treppe bugsierten, und schabten Farbe von den Wänden. Von einem verschnörkelten Pfeiler, der zur Halterung des Treppengeländers diente, schlugen sie den Aufsatz herunter. Yardley fluchte pausenlos.

Ich war Zuschauer bei dieser Aktion, jedenfalls bei ihrer unteren Hälfte, da ich im Lastwagen vor dem Café sitzen blieb.

Weder Yardley Acheman noch mein Bruder hatten jemals körperliche Arbeit verrichtet, und so merkten sie etwa auch erst vor der engen Tür, daß sie das Sofa seitlich nicht hereintragen konnten. Ich hätte ihnen geholfen, aber der Lastwagen stand im Lieferbereich – meines Wissens der einzige Lieferbereich in ganz Lately –, und mein Bruder wollte, daß ich im Lastwagen blieb für den Fall, daß jemand liefern wollte. Zwiebeln vermutlich.

Er mochte weder die Cafébesitzer noch die Polizei oder die Bevölkerung verärgern, da vieles von dem, was er in Lately erreichen wollte, davon abhing, wie er und Yardley Acheman in der Stadt aufgenommen wurden.

Mein Bruder war im County aufgewachsen und wußte, daß alles Fremde, selbst etwas Harmloses oder kaum Wahrnehmbares – wozu er und Yardley Acheman wohl kaum gehörten –, beim geringsten Anlaß zum Problem werden konnte. Daß er aus dem Süden des County stammte, hatte dabei nichts zu sagen.

Man war ein Einheimischer, oder man war es nicht.

CHARLOTTE BLESS traf in Lately ein, als mein Bruder und Yardley Acheman den zweiten Tisch die Treppe hinaufschleppten. Ich hatte schon so lange im Lieferbereich gewartet und nach Lieferanten Ausschau gehalten, daß sich ein hechelnder Retriever in den Schatten des Lastwagens geschlichen und hingelegt hatte.

Sie kam in einem verrosteten VW-Bus mit Kennzeichen aus Louisiana. Der Bus war erst kürzlich mit einer neuen Lackschicht versehen worden, näherte sich von Osten und erregte schon in einer Viertelmeile Entfernung meine Aufmerksamkeit, da sich die Sonne in der breiten Windschutzscheibe spiegelte, als Charlotte Bless über die Eisenbahnschienen fuhr.

Einen Häuserblock vor dem Café bog sie auf die linke Straßenseite, wurde langsamer und parkte schließlich so ein, daß unsere Gesichter keine zwei Meter voneinander entfernt waren. Die Fahrerseite der Windschutzscheibe war blau getönt. Sie blieb einen Augenblick sitzen, starrte mich an, bis ich den Blick von ihr abwandte, und dann stieg sie aus. Sie trug Jeans und ein Holzfällerhemd, das sie sich in den eng geschnallten Gürtel gestopft hatte, und kaum war sie ausgestiegen, zog sie das Hemd über Bauch und Busen straff und warf ihren Kopf in den Nakken, daß ihr das Haar gerade über den Rücken fiel.

Ohne mich noch einmal anzuschauen, ging sie vor meiner Windschutzscheibe vorbei und war dann aus meinem Blickfeld verschwunden. Einen Moment später kehrte sie zurück, ihr Gesicht direkt unter meinem Ellbogen, der auf dem offenen Fensterrahmen lag.

»Ist das Ihr Hund?« fragte sie.

Der Schlag schien mich von sechs Seiten zugleich zu treffen. Ich hatte nicht gehört, daß sie zurückgekehrt war, und hatte nach einem langen letzten Blick auf ihren verschwindenden üppigen Hintern die Augen geschlossen und versucht, dieses Bild so lange wie möglich festzuhalten. Der Hund stand neben ihr und schaute mit offenem Maul und wedelndem Schwanz auf, als rechnete er damit, daß irgendwas Leckeres aus ihrer Tasche fallen würde.

»Nein, Ma'am«, sagte ich. Ich schaute den Hund und dann wieder sie an. Aus der Nähe sah sie gut zwanzig Jahre älter aus als in dem Augenblick, als sie aus dem VW-Bus gestiegen war. Ihre Haut war ledrig und warf am Kragen Falten. Diese Unvollkommenheiten machten mir Mut, da ich mir dachte, daß ich dadurch attraktiver für sie wurde. Ich hatte keine Ahnung, wer sie war.

»Er lag direkt hinter Ihrem Reifen«, sagte sie, und ich hörte den Vorwurf in ihrer Stimme. Sie langte nach unten und strich dem Tier über den Kopf, einen Ring an jedem Finger ihrer Hand. Der Hund richtete sich langsam auf und umklammerte ihr Bein mit seinen Beinen, doch sie drückte ihn ebenso langsam wieder nach unten und löste sich von ihm, gerade als er mit den pumpenden Bewegungen begann.

Ja, sie wußte, wie man mit Hunden umging.

Ich fragte mich, ob sie mir die gleiche Wohltat erweisen würde, bezweifelte es aber, da kein Mädchen in Gainesville, das Sympathie mit den Vorgängen im Kopf eines Tieres bewies, je Mitleid für das gezeigt hatte, was in meinem Kopf vorging. Und zu jener Zeit, als ich mir in allen Dingen unsicher war, schien Mitleid meine einzige Chance.

Ich schaute auf die Stelle, an der der Hund gelegen hatte. Er hatte zwar nicht unmittelbar hinter dem Reifen gelegen, nicht einmal unmittelbar davor, aber darauf wollte ich mich jetzt nicht weiter einlassen. Weil sie es gesagt hatte, schien es irgendwie auch zu stimmen.

»Ich hatte ihn im Auge«, sagte ich.

Sie nickte langsam, als wüßten wir beide, daß das nicht stimmte, sah darauf an mir vorbei zum Moat-Café und blickte dann suchend die Straße entlang.

»Ich bin auf der Suche nach dem Büro von Yardley Acheman von der *Miami Times*«, sagte sie.

CHARLOTTE BLESS und der Retriever warteten an meinem Fenster darauf, daß Yardley Acheman und mein Bruder herunterkamen. Mir war schwindlig von ihrem Parfüm, und obwohl ich mich keineswegs absichtlich weiterhin sexuell mit diesem Tier verglich, fiel mir auf, daß wir irgendwann in der Geschichte wie die Hunde vor allem durch Geruch erregt worden waren und daß es gewisse Gerüche gab, die mich mein Leben lang aufzufordern schienen, ihrem Ruf Folge zu leisten. Ich dachte dabei nicht so sehr an einen gebratenen Truthahn im Ofen – da setzt man sich hin und ißt ihn –, sondern an so etwas wie Benzin, das mich anzustacheln schien, seit ich es zum erstenmal gerochen habe. Aber zu was? Zu einem Drink? Einem Bad?

Ist es möglich, daß Benzin das erste in meinem Leben war, mit dem ich schlafen wollte?

MEIN BRUDER und Yardley Acheman tauchten in der offenen Tür auf, die nach oben zu ihrem Büro führte. Yardley setzte sich auf die unterste Stufe, nuckelte abwechselnd an einem aufgeschürften Knöchel und an einer langhalsigen Bierflasche, die er in derselben Hand hielt, während Ward zurück zum Laster ging, um die Ladeklappe zu schließen. Er sah Charlotte Bless erst, als er nach dem Griff langte und sie plötzlich neben ihm stand.

Es schien ihr zu gefallen, unvermutet an der Seite anderer Menschen aufzutauchen. Mein Bruder zuckte bei ihrem Anblick zusammen und wurde rot, während sie dastand, den Kopf zur Seite legte und zusah, wie er sich erholte. Auf einmal tat er alles zu rasch. Er lächelte, nickte und versuchte, die Ladeklappe zu schließen.

»Ich bin Charlotte Bless«, sagte sie.

»Nett, Sie kennenzulernen«, sagte er. Wortlos schaute sie ihn an. Welche Macht sie auch immer über Männer besaß, sie wollte unablässig wahrgenommen werden.

Ward zog die Klappe zu und verschloß sie, dann ließ er den Schlüssel auf die Straße fallen. Sie rührte sich nicht, als er sich bückte, um ihn aufzuheben, tat keinen Schritt. Sein Gesicht streifte beinahe ihre Hose. Er richtete sich auf, lief erneut rot an und stolperte unter ihrem Blick. Dann sah sie zur Tür hinüber, wo Yardley Acheman noch immer auf der Stufe saß und sein Bier trank. Attraktiv und unnahbar.

»Mr. Achemann?« fragte sie. Von Anfang an zog sie ihn vor.

Er stand langsam auf, trat aus dem Schatten und ging zum Lastwagen. Sie streckte ihre Hand aus, brusthoch, als hätte sie gerade erst gelernt, wie man die Hand gibt, und er nahm sie, musterte Charlotte Bless von oben bis unten und registrierte das Aussehen ihrer Haut. Er kannte die Frau nur von Fotos.

»Ist es das?« fragte sie und nickte zum Gebäude hinüber. Yardley Acheman folgte ihrem Blick und schaute sie dann wieder an, als wolle er ihr dieselbe Frage stellen.

Er trank den letzten Rest aus der Flasche und stellte sie auf den Bordstein. »Wollen Sie ein Bier?« fragte er. »Wir haben oben einen Kühlschrank.«

»Ich trinke nicht vor Sonnenuntergang«, sagte sie, doch es klang, als würde sie eine Ausnahme machen wollen. Sie ging zur Hecktür des VW-Busses, öffnete sie und holte einen Stapel flacher Pappkartons heraus, der ihr fast bis unters Kinn reichte. Sie zögerte einen Augenblick, kehrte zu meinem Bruder und Yardley Acheman zurück, schien dann einen Entschluß zu fassen und reichte meinem Bruder die Kartons, der sie annahm, ohne zu fragen, was sie enthielten, und stumm stehenblieb, bis sie es ihm verriet.

»Das sind meine Akten«, sagte sie und kehrte zum Bus zurück. »Kommen Sie, hier ist noch haufenweise von dem Zeug...«

Ich wartete hinter Yardley Acheman auf meinen Stapel Kartons, um sie die Treppe hinauf ins Büro zu tragen, und sah ihr Augenspiel, als sie ihm seine Last aufbürdete; ein rascher Blick, irgendwas ging zwischen ihnen vor, dann ließ sie die Kartons in seine Hände fallen – er sackte unter ihrem plötzlichen Gewicht zusammen – und kehrte wieder in den Bus zurück, um meinen Stapel hervorzuholen.

CHARLOTTE BLESS' weitgestecktes Ziel war es, die Frau von Hillary Van Wetter zu werden. So stellte sie sich jedenfalls das Ergebnis ihrer Bemühungen vor. Sie gab dies auch unumwunden zu, während sie sich an einen Berg Geschenkkartons mit dem Etikett des Kaufhauses »Maison Blanche« lehnte, die sich hüfthoch entlang der Wände auf der Bürohälfte meines Bruders stapelten. Jeder dieser Kartons war mit Tesafilm zugeklebt und etwa zur Hälfte mit mehreren Pfund »Akten« gefüllt. Das Gewicht der oberen Papiere drückte die unteren Kartons zusammen, so daß die ganze Wand wie eine Ansammlung verkrampft lächelnder Grimassen aussah.

Yardley Acheman saß auf der anderen Seite des Zimmers und trank ein Bier, den Stuhl an die Wand in seinem Rücken gekippt, die Beine auf dem Tisch übereinandergeschlagen. Er betrachtete Charlotte Bless mit einer Miene, die verriet, daß er sich noch keine endgültige Meinung über sie gebildet hatte. Aber vielleicht mußte er sich auch nur an ihren Anblick gewöhnen. Auf den Bildern hatte sie viel jünger gewirkt.

Niemand, der sich für die Frage interessiert, wie Journalisten ihre Geschichten finden, sollte glauben, daß die Kompaßnadel jedesmal neu ausgerichtet wird. Was sie fasziniert, das ändert sich nicht, nur der Ort, an dem sie es aufspüren.

Mein Bruder und ich lehnten an den Fensterbänken. Die Fenster standen offen, und ich roch den Geruch von Zwiebeln, unterlegt mit ihrem Parfüm.

Sie saß so bequem da, als wäre sie in ihrem eigenen Wohnzimmer. Die Knie hatte sie fast bis an den Kopf hochgezogen, und sie hielt ihre Beine umschlungen. »Ich bin hergekommen«, sagte sie und schaute wieder Yardley an, »weil ich – von meinen persönlichen Gefühlen für Hillary einmal abgesehen – einen Akt der Ungerechtigkeit korrigieren und einen unschuldigen Mann befreien will.«

Yardley Acheman klopfte mit der Flasche sanft an seine Lippen und reagierte nicht. Mein Bruder blieb reglos sitzen und wartete.

»Das ist doch auch Ihr Ziel, nicht wahr?« fragte sie.

»Sie wollen ihn heiraten«, sagte Yardley Acheman.

»Wir sind verlobt«, sagte sie. Ich warf einen raschen Blick auf ihre Hände und versuchte herauszufinden, welcher Ring von Hillary Van Wetter stammte. Statt eines Steins trug sie in dem Ring am Zeigefinger einen Babyzahn.

Yardley Acheman sah meinen Bruder an.

»Das ändert überhaupt nichts«, sagte sie. Es war still im Zimmer. »Oder ändert das was?«

Mein Bruder rührte sich, und die Bewegung lenkte ihre Aufmerksamkeit auf ihn. Er schien reden zu wollen, doch dann fiel ihm offenbar etwas anderes ein, und er blieb stumm.

»Mr. Acheman?« fragte sie. Sie beugte sich vor und entblößte ein wenig mehr von ihrer Brust. Er klopfte mit der Bierflasche an seine Lippen und dachte nach.

»Nichts«, sagte er.

Charlotte Bless bekam Hillary Van Wetter zum erstenmal zu Gesicht, als sie ein Bild von UPI auf der Titelseite einer vier Tage alten Ausgabe der *New Orleans Times-Picayune* sah, die jemand bei der Arbeit auf dem Mittagstisch liegengelassen hatte.

Auf dem Bild trug er Handschellen, wurde in Lately die Stufen zum Gericht von Moat County hinaufgeführt und angeklagt, Sheriff Thurmond Call ermordet zu haben.

Sie saß in der Cafeteria für Angestellte in der Hauptpost von New Orleans in der Loyola Street. Die Zeitung lag auf dem Tisch, die Sportseiten waren herausgerissen und fortgeworfen worden, auf den Seiten trockneten rote Bohnen und Reis. Sie wischte das Essen ab und betrachtete das Bild, ein Fahndungsfoto, das dennoch eine gewisse Intensität im Gesicht des blonden Mannes einfing, der zwischen zwei mondgesichtigen Hilfssheriffs stand, und sie spürte, wie es sie zu ihm hinzog.

Den anderen Mördern nach zu urteilen, deren Akte sie zusammen mit Hillary Van Wetters Unterlagen im Volkswagen mitgebracht hatte, hegte sie eine Vorliebe für blonde Männer.

Sie las die Story unter dem Bild – nur einige Absätze, die vor allem die Laufbahn von Sheriff Call wiedergaben –, und als ihre Mittagspause zu Ende ging, riß sie Bild und Artikel aus der Zeitung und steckte sie in ihre Tasche. In der Cafeteria war das möglich, in der Abteilung war es ein Verbrechen, denn hinter abgedunkelten Deckenfenstern saßen Aufpasser, die die Briefsortierer gerade auf ein derart verbrecherisches Tun hin kontrollierten.

Bisher hatte Charlotte Bless' Ehrgeiz nur das Ziel gekannt, die Karriere beim Postamt von New Orleans als eine Aufpasserin hinter diesen abgedunkelten Fenstern zu beenden. Eine solche Arbeit hätte ihr gefallen, und sie war schon bald entschlossen, alle Beförderungen abzulehnen, die über dieses Ziel hinausgehen sollten. An jenem Abend schrieb sie ihren ersten Brief, Luftpost, einen fünf Seiten langen Bericht, der Hillary Van Wetter genau beschrieb, wie sie sein Bild entdeckt hatte, welche Stellung sie bei der Post innehatte, der ihm von den Essensresten auf dem Tisch erzählte, den nie einer saubermachte, und in dem sie ihr »Dilemma« bekannte, daß sie sich nämlich inmitten der Unordnung anderer Leute die Frage stellte, wie ein ordentlicher, sorgfältig rasierter Mann wie Hillary Van Wetter überhaupt in eine solche Situation geraten konnte.

Sie machte einen Durchschlag, legte die Kopie in einen Karton und schrieb H.V.W. darauf.

Er war zwar nicht der erste Mörder, dem sie geschrieben hatte, aber er war der erste, der mit einem Messer gemordet hatte. »Wäre ich an ihrer Stelle gewesen«, schrieb sie ihm am Ende des Briefes und schlug damit einen seltsam vertraulichen Ton an, »hätte ich mich bestimmt – wäre ich so sehr provoziert worden, daß ich töten wollte – ebenfalls für die Intimität einer Klinge entschieden.«

Sie bekam keine Antwort auf diesen Brief.

In ihrem nächsten Brief stand, sie wisse, daß er sich noch am Anfang seiner juristischen Reise befinde, das waren ihre genauen Worte, und daher wohl zu beschäftigt sei, um den üblichen gesellschaftlichen Gepflogenheiten zu gehorchen. »Und fotogen wie Sie sind«, fügte sie hinzu, »erhalten Sie sicher weit mehr Briefe, als Sie beantworten können.«

IN DEN NÄCHSTEN FÜNF MONATEN ging Charlotte jeden Nachmittag nach der Arbeit in die öffentliche Bibliothek von New Orleans und suchte nicht nur in den Seiten der *Times-Picayune* und der *States-Item*, die beide kaum über Ereignisse außerhalb Louisianas berichteten, nach einer Erwähnung von Hillary Van Wetter, sondern las auch die *Atlanta Constitution*, die *Miami Times* und die *Tampa Times*.

Als das allgemeine Interesse an der Story abflaute, wurden Hillary Van Wetter und Sheriff Call seltener erwähnt. Doch später, während des eigentlichen Prozesses, wurde Charlotte dafür mit täglicher Berichterstattung belohnt, und sie schnitt alle Artikel sowie sämtliche Bilder von Hillary Van Wetter aus, selbst wenn es Fahndungsfotos waren, die sie bereits besaß.

Sie schnitt auch die Bilder von Sheriff Call, vom Ankläger, dem Verteidiger und den beiden Schöffen aus, die nach dem Urteil interviewt und fotografiert worden waren. Manchmal schaute sie sich morgens die Bilder an, wenn sie vor lauter Sorge um Hillary aufwachte, und es tröstete sie, diese Männer mit ihm zu vergleichen. Sie hatte ihr Leben lang Männer mit ebendiesen weichen Gesichtern zurückgewiesen.

An einem kleinen, vom vorderen Tresen nicht einsehbaren Tisch der Bibliothek schnitt sie die Bilder aus der Zeitung und benutzte dazu eine kleine Nagelschere mit stumpfen Enden, die die Ränder der leeren Rahmen ausfranste. Sie schämte sich, die Bilder zu stehlen, und hinterließ einmal einen Zettel im Kummerkasten mit der Bemerkung, daß die Bibliothek ein besseres Sicherheitssystem gebrauchen könne. Sie hatte auf die abgedunkelten Deckenfenster im Postamt verwiesen.

Zu Hause klebte sie die Artikel und Bilder auf Schreibmaschinenpapier und legte die Blätter zuunterst in den mit H. V. W. beschrifteten Karton. Sobald er halb voll war, begann sie einen neuen Karton.

Unterdessen schickte sie Hillary Van Wetter jede Woche einen Brief ins Gefängnis – lange, verwickelte Briefe voller Beschreibungen vom Postamt und den Leuten, die dort arbeiteten, von den Geräuschen, die nachts durch die Wände ihrer Wohnung im Viertel drangen, und davon, was sie von einem Artikel über ihn hielt oder wie sie ihn auf einem Bild fand, das sie gesehen hatte.

Es war noch zu früh, um ihn zu bedrängen.

Die übrigen der von ihr ausgewählten Mörder waren seit ihrem ersten Brief, sogar noch ehe sie ihnen ihr Bild geschickt hatte, eifrige und treue Korrespondenten gewesen. Doch ihre Antworten waren letztlich so eintönig, daß Charlottes Interesse erlahmte. Sie schickte ihnen zwar immer noch nichtssagende Karten aus dem Urlaub, machte sich aber nicht einmal mehr die Mühe, einige der dickeren Umschläge zu öffnen, die als Absender eine Kennummer trugen. Sie enthielten alle dasselbe, steckten voller Juristenjargon und Geschichten von vergeßlichen Anwälten, vom Gefängnisalltag und sexuellen Sehnsüchten, und sie versprachen Sex, der Tage und Monate dauern sollte.

Schlimmer noch waren die, die Bücher lasen und laufend tote Philosophen zitierten. Meistens deutsche.

Nichts über die Verbrechen. Kein Wort über die Opfer oder die Orte, an denen die Morde passiert waren. Keinen einzigen Hinweis darauf. Fast schien es, als wäre die einzig aufregende Sache in ihrem Leben nie passiert.

Trotzdem hatte sie sie noch nicht völlig abgeschrieben. Sie dachte nachts immer noch gern an sie, wie sie, eingesperrt in sechs verschiedenen Staaten, im Halbdunkel der Zellen ihr Bild anstarrten, alles um sie herum totenstill bis auf ihren harschen Atem und das Knarren der Pritschen.

Doch sie spürte, daß sie bei Hillary Van Wetter nach Tiefgründigerem suchte, als es ihre gewöhnlichen Killer bieten konnten.

Sie wollte jemanden, der keine Kompromisse einging. Kaum hatte man Hillary verurteilt – sie begann ihre Briefe danach mit »Mein lieber Harry« – und in die Todeszelle in Starke gesteckt, sandte sie ihm ihr Bild und unterschrieb es mit: »Für Hillary Van Wetter, einem integren Mann. Mit liebsten Grüßen, Charlotte.«

Als ich im Begleitbrief dieselbe Formulierung las – »ein integrer Mann«, dachte ich plötzlich an meinen ungarischen Schwimmlehrer an der Universität von Florida. Mobilisiere deine ganze Kraft fürs Schwimmen.

Sie wußte, wie sehr ihr das Foto schmeichelte, fand es aber im großen und ganzen angemessen. Es gab ihre wesentlichen Merkmale korrekt wieder, glättete ihre Haut, ließ sie weicher wirken und zeigte zudem keinen Teil ihres Körpers, an dem sie, selbst nicht in kritischen Momenten, etwas auszusetzen hatte.

Und falls sie beim Versenden des Bildes bereits wußte, daß sie irgendwann vor Hillary Van Wetter nicht in exakt derselben Gestalt wie angekündigt erscheinen würde, dann war die Täuschung keineswegs so gravierend wie etwa bei den Bildern auf den Packungen der Tiefkühlkost, die Erbsen grün wie grüne Kreide versprachen und graue Erbsen enthielten.

Sie war keine graue Erbse.

Acht Tage nachdem sie ihr Bild abgeschickt hatte, traf ein Brief aus Starke in Florida ein:

Geehrte Miss Charlotte Bless,
schönen Dank dafür, daß Sie mir einen Brief über meine Unschuldigkeiten geschrieben haben. Ich hab da ein paar Sachen vor, die gehen in die gleiche Richtung. Haben Sie kein Bild, wo mehr von Ihnen drauf ist, damit ich weiß, womit ich's zu tun hab?

Ihr ergebener
Hillary Van Wetter, # 39269
Postfach 747
Starke, Florida

Sie las die Worte und meinte, seine Stimme hören zu können. Keine Ausflüchte, kein Anwaltsgewäsch, kein Herumgejammer. Er war reiner als ihre anderen Killer, aber das hatte sie von Anfang an geahnt. Ungebrochen durch Knast und Juristen, ein integrer Mann.

Und selbst wenn man zugab, daß die Romanze mit Hillary Van Wetter im Kern auf einem gewissen Mißverständnis beruhte, würde doch niemand, der Hillary Van Wetter persönlich kennengelernt hatte, behaupten wollen, daß Charlotte Bless völlig im Irrtum war.

Nach erfolgter Zählung stellte sich heraus, daß Charlotte Bless in mehr als vier Jahren einundvierzig Kartons mit »Beweismaterial« angesammelt hatte: Zeitungsausschnitte, Briefe an und von Hillary Van Wetter ebenso wie den Briefverkehr mit einem halben Dutzend weiterer Mörder, Prozeßmitschriften und Mitschriften der beiden anschließenden Berufungen und kurze Biographien aller elf Richter, die bislang mit dem Fall zu tun gehabt hatten.

Es gab mehrere Zeitungsberichte berühmter Mordfälle, in denen dieselben Richter zuvor Recht gesprochen hatten, sowie eine Liste aller Rechtsbeugungen, die in den letzten fünfzehn Jahren seiner Amtstätigkeit durch Sheriff Thurmond Call verübt worden waren.

Und sämtliche Kartons enthielten eine Art fortlaufendes Tagebuch, vermengt mit den übrigen »Beweisstücken«, das nicht nur Urteile kritisierte und alternative Theorien über die Mordfälle aufstellte, sondern auch Charlotte Bless' intimste sexuelle Gedanken seit Beginn des Falls enthielt.

In einem Abschnitt analysierte sie Richter Waylan Lords Vorgehen bei Fällen mit Todesstrafen, und im nächsten hielt sie fest, daß, Hillary Van Wetter ausgenommen, alle Mörder, die ihr geschrieben hatten, den Mund an ihre Vagina und selbst in ihre Poritze pressen wollten. Hillary hatte kein derartiges Verlangen, was für sie ein »psychologischer Beweis« seiner Unschuld war.

Wie ein Richter wünschte er sich, daß sie ihm einen blies.

Yardley Acheman und mein Bruder hockten eine Woche lang jeden Tag in ihrem Büro und lasen alles, was die Beweissammlung enthielt. Ward öffnete jeden Karton, numerierte ihn, untersuchte dann den Inhalt und machte sich unterdessen Notizen. War er mit einem Karton fertig, gab er ihn an Yardley Acheman weiter, der ihn weit schneller durcharbeitete und sich keine Notizen machte, aber manchmal innehielt und eine Stelle laut vorlas.

»Hört euch das an«, sagte er. »Sie schreibt, wie sie ihm vor den Augen aller Gefangenen durch das Zellengitter einen bläst, und dann, wartet ...« Er schwieg einen Moment, suchte die entsprechende Stelle. »Ja, hier ist es ... Falls es dazu kommt, würde ich auch seinen Schaft saugen, wenn man die Elektroden an seinen Körper anschließt, würde ihn in meinem Mund halten, wenn er kommt und wenn er geht ...«

Er sah zu meinem Bruder hinüber, lächelte, und als der nicht reagierte, schaute er mich an. »Ich glaube kaum, daß sie diese Idee bis zu Ende durchdacht hat«, sagte er.

Ward war bereits wieder in die Papiere vertieft, die er auf seinem Tisch ausgebreitet hatte.

»Falls sonst nichts dabei rumkommt«, sagte Yardley, »haben wir hier immerhin die seltsame Geschichte einer Frau, die sich in Mörder verliebt ...«

Mein Bruder sah wieder auf, um einen weiteren Karton zu öffnen, der wie all die übrigen Kartons sämtliche geheimen Gedanken und Sehnsüchte enthielt, die Charlotte Bless seit 1965 in den Sinn gekommen waren und die sie ihm und Yardley Acheman in blindem Vertrauen und aus Liebe zu einem Verlobten überantwortet hatte, dem sie noch nie begegnet war.

»Wir haben ihr nichts versprochen«, sagte Yardley.

Ward kämpfte einen Augenblick mit sich, dann machte er sich wieder wortlos über seinen Karton her. Der Verrat lag in der Sache selbst; er hatte bereits in den Kartons gesteckt, als sie ihnen überreicht wurden, steckte im Kern der Geschichte ebenso wie im Wesen ihres Berufs.

»Du bist nicht dumm!« rief sie. »Warum gehst du nicht aufs College?« Das Fenster war offen, und der Wind riß ihr das Haar von der Rückenlehne und blies es ihr in die Mundwinkel.

»Wir könnten die Klimaanlage anmachen«, sagte ich, aber wahrscheinlich nicht laut genug, um bei dem Wind gehört werden zu können. Ich griff nach dem Armaturenbrett und versuchte, mich an den richtigen Knopf zu erinnern.

Sie hielt mich zurück, berührte meinen Arm und schüttelte den Kopf, und ihr Haar flatterte im Wind und schimmerte rot in der Sonne, die dicht über dem Horizont hing.

»Ich mag frische Luft«, sagte sie, und ich nickte. Einen Augenblick später peitschten mir meine eigenen Haare ins Gesicht, so daß mir die Tränen in die Augen stiegen. »Also, warum sind Sie nicht auf dem College?« fragte sie noch einmal.

Ich kurbelte mein Fenster etwas höher, und die Haare flatterten nur noch halb so schlimm im Wind. »War ich ja«, sagte ich.

Sie schaute mich wartend an. Als würden Fremde ihr von sich erzählen, weil sie Fremden von ihrem eigenen Leben erzählte.

»Kam was dazwischen«, sagte ich.

»Was denn?« Sie ließ das Gesagte gar nicht richtig zu sich durchdringen, aber wenigstens schaute sie jetzt auf die Straße. Ich weiß nicht warum, aber sie hatte darauf bestanden, selbst zu fahren.

»Ich vergaß, wo ich war«, sagte ich. Und als ich meine Worte hörte, kam es mir wie die Wahrheit vor. Charlotte Bless beugte sich zu mir herüber, um mich besser verstehen zu können, und der Wind ließ die Bluse gegen ihre Brust flattern. Als ich sie ansah und davon sprach, daß ich vergessen hatte, wo ich war, sah ich den rosafarbenen Hof ihrer Brustwarze.

»Haben Sie sich verirrt?« fragte sie.

»Nicht verirrt«, sagte ich. »Ich wußte, daß ich mich an einem vertrauten Ort befand. Ich hatte nur vergessen, wo dieser Ort war.«

»Das kommt auf dasselbe raus«, sagte sie.

»Nein«, sagte ich, »tut es nicht.«

Sie blieb einen Augenblick stumm und dachte darüber nach. Wir fuhren nach Starke. Sie hatte gesagt, sie wolle sich eine Zeitlang beim Gefängnis aufhalten, auf dem Parkplatz sitzen und sehen, wie es sich anfühlte, in seiner Nähe zu sein.

Sie wäre gern mit Yardley gefahren, aber der tauchte spät am

Nachmittag im Büro auf und sagte, er könne nicht mitkommen. »Da werden Sie mit Jack vorliebnehmen müssen«, hatte er gesagt, weil er am Nachmittag im Waschsalon eine Frau kennengelernt hatte und statt dessen nun die örtlichen Verhältnisse mit ihr erkunden mußte. Er sagte, in Sachen Ortsverhältnisse habe er einiges aufzuholen.

»Wie kann man am College vergessen, wo man ist?« fragte Charlotte.

Ich dachte darüber nach und versuchte, mich zu erinnern, wie es passiert war. »Ich bin Sportler, Schwimmer«, sagte ich langsam.

»Sie können schwimmen?«

»Wir sind in Florida, hier können alle schwimmen.«

Wieder schwiegen wir, und sie drückte den Zigarettenanzünder ins Armaturenbrett, wartete, bis er glühte, steckte sich eine Zigarette zwischen die Lippen, ließ das Steuer los und schirmte mit einer Hand die Zigarette gegen den Wind, als sie sie anzündete.

»Wo haben Sie geschwommen?« fragte sie, während niemand den Wagen lenkte.

»An der University of Florida. Ich war in der Unimannschaft.«

»In einem Becken?«

Sie sog an der Zigarette, und der Wind fuhr in die Glut und blies Funken in ihr Haar. »Doch nicht etwa im Ozean, oder?«

»Nicht mit der Universität«, sagte ich.

»Gut.«

Und wieder schwiegen wir. Einige Minuten später fuhren wir durch Starke und bogen nach Norden auf den Highway 16. Sie sah ein Schild, das die Entfernung zum Staatsgefängnis angab, und wurde langsamer, ehe sie vorbeifuhr, schaute es sich an, bis es hinter uns verschwand, als wäre es etwas, an das sie sich erinnern wollte. Dann schien sie für eine Weile in den Anblick der Landschaft versunken zu sein. Sie betrachtete die flache, leblose Gegend, als hätte – wie auf einem Schlachtfeld aus den Zeiten des Bürgerkriegs – jede Kleinigkeit eine besondere Bedeutung.

Ich dachte immer noch an Gainesville und an das, was dort geschehen war, daran, wie ich vergessen hatte, wo ich war. Ich wollte ihr davon erzählen, weil ich glaubte, daß es mich interessanter machen würde.

»Es war ein Hallenbad«, sagte ich und wußte wieder, wie es sich angefühlt hatte, »und die Geräusche prallten von der Decke aufs Wasser und an die Wände. Ich hätte unmöglich sagen können, wo sie herkamen.«

Sie wandte sich vom Fenster ab. Der Wind hatte ihre Zigarette ausgeblasen. »Was für Geräusche?« fragte sie.

»Geschrei«, sagte ich, »viel Geschrei. Pfiffe. Der Trainer kam aus Ungarn, da pfeifen sie gern. Wir waren täglich vier Stunden im Wasser, manchmal länger, jeden Tag, außer sonntags, sechs Monate im Jahr.«

»Wir?«

»Die Schwimmer. Ich war in der Mannschaft.«

»Und Sie haben vergessen, wo Sie waren.«

Ich nickte. Genau das war passiert. Wir hatten am Tag zweimal Training, früh und spät. Ich war die ganze Zeit im Wasser, und nachts, in meinen Träumen, war ich wieder drin.

Und ich wachte um halb sechs aus meinen Träumen auf, damit ich um sechs am Becken sein konnte, und der fehlende Schlaf und die Erschöpfung sorgten irgendwann dafür, daß die Träume in den Tag eindrangen, so wie die Tage in die Träume eingedrungen waren, und so schwamm ich morgens meine Bahnen und wußte plötzlich nicht mehr, wo ich war.

Wenn das geschah, hörte ich entsetzt auf, drehte mich auf den Rücken, ließ mich treiben und achtete nicht auf das Geschrei und die Pfiffe, schaute an die Decke und auf die Wände, auf meine

Beine, Arme und Brust, um sie zu sehen und mich zu vergewissern, wo sie waren.

Dreimal hatte ich mich im letzten Semester aus dem Bett gedreht.

Und dann verlor ich mein Stipendium und wurde exmatrikuliert, fuhr zurück nach Moat County in mein eigenes Zimmer und zu meinem eigenen Bett und merkte, daß mir die Krankheit nach Hause gefolgt war.

Sie hörte mir nicht mehr zu, also blickte ich nach draußen und sah es vor uns liegen, das Gefängnis.

Sie bog in die kiesbestreute Auffahrt, die zu einem Tor mit der Aufschrift »Besucher« führte. Das Gefängnis lag ungefähr zweihundert Meter dahinter, umgeben von einem mit Rollen von Bandstacheldraht bewehrten Gitterzaun. Dahinter folgte ein zweiter, kleinerer, aber ebenfalls mit Stacheldraht verstärkter Zaun, und zwischen den beiden Zäunen lagen in der Dämmerung des späten Nachmittags zwei Dutzend großer Hunde, selbst potentielle Killer, die brutalsten Exemplare, die man aus ebendiesem Grund vor der Kohlenmonoxid-Gaskammer im Tierkontrollzentrum des Landes bewahrt hatte.

»Wir würden gern auf dem Parkplatz stehenbleiben«, sagte sie zum Wachposten.

Er schaute in den Wagen, musterte ihn von vorn bis hinten und schüttelte dann den Kopf. »Dazu brauchen Sie einen Paß, Miss«, sagte er, »und jetzt ist es zu spät. Geschäftszeit ist von neun bis halb fünf. Besuchszeiten auf Anfrage.«

Dann starrte er mich an, ich wußte nicht, warum.

»Ist schon in Ordnung«, sagte sie. »Er ist von der Presse«.

Wir fuhren rückwärts von der Auffahrt herunter und blieben eine Weile auf der Landstraße stehen. Charlotte Bless besah sich das Gefängnis vom einen bis zum anderen Ende, seufzte dann und ließ sich wieder in ihren Sitz fallen. Sie schloß die Augen.

»Wissen Sie, wo sie sitzen?« fragte sie.

»Wer?«

»Die Insassen der Todeszellen. Wissen Sie, wo die sind?«

Ich sagte: »Hier sieht mir alles nach Todeszelle aus.«

»Drüben, ganz rechts«, sagte sie, und ich blickte in die angegebene Richtung, aber für mich unterschied sich die Stelle nicht vom übrigen Gebäude. »Sie lassen Tag und Nacht das Licht an.«

Sie steckte sich noch eine Zigarette an. »Deren Problem ist das glatte Gegenteil von Ihrem Problem«, sagte sie. »Da drinnen können sie nicht vergessen, wo sie sind.«

Eine Weile schwiegen wir, und sie wandte sich von mir ab, um das Gefängnis anzustarren. »Hillary weiß bestimmt, daß ich hier bin«, sagte sie.

Ich glaubte nicht, daß sie recht hatte, aber für einen Dritten läßt sich nur schwer beurteilen, was zwischen Mann und Frau vorgeht, die heiraten wollen, ohne sich jemals gesehen zu haben.

Sie saß dort mit gespreizten Beinen und rauchte, während es am Himmel dunkel wurde. Nachtinsekten flogen in den Wagen, und ich schlug sie mir von den Armen und vom Hals. Im Gefängnishof gab es Leuchtkäfer. Sie saß still, immun gegen die Insekten, ihr Gesicht glühte auf, wenn sie hin und wieder an ihrer Zigarette zog, und dann verschwand es wieder im Dunkeln. Vielleicht mochten die Mücken keinen Rauch.

Ich dachte daran, sie auszuziehen, gleich hier im Wagen, während keine Viertelmeile entfernt Hillary Van Wetter in seiner Zelle lag und eine plötzliche Ahnung ihn in seinem Bett auffahren ließ.

Aber es war nur ein Gedanke; er glühte auf und verblaßte wieder wie ihr Gesicht, wenn sie an der Zigarette zog. Mir schien, daß selbst Hillary Van Wetter mir diesen Gedanken verziehen hätte.

Weldon Pine war zweiundsiebzig Jahre alt und seit sechsundfünfzig Jahren praktizierender Anwalt in der Nordhälfte von Moat County, ein Relikt aus einer Zeit, in der der Abschluß eines anerkannten Jurastudiums noch keine Voraussetzung für den Anwaltsberuf gewesen war. Und obwohl Mr. Pine keinen Studienabschluß besaß – wenigstens nicht im akademischen Sinn, doch konnte er die Ehrendoktorwürde der Jurisprudenz der Christian University of North Florida vorweisen –, so war er dafür auf die eine oder andere Weise mit jedem Menschen persönlich verbunden, der seinen Lebensunterhalt im oder am Gericht von Moat County verdiente. Genauer gesagt war er der Mann, der darüber entschied, ob viele von ihnen überhaupt etwas verdienten. In der Nordhälfte von Moat County war es eine unstrittige Tatsache, daß er der beste Anwalt der Südstaaten war.

Mr. Pine saß immer noch in dem Büro, das er sich zu Beginn seiner Karriere gemietet hatte. Es lag in einem Gebäude schräg gegenüber vom Gericht, und obwohl er längst nicht nur das Gebäude besaß, in dem sich sein Büro befand, sondern auch den gesamten dahinter liegenden Häuserblock, ließ er das Eckzimmer im ersten Stock unverändert so, wie es am Tag seines Einzugs gewesen war. Ein Eichentisch stand mitten im Zimmer und ließ gerade genügend Platz, um die Tür öffnen zu können. Die Jalousien vor den Fenstern waren heruntergezogen, die metallenen Aktenschränke standen an der gegenüberliegenden Wand.

Von seiner Lage, der Dachsilhouette und dem Umstand einmal abgesehen, daß es hier nicht nach Zwiebeln roch, war dieses Büro kaum besser als das Zimmer, das sich mein Bruder und Yardley Acheman über dem Moat-Café eine halbe Meile weiter nördlich gemietet hatten.

Eigentlich wirkte es sogar kleiner, sobald wir alle eingetreten waren. Mr. Pine saß hinter seinem Tisch in einem neuen Anzug und frisch frisiert, ein kräftiger, untersetzter Mann, der sich das wellige weiße Haar einen Zentimeter über seinen Ohren abrasieren ließ.

Vor dem Tisch stand ein einziger Stuhl, auf den setzte sich Yardley Acheman.

»Mir fällt gerade ein«, sagte Mr. Pine und schaute auf uns, die wir noch standen, »daß wir es im Konferenzraum wohl ein wenig bequemer hätten.«

»Kein schlechter Gedanke«, sagte mein Bruder.

Der alte Mann hob einen gekrümmten Zeigefinger und sagte: »Aber...«, wir warteten eine lange, dramatische Pause ab, »...sämtliche Fotos werden ausnahmslos hier gemacht. Haben wir uns verstanden?«

Ward und Yardley Acheman schauten sich einen Augenblick an, dann stand Yardley Acheman auf, das Hemd klebte ihm schweißnaß auf der Haut. Ein kleiner Ventilator am Fenster drehte sich, war aber offensichtlich für ein Zimmer gedacht, in dem sich keine Leute aufhielten.

»Für Fotos ist es noch ein bißchen früh«, sagte Ward, und damit schien sich Mr. Pine zufriedenzugeben.

Wir folgten ihm durch das Büro der Sekretärin und über einen mit Teppichen ausgelegten Flur. Der Konferenzraum lag hinter den letzten beiden Türen auf der rechten Seite, und in ihm gab es genügend Sessel für uns alle.

Charlotte stemmte die Hände in die Seite und besah sich die juristische Fachliteratur, die die Wände säumte, als sei sie auf der Suche nach einem Buch.

Der alte Mann setzte sich an das Kopfende des Tisches und beobachtete sie. »Sie ist die Fotografin, stimmt's?« fragte er.

»Das ist Charlotte Bless, Mr. Pine«, sagte mein Bruder. »Sie schrieb Ihnen, daß wir kommen.«

Der Anwalt sagte: »Ja, sicher, natürlich!« und lächelte Charlotte an. Sie setzte sich, ohne sein Lächeln zu erwidern. Weldon

Pine lehnte sich zurück, verschränkte die Hände im Nacken und schloß die Augen.

»Meiner Erfahrung nach ist es bei dieser Art Unterfangen«, sagte er, »das Beste, wenn man mit dem Anfang beginnt.« Wieder folgte eine lange Pause, in der er sich zu sammeln schien.

»Ich wurde 1897 in diesem County als Sohn armer Eltern geboren. Meine Mutter war Französin, mein Vater Deutscher. Meine frühe Schulbildung blieb recht lückenhaft, ließ sich aber in meinen Augen durchaus mit dem vergleichen, was meine gleichaltrigen Gefährten unter der Fuchtel staatlicher Schulen erlitten. Man brachte mir die Bedeutung logischen Denkens bei, was mir in all den Jahren gute Dienste leistete, seit...«

Weldon Pine hielt plötzlich inne, sah vor sich auf den leeren Tisch, stand dann auf, verließ das Zimmer und zog die Tür hinter sich zu. Wir blieben sitzen und sahen uns an, sagten aber kein Wort. Außer Atem war er einen Augenblick später wieder da, in der Hand ein Familienalbum; es schien schwer wie ein Sandsack zu sein. Der Ledereinband war uralt und trocken und knarzte, als das Buch aufgeschlagen wurde.

»Hier«, sagte er und tippte mit dem Finger in das Album, »dies war meine Mutter. Wie Sie sehen können, war sie Französin.« Der Finger war so breit und rissig, als gehörte er zur Hand eines Bauern. Charlotte rückte einige Zentimeter vor, um besser sehen zu können, da sie die Fotos vermutlich gern für ihre Akten gehabt hätte, doch sonst rührte sich niemand. »Ich fürchte, die Qualität ist nicht besonders«, sagte er. »Was haben Sie für eine Druckerpresse? Die *Palm Beach Post* macht ganz gute Fotos, aber die hat Offsetdruck.« Er schlug eine Seite um. »Dies sind mein Vater und sein Bruder.« Er lächelte sie an. »Deutsche«, sagte er, als wäre dies ein Witz, den wir alle verstünden.

»Mr. Pine«, sagte Yardley Acheman, »glauben Sie nicht, wir könnten die nächsten fünfundsechzig Jahre überspringen und jedermann hier ein wenig Zeit sparen?«

Der alte Mann sah auf, der Finger noch immer unter einem Bild von seinem Vater und seinem Onkel. Er blinzelte.

»Neunzehnhundertfünfundsechzig«, sagte Yardley Acheman. »Hillary Van Wetter...«

Der alte Mann schaute wieder ins Album, er schien nicht zu verstehen. »Das war kein bedeutsamer Fall«, sagte er schließlich. »Und er trägt nichts zur Vielfalt meiner Geschichte bei.«

»Er ist die Geschichte«, sagte Yardley Acheman langsam.

Und wieder folgte eine Pause, in der der Anwalt das Gesagte zu verdauen schien. »Wir haben Ihnen einen Brief geschrieben und unser Kommen angekündigt«, sagte Yardley Acheman. »Sie waren damit einverstanden, uns ein Treffen mit ihm zu arrangieren.«

Der alte Mann schüttelte den Kopf. »Ich hätte dem niemals ohne Erlaubnis meines Klienten zugestimmt«, sagte er. »Wie jeder andere Mensch hat er ein Recht auf ein ungestörtes Privatleben.«

»Sie haben Mr. Van Wetters Erlaubnis«, sagte mein Bruder leise, und der alte Mann drehte sich zu ihm um. Er sah aus, als würde er gegen eine Meute von Hunden ankämpfen. »Er hat Ihnen geschrieben, und eine Kopie dieses Briefes lag auch unserem Schreiben bei.«

Weldon Pine klappte der Kiefer herunter. »Das muß ich erst überprüfen», sagte er. Wieder schaute er auf das Bild von seinem Vater und seinem Onkel, den Deutschen, und schloß dann widerwillig das Album.

»Der Brief dürfte bei Ihren Akten liegen«, sagte mein Bruder.

Der alte Mann schaute ihn an und schien sich in sich zurückzuziehen. »Das sagen Sie, aber ich habe einen Klienten zu schützen.« Er sah sich noch einmal auf dem Tisch um, ließ den Blick einen Moment lang auf Charlotte Bless ruhen und setzte dann ein geübtes Lächeln auf. »Wäre das alles?«

»Mr. Pine«, sagte mein Bruder im selben leisen Ton, »Mr. Van

Wetter hat uns im Rahmen unserer Recherche für einen Zeitungsartikel gebeten, seinen Fall zu überprüfen. Zu diesem Zweck hat er Sie angewiesen, uns Einblick in alle relevanten Akten zu gewähren und Gespräche zwischen uns und Mr. Van Wetter sowie mit allen anderen interessierten Parteien zu erleichtern.«

»Mit anderen interessierten Parteien«, sagte der alte Mann und schien das seltsam komisch zu finden.

»Wenn Sie bitte in Ihren Akten nachsehen würden . . .«

Yardley Acheman unterbrach meinen Bruder. »Anders ausgedrückt, Mr. Pine, falls Sie Ihre Akten nicht überprüfen und kein Treffen zwischen uns und Mr. Van Wetter arrangieren wollen und falls wir einen eigenen Anwalt engagieren müssen, um Mr. Van Wetters Interessen zu wahren – und ich verspreche Ihnen, daß wir genau das tun werden, wenn wir hier mit leeren Händen wieder herausmarschieren –, dann wird dieser Anwalt, so lange er hier ist, Mr. Van Wetters Fall nach allen Seiten hin untersuchen und auch die Kompetenz seiner Verteidigung überprüfen, wenn Sie verstehen, was ich meine.«

Der alte Mann saß da und schluckte. »Mit Hillary Van Wetters Verteidigung vor Gericht ist alles in Ordnung«, sagte er.

»Von uns haben Sie nichts zu befürchten«, sagte Yardley Acheman in freundlicherem Ton. »Wir wollen boß mit ihm reden.«

»Dem öffentlichen Wohl zuliebe habe ich diesen Fall angenommen«, sagte der alte Mann. »Ich habe keinen Cent an dem Mann verdient.«

Wieder blieb es eine Weile still. »Wir wissen natürlich über Ihr lobenswertes Engagement zum Wohle der Allgemeinheit Bescheid«, sagte Yardley Acheman.

Charlotte öffnete ihre Handtasche und fand eine Zigarette. Der alte Mann sah ihr zu, wie sie die Zigarette ansteckte.

»Sie haben mir Ihr Bild geschickt«, sagte er.

Sie nickte und sog den Rauch tief in ihre Lunge. »Ich bin seine Verlobte«, sagte sie.

»Ich glaube, Sie verschwenden Ihre Zeit«, sagte er gleich darauf, schaute dabei aber wieder auf das Familienalbum, und uns war nicht klar, zu wem er geredet hatte.

»Wir haben Zeit«, sagte Yardley Acheman.

Der alte Mann gab uns einen Termin für ein Treffen mit Hillary Van Wetter, wollte sich aber nicht überreden lassen, uns zu begleiten, um eventuell auftauchende Probleme bei Betreten des Gefängnisses zu beseitigen.

»Ich habe kein Verlangen danach, Mr. Van Wetter zu meinen Lebzeiten noch einmal wiederzusehen«, sagte er ein wenig steif.

»Sie sind sein Anwalt«, sagte Yardley Acheman. Wir waren wieder in seinem kleinen Büro, wo Weldon Pine seine Akten aufbewahrte.

»Jawohl, Sir, das bin ich«, sagte er, »und in dieser Funktion werde ich auch weiterhin Mr. Van Wetters Rechte verteidigen, aber an einer weiteren persönlichen Begegnung habe ich kein Interesse.« Er maß uns mit vernichtendem Blick und sagte: »Der Mann hat mir schon mehr abverlangt, als ich ihm jemals geben wollte.«

Am Morgen jenes Tages, an dem sie ihrem Verlobten zum erstenmal von Angesicht zu Angesicht gegenüberstehen sollte, verließ Charlotte die von ihr gemietete Wohnung in einem gelben Kleid. Mein Bruder, Yardley Acheman und ich saßen draußen im Mietwagen und warteten. Sie war eine Viertelstunde zu spät dran, und wir hatten sie alle noch nie in einem Kleid gesehen. Sie trug weiße Schuhe mit niedrigen Absätzen und hatte offensichtlich einige Zeit vor dem Spiegel zugebracht.

Vom Bürgersteig aus wirkte sie so jung wie auf dem Foto.

»Jetzt seht euch das an«, sagte Yardley Acheman. Mein Bruder sagte kein Wort. Gelassen ging Charlotte von der Wohnungstür zum Straßenrand, als würde sie jeden Tag ein Kleid und weiße Schuhe mit Absätzen tragen. Umständlich setzte sie sich ins Auto und zog behutsam ihre Beine nach, um sich keine Laufmasche einzufangen.

Fünf Meilen hinter Lately griff sie plötzlich nach dem Rückspiegel und drehte ihn, bis sie ihr Gesicht sehen konnte. Sie verrieb das Make-up an ihrem Hals, erst auf der einen, dann auf der anderen Seite. Als sie fertig war, ließ sie den Spiegel in dieser Stellung, damit sie sich betrachten konnte, und steckte sich eine Zigarette an. Lange Zeit sagte niemand ein Wort. Die Fenster waren geschlossen, damit der Wind ihr Haar nicht durcheinanderbrachte, und die Luft war schwer vom Geruch ihres Shampoos und ihres Parfüms.

Ich fürchtete, Yardley Acheman würde eine witzige Bemerkung machen, aber er schwieg. Er saß auf dem Rücksitz, die Hände im Schoß gefaltet, sah sie an, schaute dann aus dem Fenster und warf ihr erneut einen Blick zu, als könnte er nicht von ihr lassen.

Sie achtete nicht auf ihn, nahm offenbar selbst das Gefängnis kaum wahr. Sie schien aufzuschrecken, als ich wieder in den Kiesweg einbog, über den sie und ich bereits einmal gefahren waren, und mein Fenster herunterkurbelte, um mit der Wache zu reden.

Yardley Acheman wandte seine Aufmerksamkeit dem verzweigten Gefängniskomplex und den umliegenden weiten, offenen Flächen zu. Er arbeitete bereits an seinem Text. Ein halbes Dutzend Gefangene stand in einiger Entfernung in Gräben entlang der Straße und machte sich mit schwingenden Sicheln über das Unkraut her. In seiner Version würden daraus dreißig Mann.

Am Tor stand derselbe Wachposten, und er schien uns wiederzuerkennen. Er schaute in den Wagen, sah sich zuerst Charlotte an, dann Ward und Yardley Acheman auf dem Rücksitz und dann wieder Charlotte.

»Geradeaus bis zum Verwaltungsgebäude«, sagte er und starrte auf ihre Beine.

Hillary Van Wetter wurde in Fußschellen von einer Wache ins Zimmer gebracht, und der Gefängnisgeruch nach Desinfektionsmitteln kam mit ihm. Der Wachposten hielt ihn an einer Kette, die seine Taille umschloß und an den Fußschellen befestigt war, und kaum hatte er die Tür geöffnet, deutete er auf einen leeren Stuhl, der einsam mitten im Raum stand.

Hillary Van Wetter ging so ungezwungen auf den Stuhl zu, als wären ihm Kette und Fußfesseln nicht hinderlich, und ließ sich auf den Stuhl niederdrücken, als würde er die Hände der Wache auf seiner Schulter nicht spüren. Als wäre ihm die Wache völlig egal.

»Fünfzehn Minuten«, sagte die Wache. »Kein körperlicher Kontakt irgendwelcher Art, keine Tonbandaufnahme, dem Gefangenen dürfen keine Gegenstände übergeben werden.« Er schwieg einen Augenblick und sah uns der Reihe nach an. »Ich stehe gleich hinter der Tür.«

Hillary Van Wetter saß auf seinem Stuhl und wartete. Er nickte Charlotte kurz zu, sagte aber nichts. Sie erwiderte sein Nicken.

»Mr. Van Wetter«, sagte mein Bruder, »mein Name ist Ward James...«

»Sie sehen aus wie auf dem Foto«, sagte er.

Sie strich ihr Kleid glatt, eine inzwischen vertraute Geste, und errötete, was uns keineswegs vertraut war. »Danke schön, sollte ich da wohl sagen«, erwiderte sie.

»Das hier ist Yardley Acheman«, sagte mein Bruder, aber Hillary Van Wetter warf keinen Blick auf Yardley Acheman oder meinen Bruder. Er starrte Charlotte an, als wollte er sie in sich aufsaugen.

»Sind das die Zeitungsfritzen?« fragte er.

Sie nickte, und uns übrigen kam es so vor, als säßen wir nicht im selben Zimmer. »Und was können die Gutes für uns tun?« fragte er.

Sie schaute rasch zu meinem Bruder hinüber. »Sie retten«, sagte sie.

Er dachte darüber nach, ließ sich Zeit, und sein Blick ruhte ebenso lange auf mir wie auf meinem Bruder und auf Yardley. Dann wandte er sich wieder an Charlotte.

»Die können sich selbst nicht mal retten«, sagte er.

»Sie können helfen«, sagte sie. Ihre Stimme klang ein wenig hilfloser als vorher.

Ungeduldig wandte Yardley Acheman den Blick ab und besah sich das kleine, runde Fenster in der Tür; Drähte durchzogen das Glas.

»Wen haben die denn schon gerettet?« fragte Hillary Van Wetter.

»In Miami sind sie ziemlich bekannt«, sagte sie.

Hillary Van Wetter drehte sich zu Yardley um und sah sich an, wie man aussah, wenn man in Miami ziemlich gut bekannt war. Etwas wie ein Lächeln zog über Van Wetters Gesicht und verschwand gleich darauf wieder.

»Wen habt ihr Zeitungsfritzen also schon gerettet?«

Yardley Achemans Blick wanderte rasch über Wände, Boden und Decke. »Haben Sie eine Wahl?« fragte er.

Und jetzt lächelte Hillary Van Wetter. Das Lächeln warf sein Gesicht in Falten und zog die Lippen über die Zähne hoch, bis man sein Zahnfleisch sehen konnte. »Das gefällt mir«, sagte er.

»Auf dem College gewesen?« fragte er und sah jetzt zu mir herüber. Vor meiner Exmatrikulation hat es auf dieser Welt kaum Menschen gegeben, die mich je gefragt haben, ob ich aufs College gehe, aber in letzter Zeit passierte mir das alle zehn Minuten. Ich nickte, einen Zentimeter, ich wollte mich nicht weiter darauf einlassen.

Plötzlich kam mir der Gedanke, daß ich – wäre ich mit Hillary Van Wetter allein in diesem Raum gewesen – ihm vielleicht hätte erklären können, was geschehen war. Er mit seinem Verbrecherverstand hätte es womöglich begriffen.

»Und? Auch ziemlich bekannt in Miami?« fragte er.

»Nein«, sagte ich, »ich fahre nur den Wagen.«

Er nickte, als ergäbe das einen Sinn. »Der Fahrer des Fluchtwagens«, sagte er und lachte. Und dann einen langen Augenblick später: »Schon mal jemanden gerettet?

Da drehte sich mein Bruder um und sah mich an.

»Ja, ich habe mal jemanden gerettet.«

Hillary Van Wetters Blick ruhte auf mir, er wartete, und ich erinnerte mich an die Augen des anderen Van Wetters, an den, der jetzt tot war. Erinnerte mich daran, wie ich damals bei Duncan Motors hinter dem Steuer des Plymouth gesessen hatte, während mein Vater mit Mr. Duncan die Papiere unterzeichnete.

»Am Daytona Beach«, sagte ich. »Ich habe ein Mädchen aus dem Wasser gezogen.«

»Er ist ein Schwimmer«, sagte Charlotte, aber Hillary reagierte nicht darauf. Man konnte sehen, wie es ihn ärgerte, daß sie redete, ohne an der Reihe zu sein.

»Mir scheint«, sagte er kurz darauf, »wer dumm genug ist, in ein unbekanntes Gewässer zu gehen, der verdient, was er bekommt.«

Darauf erwartete er keine Antwort, und er drehte sich wieder zu Charlotte um, fast, als wäre sie damit gemeint gewesen. Sie lächelte ihn an, sah ihm direkt in die Augen. Der Blick verfing sich, änderte sich und wurde intensiver, bis es mir peinlich war, mit ihnen beiden in einem Raum zu sein.

Mein Bruder wollte etwas sagen, unterließ es dann aber. Hillary Van Wetters Gesicht war nicht anzumerken, ob er davon etwas gemerkt hatte. Hillary tat eines nach dem anderen. Jetzt wies er mit Kopfnicken auf seinen Schoß, wo eine Erektion die

Gefängnishose zeltartig spannte. Er schaute darauf, und dann schaute auch Charlotte dahin. Ward begann, seine Fingernägel zu mustern.

»Es gibt da etwas, das Sie für mich tun könnten«, sagte Hillary.

Sie nickte. »Ich wollte, ich könnte helfen«, sagte sie mit dünner Stimme und warf einen Blick zur Tür.

Lange blieb es im Zimmer still, und dann regte sich mein Bruder erneut und sagte: »Wir müssen da ein paar Dinge bereden, Mr. Van Wetter, über ihren Fall.«

»Schnauze«, sagte Hillary leise. Er starrte Charlotte an, und sie starrte zurück. Seine Nasenflügel schienen sich zu weiten, als sein Atem stockte und sich der Rhythmus änderte. »Öffne den Mund«, sagte er, bat sie eher darum, als daß er es ihr befahl, und ihre Lippen öffneten sich millimeterweit. Ihre Zunge glitt über die Unterlippe und blieb einen Moment im Mundwinkel liegen.

Er nickte ihr zu, langsam anfangs, doch dann wurde die Kopfbewegung heftiger, als wäre er in Eile; er schloß die Augen, ließ den Kopf auf die Rückenlehne sinken und schüttelte sich.

Einen Augenblick saß er völlig regungslos, die Augen geschlossen, das Gesicht entspannt, rosig und feucht wie das Gesicht eines schlafenden Babys, und dann erschien ein dunkler Fleck auf seiner Hose und breitete sich über seinen Schoß aus bis hinab zu seinem Bein.

Ich fragte mich, ob es auch so sein würde, wenn er auf dem elektrischen Stuhl saß.

Charlotte Bless weinte auf der Rückfahrt. Sie saß neben mir auf dem Beifahrersitz, lehnte den Kopf an den Rahmen des offenen Fensters und achtete nicht darauf, daß der Wind ihr das Haar zersauste. Es war kein hörbares Weinen, aber die Tränen tropften ihr von Nase und Kinn, und ihre Schultern zuckten.

Es schien mir richtig, daß sie weinte, denn offenbar gab es da

Dinge, die zum Weinen waren, allerdings hätte ich nicht sagen können, welche das waren.

Drei Tage war der Fall Hillary Van Wetter im Gericht von Moat County verhandelt worden, und in der Bürohälfte meines Bruders lag die Mitschrift dieses Prozesses aufgestapelt an der Wand in Kartons, die mit roter Aufschrift die Zahlen 11-A, 11-B, 11-C, 11-D und 11-E trugen. Die Blätter in den Kartons waren mit einer Schreibmaschine beschrieben worden, die die Buchstaben e, o, r, d und b verschmierte. Die s hatte man offenbar stärker anschlagen müssen als die übrigen Buchstaben, sie hoben sich wie Dreckspritzer von den Seiten ab. Ganze Abschnitte waren mit Tipp-Ex übermalt und neu geschrieben worden, und es ließ sich unmöglich sagen, was verändert worden war.

Trotzdem war genügend unverändert geblieben.

In dieser Mitschrift steckte eine Story über die Rechtsprechung in den ländlichen Gegenden der Südstaaten.

Und eine andere Story steckte in der Vermutung, daß Sheriff Call, der in aller Öffentlichkeit sechzehn Schwarze umgebracht hatte und nie zur Rechenschaft gezogen worden war, sein Ende durch die Hand eines Mannes gefunden hatte, der selbst bisher offenbar straflos ausgegangen war.

Die Heroen des gesellschaftlichen Wandels, die in der *Miami Times*, der größten Zeitung des Südens, den redaktionellen Kurs angaben, sahen die Schönheit, die Ironie des Ganzen, und es war diese Schönheit und keineswegs die Ungerechtigkeit – davon gab es daheim in Miami genug –, die sie letztlich veranlaßte, Geld und Zeit in Moat County zu investieren.

Yardley Acheman verstand dies besser als mein Bruder, denke ich, schließlich war es sein Job, die Schönheit in solchen Dingen zu erkennen. Deshalb blieb er auch außen vor, während mein Bruder sich einließ und die Details des Untergangs verzeichnete.

Yardley Acheman saß an seinem Tisch und prüfte die Abschnitte der Mitschrift, die mein Bruder mit grünem Stift markiert hatte.

Das Hillary Van Wetter angetane juristische Unrecht war in diesen unterstrichenen Abschnitten klar beschrieben. Die Unfähigkeit seines Anwalts Weldon Pine wurde höchstens noch durch die Unfähigkeit der Hilfssheriffs aufgewogen, die die Beweisstücke gesichert und die Verhaftung vorgenommen hatten. Messer und Hemd zum Beispiel, die man blutbefleckt in Hillary Van Wetters Spülbecken fand, gingen auf dem Weg zum Sheriffbüro in Lately verloren.

Die Geschichte, die Hillary Van Wetter den Hilfssheriffs an jenem Abend erzählte, daß er nämlich am Mordabend mit seinem Onkel Tyree zusammen gearbeitet habe, war niemals überprüft oder geklärt worden. Hillary Van Wetter sprach nur einmal im Zeugenstand davon und wurde nie gebeten, nähere Angaben zu machen, nicht einmal im Kreuzverhör.

Sein Onkel wurde nicht vorgeladen und erschien auch nicht zum Prozeß. Damit soll allerdings nicht gesagt sein, daß er erschienen wäre, wenn man ihn vorgeladen hätte.

Für die Van Wetters war die Verhaftung eines Mitglieds der Familie wie ein Todesfall. Wer verschwunden war, der war verschwunden, und wenn Neuigkeiten dieser Art über die Familie hereinbrachen, dann machte sie die Augen zu, wollte sie nichts davon wissen.

Yardley Acheman warf einen Teil des Verhaftungsprotokolls aus dem Sheriffbüro auf seinen Tisch und lehnte sich zurück. Vielleicht, weil ihm plötzlich aufgegangen war, daß er in die Feuchtgebiete des County vordringen mußte, wenn er Tyree Van Wetter aufspüren wollte. Dorthin, wo die Familie wohnte. Daß er Leuten von seiner Zeitung erzählen mußte, die keine Zeitungen lasen und die nicht einsahen, wie oder warum ihr

Leben jemand anderem als ihnen selbst gehören sollte. Leuten mit Messern und Hunden, die Tierhäute zwischen den Bäumen auf ihrem Hof auspannten.

Yardley Acheman stieß sich mit den Füßen vom Tischrand ab, bis sein Kopf die Wand hinter seinem Stuhl berührte. Er hätte für ein Foto posieren können.

»Ich glaube, wir haben auch ohne den Onkel genug«, sagte er.

Mein Bruder blickte auf und wartete. Yardley Acheman nickte, als hätten sie einen Streit. »Wir könnten uns um den Onkel herummogeln«, sagte er. »Damit würden wir durchkommen.«

Mein Bruder schüttelte den Kopf. Er hatte nicht vor, etwas zu ignorieren, nur weil es unbequem war. Zu der Sorte Reporter gehörte er nicht. Er wollte die Dinge klar haben.

»Wir brauchen den berechtigten Zweifel an dieser Stelle doch nur zu unterfüttern«, sagte Yardley Acheman mit kläglicher Stimme. »Wir lassen uns zu sehr auf Details ein, das hemmt den Erzählfluß.«

»Sehen wir, wie es weitergeht«, sagte mein Bruder und machte sich wieder an die Arbeit.

Laut Vorschrift des Staatsgefängnisses Florida konnten Gefangene, die auf ihre Hinrichtung warteten, Besucher, die nicht zum engeren Familienkreis gehörten, nur mit Genehmigung ihrer Anwälte empfangen.

Um Hillary Van Wetter noch einmal sehen zu können, mußten wir daher wieder zu Weldon Pine, der weit weniger entgegenkommend war, seit er wußte, daß die *Miami Times* sich nicht für seine Karriere, sondern nur für den Prozeß und die Verurteilung des berühmtesten Klienten interessierte, den er je gehabt hatte.

Er ließ uns eine Stunde vor seinem Büro warten, dann öffnete er die Tür, sah uns an, ging wieder hinein und erwartete, daß wir ihm folgten.

Er setzte sich an seinen Tisch und schaute auf seine Uhr. Die Armbanduhr war dick wie ein Bein. »Ich kann darin keine gute Absicht erkennen«, sagte er. »Einem Mann Hoffnung zu machen...«

Er drehte sich plötzlich zu Charlotte um und sagte: »Meine junge Dame, Sie sind doch eine attraktive Frau, haben das ganze Leben noch vor sich...«

Er hielt inne, und mein Bruder sagte: »Wir müssen noch einmal mit ihm reden.«

»Warum?«

»Er sagte, er hätte mit seinem Onkel gearbeitet.«

Weldon Pine lachte laut auf. »Und woran hat er denn an dem Abend gearbeitet, Mr. Reporter?« fragte er. »Meinen Sie, ich hätte ihn das nicht selbst gefragt? Wollen Sie wissen, was er gesagt hat?« Der alte Anwalt schüttelte sein Haupt. »Wenn Sie extra den ganzen Weg gekommen sind, weil Sie herausfinden wollen, woran Hillary und sein Onkel gearbeitet haben, verplempern Sie bloß meine Zeit und die von allen anderen auch.«

Der Ventilator vibrierte und änderte seine Tonhöhe.

»Wir müssen noch einmal mit ihm reden«, sagte mein Bruder.

Weldon Pine dachte darüber nach, steckte sich eine Zigarette an, griff nach dem Telefon auf seinem Tisch und bat seine Sekretärin, ihn mit dem Staatsgefängnis zu verbinden.

»Ich sollte Ihnen jede verdammte Stunde einzeln in Rechnung stellen«, sagte er.

»Ich würde Ihre Aufmerksamkeit gern auf den Abend lenken, an dem Sheriff Call ermordet wurde«, sagte mein Bruder.

Hillary Van Wetter saß in Handschellen vor uns und starrte Charlotte an. Sie trug Bluejeans und ein Hemd, das sie unter ihren Brüsten in einem Knoten zusammengebunden hatte.

Auf der Fahrt von Lately hierher hatte sie zweimal ihre Frisur geändert, hatte sich erst die Haare zu einem Pferdeschwanz zurückgekämmt und dann, einige Meilen später, die Spange gelöst, die das Haar zusammenhielt, so daß es ihr auf natürlichere Weise über die Schultern fiel. Anschließend hatte sie sich prüfend im Rückspiegel betrachtet, eine Dose Haarspray aus ihrer Tasche geholt und sich, immer noch in den Spiegel schauend, in kleinen, kreisenden Bewegungen damit über das Haar gesprüht, bis es glänzte.

Eine Stunde später konnte ich ihr Haarspray immer noch auf den Lippen schmecken.

»Wo ist das Kleid?« fragte Hillary.

Überrascht blickte sie an sich herunter.

»Mr. Van Wetter«, sagte mein Bruder, »wir haben bloß eine Viertelstunde...«

Hillary Van Wetter wandte sich ihm zu. »Zeitungsfritze«, sagte er. »Hör auf, mir was von Zeit zu erzählen. Das deprimiert mich.«

»Sie haben vor Gericht ausgesagt, daß Sie mit Ihrem Onkel zusammen gearbeitet haben.«

»Hab ich das?« sagte er und drehte sich wieder zu Charlotte um. »Hier tragen sie alle Hosen«, sagte er. »Ich mag Kleider.«

Einen Augenblick lang richtete er seine Aufmerksamkeit auf Yardley Acheman, der neben der Tür saß, Charlotte beobachtete und irgendwie Maß an ihr nahm, bis Hillary Van Wetter ihn dabei überraschte. Etwas ging von diesem Zimmer oder von Hillary aus, das Yardleys Interesse an Charlotte weckte.

Charlotte nickte Hillary zu und lächelte, tat beides langsam und lenkte Hillarys Aufmerksamkeit von Yardley Acheman ab.

»Mit solchen Klamotten hat's keinen Sinn, sich mit mir zu treffen«, sagte er.

»Tut mir leid«, sagte sie, und er wandte den Blick von ihr ab.

In die anschließende Stille sagte mein Bruder: »Was war das für eine Arbeit?«

Hillary Van Wetter schaute ihn an, ohne zu antworten.

»Was haben Sie an jenem Abend getan?« fragte mein Bruder.

Hillary schüttelte den Kopf.

»Rasenarbeit«, sagte er schließlich.

Yardley Acheman richtete sich in seinem Stuhl auf.

»Rasen? So wie Gras?« Ein Lächeln spielte um seine Mundwinkeln. »Wo?«

Hillary Van Wetter wandte sich wieder Charlotte zu, ehe er antwortete, starrte sie an, bis sie ihre Arme verschränkte, sich vor seinen Blicken bedeckte. »Das läßt sich leicht rausfinden«, sagte er.

Und dann, ohne den Ton zu ändern, sagte er zu ihr: »Nächstesmal wieder mit Kleid, verstanden?«

»Okay«, sagte sie leise.

»Ich muß Ihren Onkel sehen«, sagte mein Bruder.

Als Harry Van Wetter aufstand, fiel die Kette, die seine Fußfesseln verband, auf den nackten Boden. »Jawoll, Sir, viel Glück«, sagte er, und dann ging er zur Tür, ging wie ein Mann, dem die Hose heruntergerutscht war, ging, ohne Charlotte noch einen Blick zu gönnen.

»Wo wohnt er?« fragte mein Bruder.

Hillary ging zur Tür, um sich abführen zu lassen.

»Mr. Van Wetter? Können Sie mir sagen, wie ich ihn finden kann?«

Er drehte sich um und schaute meinen Bruder an. »Haben Sie ein Boot, Zeitungsfritze?«

Mein Bruder schüttelte den Kopf.

»Dann kann ich Ihnen auch nicht sagen, wie Sie ihn finden können.«

Und dann öffnete der Wachposten die Tür. »Ihnen stehen noch sieben Minuten zu«, sagte er.

Hillary Van Wetter schlurfte an ihm vorbei aus dem Zimmer. »Ich hatte heute länger Besuch, als ich verkraften kann«, sagte er.

Auf der Heimfahrt saß sie auf dem Rücksitz in der Ecke, so daß ich sie nicht im Spiegel sehen konnte. Yardley Acheman saß ebenfalls hinten; er steckte sich zwei Zigaretten an und gab ihr eine. Sie nahm sie wortlos, wie sie ihr angeboten wurde, und nachdem sie den Rauch in ihre Lunge gesogen hatte, konnte ich hören, wie sie den Atem anhielt.

»Können Sie mir eines erklären?« fragte Yardley Acheman. »Was wollen Sie eigentlich von denen?«

Sie gab keine Antwort.

»Diese Typen in den Todeszellen, die diese Briefe schreiben«, sagte er. »Was wollen Sie von denen?«

»Ich will Ihnen helfen«, sagte sie, und er lachte lauthals.

Jeden Abend fuhr ich nach der Arbeit nach Thorn zum Haus meines Vaters und dachte unablässig an Charlotte Bless. Ihnen sind vielleicht schon Hunde aufgefallen, die sich über einen Kadaver im Gras rollen, weil sie den Geruch in ihr Fell reiben wollen. Genauso wollte ich sie.

Für mich war Hillary Van Wetter ein Konkurrent. Ich war größer, besser in Form und hatte schönere Zähne, und ich wollte sie, auch wenn ich noch nicht in meine Hose ejakuliert hatte, nur weil ich mit ihr in einem Raum saß.

Der Chrysler stand immer in der Auffahrt, wenn ich nach Hause kam. Mein Vater hatte den Kopf voll mit seiner Zeitungsarbeit und ließ den Wagen oft mit dem Schlüssel im Zündschloß und weit offener Tür stehen. Für diejenigen, die sich dem Haus näherten, mußte es wie ein Notfall aussehen.

Es war dunkel an diesem Abend, und der kleine Lichtkegel im Wageninnern hatte Insekten angezogen, die sich wie kalte Asche auf meinem Arm anfühlten, als ich hineingriff, um den Schlüssel aus dem Zündschloß zu ziehen. Das Abendessen war schon vorüber, und mein Vater, ein Glas Wein auf dem Tisch neben sich, saß in seinem Sessel und ging die Zeitungen durch.

»Ich glaube, sie hat dir einen Teller in den Ofen gestellt«, sagte er und konnte sich an Anita Chesters Namen nicht erinnern.

Er folgte mir in die Küche, den Wein in der Hand, um mir beim Essen zuzusehen. »Wie geht es Mr. Van Wetter?« Seine Frage sollte ein kleiner Witz sein.

Ich sagte, ich wüßte es nicht, und das war die Wahrheit.

»Immer noch unschuldig?«

Ich schüttelte den Kopf, und das entsprach ebenfalls der Wahrheit. Dann saß mein Vater still da und wartete, wie er es so oft in letzter Zeit tat, und sein Schweigen brachte mich zum Reden. Es war ein Reportertrick, ich hatte erlebt, wie Ward ihn beim Anwalt Weldon Pine angewandt hatte.

Ich erzählte ihm, was Ward und Yardley Acheman tagsüber getan und was sie in ihrem Büro beredet hatten. Oft drehte es sich um Mr. Pine und seine Verteidigung von Hillary Van Wetter. Weldon Pine und mein Vater waren gut miteinander bekannt, da sie beide in der Gesellschaft von Moat County eine herausragende Stellung einnahmen.

»Der Mann hat den Ruf, der beste Anwalt im ganzen Staat zu sein«, sagte er, und ich schüttelte den Kopf, als ob ich es einfach nicht verstehen könnte. Inzwischen hatte ich genug vom Inhalt jener Kartons gesehen, die die Prozeßmitschriften enthielten, um zu wissen, daß er nicht sonderlich viel unternommen hatte, um Hillary Van Wetter zu helfen.

Er hatte kein Aufhebens um das Messer und die blutigen Kleidungsstücke gemacht, die die Hilfssheriffs in der Küche gefunden und dann auf dem Weg nach Lately verloren hatten. Außerdem hatte er Hillarys Onkel nicht aufgespürt, es gab nicht einmal Anzeichen dafür, daß er es auch nur versucht hatte.

»Kann sein«, sagte mein Vater, »daß Weldon Pine wußte, was er tat.«

»Sieht nicht so aus, als wenn er überhaupt etwas getan hätte«, sagte ich.

Und dann, in den langen Augenblicken danach, begriff ich, daß mein Vater ebensowenig getan hatte. Seine Zeitung hatte über den Prozeß berichtet, ohne Sheriff Calls Gewalttaten gegen die Schwarzen von Moat County zu erwähnen. Zu Lebzeiten des Sheriffs hatte mein Vater ihn mit allen Mitteln bekämpft, aber nach seinem Tod veröffentlichte die *Tribune* nicht einmal ihr sonst übliches Gnadengesuch für das Leben eines verurteilten Mörders.

»Weldon Pine ist ein geachteter und geschätzter Mann«, sagte er. »Einen solchen Ruf verdient man sich nicht über Nacht.«

Ich stritt nicht mit ihm, da ich wußte, daß er ebenso über sich wie über Mr. Pine sprach. Ich aß mein Abendessen, er nippte an seinem Wein. Eine ungeöffnete Ausgabe des *Daytona Beach News-Journal* lag auf dem Tisch neben seinem Arm, aber er hatte sie vergessen. Er wirkte lustlos.

»Siehst du diesen Yardley Acheman oft?« fragte er.

Ich nickte, da ich den Mund voll hatte.

»Er ist älter, nicht?«

»Er ist älter als Ward«, sagte ich.

»Wie alt? Fünfunddreißig? Vierzig?«

»Weiß nicht, vielleicht fünfunddreißig.«

Mein Vater dachte darüber nach und trank dann sein Glas aus. »Was hat er eigentlich gemacht, bevor sie die beiden zusammengesteckt haben?« fragte er. »Er ist schon lange bei der *Times*.«

»Ich weiß nicht mal, was er jetzt macht«, sagte ich.

»Ward erledigt die ganze Arbeit. Angeblich soll Yardley derjenige sein, der die Storys schreibt.«

Mein Vater nickte. Er fand es sinnvoll, daß der eine die Arbeit erledigte und der andere Artikel schrieb. Er stand auf, ging an den Kühlschrank und schenkte sich noch ein Glas Wein ein. »Fragt man sich nur, wer das Sagen hat«, meinte er, nachdem er sich wieder hingesetzt hatte.

Er sagte es, als hätte der eine den anderen auf Abwege geführt.

Mr. Pine beschloss, keinen weiteren Besuch bei seinem Klienten zu bewilligen. »Ich glaube, es ist an der Zeit, dem Mann seine Ruhe zu gönnen«, sagte er bekümmert, aber freundlich.

»Mr. Pine«, begann mein Bruder, »Mr. Acheman und ich haben noch eine Menge Arbeit zu erledigen. Arbeit, die im Interesse Mr. Van Wetters liegt.«

Der alte Mann seufzte. »Ich habe die Arbeit getan«, sagte er. »Die Berufungen wurden eingelegt und abgelehnt.« Er schwieg, als hätte er ein allzu schweres Gewicht zu tragen. »Bei allem gebührenden Respekt, meine Herren, aber Ihre Zeitung kann nichts für diesen Mann tun, was ich nicht tun könnte. Seine Möglichkeiten sind erschöpft, und man erweist ihm keinen Gefallen, wenn man ihm Hoffnungen macht.«

»Seit dem Prozeß sind Sie nie wieder bei ihm gewesen«, sagte Charlotte Bless. Zum erstenmal richtete sie das Wort an Mr. Pine, ohne selbst zuvor angesprochen worden zu sein. Auf seinem Gesicht spiegelte sich dieser Affront, als wäre er geschlagen worden.

»Die Verlobte«, sagte er.

Sie stand auf und trat vor seinen Tisch. »Ich«, sagte sie, »bin verdammt noch mal der einzige Mensch in diesem Raum, dem es nicht egal ist, was mit Hillary Van Wetter geschieht.«

Er schaute sie an, musterte ihre Kleidung, überdachte ihr Benehmen und verurteilte beides mit ein und demselben Blick.

»Schimpfworte schmeicheln keiner Frau«, sagte er.

»Einige Probleme gilt es noch zu klären«, sagte mein Bruder.

Weldon Pine betrachtete ihn mit demselben Blick. »Ist das ihre rechtskräftige Ansicht, Mr. James?« fragte er.

»Ich habe eine rechtskräftige Ansicht für Sie«, sagte Yardley Acheman leise. »Hillary Van Wetter hatte Anspruch auf eine sachkundige Verteidigung.«

»Sie wissen überhaupt nichts über diesen Menschen«, sagte Mr. Pine. »Sie kennen diese Welt doch erst seit fünf Minuten.«

Und dann stand er auf, ging zur Tür und hielt sie auf. Langsam nickte mein Bruder.

»Also gut«, sagte er. »Wenn wir Ihnen dann nur einige Fragen stellen könnten...«

»Wozu?«

»Für die Zeitung.«

Der alte Mann schüttelte den Kopf. »Kein Kommentar. So lautet meine Antwort: Kein Kommentar.« Er wies auf die Tür.

»Sie haben bereits Ihren Kommentar abgegeben«, sagte Yardley Acheman. »Alles, was Sie uns seit der ersten Begegnung gesagt haben, ist ein Kommentar.«

»Nicht für die Zeitung«, sagte er. »Hiermit teile ich Ihnen offiziell mit, daß alles, was ich gesagt habe, einzig Ihrer Information diente, ein Bestreben meinerseits, Ihnen gefällig zu sein. Nichts davon ist zu einer wie auch immer gearteten Weiterverbreitung freigegeben. Außerdem teile ich Ihnen mit...«

Er schien immer kleinlauter zu werden, je länger er redete.

»Fairerweise«, unterbrach mein Bruder, ohne auf die Worte des alten Mannes zu achten, »würde ich Ihnen gern Gelegenheit geben, auf die Fragen zu antworten.« Er hatte sie sich in sein Notizbuch geschrieben. Mr. Pine stand an der offenen Tür, hin- und hergerissen zwischen dem Wunsch, uns hinauszuweisen und die Fragen zu hören. Da er schwieg, begann mein Bruder zu lesen.

»Warum hat der Kläger in Mr. Van Wetters Fall niemals Rechenschaft über das Fehlen der Waffe ablegen müssen?«

Der alte Mann blieb still und wartete.

»Warum hat der Kläger in Mr. Van Wetters Fall niemals Rechenschaft über das Fehlen der blutbefleckten Kleidung ablegen müssen?«

Wie über eine große Entfernung hinweg stierte Weldon Pine ans andere Zimmerende. Fast schien es, als schaue er auf ein nahendes Unwetter.

»Welche Anstrengungen«, sagte mein Bruder, »haben Sie unternommen, um Tyree Van Wetter, Mr. Van Wetters Onkel, ausfindig zu machen?«

Der alte Mann wanderte mit dem Blick von meinem Bruder durch das Zimmer und betrachtete uns einen nach dem anderen.

»Welche Anstrengungen haben Sie unternommen, um festzustellen, wo sich Mr. Van Wetter am Abend der Ermordung von Sheriff Call aufgehalten hat?«

Der alte Mann sah das Gewitter nahen, und da er dagegen machtlos schien, glitt er durch die Tür, als träte er in sein Haus, um dort das Unwetter abzuwarten. Mein Bruder fuhr fort und stellte sein letzte Frage in Weldon Pines Abwesenheit.

»Welche Anstrengungen haben Sie unternommen«, sagte er, »um Mr. Van Wetters Prozeß an einen anderen Ort verlegen zu lassen?«

Noch am selben Nachmittag änderte Mr. Pine seine Ansicht. Seine Sekretärin rief meinen Bruder an und sagte, daß es ihm freistehe, Hillary Van Wetter noch einmal aufzusuchen.

Ward ging allein ins Gefängnis und war zehn Minuten später wieder im Auto mit einem von Hillary unterschriebenen Antrag auf Zuweisung eines anderen Anwalts in der Hemdtasche. Ohne Charlotte, sagte Ward, sei Hillary ein vernünftiger Mann.

Anfang der folgenden Woche beantragte ein Anwalt aus Orlando im Auftrag der *Miami Times* bei Gericht, ab sofort als Hillary Van Wetters ordentlicher Anwalt Weldon Pine zu ersetzen.

Weldon Pine wurde darüber per Post unterrichtet und erschien am Freitag nachmittag in der Tür zum Büro meines Bruders, die Hemdsärmel am Handgelenk zugeknöpft, schweißnaß und bleich, in der Hand die Benachrichtigung.

Yardley Acheman blickte von der Zeitschrift auf seinem Schoß auf, starrte den alten Anwalt einen Augenblick an und wandte sich dann wieder seiner Lektüre zu. Weldon Pine marschierte unaufgefordert herein und sah sich um. Er wirkte riesig. Mein Bruder legte einige Papiere zurück, die er sich aus zwei hinter ihm stehenden Kartons genommen hatte, und erhob sich. Man hatte uns beigebracht, zu älteren Menschen höflich zu sein.

»Mr. Pine«, sagte er.

Der alte Mann gab ihm zuerst keine Antwort, er sah sich noch im Zimmer um, betrachtete das Mobiliar und die drei anwesenden Leute. Charlotte war an diesem Nachmittag nicht da; sie war nach Jacksonville gefahren, um sich ein Kleid zu kaufen.

»Ich bin schon länger Anwalt, als Sie leben«, sagte Pine langsam an uns alle gewandt. »Und bei Gericht gut bekannt.«

Er kam noch ein oder zwei Schritte auf uns zu, der Ventilator auf dem Boden blies die Papiere in seiner Hand über seinen Handrücken.

»Ich habe sämtliche Verbrechertypen verteidigt, die es gibt, und bis gestern nachmittag«, er schwieg, um kurz über jenen Augenblick nachzudenken, an dem die Unterlagen eingetroffen waren, »hat kein Klient, kein Gericht und kein Richter je darum gebeten, mich von einem Fall abzuziehen.« Seine Stimme zitterte.

»Eine erstaunliche Statistik«, sagte Yardley Acheman, der immer noch in seiner Zeitschrift las.

Der alte Mann musterte ihn erneut, musterte uns alle noch einmal. Das einzige Geräusch im Raum kam vom Ventilator.

»Und jetzt«, sagte er, »sagen Leute, die keine Ahnung haben, wer ich bin, daß ich keine Ahnung von meiner Arbeit habe.« Mein Bruder stand an seinem Schreibtisch und wartete auf den Rest, aber dem Alten schienen die Worte ausgegangen zu sein.

»Muß ja keiner erfahren«, sagte Yardley Acheman, schlug die Zeitschrift zu und lehnte sich in seinem Sessel zurück. »Es wird nur so weit bekannt, wie Sie es verbreiten.«

Der alte Mann wartete. Der Ventilator schickte einen Luftzug durchs Zimmer, der die Papiere in seiner Hand erneut zum Rascheln brachte.

»In sechsundvierzig Jahren ist mir das nie passiert!«

Yardley Acheman zuckte die Achseln. »Heutzutage nimmt man sich doch ständig einen neuen Anwalt.«

»Aber man entscheidet sich niemals gegen Weldon Pine«, sagte der alte Mann.

Yardley sagte: »Wer sollte schon davon erfahren?« Er warf einen raschen Blick zu meinem Bruder hinüber und sagte dann: »Im Moment können wir es nicht gebrauchen, wenn haufenweise Leute in Hillary Van Wetters Angelegenheiten herumschnüffeln. Falls Sie also vor Gericht kein großes Theater machen wollen...«

»Ich will behalten, was mir gehört«, fauchte der alte Mann. »Dafür habe ich mein Leben lang gearbeitet.«

»Wir wollen nichts von dem, was Ihnen gehört«, sagte Yardley Acheman. »Sie haben nichts, was wir haben wollen.«

Der alte Mann schaute auf die Papiere in seiner Hand und ließ sie, ohne seine Miene zu ändern, auf den Boden fallen. Er drehte sich um und ging ohne ein weiteres Wort aus dem Zimmer.

Seine Schritte auf der Treppe klangen unsicher; ich stellte mir vor, wie er mit letzter Kraft das Geländert umklammerte. »Kein Grund zur Sorge«, sagte Yardley.

Mein Bruder stand auf und trat ans Fenster, um Weldon Pine nachzuschauen, wie er zu seinem Wagen ging.

»Wir haben die Sache immer noch ganz für uns allein«, sagte Yardley. Mein Bruder gab keine Antwort. »Ihr könnt mir glauben, der Mann legt vor Gericht keinen Widerspruch ein. Der will es nicht schwarz auf weiß in seinem Poesiealbum haben, wie unfähig er ist.«

»Das kann man nie wissen«, sagte Ward. »Er scheint mir ein Dickkopf zu sein.«

Yardley Acheman sagte: »So dickköpfig ist er nicht, vor allem dann nicht, wenn er sich dadurch in ernsthafte Schwierigkeiten bringt.«

Yardley Acheman hatte recht, was Weldon Pine betraf.

Er hatte mit seinem Urteil über andere Menschen häufig recht, da er stets vom Schlimmsten ausging. Dem Antrag auf einen neuen Anwalt wurde vom Gericht routinemäßig stattgegeben, da Mr. Pine keinen Widerspruch erhob. Hillary Van Wetter wechselte seinen Anwalt, ohne daß die Öffentlichkeit davon erfuhr. Weldon Pine machte diese Beleidigung mit sich selbst aus und nahm seine Arbeit als beliebtester Anwalt von Moat County in dem Glauben wieder auf, daß die unglückselige Liaison zwischen uns und Hillary Van Wetter nun einen Abschluß gefunden hatte.

Manchmal, wenn ich an seine lange und fruchtbare Beschäftigung mit den düsteren Seiten der menschlichen Natur denke, frage ich mich, was er sich gedacht haben könnte.

In diesen ersten Wochen in Lately gab es für mich nicht viel zu tun. Morgens holte ich meinen Bruder und Yardley Acheman im Prescott Hotel ab und brachte sie abends wieder zum Prescott zurück. Wurden Unterlagen aus dem Gericht gebraucht – Ward hatte damit begonnen, sowohl den Finanzhaushalt des Sheriffs wie den des Staatsanwalts zu überprüfen – oder Bücher aus der Bibliothek, holte ich sie ab. Ich fuhr Ward ein halbes dutzendmal an den Platz, an dem Sheriff Call ermordet wurde, und von dort aus fuhren wir oft zu dem Sandweg, der in die Sümpfe führte, in denen die Van Wetters wohnten. Wir haben ihre Häuser nie gesehen, doch ahnte Ward instinktiv, wo sie standen. Vielleicht hatte man sie ihm vom Fluß aus gezeigt, damals, als mein Vater noch versucht hatte, Barschangler aus uns zu machen.

An den Tagen, an denen wir im Büro blieben, gehörte es zu meinen Aufgaben, Sandwiches zu holen und dafür zu sorgen, daß ein Vorrat an Buschbier im Kühlschrank stand, da Yardley Acheman seit kurzem bereits vor dem Mittagessen trank.

Er hatte auch nicht viel zu tun.

Das Bier machte Yardley launisch, und an manchen Nachmittagen, wenn es ihn schlimm erwischt hatte, rief er seine Verlobte in Miami an, um ihr zu gestehen, daß er ihr unmöglich treu bleiben könne. Danach stritten sie sich, als ließen sich die Makel in Yardley Achemans Charakter durch ein Gespräch bereinigen. Keine fünf Minuten später fragte er sie, warum sie weinte, und dann hängte sie auf, und er starrte einen Augenblick lang den Hörer an, ehe er ihn auf die Gabel fallen ließ, um dann zum Kühlschrank zu gehen und sich noch ein Bier zu holen.

»Frauen...«, sagte er dann.

An manchen Nachmittagen trank ich Bier mit ihm, an anderen nicht.

Später rief er sie dann noch mal an und begann ein Gespräch über die Details ihrer bevorstehenden Hochzeit. Das war seine Art, sich wieder mit ihr zu versöhnen. Was die Brautjungfern tragen sollten, wer zum Empfang eingeladen wurde, wer zur Feier selbst kommen sollte. Seine Verlobte entstammte einer Familie aus Palm Beach, und ihre Hochzeitspläne galten einem großen gesellschaftlichen Ereignis.

Yardley hatte nichts gegen ihre Familie oder gegen das Geld ihrer Familie einzuwenden, aber es kam zu Streitigkeiten über das Ehegelöbnis, das sie gemeinsam aufsetzten, und bald regte er sich wieder auf, beharrte auf Einzelheiten, zu denen außer Yardley Acheman kein Mann, den ich je gekannt habe, auch nur eine Meinung gehabt hätte, und kurz darauf fragte er sie wieder, warum sie weinte.

Yardley haßte es, wenn man ihn redigierte – ob Zeitungsartikel oder Ehegelöbnis, es war stets dieselbe Beleidigung.

An den Tagen, an denen ich Bier mit ihm trank, saß ich am Fenster, sah ungeniert zu und belauschte seinen Beitrag zu den

Gesprächen und dachte darüber nach, auf welche Weise eine Frau verkrüppelt sein mußte, die ihn nach seinem Benehmen am Telefon immer noch heiraten wollte.

Ich hatte damals fast keine Erfahrung mit Frauen, und es war mir noch nicht in den Sinn gekommen, daß manche von ihnen ebenso erbärmlich sein können wie manch einer von uns.

An den Tagen, an denen ich kein Bier trank, suchte ich mir im Büro eine Arbeit, wenn Yardley Acheman und seine Verlobte ihre Streitigkeiten ausfochten. Ich ordnete die Kartons an der Wand oder fegte den Boden. Mein Bruder saß an seinem Tisch, machte sich Notizen auf den Papieren vor sich und griff manchmal, wenn der Streit allzu giftig wurde, nach seinem eigenen Telefon, um einen Anruf zu erledigen und sich von dem abzukapseln, was im Zimmer vor sich ging.

Yardley Achemans Liebeswirren waren meinem Bruder peinlich, so wie sie mir peinlich waren, wenn ich kein Bier trank. Doch Yardley Acheman fand nichts dabei, und wenn seine Verlobte aufgehängt hatte, gab er immer irgendeinen Kommentar von sich, der uns aufzufordern schien, sich in den Streit einzumischen.

»Was denkt die Alte sich eigentlich?«

DIE LAGE wäre angemessen beschrieben, wenn man behauptete, daß zu dieser Zeit vier Leute auf die eine oder andere Art an einer Sache arbeiteten, die nur einer von ihnen erledigen konnte. Mein Bruder mußte die Geschichte vollständig in seinem Kopf gespeichert haben, ehe er sehen konnte, wie es weiterging. Der Rest von uns wartete nur, bis er soweit war.

Meine dringlichste Aufgabe war es keineswegs, den Wagen zu fahren oder Botengänge zu erledigen, sondern Charlotte Bless vom Büro fernzuhalten. Ward und Yardley Acheman wollten sie für die Treffen mit Hillary Van Wetter in erreichbarer Nähe haben. Hillary hatte unmißverständlich klargemacht, daß er ohne Charlotte für uns überhaupt keinerlei Verwendung hatte. Doch ihre Besuche im Büro waren langweilig, stumpfsinnig und auf ihre Art manchmal beinahe fanatisch.

Charlotte hatte es sich angewöhnt, nach dem Mittagessen vorbeizuschauen, in dem einen oder anderen neuen Kleid, nach Parfüm duftend, durch die Tür hereinzuschneien und uns an unsere Aufgabe zu erinnern, die darin bestand, ein unschuldiges Leben zu retten. Seit Hillary Van Wetter bei unserem zweiten Besuch aus dem Zimmer gegangen war, hatte sie keine Jeans mehr getragen, nicht einmal auf ihrem Weg zum Büro über dem Moat-Café.

Jeden Tag begann sie mit derselben atemlosen Frage: »Gibt's was Neues?«

Es gab nie etwas Neues, jedenfalls nichts Neues von der Art, wie sie es sich erhoffte. Der Gouverneur rief nicht an, um Hillarys Unschuld zu verkünden, und mein Bruder arbeitete sich ein weiteres Mal und noch ein wenig langsamer durch die Dokumente, sammelte dieses und jenes und schob dann alles vor sich her zu dem, was als nächstes kam, was immer das auch sein mochte, beinahe, als würde er den Boden fegen.

»Wir müssen diese Sache beschleunigen«, sagte sie dann und ging ans Fenster. »Jede Nacht, die Hillary Van Wetter in diesem Gefängnis zubringt, ist eine Nacht weniger in seinem Leben.«

Nachdem sie das gesagt hatte, wurde sie einmal von Yardley Acheman gefragt, ob sie schon daran gedacht hätte, einen Countrysong darüber zu schreiben. Meistens aber weigerte er sich einfach, ihre Anwesenheit im Zimmer zur Kenntnis zu nehmen, obwohl sie ihn sichtlich öfter ansprach als meinen Bruder oder mich. Sie schien zu glauben, daß er das Sagen hätte.

Wenn Charlotte begann, über die Nächte zu reden, die Hillary Van Wetter im Gefängnis verlor, wurde es Zeit für mich, sie fortzubringen. Falls mir das nicht gelang, wanderte sie im Zimmer umher, schaute in die Kartons mit den Unterlagen auf dem

Tisch meines Bruders und nahm jedes Papier, das sie berührte, zum Anlaß, den Fall noch einmal aufzurollen.

Es konnte eine halbe Stunde dauern, bis sie ein Ende fand. Von der Störung selbst einmal abgesehen hatte es mein Bruder nicht gern, wenn die Papiere angerührt wurden, die er um sich ausgebreitet hatte. In seinem Kopf ging ständig eine Art Auflistung vor sich, und die Dinge mußten unberührt und unverändert liegenbleiben, wenn er damit fertig werden sollte.

Andererseits gehörten die Papiere, viele zumindest, Charlotte, und er wußte nicht, wie er ihr sagen sollte, daß sie sie bitte in Ruhe lassen möge. Charlotte war in vielerei Hinsicht ebenso kindisch wie Yardley Acheman, und da sie als erste Anspruch auf Hillary Van Wetter erhoben hatte, würde sie sich in dem Versuch, sein Leben zu retten, weder Anwälten noch Journalisten oder sonst jemandem unterordnen. Ich schätze, sie hatte Angst, ihn völlig zu verlieren.

Es war meine Absicht, Charlotte Bless vor dem Ertrinken im Meer zu retten.

Ich hatte keinen Plan, der meine Tat notwendig machen würde, aber ich träumte davon, sie zu retten, und davon, wie dankbar sie sein würde, wenn sie zu Tode erschrocken aus dem Ozean getragen und im warmen, sicheren Sand am Strand abgesetzt werden würde. Ich malte mir aus, wie ihre Haut sich anfühlte, wenn sie naß war, und ihre Muskeln zuckten, wenn sie hilflos war und in Panik geriet.

Aber ich konnte sie kaum ins Wasser locken.

Zwei- oder dreimal die Woche fuhr sie nachmittags mit mir an den Strand von St. Augustine. Aber sie kam nur mit, um sich ihre Beine für Hillary zu bräunen, und ging bloß ins Wasser, um sich abzukühlen, und selbst dann kaum knietief, eine Hand auf dem Strohhut, der Gesicht und Hals vor der Sonne schützte.

Sie schien sich vage für mein Schwimmen zu interessieren, hatte aber keine Lust, es selbst zu lernen.

Und so fuhren wir nach St. Augustine, stellten den Wagen ab und gingen an den Strand, und ich zog mir Hemd und Hose aus, schwamm gleich hinaus und dachte an meinen Stil, als ob der ihr nicht völlig egal wäre, und sie legte ihr Handtuch auf den heißen Sand, zog sich aus – wir trugen unsere Badesachen unter unseren Kleidern –, legte sich hin, stellte das Radio an und bedeckte das Gesicht mit ihrem Strohhut.

Wenn ich zurückkehrte, warf ich mich außer Atem neben sie in den Sand und betrachtete ihre Kurven. Unter den Gummibändern ihres Badeanzugs hatte sie kaum Fettpölsterchen, und ihre Haut warf keine Falten, wenn sie sich auf den Bauch drehte.

Sie trug einen einteiligen Badeanzug, der auf dem Rücken bis hinab zu jenem Punkt ausgeschnitten war, an dem die Spalte begann, die ihren Hintern teilte. Er paßte sich wie angegossen ihren Pobacken an, schmiegte sich in die Ritze. Es gab keinen Quadratzentimeter an ihrem Po, den ich nicht schön fand, und wenn ich neben ihr im Sand lag, meinen Atem auf meinem Arm und das wachsende Gewicht meiner Erektion spürte, dann rollte ich mich auch auf den Bauch, damit sie nicht sah, welche Wirkung sie auf mich hatte.

Ich glaubte, daß sie sich betrogen fühlen würde.

Nein, ich wußte wirklich überhaupt nichts über Frauen.

An unserem dritten oder vierten Nachmittag in St. Augustine schob sie die Träger von ihren Schultern und gab mir die Sonnencreme.

»Ich hasse Streifen«, sagte sie.

Ich glaube, es war das erste Mal, daß ich sie berührte. Ihre Haut war kühl, und meine Hand glitt von ihren Schultern über ihren Rücken hinab und blieb schließlich am unteren Ende ihres Ausschnitts liegen, dort, wo ihr Körper sich teilte und sich zu einem vollkommenen Hintern formte. Meine Hand blieb einen

Augenblick liegen, und dann hob Charlotte den Kopf und schaute mich an, als wollte sie mich fragen, was mir eigentlich einfiele.

»Sie sehen so unschuldig aus«, sagte sie.

»Was?«

»Die Streifen. Sie sehen aus wie ein weißes Halfter.«

Ich schraubte den Deckel wieder auf die Sonnencreme und stellte sie in den Sand. Ohne mich aufzurichten, ließ ich mich zurück auf mein Handtuch fallen. Charlotte Bless den Rücken einzureiben hatte mich in einen Zustand versetzt, der nur eine Zuckung weit von Hillary Van Wetters Ejakulation im Zuchthaus entfernt war, will sagen, man hätte einen Propeller an das Ding schrauben und damit fliegen können.

»Sie atmen durch den Mund«, sagte sie ein paar Minuten später, während sie mich betrachtete.

»Ich bin weit geschwommen«, sagte ich.

Und sie lächelte hinter ihrer dunklen Brille und wandte ihr Gesicht von der Sonne ab.

»Sie brauchen eine Freundin«, sagte sie, immer noch mit abgewandtem Blick. Als ich keine Antwort gab, hob sie erneut den Kopf, sah sich um und entdeckte ein halbes Dutzend Mädchen um eine Kühlbox mit Bierdosen. Sie saßen etwas zwanzig Meter hinter uns vor dem hohen Gras am Strandrand. Rosige Zehennägel und Radios. Ich hielt sie für eine Clique Studentinnen, so wie die Bier tranken.

»Sie sollten da rüber gehen und sich mit einer von denen anfreunden«, sagte sie, schien mich aber irgendwie auf den Arm zu nehmen.

»Solche Mädchen mag ich nicht«, sagte ich.

Sie schob ihre Sonnenbrille auf der Nase nach unten und schaute wieder zu den Mädchen hinüber. »Ich möchte wetten, daß Ihnen die Rote gefällt.« Ich wußte nicht, was ich dazu sagen sollte. Sie fuhr fort: »Gehen Sie schon, und suchen Sie sich eine aus, die auf den Nägeln kaut, und sie bläst Ihnen einen. Ganz bestimmt.«

»Ich will mir keinen blasen lassen«, sagte ich, und sie blickte mich irgendwie enttäuscht an. Dann fiel mir ein, was sie über Hillary geschrieben hatte, der sich wie ein Richter einen blasen lassen wollte. Ein integrer Mann.

»Ich möchte ja schon gern«, korrigierte ich mich, »ich will nur nicht, daß es eine von denen macht.«

Sie dachte lange darüber nach. »Wie gut, daß Sie nicht im Gefängnis sind«, sagte sie schließlich und brachte das Thema wieder auf Hillary. »Drinnen hätten Sie keine Wahl.«

»Ich kann auf mich selbst aufpassen«, sagte ich.

Sie lächelte und ließ ihre Wange wieder auf das Handtuch sinken. Wütend und sandbedeckt stand ich auf und folgte meinem Schwanz, der in der ersten Hälfte meines Lebens ständig steif zu sein und in die falsche Richtung zu deuten schien, ins Wasser und schwamm hinaus. Ich war etwa hundert Meter weit draußen, fühlte mich wütend und stark, fühlte mich, als würde ich über das Wasser gleiten wie Flammen über Öl, als ich plötzlich merkte, warum mir dieser Vergleich in den Sinn gekommen war.

Ich brannte.

Ich hörte auf zu schwimmen und sah mich um, das Brennen umspülte mich wie der Luftzug eines Ventilators, der durch ein Zimmer strömt. Kühle folgte dem Luftzug und nahm mir fast den Atem. Ein halbes Dutzend durchsichtiger Quallen schwebten gleich unter der Wasseroberfläche, einige vor mir, aber weit mehr in dem Wasser hinter mir, das ich gerade durchschwommen hatte.

Ich hob einen Arm, sank tiefer unter Wasser und sah, daß Tentakeln von den Quallen abgerissen waren, daß sie sich um mich gewickelt und wie Peitschen ineinander verknotet hatten. Wieder umspülte mich das Brennen; mir war eiskalt.

Ich kehrte um. Das Brennen änderte sich nicht, als ich wieder durch die Quallen schwamm, aber einige Meter weiter fühlte ich eine Schwere in meinen Armen, dann auf meiner Brust, und ich dachte, sie würde mich versenken. Ich drehte mich auf den Rücken, um mich auszuruhen, und merkte, daß etwas mit meiner Atmung nicht stimmte.

Ich paddelte langsam mit den Beinen, hörte auf das Geräusch der Luft, die durch meinen Mund strich, konnte sie aber nicht tief genug in mich hineinsaugen. Ich schloß die Augen, paddelte, dachte, daß ich vielleicht sterben würde. Lange Zeit später wurde es warm, und ich wußte, daß ich im flachen Wasser war und daß ich nicht ertrinken würde.

Als ich Grund spürte, setzte ich mich einen Moment hin, sammelte mich, drehte mich um auf Hände und Knie, kroch aus dem Wasser an den Strand, richtete mich auf, schwindlig wie nie zuvor, und ging zu Charlotte Bless, die immer noch mit dem Gesicht nach unten und trägerlos auf ihrem Handtuch lag.

Eines der Mädchen, die vor dem hohen Gras Bier tranken, sah mich als erste. Ich hörte, wie sie »Mein Gott!« sagte, blickte an mir selbst herab und begriff das Ausmaß der Vergiftung. Die Tentakeln steckten tief in meinen Armen und Beinen, die Haut um sie herum war gequollen und rosig. Halsbänder, dachte ich.

Ich hörte die Mädchen kommen, aber als ich aufblickte, konnte ich nichts sehen. Ich rieb mir die Augen, und die Lider waren am falschen Platz, über die Augenhöhle hinaus angeschwollen. Ich wollte weitergehen und fiel hin.

Die Sonne war warm, und ich begann zu zittern. »Eine Allergie«, sagte eine von ihnen. Sie kam heran, verdeckte die Sonne, war so nah, daß ich Bier aus ihrem Mund riechen konnte. »Können Sie mich hören?« fragte sie. »Wir rufen einen Krankenwagen . . .« Ich spürte, wie eines der Mädchen mein Bein mit Sand abrieb. Und dann griff jemand nach meinem Arm und behandelte ihn auf gleiche Weise.

»Ich weiß, es tut weh«, sagte das Mädchen, das über mir stand. »Ich bin Krankenschwester.«

»Was ist los mit ihm?« Das war Charlottes Stimme.

»Er hat eine allergische Reaktion«, sagte die, die offenbar den Ton angab. »Er muß da draußen in einen Quallenschwarm geraten sein.«

Eine von ihnen rieb immer noch Sand über meinen Schenkel. Ich hörte sie wie von weit her sagen: »Verdammt, seht euch das an.« Und dann redete wieder die, die über mir stand. »Können Sie mich hören?« fragte sie mit ruhiger, schwächer werdender Stimme. »Wie heißt er?«

»Jack«, sagte Charlotte und klang verängstigt.

»Jack«, sagte sie, die Stimme wieder näher, »wir holen einen Krankenwagen. Können Sie mich hören?«

Der Boden begann sich unter mir zu drehen, langsam zuerst und dann immer schneller. »Hören Sie, Mister«, sagte die Anführerin, »was wir jetzt machen, ist ein bißchen peinlich.«

Ich versuchte nicht, ihr zu antworten, und dann spürte ich, wie mir die Badehose ausgezogen wurde, wie sich das Innenfutter nach außen kehrte, als man sie mir die Beine herunterrollte. »Halten Sie durch!« sagte das Mädchen, und dann stand sie auf, das Licht der Sonne färbte alles rot, und gleich darauf spürte ich ein sanftes Plätschern über mein Bein wandern, als ob ich mit warmem Bier gewaschen würde.

»Was machen sie denn da?« fragte Charlotte und klang immer noch besorgt. Sie erhielt keine Antwort – es waren ausgebildete Krankenschwestern –, doch das erste Plätschern hörte auf, und dann verdeckte ein anderes Mädchen die Sonne, und ich spürte es wieder, diesmal auf meiner Brust, spürte, wie es von meinem Bauch bis fast zu meinem Hals wanderte. Es roch unbestreitbar nach Urin.

»Bleiben Sie liegen«, sagte die Anführerin. »Der Krankenwagen ist unterwegs.«

Ich setzte mich trotzdem auf, mir war schwindlig und übel. Das Brennen hatte – teilweise zumindest – aufgehört, dort, wo sie mich angepinkelt hatten.

»Mister«, sagte die Anführerin, »Ihr Gesicht hat auch was abgekriegt. Wäre es Ihnen lieber, wenn wir nicht auf Ihr Gesicht urinierten?«

Die wahre Bedeutung einer solchen Frage liegt natürlich nicht in der Frage selbst, sondern in dem, was sie beinhaltet – daß man in Topform sein kann, richtig obenauf, daß man durch die Wellenkämme gleitet, und im nächsten Augenblick liegt man blind und hilflos am Strand und wird gefragt, ob man es vorzieht, daß einem Fremde nicht über das Gesicht urinieren.

»Nein«, sagte ich, »bitte nicht.« Meine Lippen waren inzwischen dick angeschwollen; die Worte klangen undeutlich.

»Was war das?« fragte eine.

»Ich glaube, er ist nicht mehr ganz da«, sagte die Anführerin. Dann, zu jemand anderem: »Mach schon.« Und gleich darauf pinkelte mir jemand über die Schulter auf den Arm bis hinab zur Hand. Ich legte mich wieder hin, glitzerte in der Sonne.

»Das habe ich ja noch nie erlebt«, sagte Charlotte.

»Er ist vergiftet«, sagte die Anführerin. »Er ist vergiftet und hat eine allergische Reaktion.«

»Ich sehe selbst, daß er vergiftet ist«, sagte Charlotte. »Aber wenn jemand von einer Schlange gebissen wird, pißt man ihn doch auch nicht an.«

Ich weiß noch, wie ich dachte: »Man nimmt ihn in den Mund und saugt ihn aus.« Doch das hat natürlich mehr mit mir selbst zu tun.

Dann hörte ich den Krankenwagen, weit fort. Stimmen mischten sich unter die Sirene.

Der Arzt war fett, das konnte ich erkennen, als er meine Augenlider aufhielt, um die Pupille zu prüfen. Er untersuchte meine Augen mit einer kleinen Lampe, erst das eine, dann das andere. Dann nahm er die Lampe fort und betrachtete mein Gesicht, als wolle er kurz das Problem in seiner Gesamtheit bedenken. Er roch nach Zigarren.

Und dann ließ er mein Augenlid los, und der Raum war dunkel. »Ein bißchen Epi, bitte«, sagte er.

»Wieviel?«

»Eine Ampulle, geben Sie mir die verdammte Ampulle, ich mach es selbst.« Es war einen Moment still, und dann sagte er: »Machen Sie schon, machen Sie, wenn wir den verlieren, wird's ziemlich peinlich.«

Und dann fühlte ich, wie es kühl wurde auf meiner Brust, als er eine Stelle mit Alkohol abrieb, und dann ein langsames, wachsendes Brennen, als er die Nadel durch diese Stelle in meine Brust stieß.

Ich schlief.

Ich wachte in einem dunklen Raum auf. Durch die Tür fiel ein Lichtkeil auf den Boden, und der Herzmonitor neben meinem Bett färbte das Laken, das mich bis zur Brust bedeckte, blaßgrün. In meinem Handrücken stak eine Nadel, die mit einer Flasche über meinem Kopf verbunden war. In ihr spiegelte sich die grüne Kurve des Herzmonitors.

Ich blinzelte, und meine Augen fühlten sich geschwollen und fremd an, klebten aber nicht mehr zusammen. Aber sie waren trocken, und sie brannten. Ich richtete mich ein wenig auf und wußte, daß ich es geschafft hatte.

»Jack?«

Mein Bruder saß an der dunkelsten Stelle des Zimmers auf einem Stuhl neben dem Herzmonitor, wohin nur wenig Licht vom Gerät oder von der Tür fiel. Er trug ein weißes Hemd und einen Schlips; sein Fahrschein für den Bus steckte in seiner Hemdtasche. Ich konnte das Wort *Trailways* lesen. In der Dunkelheit wirkte sein Gesicht eingefallen. Mir war kalt, und ich begann zu zittern.

»Mein Gott, ist das kalt«, sagte ich.

Er stand auf und kam an mein Bett. Einen Augenblick später fühlte ich das Gewicht einer Decke und einen weiteren Augenblick später ihre Wärme. »Der Arzt meinte, du könntest noch einen zweiten allergischen Anfall bekommen«, sagte er. »Sie haben dir hier was angelegt, damit dein Kreislauf nicht schlapp macht.«

Wieder spürte ich einen Kälteschauer. »Mir war verdammt schlecht.«

Ward nickte, der Bildschirm tanzte in seinen Augen, und dann schaute er fort. Wieder wurde mir kalt, die Kälte schien aus der Flasche über meinem Kopf zu kommen. Als der Schauder vorüberging, war ich seltsamerweise tief betrübt. Fast, als hätte mich eine schlechte Nachricht in Ohnmacht fallen lassen und ich würde gerade wieder zu mir kommen, dorthin, wo die Neuigkeit auf mich wartete. Traurigkeit lag wie eine Decke über mir, sammelte sich in meiner Kehle, und ohne Vorwarnung blinzelte ich plötzlich Tränen fort. Ward sah sie, und einen Moment lang schien es, als wolle er mich berühren. Ich glaube, er hätte es gern getan, aber dann drehte er sich um und setzte sich wieder auf seinen Stuhl.

»Dich hat's schlimm erwischt«, sagte er aus dem Dunkel. »Das kostet eine Menge Kraft.«

»Soviel auch wieder nicht«, sagte ich. Und das stimmte, es hatte zwar etwas anderes gekostet, aber dafür fehlte mir das Wort. Meinem Bruder waren auch die Worte ausgegangen, und so saßen wir da und hörten auf das Geräusch der Maschine, die mein Herz überwachte.

An dem Tag, an dem ich aus dem Krankenhaus entlassen wurde, prangte ein Foto vom Notarzt auf der Titelseite des *St. Augustine Record*. Es nahm die obere Hälfte der Zeitung ein, war also nicht zu übersehen, wenn man am Zeitungskasten vorüberging. Der Arzt stand vor dem Eingang zur Notaufnahme, eine Zigarre zwischen den Zähnen, der Kittel spannte an den Knöpfen. Er grinste.

Charlotte hatte mich abgeholt, mir saubere Wäsche, einen Rasierapparat und einen Kamm mitgebracht. Sie wartete, bis ich mich geduscht und angezogen hatte, und nahm meinen Arm, als wir durch die Tür gingen. Sie hielt ihn noch immer, als ich das Bild sah und stehenblieb.

»Was ist?« fragte sie.

Über dem Foto des Arztes, quer über die Seite, stand die Titelzeile SCHNELLES EINGREIFEN AM STRAND RETTET MANN AUS THORN.

»Stimmt was nicht?« fragte sie.

Ich schlug die Zeitung erst auf, als wir im Lieferwagen saßen und davonfuhren.

> »Fünf Schwesternschülerinnen aus Jacksonville und die Mannschaft der Notaufnahme im St. Johns County Hospital retteten am Mittwoch in gemeinsamer Anstrengung das Leben eines Neunzehnjährigen, der dem Schwimmteam der University of Florida angehört und beim Schwimmen im Meer mit einem Allergieausbruch auf einen Quallenschwarm reagierte.
>
> ›Diesen Mädchen gebührt das größte Verdienst‹, sagte Dr. William Polk. ›Mr. Jack James, das Opfer, kann von außerordentlichem Glück reden, daß sie zufällig am Strand waren.‹«

Ich schloß die Zeitung und schloß meine Augen. Charlotte hielt vor einer roten Ampel. »Was ist?« fragte sie. Und als ich keine Antwort gab, legte sie eine Hand auf mein Bein, direkt über dem Knie, und ließ sie dort liegen. »Ist Ihnen schlecht?«

»Woher wußten die, daß ich im Schwimmteam war?« fragte ich.

»Sie sind ins Krankenhaus gekommen«, sagte sie.

»Haben Sie es ihnen erzählt?«

Sie achtete auf die Ampel, ließ ihre Hand auf meinem Bein. »Ich fand's angebracht«, sagte sie.

Ich schüttelte den Kopf und spürte das Gewicht der Zeitung auf meinem Bein deutlicher als ihre daneben liegende Hand. Sie tätschelte mein Bein und legte die Hand wieder ans Steuer. »Sie sollten nicht lesen im Auto«, sagte sie. »Davon wird Ihnen übel.«

Einige Meilen weiter westlich schlug ich die Zeitung auf und betrachtete noch einmal das Foto des Arztes. Ich konnte die Zigarre riechen und den süßen, öligen Geruch, den er auf der Intensivstation verströmte, als er nach mir gesehen hatte. Er gehörte zu jenen Ärzten, die in ihrer Umgebung als Original gelten und sich und all ihre Ausdünstungen daher für liebenswert halten.

> »Offenbar retteten die Schwesternschülerinnen Mr. James, indem sie auf die vielen betroffenen Körperstellen urinierten. ›Arme und Beine des Jungen waren mit Tentakeln übersät‹, sagte Dr. Polk, ›ebenso Rücken und Brust, Gesäß, Genitalien und Gesicht.‹«

»Mein Gott«, sagte ich und schloß die Zeitung wieder.

»Ich habe Ihnen doch gesagt, Sie sollen im Auto nicht lesen«, sagte Charlotte.

Das war noch nicht alles.

Die Geschichte meiner Rettung durch Schwesternschülerinnen, die am Strand über mich urinierten, fiel einem Redakteur im Büro der *Associated Press* in Orlando auf, der sie auf sechs

Absätze kürzte und mit den übrigen Geschichten des Tages landesweit verschickte. In dieser Fassung gelangte sie durch die *Associated Press* in die Büros von tausendfünfhundert Zeitungen überall in den Vereinigten Staaten und Kanada, wo andere Redakteure sie nach Platzvorgaben und Geschmacksvorstellungen zurechtstutzten, ihr eine launige Überschrift verpaßten und sie als eine Art Gegengift zu den schlechten Nachrichten des Tages verbreiteten. ALTBEWÄHRTES HEILMITTEL RETTET GESTRANDETEN SCHWIMMER.

Dies war zwar nicht der peinlichste Titel, der mir zu Gesicht kam, aber er blieb mir am deutlichsten in Erinnerung, da er in der Zeitung meines eigenen Vaters erschien. Ich weiß nicht, ob mein Vater den Titel oder die Geschichte vor Drucklegung gesehen hat. Es war keine von den Geschichten, auf die man ihn üblicherweise aufmerksam machte, doch sollte seiner Chefredakteurin mein Name aufgefallen sein, hatte sie ihn bestimmt zuvor aufgesucht, um seine Druckerlaubnis einzuholen.

Yardley Acheman hatte mir den Artikel gezeigt. Am Morgen nach meiner Entlassung aus dem Krankenhaus ging ich ins Büro, und er sagte: »Meinen Glückwunsch, Jack, du stehst in der Zeitung.«

»Ich weiß.«

Ich ging hinüber zum Fenster, um mich hinzusetzen. Ich hatte Yardley Acheman satt und hatte es satt, im Büro herumzuhängen und darauf zu warten, daß mein Bruder fertig wurde mit dem, was immer er da tat. Ich dachte, wenn ich schon für eine Zeitung arbeiten muß, dann würde ich lieber wieder einen Laster fahren.

»Nicht nur in der *St. Augustine*«, sagte er, lächelte mir zu und griff dann nach der *Moat County Tribune*.

»Altbewährtes Heilmittel«, sagte er und gab mir die Zeitung.

Ich ging zu ihm, nahm ihm die Zeitung aus der Hand und drehte mich zu meinem Bruder um, der an diesem Morgen die gesamte Prozeßmitschrift auf seinem Tisch und auf dem Boden ausgebreitet hatte, als ob er die Seiten trocknen wollte, und ich starrte ihn an, bis er zu mir aufsah.

»Warum tut er mir das an?« fragte ich und meinte den alten Herrn.

»So läuft eben das Zeitungsgeschäft«, sagte Yardley Acheman hinter mir. Mein Bruder blinzelte, immer noch irgendwo in der Mitschrift von Hillary Van Wetters Prozeß verloren, und beim nächsten Wort, das Yardley Acheman sagte – ich weiß nicht mehr, was es war, nur noch, daß er offenbar glaubte, sich in die privaten Angelegenheiten meiner Familie einmischen zu können –, drehte ich mich um und schleuderte ihm die Zeitung ins Gesicht.

Und dann stand er auf, kam wütend um den Tisch herum und deutete mit dem Finger auf mein Gesicht, ein kleiner Tropfen weißer Spucke hing an seinen Lippen. Ich weiß noch, wie ein Ausdruck des Erstaunens über sein Gesicht zog, als ich seinen Finger beiseite schob, in sein Haar fuhr und ihn am Hals packte. Er hatte überhaupt keine Kraft. Und dann hatte ich ihn im Schwitzkasten am Boden und drückte seinen Hals zu, bis kein Geräusch mehr daraus hervordrang, und dann merkte ich, daß Ward sich über mich beugte, völlig gelassen, ein oder zwei Schritt entfernt, und mir sagte, daß ich ihn loslassen solle.

»Jack«, sagte er, »hör auf, du versaust noch alles.«

»Ist sowieso schon alles versaut«, sagte ich und weinte.

Er sagte: »Ich meine die Seiten hier«, und wandte sich von mir ab, um mich daran zu erinnern, daß er sie über den Boden ausgebreitet hatte. Einen Augenblick später ließ ich Yardley Achemans Hals los, hörte ein Knacken, das entweder von seinem Hals oder meinem Arm kam, lehnte mich an die Wand und schnappte nach Luft.

Yardley Acheman stand auf. Seine Ohren waren knallrot, und die Haut über seinen Augenbrauen war an einer Stelle aufgeschabt. Er zitterte. »Du bist völlig irre«, sagte er. Dann schaute er meinen Bruder an. »Ich will, daß der hier verschwindet.«

Ward gab keine Antwort.

»Der ist eine Zeitbombe«, sagte Yardley Acheman. »Beim nächstenmal schneit der hier mit einer Schrotflinte rein.«

Mein Bruder betrachtete ihn von oben bis unten. »Er ist jetzt wieder in Ordnung«, sagte er ruhig.

»Entweder er oder ich!«

Mein Bruder ging zurück an seinen Tisch und konzentrierte sich wieder auf die Prozeßmitschrift. Ich dachte an das, was Yardley gesagt hatte, dachte, daß er sich wahrscheinlich irrte, was die Schrotflinte betraf, dachte dann an meinen Vater und fragte mich, ob er den Artikel vor Drucklegung gelesen hatte, und begriff dann, daß ich ihn das niemals fragen würde. Ich wollte keinen Vortrag über den Preis hören, den wir für die Freiheit der Presse zu zahlen haben.

»Hast du gehört, was ich gesagt habe, Ward?« Yardley saß jetzt wieder hinter seinem Tisch, hatte sich beruhigt und rieb sich die Ohren. Die aufgeschabte Stelle an seiner Stirn wirkte auffälliger als vorher, war angeschwollen und an den Rändern hellblau angelaufen. »Ich will ihn verdammt noch mal draußen haben, kapiert?«

Mein Bruder gab mit keinem Zeichen zu verstehen, daß er derlei kapiert hatte.

Ich schaute aus dem Fenster, sah zu, wie Charlotte ihren Lieferwagen parkte und über die Straße zum Büro kam. Sie trug einen gelben Rock, und ihr Hintern schmiegte sich in den Stoff wie etwas, das man in einen weichen Beutel gestopft hatte. Yardley Acheman griff zum Telefon und wählte. Ich blieb stumm sitzen.

Unmittelbar nach dem Ringkampf auf dem Boden im Büro meines Bruders, als ich mich noch fragte, ob ich hier tatsächlich eines Tages mit einer Schrotflinte auftauchen würde, stellte ich mir plötzlich vor, wie ihr Hintern sich in einen Satinbeutel preßte, einen grünen Beutel mit einem Riemen zum Zuziehen, ungefähr so groß wie eine Hosentasche oder ein Hodensack, und wie ich mir das ausmalte, das schiere Gewicht dieses derart gestopften Beutels, fühlte ich eine vertraute Regung und nahm dies als Anzeichen dafür, daß ich wieder ganz der alte war.

»Ich rufe in Miami an«, sagte Yardley.

Sie kam ins Büro, als Yardley seinem Redakteur erzählte, was passiert war. »Verdammt, er wollte mich umbringen«, sagte er.

Sie setzte sich auf den Stuhl neben dem Tisch meines Bruders und musterte sich in einem Spiegel aus ihrer Handtasche. Erst die eine, dann die andere Seite, strich über ihr Haar, fuhr mit dem Finger eine Kurve an ihrem Auge lang. Am Nachmittag wollten wir uns erneut mit Hillary treffen, und sie sorgte sich um ihr Aussehen. Sie klappte den Spiegel zu und sah sich unglücklich und hilfesuchend nach mir um.

»Sie sehen gut aus«, sagte ich, und sie betrachtete einen Augenblick mein noch immer geschwollenes Äußeres und fragte sich, welches Gewicht meine Aussage hatte.

»Könnte jemand mal bitte dafür sorgen, daß der von einer Frau flachgelegt wird?« fragte sie.

»Nein, direkt hier im Büro«, sagte Yardley am Telefon. »Unter solchen Umständen kann ich unmöglich schreiben, wenn ich nicht weiß, wann der hier überschnappt und mich erwürgt.«

Charlotte hörte sich das an, bemerkte die Schürfwunde an Yardleys Stirn und suchte in ihrer Handtasche wieder nach der Puderdose. Sie öffnete sie und schaute sich erneut im Spiegel an. »Wollten Sie ihn erwürgen?« fragte sie und suchte ihre Stirn nach Kratzern ab.

»Nein«, sagte ich, »wir haben nur einen Ringkampf veranstaltet.«

»Stimmt ganz genau«, sagte Yardley am Telefon. »Mit so einem Scheiß muß ich mich nicht abgeben. Nicht, wenn er von dem kommt, und auch sonst nicht.«

Einen Moment lang war es still im Zimmer, während Yardley auf den Redakteur am anderen Ende der Leitung lauschte. Ich konnte die Stimme hören, verstand aber kein Wort. Als sie schwieg, nahm Yardley den Hörer vom Ohr und sagte zu meinem Bruder:

»Er will mit dir reden.«

»Wer?« fragte mein Bruder.

»Miami«, sagte er. Es schien ihn zu ärgern, daß mein Bruder ihm nicht zugehört hatte. »Ich habe dir doch gesagt, daß ich Miami anrufe.«

Ward stand auf, trennte sich widerwillig von den Papieren, ging hinüber zu Yardleys Tisch und griff nach dem Hörer.

»Hier ist Ward James«, sagte er. Er blieb völlig regungslos stehen und hörte zu; ebensogut hätte er auf die Zeitansage warten können. Charlotte steckte den Spiegel wieder ein und musterte Yardley Acheman, während mein Bruder in den Hörer lauschte.

»Der braucht eine Frau, das ist alles«, sagte sie schließlich.

»Der braucht eine verdammte Zwangsjacke«, sagte Yardley, dem der Moment, in dem er hilflos am Boden gelegen hatte, mit jedem Augenblick unwirklicher vorkam.

»Der leidet an sexuellem Notstand«, sagte sie.

Yardley Acheman schien darüber nachzudenken und wandte sich dann direkt an sie. »Eine Vierzigjährige, die sich anzieht, als wäre sie achtzehn – die leidet an sexuellem Notstand«, sagte er, und im Zimmer war es plötzlich so still, daß ich die Worte fast verstehen konnte, die durch den Hörer ans Ohr meines Bruders drangen.

Mein Bruder durchbrach das Schweigen. »Nein«, sagte er in den Hörer und hängte auf. Dann ging er an seinen Platz, starrte auf den Tisch und versuchte sich zu erinnern, wo er aufgehört hatte.

»Und?« sagte Yardley Acheman.

Mein Bruder setzte sich und schien etwas zu suchen.

»Er oder ich«, sagte Yardley.

Mein Bruder schaute ihn lange an und sagte dann noch einmal: »Nein.«

Ich weiß zwar nicht, wie er es geschafft hatte, aber damit war die Sache erledigt.

»Wenn der mich noch einmal anrührt...«, begann Yardley, aber mein Bruder hörte nicht hin. Charlotte drehte sich um und blinzelte mir zu.

Am Nachmittag saßen wir wieder im Besuchszimmer vor Hillary Van Wetter, und mein Bruder wollte, daß er sich zu erinnern versuchte, wo er in der Nacht, in der Sheriff Call ermordet worden war, den Rasen geklaut hatte.

»In welcher Stadt?« fragte er. »Können Sie sich an die Stadt erinnern?«

Hillary lächelte angesichts dieser Frage, und er antwortete, ohne seine Augen von Charlotte Bless abzuwenden. »Könnte an tausend verschiedenen Orten gewesen sein«, sagte er. Und dann, als hätte es für ihn und Charlotte eine geheime Bedeutung, sagte er: »Überall auf der Welt kann man Rasen klauen oder eine Nummer schieben.« Er lächelte sie an, und sie lächelte zurück.

Yardley Acheman lehnte sich an die Wand und schloß die Augen, als wäre er zu müde, um weiterzumachen.

»Könnte es Orlando gewesen sein?« fragte mein Bruder. Er hatte sämtliche Polizeireviere in der nördlichen Hälfte des Bundesstaates angerufen und nach Rasendiebstählen gefragt, und von denen gab es mehr, als er erwartet hatte, vor allem in der Gegend um Orlando.

Hillary Van Wetter dachte darüber nach. »Das ist ziemlich

weit für so ein bißchen Rasen«, sagte er schließlich. Und dann, an sie gewandt: »Andererseits: Je weiter man ausholt, um so süßer ist manchmal das Gras«, und er lachte laut.

Sie rückte auf ihrem Stuhl hin und her, dann schlug sie ihre Beine übereinander. Hillary beugte sich ein wenig vor, um ihr so tief wie möglich unter den Rock schauen zu können. Charlotte schien es nichts auszumachen.

»Passen diese Jungs gut auf dich auf?« fragte er sie.

Sie nickte und wollte ihm wohl gerade erzählen, was am Strand passiert war, wer hier auf wen aufpaßte, aber dann änderte sie ihre Meinung.

»Sie geben mir alles, was ich brauche«, sagte sie.

Er wandte plötzlich den Kopf und starrte mich an, etwas Klares und Kaltes im Blick. Da wußte ich, falls er auch Sheriff Call nicht getötet hatte, so hätte er es durchaus tun können. »Alles nicht, will ich hoffen«, sagte er.

Ich erwiderte den Blick, fühlte mich selbst klar und kalt. Aber entweder konnte man es mir nicht anmerken, oder es war ihm egal. Langsam drehte er sich erst zu meinem Bruder und dann zu Yardley Acheman um. »Sie ist vergeben«, sagte er.

»Haben Sie überhaupt keine Ahnung?« fragte mein Bruder.

»Erinnern Sie sich an die Richtung, in die Sie gefahren sind?«

»Auf dem Hinweg oder auf dem Rückweg?« fragte er und klang interessiert.

»Mir egal«, sagte mein Bruder.

Er dachte einen Augenblick nach und schüttelte dann den Kopf. »Nein«, sagte er. Wieder war es still, während er Charlotte und sie ihn anstarrte. »Es gab da einen Abend, da haben wir den Rasen von einem Golfplatz abgenommen«, sagte er.

»Wo?« fragte mein Bruder.

»Das muß unten in Daytona gewesen sein, glaube ich«, sagte er. »Vielleicht kann sich mein Onkel daran erinnern.« Er lächelte, dachte an was Lustiges. »Hat er selbst mal gespielt, Golf, meine ich.« Das Bild stieg in Hillary Van Wetter auf und nahm Gestalt an. Er faßte sich an die Nase, schüttelte sich und lachte, offenbar bei dem Gedanken an seinen Onkel auf einem Golfplatz.

»Sind Sie sicher, daß es in Daytona war?« fragte mein Bruder. Die Frage erstickte Hillarys Lachen, und er starrte Ward an, als wäre er gerade unaufgefordert ins Zimmer hereinspaziert.

»Ich habe gerade über Golf geredet«, sagte er schließlich.

Mein Bruder nickte.

»Ich sagte, mein Onkel hat es einmal gespielt.« Er war wütend; schwer zu sagen, warum. »Ich hatte da dieses Bild im Kopf«, sagte er, »mein Onkel mit einer grünen Hose, und dann mischt der sich ein und bringt mich aus dem Konzept.«

Er sah sich im Zimmer um, als würde er es zum erstenmal sehen. »Und was hab ich jetzt davon?«

Mein Bruder gab keine Antwort.

»Ihr Zeitungsfritzen seid so verdammt clever.«

»Seit unserer Ankunft hat sich nichts verändert«, sagte Ward.

»Ganz genau«, sagte Hillary Van Wetter und nickte langsam. »Ganz genau.« Er schloß die Augen und versuchte, sich wieder zu erinnern. »Wißt ihr, es ist gar nicht so einfach, sich einen Mann vorzustellen, der Golf spielt«, sagte er und schien nicht mehr ganz so wütend wie noch einen Augenblick zuvor.

»'tschuldigung«, sagte mein Bruder.

»Sich zu entschuldigen ist die sinnloseste Sache auf der Welt«, sagte er. »Ein Mann sagt zu mir ›'tschuldigung‹ und macht damit alles nur noch schlimmer.«

Ich stellte mir vor, wie Thurmond Call sich bei Hillary Van Wetter dafür entschuldigte, daß er seinen Vetter zu Tode getrampelt hatte. Ich überlegte, ob der Sheriff sich entschuldigt hatte oder ob er am Ende gestorben war, ohne irgend jemandem irgend etwas zu erklären.

Ich fragte mich, wie sehr er um sein Leben gebangt hatte, ob er das, was ihm davon noch geblieben war, gegen einen oder zwei

Augenblicke der Beschämung auf dem Highway im Regen eingetauscht hätte. Ob er um Gnade gewinselt hatte.

Ich glaube nicht. Allerdings hatte ich den Sheriff nur bei Paraden erlebt.

»Ist schon komisch«, sagte Hillary einige Augenblicke später, »klingt für euch vielleicht wie 'ne Kleinigkeit, aber außer dem, was weh tut, gibt's hier nichts, worüber man lachen kann.«

Dann wandte er sich wieder Charlotte zu und wollte sich an dem Anblick ihrer Beine freuen, wie sie unter ihrem Rock verschwanden, aber auch das wurde ihm verdorben.

»Sind Sie sicher, daß es in Daytona war?« fragte mein Bruder. Er war höflich, hatte aber keine Angst vor Hillary Van Wetter.

»Ist doch egal«, gab Hillary zurück.

Ward sagte: »Wenn es egal wäre, würde ich Sie nicht damit belästigen.« Er schwieg einen Augenblick. »Sind Sie sicher, daß es in Daytona war?«

»Irgendwo da drüben. Daytona, Ormond Beach ... einer von diesen Orten. Es war ein Golfplatz, und wir haben den Rasen von sämtlichen Grünflächen abgetragen.«

»Von allen?« fragte Yardley Acheman.

»Von allen, die wir im Dunkeln finden konnten«, sagte Hillary.

»Wohin haben Sie ihn gebracht?« fragte mein Bruder. Hillary schaute ihn an; er schien ihn nicht zu verstehen.

»Verkauft«, sagte er schließlich.

»An wen?« fragte Yardley Acheman.

»An wen?« fragte Hillary. »An wen?« Er musterte Yardley Acheman, und langsam zog ein Lächeln über sein Gesicht. »Vielleicht brauche ich mir ja doch keine Sorgen zu machen, wenn ich meine Verlobte mit euch Jungs alleine lasse«, sagte er. Er schaute sie an, wollte sehen, ob sie das lustig fand. Testete sie irgendwie.

»Wem haben Sie den Rasen gebracht?« fragte Ward.

»Einem Bauunternehmer«, sagte er. »Die zahlen ein Schweinegeld für Golfrasen.«

»Was für ein Bauunternehmer?«

»Eigentumswohnungen«, antwortete er. Wieder sah er Yardley Acheman an, der kein Wort mehr gesagt hatte, seit er von Hillary beleidigt worden war. »Der Wohnblock würde dir gefallen«, sagte er. »Steckt voller ›an wen‹-Typen.«

»Es geht Sie zwar nichts an«, sagte Yardley, »aber nur zu Ihrer Information: Ich bin verlobt.«

Ein Lächeln erhellte plötzlich Hillary Van Wetters Gesicht. »Und was hab ich davon?«

»Wo liegt der Wohnblock?« fragte mein Bruder.

Hillary rieb sich die Augen. »Schon wieder«, sagte er. »Jedesmal, wenn ich etwas lustig finde, willst du wissen, wo was war.«

»Das war nicht lustig«, sagte mein Bruder gleichmütig. »Uns bleibt nicht mehr viel Zeit.« Und wie auf ein Signal öffnete sich die Tür zum Zimmer, und ein Wachposten kam herein und legte Hillary Van Wetter eine Hand auf die Schulter.

»Genug für heute, Jungs«, sagte er.

Ohne den Wachposten anzuschauen, der seine Schulter festhielt, stand Hillary auf. Es sah ganz so aus, als wäre er aus eigenem Entschluß aufgestanden. Die Hand des Wachpostens wanderte zu Hillarys Armbeuge und drängte ihn zur Tür. Hillary widersetzte sich nicht, blieb aber einen Augenblick einfach stehen, so daß sich keiner von beiden rührte.

»Öffne deinen Mund«, sagte er zu Charlotte, aber diesmal war es als Scherz gemeint, und er ließ sich von der Wache abführen.

Yardley Acheman kratzte an einem Stückchen Schorf auf seiner Stirn, die gleich zu bluten begann. »Das läuft beschissen«, sagte er zu meinem Bruder.

Ward gab keine Antwort.

»Hillary Van Wetter ist unschuldig«, sagte Charlotte.

Yardley Acheman drehte sich zu ihr um. »Wen kümmert's?«

»Mich«, sagte sie. »Deshalb bin ich hier.«

»Du bist hier, weil deine Möse feucht wird, wenn du daran denkst, daß dieser Typ auf den elektrischen Stuhl kommt«, sagte er. Und dann zeigte er auf mich: »Du bist noch verrückter als der da.«

Müde stand Ward auf und ging zur Tür. Ich folgte ihm nach draußen, und kurz darauf hatte uns Charlotte auf dem Flur eingeholt.

»Wollt ihr den Fall einfach aufgeben?« fragte sie. Yardley Acheman kam gerade aus dem Besucherzimmer; mein Bruder hatte einen Vorsprung und wartete bereits am Tor darauf, durchgelassen zu werden.

»Ward gibt nicht auf«, sagte ich, »und auf ihn allein kommt es an.«

An diesem Abend gab es auf dem Highway einen Unfall, zwei Motorradfahrer aus Orlando trafen frontal auf einen Kombi aus Michigan, und die Streife brauchte Stunden, um den Schlamassel zu beseitigen.

Mein Vater saß immer noch in seinem Sessel, als ich nach Hause kam; der Stapel Zeitungen lag verstreut auf dem Boden zu seinen Füßen.

Er trank Wein, die Flasche hatte er neben sich auf den Tisch gestellt. Ehe meine Mutter uns verließ, hatte er die Flasche in der Küche gelassen und war jedesmal hin und her gegangen. Er saß beim Trinken nur ungern still, er hielt das für ein erstes Anzeichen von Sucht und glaubte, aufzustehen und in die Küche zu gehen würde ihn davor bewahren. Er suchte immer nach Zeichen in den Dingen, nie nach den Dingen selbst.

»Du kommst spät«, sagte er und sah auf seine Uhr.

»Draußen auf dem Highway hat's mächtig geknallt«, sagte ich.

»Welche aus dem Ort?«

»Nein«, sagte ich. »Motorradfahrer aus Orlando und Touristen.«

Er ließ seinen Arm sinken und griff nach dem Glas, betrachtete mein Gesicht, dann meine Arme. »Wie machen sich die Stiche?«

»Verbrennungen«, sagte ich. »Okay.«

»Verbrennungen«, sagte er und schien dem Wort nachzusinnen. Die Flasche war fast leer, und der Alkohol zeigte seine Wirkung. »Weh getan?«

Ich schüttelte den Kopf, ging in die Küche und nahm mir ein Bier. Dann hörte ich, wie hinter mir die Schwingtür geöffnet wurde. Er kam herein und setzte sich schwerfällig an den Tisch. Glas und Flasche stellte er vor sich ab. »Muß eine heikle Situation gewesen sein«, sagte er.

Ich setzte mich zu ihm an den Tisch, es gab keinen anderen Platz. Ich wußte nicht, ob die Situation heikel gewesen war oder nicht; das alles schien mir so fern, fast wie eine Geschichte, die ich über jemand anderen gelesen hatte.

»Wenn ich mich nicht irre«, sagte er, »sind Quallen um diese Jahreszeit in Florida nicht gerade selten.« Ich nahm einen Schluck Bier und nickte. »Man muß das Meer respektieren«, sagte er einen oder zwei Augenblicke später.

Meines Wissens war mein Vater sein Leben lang nicht im Meer gewesen. Er liebte den Fluß. Als ich sechs oder sieben war, also bevor meine Mutter nach Kalifornien ging, durfte ich ihn mit dem Schlauch bespritzen, wenn er den Laster gewaschen hatte, und das war die einzige Gelegenheit, bei der ich ihn naß gesehen hatte. Er starrte in sein Glas, ein schwarzer Fussel schwamm zwei Zentimeter unter der Oberfläche. Er nahm das Glas und trank trotzdem, und der Fussel hing an seiner Lippe, nachdem er ausgetrunken hatte. Er sah auf seine Uhr.

»Bis in die Nacht arbeiten«, sagte er, »das macht dich fertig. Dann fängst du an, Fehler zu machen.«

Mir schien, daß er wissen wollte, wie es meinem Bruder ging. »Ward läßt sich nicht so leicht fertigmachen wie andere Menschen«, sagte ich.

Mein Vater lächelte und glich einem alten Mann. »Alle werden sie fertiggemacht«, sagte er. »Manchmal nur deshalb, weil sie nicht wissen, wann sie aufhören müssen. Wie Rennpferde. Wenn denen keiner sagt, wann sie aufhören müssen, dann laufen die sich zu Tode.«

Irgendwie schien es möglich, daß Ward sich zu Tode laufen würde. Mein Vater schenkte nach und starrte einen Augenblick auf die Flasche, als schaue er verdutzt auf den verbleibenden Rest.

»Oben in Jacksonville hat ein Hai angegriffen«, sagte er.

AM MORGEN warf Yardley Acheman seinen Koffer und eine Kühltasche voll Bier in Charlottes Lieferwagen, stieg ein und fuhr nach Daytona Beach, um den Golfplatz zu suchen, den Hillary und Tyree Van Wetter in jener Nacht verwüstet hatten, in der Sheriff Call ermordet worden war.

Yardley Acheman hatte seit Wochen über Hitze, Langeweile und den Mangel an guten Restaurants in Moat County geklagt, doch als er losfuhr, um den Ort hinter sich zu lassen, war ihm nicht anzumerken, daß er nun zufriedener war.

Beim Einsteigen sprach er kein Wort mit Charlotte, schien sie nicht einmal wahrzunehmen. Er machte es sich auf dem Beifahrersitz bequem, schob sich die Sonnenbrille auf die Nase und verschränkte die Arme über der Brust.

Charlotte lächelte mir zu, legte den Gang ein und fuhr davon in die Morgensonne; schwarzer Rauch quoll aus dem defekten Auspuff.

EINE HALBE STUNDE verbrachte Ward an diesem Morgen damit, eine Flußkarte zu studieren, und erst dann machten wir uns auf die Suche nach Onkel Tyree. Wir fuhren zu dem Laden am Highway, den ich den Winter und das ganze Frühjahr über jeden Morgen mit zehn Zeitungen beliefert hatte. Ein nacktes Kind spielte in der Auffahrt, beugte sich über etwas Glitzerndes im Dreck – vielleicht eine plattgefahrene Dose oder eine Glasscherbe – und schlug mit einem Hammer darauf herum.

Es sah auf, sobald es den Wagen hörte, und ließ den Hammer fallen. Als wir anhielten, rannte es ins Haus.

»Hier wirst du nicht viel Glück haben«, sagte ich.

Ward nickte, öffnete aber trotzdem seine Tür und stieg aus. Ich wollte den Laden eigentlich nicht wieder betreten und blieb einen Moment sitzen, ehe ich ihm folgte.

Mein Bruder hob den Hammer auf und nahm ihn mit. Ich schloß den Wagen ab und sah Ward nach, wie er ins Haus ging.

Als ich hereinkam, stand Ward vor dem Tresen, den Hammer noch in der Hand. Hier drinnen war es dunkel und heiß, eine schwarze Spinne hockte in dem Glas mit dem luftgetrockneten Rindfleisch an der Kasse.

Eine Stimme ertönte aus dem Dunkel. »Wo ist deine Hose?« Eine Männerstimme, die Antwort blieb aus. »Ich hab dir 'ne Frage gestellt, Mister. Wo ist deine Hose?«

Keine Antwort. Mein Bruder sah sich auf den Regalen um. Plätzchen, Bonbons, Mehl, Tabak, Zucker, Napfkuchen – alles ohne erkennbare Ordnung, offenbar so in die Regale gestapelt, wie es eintraf, wo immer Platz war.

Im Hintergrund war jetzt eine zweite Stimme zu hören, die Stimme einer Frau. »Jack«, sagte sie, fast zärtlich, nur dieses eine Wort, und einen Moment lang glaubte ich, sie hätte mich gemeint.

Und dann trat sie durch den Vorhang, die Frau mit der schönen Haut, und sah uns in ihrem Laden stehen. Im selben Augenblick hörte ich das klatschende Geräusch eines Riemens, der auf Fleisch trifft.

»Wo ist deine Hose?« wiederholte der Mann wütend, und der Frage folgte ein weiterer Hieb, dann noch einer und noch einer.

Die Frau stellte sich an ihren Platz hinter dem Tresen und wartete, ausdruckslos. Mit keiner Miene gab sie zu erkennen, daß sie sich an mich erinnerte. Die Schläge im Hinterzimmer hörten nicht auf, und ich merkte, daß ich sie zählte; ich war bei zweiundzwanzig.

Ward legte den Hammer auf den hölzernen Tresen vor der Frau und lächelte.

Vierundzwanzig, fünfundzwanzig.

Das Kind weinte nicht.

»Der lag draußen«, sagte mein Bruder. Die Frau blickte den Hammer an, berührte ihn aber nicht. Die Schläge hörten nicht auf, doch außer dem Riemen, der auf den Körper des Jungen klatschte, und lauten Atemzügen, die vom Mann zu kommen schienen, war kein Geräusch zu hören.

Einen Moment war es still, und mein Bruder sagte: «Ich würde gern wissen, ob Sie mir vielleicht sagen könnten, wie ich Tyree Van Wetter finden kann.«

Dann fing es wieder an. Ein winziges Beben lief über ihre Unterlippe und war gleich darauf verschwunden. Mein Bruder zückte seine Brieftasche und suchte nach seiner Visitenkarte. »Ich heiße Ward James«, sagte er und legte die Karte auf den Tresen neben dem Hammer. Als sie nicht hinsah, schob er die Karte ein wenig näher zu ihr hinüber.

»Ich versuche jemanden zu finden, der mir bestätigen kann, wo Hillary Van Wetter sich an jenem Abend aufhielt, an dem er angeblich Sheriff Call umgebracht hat.«

Keine Antwort.

»Mr. Van Wetter hat mir erzählt«, sagte mein Bruder, »daß er sich bei seinem Onkel Tyree aufgehalten hat.«

Vierzig Schläge, einundvierzig. Sie fielen jetzt langsamer, als wäre der Mann erschöpft. »Er dürfte zwei Generationen älter sein als Sie«, sagte mein Bruder. »Ihr Großvater oder Ihr Großonkel...«

Zum zweitenmal wurde es still, dann waren die Schläge wieder zu hören.

»Was wollen Sie?« fragte sie. Sie klang nicht gerade unhöflich, bat uns aber zu gehen. »Sie müssen etwas kaufen, sonst können Sie nicht bleiben.« Sie warf einen Blick auf den Vorhang.

Mein Bruder griff nach einer Packung Camel und gab der Frau einen Dollar. Er war Nichtraucher.

Sie tippte sechzig Cents ein, und die Kassenglocke ertönte exakt im selben Moment, als der fünfzigste Schlag fiel, verklang und Stille sich ausbreitete. Die Frau blieb regungslos stehen, die Kasse offen, bis der nächste Schlag zu hören war und sein Geräusch sich wieder verlor.

Sie suchte das Wechselgeld in der Kassenlade zusammen, die Münzen waren ungeordnet, wahllos hineingeworfen, wo immer Platz war.

»Ich habe Hillary gestern gesehen«, sagte mein Bruder.

Sie schien ihn nicht zu hören. Wieder fiel ein Schlag, und dann begann ein leises, anhaltendes Heulen irgendwo im Gebäude, man hätte nicht sagen können, wo, wurde lauter und änderte dabei die Tonhöhe, ein Wolfsheulen, bis es den Raum und jeden einzelnen von uns erfüllte. Wieder lief ein Beben über die Unterlippe der Frau, doch diesmal blieb es nicht dabei. Auch ihr Kinn begann zu zittern, und dann sah ich, wie sich das Licht vom Fenster in ihren Augen sammelte, und sie weinte lautlos. Die Schläge hatten mit dem Heulen aufgehört, vierundfünfzig Schläge, und die Frau weinte, weil es endlich vorüber war.

Hinter dem Vorhang war wieder die Stimme des Mannes zu hören. »Jetzt such deine Hose und zieh sie an«, sagte er. Der Vorhang bewegte sich, und der Mann mit dem verbrannten Gesicht kam herein. Sein Gesicht war rot angelaufen und der Oberkörper nackt, Schweiß glänzte auf seinem Bauch. Er schaute uns an, dann sah er zu ihr hinüber. Ich spürte, daß er nach der Tracht Prügel scharf darauf war, die Frau zu vögeln.

»Ich heiße Ward James«, sagte mein Bruder. »Ich komme von der *Miami Times* ...«

»Der Laden ist geschlossen«, sagte der Mann.

»Ich suche Tyree Van Wetter.«

Der Mann ging zur Tür, öffnete sie und wartete darauf, daß wir gingen. »Ich komme nicht vom Gericht«, sagte mein Bruder. »Es geht um Hillary.«

Der Mann nickte und wollte, daß wir verschwanden. Er sah kurz zur Frau hinüber und schien ihr einen Vorwurf daraus zu machen, daß wir im Laden waren. Mein Bruder wartete, rührte sich nicht, und schließlich schüttelte der Mann den Kopf.

»Sind nicht hier«, sagte er, »beide nicht.«

»Ich weiß, daß sie nicht hier sind«, sagte mein Bruder und blieb, wo er war.

Da fiel mir ein Nachmittag vor dem Paramount-Kino in Thorn ein. Ein Typ namens Roger Bowen mit Schmachtlocke und einer Packung Zigaretten im Ärmel seines T-Shirts tänzelte dicht vor Wards Nase herum. Er schlug mit seinen Armen wie mit Flügeln und gackerte wie ein Huhn, und seine Freunde lachten. Ich zupfte meinen Bruder am Ärmel, aber Ward rührte sich nicht.

Roger Bowen starb im Jahr darauf, als er vor dem Zug die Bahnschienen überqueren wollte, und an jenem Nachmittag, an den ich mich erinnerte, kam der Kinobesitzer irgendwann nach draußen, jagte ihn und seine Freunde fort und rief ihnen hinterher, sie seien weißer Abschaum.

Vielleicht hatte er das aber auch nur getan, weil wir die Kinder von William Ward James und daher in gewisser Weise geschützt waren.

»Ich versuche, Tyree Van Wetter ausfindig zu machen«, sagte mein Bruder noch einmal.

Der Mann in der Tür schaute ihn sich genauer an und grinste dann, ein Grinsen, das Übles ahnen ließ, und er schüttelte den Kopf. »Der Laden ist geschlossen, habe ich gesagt.« Er klang nun freundlich, und ich wußte, daß er uns durch die Mangel drehen wollte.

»Wer könnte wissen, wo wir ihn finden?« fragte mein Bruder.

Der Mann schüttelte den Kopf. »Tyree? Der hat überall Familie, flußaufwärts wie flußabwärts.«

»Sie gehören zu seiner Familie«, sagte mein Bruder.

Der Mann schüttelte den Kopf. »Nicht derselbe Zweig«, sagte er. Und dann wies er mit einem Kopfnicken auf die Frau hinter dem Tresen und sagte: »Sie ist eine von denen, aber sie hat in meine Familie eingeheiratet.« Für sie war es ein alter Witz, ein Witz, den sie nicht lustig fand.

»Jack, bitte ...«

Er schaute kurz zu ihr herüber, wirkte plötzlich wütend und schien dann ebenso rasch nachzugeben.

»Honeymoon Lane«, sagte er.

Mein Bruder ging an dem Mann vorbei aus dem Laden. Ich eilte ihm nach, und kaum war ich zur Tür heraus, hörte ich, wie innen ein Riegel vorgeschoben wurde.

Mein Bruder ging zum Auto, blieb in der Hitze sitzen, ohne ein Fenster zu öffnen, und dachte nach. Ich stellte die Klimaanlage an und warf ihm einen fragenden Blick zu, wohin ich jetzt fahren sollte. Ward verharrte einen Augenblick reglos, starrte auf seine Hände und schaute dann zurück zum Laden.

Langsam ließ ich den Wagen vom Parkplatz rollen, und als ich auf der Straße wendete, sah ich wieder den Jungen, der, immer noch nackt, hinter dem Laden stand und etwas in der Hand hielt. Er holte in weitem Bogen aus, und im selben Augenblick ließ sich erkennen, was er in der Hand hielt: eine Hose. Auf dem Scheitelpunkt des Bogens ließ er die Hose los, und sie segelte durch die Luft und landete auf dem Dach. Ein Hosenbein baumelte herab und sah aus, als wolle es dem Rest der Hose hinterherklettern.

Einen Moment lang starrte er die Hose an, überzeugte sich davon, daß sie oben blieb, drehte sich dann um, hockte sich hin und begann, mit bloßen Fäusten auf die Erde einzuhämmern.

»Die sollten ihn nicht so verprügeln«, sagte mein Bruder.

Eine Meile nördlich vom Laden bogen wir nach Osten in einen ausgetrockneten Sandweg ein, die Honeymoon Lane, wie auf einem Schild stand, das von Schrotkugeln verbogen und durchlöchert worden war. Auf beiden Seiten wuchs Sumpfgras, und ein oder zwei Meilen weiter, wo der Sand langsam feucht zu werden begann, standen Bäume in langen Reihen. Insekten krabbelten über die Windschutzscheibe und versuchten, ins Auto zu gelangen.

Honeymoon Lane lag vor uns wie ein aufgewühltes Meer. Sie hob und senkte sich in regelmäßigen Abständen und sackte an manchen Stellen zu tiefen Löchern ab, so daß der Wagen krachend aufsetzte. Ich fuhr langsam, aber dadurch wurde es auch nicht besser. Allmählich fühlte ich mich seekrank.

Ward sah aus dem Fenster.

»Wenn hier draußen Menschen wohnen, dann fahren sie nicht über diesen Weg«, sagte ich.

»Falls sie überhaupt irgendwohin fahren«, sagte er.

Die Straße endete etwa zehn Meter vor einem Tümpel, ein Pfad verlor sich zwischen den Bäumen. Die Bäume standen hier dichter beieinander, als es von der Straße aus den Anschein gehabt hatte. Der Pfad glich einem Tunnel.

»Endstation«, sagte ich und stellte den Motor ab.

Ward stieg aus und ging hinüber zu den Bäumen, ich folgte ihm. Hier war es schattig und kühl, Moos bedeckte die Stämme der Bäume, die manchmal acht bis zehn Fuß Umfang hatten. Sie wuchsen auf ausgewaschenem Grund, ihre Wurzeln waren weithin zu sehen.

Der Pfad führte abwärts, und zwischen den Bäumen stand Wasser auf dem Boden. Warmes, braunes Flußwasser. An manchen Stellen wuchs Schilf, an anderen, tieferen Stellen wuchs kein Schilf mehr.

Mücken wirbelten in Wolken über das Wasser und stießen ein Summen von elektrisierender Wirkung aus, ein weit tieferer Klang als das Geräusch, das sie nahe am Ohr machten. Ich schlug nach einer Mücke in meinem Haar, aber die Bewegung schien die anderen anzuziehen, und einen Augenblick später waren sie überall, selbst in meiner Nase und in meinem Mund.

Wir liefen etwa hundert Schritt am Rand des Wassers entlang und bogen dann auf einem schmalen, erhöhten Streifen nach Osten ab, tiefer hinein in den Wald. Dann wandten wir uns auf einer Art Halbinsel wieder nach Norden. Die Erde fühlte sich nachgiebiger an, unsere Schuhe machten beim Gehen ein schmatzendes Geräusch. Das Auto war längst außer Sichtweite, und obwohl ich einen ziemlich guten Orientierungssinn habe, war ich mir nicht sicher, ob ich allein wieder zurückgefunden hätte.

»Hier muß es irgendwo einen Bootssteg geben«, sagte Ward. Seine Stimme war klar und deutlich und schien aus dem Wald hinter mir zu kommen, obwohl er einige Schritte vor mir ging.

Ich sah mich suchend nach dem Bootssteg um. »Wo?« Der Klang meiner eigenen Stimme erschreckte mich.

Er starrte ohne zu antworten in den Wald. Offenbar versuchte er sich vorzustellen, wie das Ufer vom Fluß aus aussehen mochte. Es war bestimmt zehn Jahre her, seit er mit einem Boot dort draußen gewesen war.

Wenige Schritte weiter war ein toter Baum quer über den Pfad gestürzt, das Wurzelwerk klammerte sich noch an die Erde, das andere Ende lag im Wasser. Eine Mokassinschlange, dick wie ein

Handgelenk, sonnte sich auf dem Baum dicht über dem Wasser und war kaum vom nassen, faulenden Stamm zu unterscheiden.

Ohne sehen zu können, was sich auf der anderen Seite befand, stieg ich über den Stamm. Wieder blieb mein Bruder stehen. Vor ihm dehnte sich ein etwa vierzig Meter breiter Wasserarm aus, und das Ufer dahinter stieg zu einer Insel an, die knapp einen Meter höher lag als der Boden, auf dem wir standen.

Während Ward reglos dastand, war er bis über die Knöchel in den Schlamm eingesunken.

»Dort drüben ist ein Haus«, sagte er.

Ich konnte kein Haus sehen, suchte dafür aber die Gegend nach Schlangen ab.

»Woher willst du das wissen?« fragte ich. Am liebsten hätte ich kehrtgemacht und wäre zum Wagen zurückgegangen. Ich hieb auf meinen Arm und tötete zwei Mücken mit einem Schlag. Die eine war voller Blut. Der Schlag schien unter den Bäumen zu hängen und nicht entkommen zu können.

»Was sollte das sonst sein?« fragte er.

»Was sollte was sonst sein?«

Er wies unter die Bäume, und dann sah ich es, den dunklen, vertrauten Umriß, der im Gewirr der Äste kaum auszumachen war. Eine Fernsehantenne. Eine Krähe rief, und als ich wieder hinsah, war mein Bruder um weitere vier, fünf Zentimeter in den Schlamm eingesunken.

»Du versinkst«, sagte ich.

Bis auf die Knöchel im Schlamm steckend sann er über dieses Problem nach, dann zog er langsam seine Füße heraus. Er bekam sie auch frei, seine Füße, aber seine Schuhe blieben im Sumpf.

Wasser füllte die Löcher, die seine Füße hinterlassen hatten, und als er sich bückte, um seine Schuhe zu suchen, konnte er sie nicht finden. Braune Halbschuhe verloren im Schlamm.

Meine Gedanken wurden zu Treibsand.

Ward vergrub seinen Arm bis zum Ellbogen im Sumpf. »Da ist

eine Art Sog«, sagte er, erhob sich wieder mit schwarzer Hand und schaute erst auf die weiche Erde, dann auf das Wasser. Er sagte: »Offenbar gibt es hier eine unterirdische Strömung.«

Ich starrte ebenfalls ins Wasser, doch nichts rührte sich.

»Weißt du, was ich glaube?« sagte er und sah sich immer noch um. »Ich glaube, die ganze Gegend ist unterirdisch völlig ausgewaschen.« Er schaute mich kurz an und lächelte. »Ich glaube, hier ist alles im Fluß.«

Hinter mir hörte ich etwas ins Wasser fallen, drehte mich um und schaute auf den umgestürzten Baum, an dem wir vor wenigen Minuten vorbeigekommen waren. Die Mokassinschlange war verschwunden. Ward hob erst den einen, dann den anderen Fuß, zog seine Socken aus, steckte sie sich in die Hosentaschen und begann, zur Insel hinüberzuwaten. Ich blickte lange prüfend ins Wasser, ehe ich meine eigenen Schuhe und Socken auszog, meine Hose aufkrempelte und meinem Bruder folgte.

Meine Zehen versanken im kalten, weichen Grund. Einige Schritte vor mir stand Ward hüfttief im Wasser. »Sinkst du ein, oder ist das Wasser bei dir tiefer?« fragte ich.

Er blieb stehen, um einen Augenblick über meine Frage nachzudenken. »Schwer zu sagen«, antwortete er schließlich und ging dann weiter. Kurz darauf fiel ich in dasselbe Loch, der Schlamm war kälter, aber auch fester. Ward hatte das andere Ufer erreicht und zog sich an einem tief hängenden Ast an Land. Er strampelte heftig, hing halb aus dem Wasser, änderte aber das Kräfteverhältnis zu seinen Ungunsten, je weiter er sich hochzog. Seine Arme zitterten unter der Anstrengung, und ich erreichte ihn, kurz bevor er wieder hineinfiel, stemmte meine Hand unter seinen Hintern und schob ihn hoch.

Ich selbst war dadurch allerdings noch tiefer eingesunken und bis zu den Knien mit Schlamm bedeckt, als ich mich an Land zog. Ich blieb, wo ich war, während auch Ward wieder zu Atem kam. Es erstaunte mich, daß er nicht kräftiger war – er hatte immer so kräftig gewirkt – und daß ihn die wenigen Augenblicke, die er zwischen Himmel und Wasser hing, so ausgelaugt hatten. Ob er krank war?

Der schmale, freie Fleck, auf dem wir standen, war nicht größer als eine Toilette und bot kaum Platz für uns beide. Richtung Inselinneres wuchs dichtes Unterholz. Ein Pfad war nicht zu sehen.

»Es muß noch einen anderen Zugang geben«, sagte ich. »Vielleicht finden wir ihn auf dem Rückweg.«

Er nickte und rang, Hände auf den Knien, immer noch nach Atem. Mir fiel auf, daß die Mücken kein Interesse an meinen schlammbedeckten Beinen zeigten. Das Hemd klebte mir an der Haut. Ward sah blaß aus, als er sich aufrichtete. »Willst du umkehren?« fragte ich.

Ein Augenblick verging, ehe er antwortete: »Was hätte das für einen Sinn?«

Und dann drehte er sich um, schob mit den Händen Gestrüpp und Zweige beiseite und bahnte sich langsam einen Weg.

Er benahm sich dabei ziemlich umständlich, und die Zweige schnellten aus unerwarteten Richtungen zu ihm zurück. Dann stolperte er und blieb stehen, um eine Schnittwunde an seinem Fuß zu untersuchen.

Doch er kämpfte sich immer weiter durch das Gebüsch voran zur Antenne. An einem abgebrochenen Ast blieb er mit dem Ärmel hängen und zerriß sich das Hemd. Als er sich aber umdrehte, um sich zu befreien, schlug ihm ein kleinerer Zweig ins Auge. Er hielt inne und preßte die Hand aufs Auge, aber kaum ließ er los, schwoll es bereits an. Tränen rannen ihm über die Wange, als würde er weinen.

Ich ging an ihm vorbei und übernahm die Führung, hielt die Äste fest, bis er darunter durch war, und achtete darauf, daß ihn nicht noch einmal etwas Unerwartetes ins Auge traf. Es schien mir keineswegs unwahrscheinlich, daß ich ihn blind zum Auto zurückführen mußte, und nach wenigen Minuten tränten ihm tatsächlich beide Augen. Kein Mensch konnte hier so fehl am Platz wirken wie Ward, und obwohl er auch noch zu niesen begann, drängte er stetig voran. Ich dachte mir, daß es völlig egal war, ob er sich gut hielt oder nicht, wichtig war nur, daß er es unbedingt hinter sich bringen wollte.

Das, worin er gut war, entsprang einem Mangel an Talent. Um voranzukommen zu können, mußte er keine gute Figur abgeben.

Einen Augenblick blieb er stehen und wischte sich die Augen mit dem Hemdzipfel trocken. Die Mücken flogen von seinem Gesicht auf und kamen zurück, noch ehe er fertig war. Ich schlug mir auf den Nacken, und der Schmerz zuckte bis in den Kopf. »Ich schlag mich hier noch zu Brei«, sagte ich und gab mir keine Mühe mehr, leise zu reden. Es war ausgeschlossen, daß man uns noch nicht gehört hatte, falls jemand auf dieser Insel lebte, der uns hören konnte.

Ward schneuzte sich in seinen Ärmel und versuchte, einen klaren Blick zu bekommen, schloß die Augen und rieb sich die Lider mit den Fingern. »Es ist nicht mehr weit«, sagte er, und gleich darauf hörte ich das Gackern einiger Hühner.

DAS HAUS stand auf Zementsockeln am anderen Ende der Lichtung. Zahllose Hühner scharrten darunter und suchten den nackten Boden im Hof nach Futterresten ab; ein Hahn hockte auf einem Stapel Dachziegel. Hinter den Ziegeln war von der Hausecke eine Nylonschnur zum einzigen Baum im Hof gespannt worden. Ein halbes Dutzend Alligatorenhäute hing auf der Leine, jede mindestens vier, fünf Fuß lang, nicht weit davon entfernt ein Baumstumpf, auf dem die Häute abgezogen wurden. Eine Axt und ein paar Messer lagen noch dort, zwei davon staken im Stumpf, die anderen lagen auf dem Boden oder auf einem vierbeinigen Stahlrohrstuhl.

Mein Bruder ging langsam über den Hof; ein Huhn lief ihm in

den Weg und verlor einige Federn, als es vor ihm davonstob. Es war ein Fertighaus. In den Vororten von Jacksonville und Orlando hatte ich Häuser wie dieses zu Hunderten gesehen. Die einstöckigen Wände trugen ein Satteldach, an der Vorderseite, wo das Wohnzimmer sein dürfte, gab es ein großes Panoramafenster. Farmhausstil, würden die Makler sagen.

Ob es schwierig zu stehlen gewesen war?

Die Hälfte der Giebelseite war mit Aluminiumblech abgedeckt, den Rest bedeckten Dachziegel, wie sie sich auch im Hof stapelten. Ein in seine Einzelteile zerlegter Evinrude-Außenbordmotor lag in der Garage auf einer Decke ausgebreitet, verstreut dazwischen die Werkzeuge, mit denen man ihn auseinandergenommen hatte.

Mein Bruder ging zur Haustür und drückte auf die Klingel. Einen Moment lang sahen wir uns beide an, warteten, dann klopfte er. Nichts rührte sich. Er ging einige Schritte zurück und besah sich das Dach von einem zum anderen Ende. Es war mit Teerpappe bedeckt, die an einigen Stellen eingerissen war und einen Blick auf das darunterliegende Holz freigab. Überall war Hühnerdreck zu sehen.

Er ging wieder zur Tür und klopfte noch einmal, rief Tyree Van Wetters Namen.

Ich ging um die Vorderseite herum und sah die Bucht hinter dem Haus. Ein kleines Boot lag kieloben auf dem Hinterhof. Der Hof selbst war schlammig, unbewachsen und keine zehn Meter breit, ein Stück Brachland, das vom Haus zum Wasser hin abfiel.

Die Stimme meines Bruders hallte weit über das Wasser. »Mr. Van Wetter, ich bin gekommen, um Sie etwas über Ihren Neffen Hillary zu fragen.«

Ich ging zurück zum Vordereingang. »Keiner daheim«, sagte ich. Mein Bruder schaute unentschlossen auf das Haus.

Er klopfte noch einmal, viel lauter diesmal. »Tyree Van Wetter?«

Auf dem Hof nahmen die Hühner ihre Suche wieder auf, als wären wir für sie bedeutungslos. Mein Bruder setzte sich auf die Stufen vor dem Haus und begann, den Schlamm zwischen seinen Zehen mit einem Stock herauszupopeln. Ich setzte mich neben ihn. Die Stufe war warm von der Sonne. Es roch nach Teer, wahrscheinlich wegen der Dachpappe. Ich schaute meinen Bruder an und überlegte, was er als nächstes tun würde.

»Lassen wir ihnen ein bißchen Zeit«, sagte er.

Ich sah ihm zu, wie er seine Füße sauber machte. »Weißt du«, sagte ich, »dies könnte auch irgendeine Anglerhütte sein.«

Er musterte seine Zehen. »Nein«, sagte er, »ich denke, wir sind hier richtig.« Und dann sagte er: »Es ist jemand im Haus. Ich habe was gehört.«

Wir setzten uns auf die Veranda und warteten. Die Sonne wanderte weiter, und das Haus warf einen längeren Schatten. Es wurde kühler.

»Tut mir leid, was mit Yardley passiert ist«, sagte ich irgendwann später.

Er starrte auf seine Füße. Es war lange her, daß einer von uns gesprochen hatte. Ich hatte kein Geräusch aus dem Haus gehört. Er runzelte die Stirn, aber ich wußte nicht, warum. »Es wurde keiner verletzt«, sagte er.

»Er tat verletzt.«

»Yardley glaubt, er sei unverwundbar«, sagte er. »›Ihr könnt mir nichts anhaben, ich bin bei der *Miami Times* ...‹« Als er seine Worte hörte, begann er zu lächeln. Ward wußte, daß solch ein Schutz nicht existierte. Da machte er sich nichts vor.

Die Sonne war gerade hinter den Bäumen am westlichen Rand der Lichtung verschwunden, als ich das Boot hörte. Ward und ich standen auf, gingen auf den Hinterhof und sahen zu, wie es über die Bucht auf uns zuhielt, ein kleines Anglerboot aus Aluminium mit einem uralten Johnson-Motor. Zwei Männer saßen darin, der eine etwa so alt wie mein Vater, der andere jünger, vielleicht sein Sohn. Beide waren blond, und es schien sie nicht zu überraschen, uns am Rand ihres Grundstücks stehen zu sehen.

Der Mann im Bug, der jüngere, stand auf, als das Boot sich dem Ufer näherte, eine Coleman-Kühltasche in der Hand, und sprang an Land. Das Boot schaukelte heftig, der alte Mann saß beim Motor und wartete, während der jüngere die Kühltasche absetzte und das Boot zum Bootssteg zog. Die Arme des jüngeren waren lang und muskulös, Arme, wie man sie von harter Arbeit oder vom Schwimmen bekommt.

Der Alte zog den Motor aus dem Wasser, zeigte dabei seine ebenso muskulösen Arme und stieg aus.

Mein Bruder stand reglos da und wartete darauf, daß einer von ihnen zu sprechen begann. Der Jüngere band das Boot an einem Baumstumpf fest, holte dann die Kühltasche und ging an uns vorbei zum Haus. Er hatte es fast erreicht, als die Hintertür geöffnet wurde und eine blaßgesichtige Frau im Türspalt erschien. Flüsternd begann sie, auf ihn einzureden. Er nickte, gab aber keine Antwort, ging an ihr vorbei und verschwand im Innern.

Der alte Mann steckte die Hände in die Hintertaschen seiner Hose und ging auf meinen Bruder zu. Er war breiter gebaut als der jüngere Mann, aber nicht so kräftig und nicht so groß. Vor Ward blieb er stehen und begutachtete ihn wie ein Problem. »Sie haben Ihre Schuhe verloren«, sagte er schließlich, und irgendwo spielte ein Lächeln hinter seinen Worten.

Ward nickte und sah zu der Stelle, an der wir an Land gegangen waren. »Stimmt«, sagte er.

»Hier gibt's überall Schlangen, Sie können von Glück sagen, daß Ihnen nichts passiert ist«, sagte der Alte. Er wirkte gutmütig und sah mich einen Moment an, als wolle er sehen, ob ich Angst vor Schlangen hatte. Dann drehte er sich wieder zum Boot um und zog eine volle Tasche mit Lebensmitteln heraus. Eine Tüte Kartoffelchips lag obenauf. Seine Bartstoppeln zogen sich wie ein grauer Schatten über sein Kinn und ließen ihn im schwindenden Licht ein wenig unscharf aussehen.

»Mr. Van Wetter?« fragte Ward.

Der alte Mann nickte.

»Ich heiße Ward James, ich bin von der *Miami Times*...«

Der alte Mann ging mit schwerem Schritt die Böschung hinauf zum Haus. Mein Bruder folgte ihm in einigen Metern Abstand. »Ich wollte mit Ihnen über Ihren Neffen reden.«

Der alte Mann blieb vor der Tür stehen. »Welcher Neffe sollte das sein?« fragte er.

»Hillary«, sagte mein Bruder.

Der alte Mann schüttelte den Kopf. »Da sind Sie umsonst durch all die Schlangen gelaufen«, sagte er. »Hillary ist nicht mein Neffe. Er gehört zu einem anderen Zweig der Familie.« Ein Augenblick verging.

»Welcher Zweig ist das?« fragte Ward.

Der alte Mann kratzte sich den Schädel, die Lebensmittel noch immer in der Hand. »Fragen Sie doch mal Eugene dort drüben, er ist Hillarys ältester Vetter.« Er nickte zum Haus hinüber.

Mein Bruder schaute auf das Haus und versuchte, sich einen Reim darauf zu machen. »Seit seiner zweiten Ehe«, sagte der alte Mann, »gehört Eugene zu beiden Seiten der Familie. Er kommt gleich wieder, wir müssen ein bißchen Eis essen.«

Wir gingen wieder vor das Haus, setzten uns beide auf die Veranda und warteten. Aus dem Haus waren Geräusche zu hören, ein Baby weinte. Die Sonne sank tiefer hinter die Bäume und warf Schatten über das Haus. Speichel hing in den Mundwinkeln meines Bruders. Wir hatten schon lange nichts mehr getrunken.

Er starrte in die Baumwipfel und hing seinen Gedanken über das Haus und seine Bewohner nach.

Eine halbe Stunde war vergangen, als sich die Tür wieder öffnete und der alte Mann mit einer Zweiliterpackung Winn-Dixie-Vanilleeis zurückkam. Der Mann, den er Eugene genannt hatte, folgte ihm einen Augenblick später, in der Hemdtasche einen Löffel, und nachdem sie es sich beide auf dem Boden bequem gemacht hatten und mit dem Rücken an den Zementsockeln lehnten, auf denen das Haus ruhte, öffnete der alte Mann langsam den Deckel der Eispackung und sah zu Eugene hinüber, nachdem er alle vier Deckblätter abgezogen hatte und der Inhalt zu sehen war.

Es war eine Art Zeremonie.

Der alte Mann griff in seine Hosentasche und zog einen Löffel hervor. Er betrachtete ihn einen Moment und versenkte ihn dann in der Eiscreme. Er führte den Löffel an die Lippen, behielt ihn lange im Mund, und als er ihn herauszog, kam das halbe Eis wieder mit zum Vorschein.

Die Tür öffnete sich einen Spaltbreit, und die Frau trat seitlich mit ihrem Baby heraus. Sie trug ein Männer-T-Shirt ohne BH darunter und hielt ihren Blick zu Boden gesenkt, da sie weder mich noch meinen Bruder anschauen wollte. Sie setzte sich hinter Eugene auf die Erde.

Der alte Mann steckte sich den Löffel erneut in den Mund, und als er ihn diesmal wieder hervorzog, war er leer.

»Sind Sie Hillarys Vetter?« fragte mein Bruder plötzlich. Eugene hatte dem alten Mann beim Essen zugesehen, und sein Kopf fuhr zu meinem Bruder herum. Er starrte Ward an, während der alte Mann eine Ladung Eis auf dem Löffel balancierte und in den Mund dirigierte. Das Eis war weich, und die ersten Tropfen schmolzen aus dem Karton auf seine Hose.

»Hillary Van Wetter«, sagte mein Bruder. »Sind Sie sein Vetter?«

Der alte Mann gluckste, den Löffel noch im Mund, als würde ihn das Eis glücklich machen. »Machen Sie sich nichts aus Eugene«, sagte er. »Der ist ziemlich gereizt, wenn er darauf wartet, an die Reihe zu kommen.«

Mein Bruder nickte, und Eugene wandte sich ab und schaute wieder auf die Eiscreme. Die Frau, die nächste in der Reihe, blickte ebenfalls verstohlen in dieselbe Richtung.

Der alte Mann fing ihren Blick auf und sagte: »Eis«, ehe er sich den Löffel wieder in den Mund schob. Die Frau nickte kaum wahrnehmbar.

Etwa zwanzig Minuten saßen wir draußen vor dem Haus, während der alte Mann sein Vanilleeis aß. Sumpfetikette. Fast ebensosehr wie den Geschmack schien er es zu genießen, wie sich das Eis in seinem Mund anfühlte. Einmal zog er den Löffel zwischen seinen Lippen hervor, legte ihn an seine Wange und lächelte. Das Eis schmolz im Karton und troff auf seine Hose, der Fleck wuchs, bis er seinen ganzen Schoß bedeckte.

Und schlagartig hielt er inne, schloß die Augen und legte den Kopf in den Nacken, bis er den Stein berührte, an dem er lehnte. Er schien darauf zu warten, daß ein plötzlicher Schmerz verging, und kaum war er vorüber, warf er einen letzten, langen Blick in den Karton, der noch immer fast halb voll war, und gab ihn weiter an Eugene.

Es tropfte aus dem Karton, als er weitergereicht wurde, und Eugene hob ihn an den Mund und saugte an den Ecken.

Die Frau sah jetzt aufmerksamer zu, wischte Insekten von der Verpackung, achtete aber nicht auf die Mücken, die auf ihren Armen und Schultern hockten. Ihre Brustwarzen zeichneten sich überdeutlich unter dem Hemd ab, und ich mußte mich abwenden, damit man mich nicht dabei ertappte, wie ich sie anstarrte.

Der alte Mann verschränkte die Hände über seinem Bauch und schloß die Augen. »Wird langsam dunkel«, sagte er, aber ich wußte nicht, zu wem.

Mein Bruder nickte, als wäre ihm der Gedanke auch schon

gekommen. Er ließ seinen Blick rasch über die Lichtung schweifen. »Gibt es noch einen anderen Weg zurück?«

Der alte Mann öffnete die Augen und dachte nach. »Es gibt zwei Wege«, sagte er, »der Weg, auf dem Sie gekommen sind, und das Boot.«

Wieder war es still. Mein Bruder würde ihn nicht darum bitten, uns überzusetzen. Der alte Mann lächelte ihm wieder zu. »Sie sind stolz, wie?« sagte er.

Ward gab keine Antwort. Der alte Mann wandte sich an Eugene, der sich über den Karton mit Eiscreme gebeugt hatte. »Diese Zeitungsfritzen sind stolz, Eugene, das gefällt mir...«

Eugene nickte.

»Ich hätte richtig Lust, euch stolze Jungs überzusetzen«, sagte der alte Mann. Er wollte aufstehen, tat so, als ob er aufstehen wollte, und sank dann wieder zurück. Er schüttelte den Kopf. »Zuviel Eis«, sagte er. »Das Boot würde untergehen bei alldem, was ich in mir drin hab.«

Er lächelte der Frau zu, die das Baby in ihren Armen vergessen und nur noch Augen für das Eis hatte. Eugene hatte seine Hände darin vergraben, und zwischen seinen Beinen bildete sich eine Eispfütze. Es ließ sich nicht sagen, wieviel Eis noch übrig war.

»Sieht aus, als müßtet ihr denselben Weg zurückgehen, auf dem ihr auch gekommen seid«, sagte der alte Mann. Ich stellte mir die Mokassinschlange auf einem Zweig im Dunkeln vor, stellte mir vor, wie ich meine Hand danach ausstreckte, um über den Baumstamm zu klettern.

»Ich muß mit Tyree Van Wetter reden«, sagte mein Bruder, und es schien dem alten Mann die gute Stimmung zu verderben, daß es meinem Bruder offenbar nichts ausmachte, auf demselben Weg zurückzukehren, auf dem er gekommen war. Daß er vor Schlangen keine Angst hatte.

»Das bringt doch nichts«, sagte der alte Mann.

Eugene hob den Karton und saugte noch einmal an allen

Ecken. Er schien den Rest weitergeben zu wollen, warf dann aber noch einmal einen Blick auf das Eis, sah die Frau an und grub seinen Löffel erneut ins Eis.

»Es könnte Hillary helfen«, sagte mein Bruder.

»Hillary ist weg«, sagte der alte Mann. »Sie haben ihn, und sie werden ihn nicht wieder laufen lassen.«

»Hillary meint, er sei an dem Abend, an dem Thurmond Call ermordet wurde, mit seinem Onkel zusammengewesen«, sagte mein Bruder.

Der alte Mann dachte darüber nach, gab aber keine Antwort. Als ich wieder zum Eis sah, drehte sich die Frau plötzlich wutentbrannt zu mir um, als wäre ihr gerade in den Sinn gekommen, daß ich noch vor ihr an der Reihe sein könnte.

»Den Jungen geben sie nicht mehr frei«, sagte der alte Mann.

»Sie werden ihn auf den elektrischen Stuhl bringen«, sagte mein Bruder.

Der alte Mann nickte. »Gut so«, sagte er. In der nachfolgenden Stille stellte Eugene den Karton neben seinem Bein auf den Boden. Die Frau sah erst ihn und dann das Eis an und griff plötzlich, wie auf ein stummes Signal, nach dem Eis. Der alte Mann sagte. »Das wär's dann wohl.«

»Er sagt, er sei in Daytona Beach gewesen, als es passiert ist«, sagte mein Bruder.

Der alte Mann zuckte die Achseln.

»Rasen klauen.«

Der alte Mann rieb sich das Kinn. »Das ist doch gegen das Gesetz, nicht?«

»Stimmt.«

»Dann stecken sie den armen alten Tyree auch noch in den Knast.«

Mein Bruder schüttelte den Kopf. »Es gibt da eine gesetzliche Verjährungsfrist. Dafür kann man niemanden mehr verhaften.«

Der alte Mann lächelte wieder. »Eure Gesetze kenne ich«,

sagte er. Und er fing Eugenes Blick auf und starrte ihn unverwandt an, als würden die beiden etwas aushecken. Gleich darauf legte die Frau ihren Löffel hin, fuhr mit dem Finger an der Innenseite der Eispackung entlang und steckte ihn dem Baby in den Mund.

Es wurde kalt, als wir uns auf den Rückweg machten, und wir liefen auf nackten Füßen über Kiefernzapfen und Steine, die wir nicht sehen konnten. Der Himmel war dunkel, und wenn wir aufblickten, konnten wir ihn nicht von dem Geäst über uns unterscheiden. Von Osten, vom Wasser her, kam Wind auf, und hinter uns hörten wir das sanfte Grollen des Donners:

Ich ging voraus und hörte, wie mein Bruder hinter mir durch das Gestrüpp brach, obwohl ich die Äste für ihn zur Seite gebogen hatte. Er atmete schwer und schnaubte. Ich konnte ihn deutlich hören, aber ich konnte ihn nicht sehen, selbst wenn er so nah hinter mir war, daß er denselben Zweig berührte wie meine Hand.

Dann zuckte ein Blitz über den Himmel, und in derselben Sekunde erhaschte ich einen Blick auf meinen Bruder, der sich mit ausgestreckten Händen vortastete, den Kopf leicht abgewandt wie jemand beim Wasserkampf in einem Swimmingpool. Als ich ihn so sah, richtete ich mich auf und ließ die Arme hängen. Einen Augenblick später krachte ich derart heftig gegen einen Ast, daß es sich anfühlte, als wäre mir das Ohr abgerissen worden.

Während ich mir mein Ohr hielt und darauf wartete, daß der Schmerz nachließ, glaubte ich plötzlich, der alte Mann und sein Sohn wären irgendwo dort unter den Bäumen und schauten uns zu, also richtete ich mich wieder auf. Schießlich wollte ich keine lächerliche Figur abgeben.

Dann rutschte ich auf dem nassen Boden aus, konnte meinen Sturz jedoch noch abfangen. Ward stolperte, fiel aber nicht hin. »Was glaubst du, wo wir den Sumpf betreten haben?« fragte ich.

»Irgendwo hier in der Nähe«, sagte er.

»Ich kann die Hand nicht vor Augen sehen«, sagte ich. Und

einen Augenblick später glaubte ich ein unterdrücktes Lachen zu hören. Jemand steckte im Sumpf zwischen den Bäumen und beobachtete uns. Ich war wütend. »Weißt du, was ich glaube?« sagte ich. »Ich glaube, diese verdammten Typen sind zu blöd, um zu kapieren, daß du ihnen helfen willst.«

»Noch ein bißchen geradeaus«, sagte mein Bruder, »und wir stoßen auf den Weg, der zum Wagen führt.«

Es war still. Ich rappelte mich wieder auf, dann gingen wir weiter. »Die sind nicht blöd«, sagte Ward etwas später. »Die treiben ihr Spiel mit uns.«

Und dann gab die Erde unter mir nach, und ich fiel, schlug mir im Fallen meinen Arm auf und landete dann, lange Zeit später, wie mir schien, im Wasser.

»Jack?« Seine Stimme kam aus weiter Ferne oder als würde sie durch irgendwas gedämpft. »Jack? Bist du da?«

Ich stand auf, doch der Morast schloß sich sofort um meine Füße. Das Wasser schien warm und reichte mir bis zum Gürtel.

»Hier unten ist ein bißchen Wasser!« rief ich. »Anderthalb Meter etwa, würde ich sagen.«

Dann war es still, während Ward das Gelände erkundete. »Offenbar sind wir zu weit nach Osten abgekommen«, sagte er schließlich. Seine Stimme klang gedämpft, und als ich spürte, wie meine Füße tiefer einsanken, trat ich einen Schritt zur Seite.

»Der Uferrand ist eingebrochen«, sagte ich. »Paß lieber auf, wo du hingehst, sonst fällst du mir noch auf den Kopf.«

»Kannst du gehen?«

Blitze erhellten den Himmel, kurz darauf folgte heftiger Donner. In dem aufzuckenden Licht konnte ich in der Böschung über mir das Wurzelwerk eines Baumes ausmachen. Es sah aus wie ein Nest. Weiter nach links hinüber sah ich einen umgestürzten Baum, der mit der Krone im Wasser lag, danach sank das Ufer auf Wasserhöhe ab. Mir war plötzlich kalt.

»Ich glaube, wir sind dahinten hergekommen!« rief ich.

Ein Blitz leuchtete auf, und der Donner ließ den Himmel erzittern. Es begann zu regnen. Trotz all des Getöses konnte ich meinen Bruder über mir am Uferrand hören, wie er sich einen Weg durch das Dickicht suchte.

Und so kehrten wir zurück zu der Stelle, an der wir Stunden zuvor zur Insel hinübergewatet waren; Ward, der mit schmerzenden Füßen gegen Äste ankämpfte, die er nicht sehen konnte, und ich, der hüfttief durch Wasser und knöcheltief durch Schlamm watete und an Schlangen dachte.

MEINE SCHUHE standen noch am Ufer, dort, wo ich sie zurückgelassen hatten. Das Auto war auch noch dort, wo wir es zurückgelassen hatten, nur war es umgekippt worden und lag auf dem Dach, beleuchtet vom kleinen Innenlicht, die Türen offen. Wir standen im Regen und starrten den Wagen an.

»Weißt du, was das Schlimmste ist?« sagte ich. »Wir können uns nicht einmal reinsetzen, um das Gewitter abzuwarten.« Ward gab keine Antwort. Er wirkte müde und erschöpft. Die Kleider klebten ihm am Leib, und unter den Kleidern war er zerbrechlich und schwach.

Wortlos begann er, in Richtung Landstraße zu gehen. Ich wartete noch einen Augenblick, betrachtete den im Wind schaukelnden Wagen und hoffte, daß der Wind ihn irgendwie wieder auf die Räder drehen würde und wir nach Hause fahren konnten. Dann drehte ich mich um, konnte Ward nicht mehr sehen und spürte leise Panik aufkommen, daß er sich verirrt haben könnte. Ich rannte zur Landstraße, rief seinen Namen und fand ihn, wie er regungslos dastand und in die Dunkelheit schaute.

Er sah mich an und blinzelte. Der Regen strömte über sein Gesicht und troff ihm vom Kinn. Er sah blaß und verzweifelt aus, aber als er zum Sumpf hinübersah, lächelte er, und ich begriff, daß er erreicht hatte, was er erreichen wollte: Wir hatten einen Nachmittag mit Onkel Tyree verbracht.

In jener Nacht war ich zu müde, um noch zu meinem Vater nach Thorn zurückzufahren, und schlief deshalb in Yardley Achemans Bett. Das Kopfkissen roch nach seinem Rasierwasser, und einmal wachte ich nachts auf, der Geruch hüllte mich ein, und mir war schlecht.

Am nächsten Tag kehrte Yardley um zwei Uhr nachmittags mit Charlotte aus Daytona Beach zurück. Als sie hereinkamen, saß ich an Yardleys Schreibtisch, telefonierte und beschrieb der Versicherung in der Zentrale der Autoverleihfirma in Orlando die Geschichte des umgedrehten Wagens in allen Einzelheiten. Ich erklärte die Sache gerade zum drittenmal, angefangen bei dem Vertreter im Büro in Palatka, bei dem wir das Auto gemietet hatten, bis nun zu diesem Mann in Orlando, und mit jedem Mal schien die Person, die von dem Vorfall erfuhr, die Sache persönlicher zu nehmen.

»Sie haben ihn im Sumpf stehenlassen?« fragte er. Er hatte einen unüberhörbaren Heiße-Kartoffel-im-Mund-Nordflorida-Akzent.

»Wir haben den Wagen am Ende der Straße abgestellt«, sagte ich, »und nicht im Sumpf stehenlassen.«

»Und als Sie zurückkamen, stand er auf dem Kopf«, sagte er. Irgendwas in dieser Geschichte weckte das Mißtrauen dieses Mannes, und er versuchte nicht, es zu verbergen.

»Der Wagen stand auf dem Kopf«, bestätigte ich. Ich war müde, und ich trug Yardley Achemans Hemd und eine von seinen Hosen, die mir im Schritt zu eng war und die schwach nach seinem Rasierwasser roch.

»Aber Sie haben den Schlüssel steckenlassen ...«

»Glauben Sie, der Wagen stand auf dem Kopf, weil ich den Schlüssel steckenließ?« fragte ich.

»Ich weiß nicht mehr, was ich glauben soll«, sagte er.

In diesem Augenblick kamen Charlotte und Yardley Acheman zur Tür herein. Charlotte kam zuerst, es sah aus, als hätte Yardley ihr die Tür aufgehalten, und im selben Moment merkte ich, daß sich etwas verändert hatte.

»Mr. James?« fragte der Mann in Orlando.

»Ich bin das jetzt viermal mit Ihnen durchgegangen und habe es vor Ihnen drei- oder viermal mit zwei anderen Leuten durchgekaut, und nichts hat sich geändert«, sagte ich. »Ich habe den verdammten Wagen nicht umgedreht.« Und ich legte auf.

Yardley erkannte sein Hemd, wie, weiß ich nicht. Es war ein schlichtes weißes Hemd mit langen Ärmeln, das ich in seiner Schublade gefunden hatte; ich hatte es ihn nie tragen sehen.

»Was macht der hier in meinem Hemd?« fragte er Ward.

»Wir hatten letzten Abend Ärger mit dem Auto,« sagte mein Bruder. »Er mußte über Nacht bleiben.«

Yardley Acheman nickte, als wenn er verstanden hätte. »Und was macht der in meinem Hemd?« fragte er.

»Er war letzte Nacht nicht zu Hause«, sagte Ward.

»Passen ihm deine Hemden nicht?«

»Wir geben es in die Reinigung«, sagte mein Bruder. »Wir kommen dafür auf.« Obwohl Yardley die *Times* gern für seine Unkosten aufkommen ließ, schüttelte er den Kopf.

»Ich will das verdammte Ding jetzt nicht mehr.«

Ward und ich schauten uns an, sahen dann zu Charlotte hinüber und hofften, daß sie Yardley zurechtweisen würde, aber sie stand bloß stumm da und hörte ihm zu, als ob diese Diskussion um ein Hemd für sie einen Sinn ergeben würde.

»Ich hasse es, wenn andere Leute meine Kleider tragen«, sagte er. Und dann drehte er sich wieder zu Ward um und sagte: »Und ich hasse es, wenn andere Leute an meinem Schreibtisch sitzen.«

»Er besorgt uns ein neues Auto«, sagte Ward.

»Er sitzt da in meinem Hemd, an meinem Telefon ...«

Er war wütend, aber so hatte ich ihn schon erlebt. Dann fiel mir auf, wie Charlotte ihn anschaute.

Ich stand auf und zog das Hemd aus, ohne es aufzuknöpfen, ballte es zusammen und warf es ihm an den Kopf. Es landete in seinen Händen. Er dachte offenbar an unseren Ringkampf und trat einen Schritt zurück. Dann schleuderte ich meine immer noch schlammverkrusteten Schuhe von mir, zog seine Hose aus und zielte damit ebenfalls nach ihm. Darauf stand ich in Boxershorts und Socken da und wartete nur darauf, daß er einen Ton sagte.

Er nickte langsam, als hätte er ein derartiges Benehmen schon immer von mir erwartet, und ich merkte, daß ich mich verausgabt hatte, zumindest hatte ich nichts mehr auszuziehen, als Charlotte sich einmischte.

»Yardley hat den Golfplatz gefunden«, sagte sie.

Und im selben Moment hatte ich mir Yardleys Hemd völlig umsonst vom Leib gerissen, ohne es vorher aufzuknöpfen.

Yardley wandte sich an meinen Bruder, nickte bestätigend und ließ Hemd und Hose zu Boden fallen, als wollte er sagen: *»Und ihr behandelt mich so!«*

»Wo?« fragte Ward.

Ich ging in Unterhosen um den Tisch herum, streifte Charlotte und setzte mich ans Fenster. Ein Lufthauch, den ich zuvor nicht bemerkt hatte, strich über meine Haut. Charlotte sah mir einen Augenblick nach und drehte sich dann gelangweilt um.

»Ormond Beach«, sagte Yardley Acheman. Er zog einen Notizblock aus seiner Hosentasche und las vor, was er sich aufgeschrieben hatte. »20. August 1965, 6.35 Uhr, der Platzwart ruft das Polizeirevier von Ormond Beach an und meldet, daß der Rasen mutwillig zerstört wurde; jemand hat in der Nacht die Grassode abgetragen.«

»Woher hast du das?« fragte mein Bruder.

Yardley Acheman zuckte die Achseln, als besäße er eine intuitive Begabung, die er nicht näher erklären könne.

»Er hat's in der Zeitung gefunden«, sagte Charlotte, und einen

Moment lang spielte ich mit dem Gedanken, daß die Veränderung in ihr nur daher rührte, daß Yardley Acheman eine Möglichkeit entdeckt hatte, Hillary Van Wetters Leben zu retten. Doch dann sah sie ihn wieder an, und ich wußte, ich hatte mich getäuscht.

»Eine Kurzmeldung in einer alten *Ormond Beach Satellite*«, sagte er.

»Es stand in allen Zeitungen«, sagte sie. Charlotte wollte mit Yardley angeben, verstand aber nicht, daß die Größe seiner Leistung von der Schwierigkeit der Informationsbeschaffung abhing. Ich verschränkte meine Arme und lehnte mich an den Fensterrahmen.

»Du hast mit dem Mann geredet?« fragte Ward.

Yardley Acheman nickte. »Nicht mit dem Platzwart, der hat sich von den Unkrautvernichtungsmitteln Krebs geholt, aber mit einem anderen Typen. Der Mann konnte sich daran erinnern, weil die Klubmitglieder sich einstimmig dafür eingesetzt hatten, ihr Gebiet von der Regierung zum Katastrophengebiet erklären zu lassen, damit sie über Fördermittel den Rasen ersetzen konnten, ohne in die eigene Tasche greifen zu müssen. Sämtliche Zeitungen haben darüber berichtet.«

»Sie waren alt«, sagte Charlotte. »Ein Haufen alter Männer, die in karierten Hosen herumliefen und immer noch sauer waren, weil man ihnen vor vier Jahren den Rasen geklaut hat.« Sie lächelte bei diesem Gedanken und lächelte Yardley Acheman an. Stimmt schon, er war hübsch, aber irgendwie hatte Daytona Beach ihre Gefühle für Hillary Van Wetter verändert.

Yardley Acheman ging an seinen Tisch, stieg über Hemd und Hose hinweg, und setzte sich.

Wir mussten Hillary noch einmal sehen, aber Charlotte wollte nicht mitkommen. Ich ahnte es, noch ehe sie meinem Bruder erzählte, daß sie gerade ihre Tage bekommen hätte und am ersten Tag zu sehr unter Krämpfen leiden und zu stark bluten würde, um irgendwo hinfahren zu können.

Eine andere Frau hätte einfach nur behauptet, daß sie eine Erkältung hatte. »Ich blute wie ein Schwein«, sagte sie.

Kurz darauf meinte sie, daß sie das Gefängnis allmählich deprimierend fände. »Ich weiß nicht, wie oft ich da noch hingehen kann, nur um jedesmal zu sehen, wie Hillary darauf wartet, hingerichtet zu werden.«

»Wir müssen ihn noch einmal befragen«, sagte Ward. »Wir müssen wissen, wem er den Rasen verkauft hat.«

»Er hat doch schon gesagt, daß er das nicht weiß«, sagte sie.

»Er hatte Zeit, darüber nachzudenken.«

Etwas später schilderte Charlotte meinem Bruder noch einmal in allen Einzelheiten ihren Menstruationszyklus. Ward starrte auf seine Hände, als sie ihm erklärte, wie sie blutete, und versuchte nicht mehr, sie zum Mitkommen zu bewegen. »Ich muß mir ein Fläschchen Midol besorgen und mich hinlegen«, sagte sie, warf Yardley Acheman gleich darauf einen unsicheren Blick zu und verschwand.

»Wird er ohne sie mit uns reden?« fragte ich.

»Ich weiß nicht«, erwiderte Ward.

»Wenn nicht«, sagte Yardley Acheman, »dann scheißen wir auf ihn. Wir finden auch jemand anderen.«

Doch mein Bruder wollte keinen anderen. Er wollte Hillary Van Wetter, er wollte die Stroy, die er angefangen hatte. Letztlich hatte es nichts damit zu tun, ob Hillary Sheriff Call umgebracht oder ob er vor Gericht einen fairen Prozeß bekommen hatte.

Im Grunde wollte mein Bruder nur wissen, was passiert war, und er wollte es schwarz auf weiß haben. Er wollte, daß alles seine Richtigkeit hatte.

Man hatte Hillary Van Wetter Watte in beide Nasenlöcher gesteckt. Fussel hingen ihm noch im Gesicht. Es war schwer zu sagen, ob die Watte oder die Verletzung schuld an der Schwellung des Nasenrückens war. Seine Augen waren blau unterlaufen, die dunklen Streifen verzweigten sich auf beiden Nasenflügeln im gleichen Winkel, als wären sie aus derselben Stelle hervorgewachsen.

»Wo ist meine Verlobte?« fragte er und klang, als hätte er sich erkältet.

»Sie fühlt sich nicht wohl«, sagte Ward.

Einen Augenblick blieb es still.

»Was ist los mit ihr?«

Mein Bruder schüttelte den Kopf und überlegte, wie er es ihm erklären sollte. Yardley Acheman räkelte sich auf seinem Stuhl. »Sie hat Besuch von der roten Tante«, sagte er. Hillary drehte sich um und schaute ihn an, außer dem Klirren seiner Fußfesseln war kein Laut zu hören.

»Die Tage?« fragte er schließlich. Bevor Yardley Acheman weiterredete, vergewisserte er sich, daß Hillary Van Wetter angekettet war und draußen vor der Tür eine Wache stand.

»Das hat sie gesagt.«

»Ist reingeschneit und hat es erzählt, ja?«

Yardley nickte.

»Mösenschmu vor Zeitungsfritzen, wie?« sagte Hillary.

»Wir sollten über Ormond Beach reden«, warf mein Bruder ein, aber Hillary Van Wetter starrte unverwandt auf Yardley Acheman.

»Mr. Van Wetter?«

Endlich wandte sich Hillary von Yardley ab und betrachtete Ward. »Davon hat sie Ihnen erzählt?«

Einen Augenblick lang sagte keiner ein Wort. »Ich muß wissen, was mit dem Rasen passiert ist«, sagte er schließlich.

»Warum?«

»Ich muß den Mann finden, dem Sie den Rasen verkauft haben.«

Hillary wandte sich wieder an Yardley Acheman. »Haben Sie was zu rauchen?«

Yardley wies mit einem Kopfnicken auf das Schild an der Wand, daß die Besucher davor warnte, Insassen Gegenstände irgendwelcher Art zu übergeben. »Ist nicht erlaubt«, sagte er.

Hillary nickte. »Immer an die Regeln halten«, sagte er, »immer an die Regeln halten.«

Ward fragte, wohin Hillary und sein Onkel vom Golfplatz aus gefahren seien.

Hillary schloß die Augen, versuchte sich zu erinnern. »Zum International House auf Pancakes«, sagte er schließlich. »Wir aßen Pfannkuchen mit Eiscreme.«

»In Daytona?«

»Muß wohl.«

»Und dann?«

»Dann haben wir uns das Geld geholt und sind nach Hause gefahren.«

Wieder war es still. »Ich muß den Mann finden«, sagte mein Bruder.

»Wir müssen alle irgendwas«, sagte er und musterte Yardley Acheman wieder mit langem Blick. Yardley erwiderte den Blick kurz und wandte sich dann ab. Er sah auf seine Uhr, dann auf die Tür und erinnerte Hillary an den Wachposten da draußen.

Hillary Van Wetter beobachtete ihn, sein Blick war so klar und ausdruckslos wie Wasser. Er beobachtete ihn, bis Yardley aufstand, durchs Zimmer ging und Hillary eine angebrochene Schachtel Zigaretten in die Hemdtasche steckte.

Hillarys Blick folgte ihm, bis Yardley wieder auf seinem Platz an der Wand saß. Dann nickte er langsam. Man hätte nicht sagen können, ob er sich damit bedanken wollte oder ob alles, was er sich gedacht hatte, nun bestätigt worden war.

»Wie weit ist es vom Pancake House zum Wohnblock?« fragte Ward.

Er bekam keine Antwort.

»In welcher Richtung liegt er? Inzwischen muß es früh am Morgen gewesen sein, stimmt's? Sind Sie in die Sonne gefahren? Oder hatten Sie die Sonne im Rücken?«

Hillary Van Wetter schüttelte den Kopf. »Es war bewölkt«, sagte er.

»ARSCHLOCH«, sagte Yardley. Der neue Mietwagen war ein Mercury mit lärmender Klimaanlage, und die Karosse zitterte, wenn die Klimaanlage ansprang oder ausging, obwohl sie in Sachen Kühlung nicht sonderlich viel vorzuweisen hatte. Yardley saß auf dem Rücksitz und hatte die Fenster heruntergekurbelt.

»Er ist es nicht wert«, sagte er. Er redete mit meinem Bruder, als wenn ich nicht da wäre. Er tat das öfter als nötig, um mich daran zu erinnern, daß ich bedeutungslos war.

»Wir müssen uns die Baugenehmigungen ansehen«, sagte Ward. »Damals wurden Eigentumswohnungen in sechzig Tagen hochgezogen, damit die Bauaufsicht keine Chance hatte zu überprüfen, was da eigentlich geschah, und dieser Wohnblock muß fast fertig gewesen sein, wenn die sich schon um den Rasen gekümmert haben.«

»Er ist es nicht wert«, sagte Yardley noch einmal. Er richtete sich auf.

Mein Bruder antwortete: »Gleichzeitig können höchstens ein Dutzend Wohnungen im Bau gewesen sein. Einige hatten wahrscheinlich sogar denselben Bauunternehmer.«

»Und dann?« fragte Yardley Acheman. »Meinst du, der gibt zu, Rasen von einem Golfplatz gekauft zu haben?«

»Er könnte behaupten, nicht gewußt zu haben, daß es sich um gestohlenen Rasen handelte.«

»Der wird einen Scheißdreck behaupten«, sagte Yardley. »Der Anwalt gibt einen Scheißdreck von sich, Hillary Van Wetter gibt einen Scheißdreck von sich ... Es gibt hier zu viele Leute, Ward, die einen Scheißdreck von sich geben.« Er dachte darüber nach, während er immer noch hoch aufgerichtet auf dem Rücksitz saß. »Ehrlich gesagt, ich gebe selbst kaum noch einen Scheißdreck für die ganze Sache.«

Yardley schwieg und dachte über das nach, was er gerade gesagt hatte, überlegte wahrscheinlich, wie es klang, wenn es irgendwie den Redakteuren in Miami zu Ohren kommen sollte.

»Ich meine, was soll ich denn schreiben?« fragte er. »Ich sehe mich schon vor der Schreibmaschine hocken, wie ich versuche, meinen Lesern diesen Menschen nahezubringen, und das einzige, was ich über diesen verdammten Kerl denke, ist, daß er in der Nacht entweder den Sheriff aufgeschlitzt hat oder unterwegs war, um Eulen zu ficken.«

Yardley war seit langem der Ansicht, es sei seine Aufgabe, die Tatsachen für den Leser zu interpretieren.

Die Klimaanlage sprang an, und der Motor röchelte unter dieser Anstrengung. »Wenn es ortsansässige Bauunternehmer sind, dauert das höchstens ein paar Tage«, sagte Ward.

Yardley Acheman ließ sich wieder in den Sitz fallen. »Ich kann nicht schreiben, wenn ich kein Gefühl für die Sache habe.«

Mein Bruder nickte, als würde er dem zustimmen. »Willst du zurück nach Daytona«, fragte er, »oder willst du, daß ich diesmal hinfahre?«

Yardley Acheman schüttelte den Kopf. »Ich will, daß wir hier unsere Zelte abbrechen«, sagte er. »Laß uns in Miami was Neues suchen.« Ward lächelte höflich wie über einen Witz. Wahrscheinlich hörte er diesen Vorschlag nicht zum erstenmal. Aus der Distanz, wenn einem die erste Idee kommt, ist eine Story wie so vieles andere weit interessanter als aus der Nähe, wenn man sich den Kopf über die Details zerbricht.

Weshalb Yardley es sich offenbar angewöhnt hatte, auf Distanz zu bleiben.

Daheim erzählte ich meinem Vater an jenem Abend, daß Yardley Acheman aufgeben wollte. Anita Chester war im Haus, putzte noch, und wir saßen auf der Veranda.

»In eine Sackgasse geraten, wie?« sagte er und trank einen Schluck Wein. Er stellte das Glas auf den unebenen Bodenbrettern neben seinem Sessel ab. Das Glas stand schräg, der Wein auf der einen Seite näher am Rand als auf der anderen.

»Nein, eigentlich nicht. Ward arbeitet noch.«

Mein Vater dachte nach. »Dein Bruder ist ein verdammt guter Zeitungsmann«, sagte er schließlich, »aber alles weiß er auch noch nicht.« Er reckte die Arme über den Kopf und gähnte. Das Geräusch des Staubsaugers drang durch das Fenster seines Arbeitszimmers nach draußen. Am Himmel war kein Licht mehr, es mußte gegen zehn Uhr sein. Ich fragte mich, warum er ihr nicht gesagt hatte, daß sie nach Hause gehen sollte. Sie hatte Kinder, die sie ins Bett bringen mußte.

»Ward weiß, was er tut«, sagte ich. Ich hatte meinem Vater nichts von dem Besuch bei den Van Wetters in den Sümpfen erzählt. Eine solche Geschichte hätte ihm gefallen. Zumindest würde er eine derartige Geschichte sicher gern erzählen. Aber jener Tag hatte mich zu sehr erschöpft, als daß ich schon wieder in der Lage war, mich erneut mit ihm zu befassen.

Eine wahre Begebenheit zu erzählen, läßt sie irgendwie neu aufleben.

Mein Vater nickte. »Er weiß, wie man an Storys rankommt«, sagte er, »aber er hat sich noch nicht damit abgefunden, daß die Storys in Zeitungen gedruckt werden und daß die Zeitungen von Menschen gelesen werden.«

Das Geräusch des Staubsaugers verklang. Mein Vater warf einen raschen Blick zum Arbeitszimmer hinüber und griff dann nach seinem Glas. »Die ganze Woche arbeitet sie schon länger«, sagte er und fuhr dann ein wenig sanfter fort: »Hoffentlich hat sie keinen Ärger daheim.«

Seine Hand streifte das Glas, es schwankte einen Augenblick, fiel die acht oder zehn Zentimeter hinunter auf den Boden und zerbrach. Er starrte die Scherben an und griff dann langsam nach der Flasche, die halb leer auf der anderen Seite seines Sessels stand.

»Hat sie eigene Kinder?« fragte er. »Ich weiß gar nicht...«

»Zwei«, sagte ich. »Sechs und neun.«

Er nahm die Flasche und hielt sie ans Licht, als ob er das Etikett lesen wollte. »Hoffentlich sind sie nicht krank.«

Kurz darauf kam sie durch die Verandatür, Handtasche und Arbeitsschuhe in der Hand, an den Füßen weiße Turnschuhe, die ihr bis über die Knöchel reichten. Sie ging stets zu Fuß nach Hause. Heute hatte sie es eiliger als sonst.

»Gute Nacht, Mr. James«, sagte sie und ging zu den Stufen.

»Gute Nacht«, sagte er, und dann, noch ehe sie die Stufen erreicht hatte, fragte er. »Hätten Sie vielleicht noch eine Sekunde? Ich habe hier ein Weinglas umgeworfen...« Einen langen Augenblick blieb sie wie erstarrt stehen, drehte sich dann wortlos um und ging zurück ins Haus, um einen Besen zu holen.

»Ich hoffe nur, sie hat keinen Ärger mit ihren Kindern«, sagte er.

WARD WARTETE AM MORGEN auf dem Bürgersteig vor seinem Hotel. Er stieg in den Wagen und knallte die Tür zu, eine Revolte sozusagen, waren wir doch erzogen worden, die Türen des Chrysler nicht zuzuknallen.

»Ohne Yardley?« fragte ich.

Er nahm sich Zeit für seine Antwort. »Er ist erwachsen«, sagte er schließlich, aber ich wußte, daß es ihm nicht gefiel, wenn Yardley bei den Mädchen im Ort schlief. Es machte ihn wütend.

Schließlich war er für seine Story immer noch auf die Stadt angewiesen und wollte die Quelle nicht vergiften.

Da war noch etwas. Ward hatte gewisse Grundsätze, die er für sich behielt, die er aber immer beachtete. Ich hatte damals keine Ahnung, mit wie vielen Frauen er bereits geschlafen hatte, aber ich hatte ihn nie mit einer Freundin gesehen und nahm daher an, daß er nicht leichthin mit einer Frau schlafen würde. Er war nicht einmal gern im selben Zimmer, wenn jemand über Sex redete, vor allem nicht, wenn dieser jemand Charlotte Bless war, die ohne Unterlaß über Sex redete.

»Hauptsache, sie ist auch erwachsen«, sagte ich, um ihn auf den unweigerlich nahenden Tag vorzubereiten, an dem auch ich zu spät und verschwitzt zur Arbeit kommen würde. Er drehte sich zu mir um. »Über achtzehn«, sagte ich, weil ich dachte, er hätte mich mißverstanden, begriff aber noch während ich redete, daß mir der springende Punkt entgangen war. Und eine halbe Sekunde später wußte ich Bescheid.

Yardley war bei Charlotte.

Schweigend fuhren wir weiter zur Moat Street und gingen in stummer Wut die Treppe zum Büro hinauf.

Kurz nach elf tauchte ihr Lieferwagen unter dem Fenster auf. Die Beifahrertür öffnete sich zuerst. Yardley kam heraus und wartete mit einem Bier in der Hand auf Charlotte, die um den Wagen herumkam. Ich musterte sie sorgsam, suchte nach einem Anzeichen dafür, daß sie sich selbst verachtete. Als sie so nah war, daß er sie berühren konnte, legte er ihr eine Hand ins Kreuz, ließ sie dort einen Augenblick liegen und tätschelte dann ihren Hintern, als sie an ihm vorbei zur Haustür ging. Sie brauchten ziemlich lange, bis sie oben waren.

Ich schaute sie nicht an, als sie hereinkamen, und Ward starrte auf die Papiere auf seinem Tisch. Sie kamen herein und blieben stehen.

»Oje«, sagte Yardley, »ich glaube, Mama und Papa haben auf

uns gewartet.« Charlotte lachte, aber sie klang nervös. Yardley leerte das Bier in seiner Hand, ging zum Kühlschrank und nahm sich ein neues.

»Willst du wirklich keins?« fragte er Charlotte. »Nichts schmeckt so gut wie ein Bier am Morgen, bevor man den ersten Schluck trinken sollte.«

»Danke, ich habe, was ich brauche«, sagte sie, und mir war es egal, wie sie es sagte. Sie hatte keine Dose Buschbier im Sinn, wenn sie sagte, daß ihr nichts fehlte.

Yardley Acheman ging auf seine Seite des Büros und setzte sich. Er lehnte sich zurück, stellte sich das Bier auf den Bauch und legte die Füße auf den Tisch. Er sah meinen Bruder an und rülpste. Ward sah nicht auf. Charlotte ging ans Fenster, beugte sich in mein Blickfeld und sagte: »Guten Morgen!«

Ich meinte, Yardley Acheman an ihr riechen zu können.

»Guten Morgen«, sagte ich und wollte ihr nicht vergeben.

»Ich habe noch einmal nachgedacht«, sagte Yardley zu meinem Bruder. »Vielleicht sollte ich doch noch einmal versuchen, diesen Bauunternehmer aufzutreiben, dem sie den Rasen verkauft haben.« Er sah Charlotte an, und ich ahnte, daß die beiden sich das überlegt hatten, ehe sie ins Büro gekommen waren.

»Wir könnten noch einmal nach Daytona fahren und ein paar Tage lang die Türklinken putzen.«

Ward nickte, gab aber keine Antwort. Yardley Acheman fuhr fort: »Wahrscheinlich kommt nichts dabei raus, aber hier können wir auch nichts anfangen.«

Wieder wechselten sie einen Blick, Charlotte schien sich ein Lachen zu verkneifen. Mein Bruder war rot geworden, als wäre er verlegen.

»Ich dachte, wir sollten vielleicht heute schon fahren.«

Als sie am späten Nachmittag fort waren, rief Yardleys Verlobte an. Ward war auf der Toilette im Erdgeschoß, und ich griff erst zum Hörer, als das Klingeln des Telefons endlich zu mir durchdrang.

Ich erzählte ihr, daß Yardley geschäftlich in Daytona Beach sei. Sie sagte, er sei doch gerade erst geschäftlich in Daytona gewesen. »Wahrscheinlich war er mit seiner Arbeit noch nicht fertig«, erwiderte ich und gab ihr die Nummer des Motels, die Yardley in den Notizblock auf seinem Schreibtisch geschrieben hatte, als er die Reservierung aufgab.

Sie notierte sich die Nummer und las sie mir zweimal vor, um sich zu vergewissern, daß sie die Zahlen richtig aufgeschrieben hatte. »Ich weiß ja, daß er ein großer Journalist ist«, sagte sie, »aber manchmal wäre es mir lieber, er wäre nicht ganz so versessen auf seine Arbeit.«

CHARLOTTE UND YARDLEY ACHEMAN blieben vier Tage in Daytona Beach. Sie nahmen sich getrennte Zimmer in einem Strandmotel, aber Yardley war nie auf seinem Zimmer, wenn seine Verlobte anrief, nicht mal nachts. Morgens rief sie mich dann an, um sich versichern zu lassen, daß seine Arbeit nicht gefährlich war.

Ich fragte mich, was er ihr für Sachen erzählte.

WARD UND ICH gingen zum Büro des Sheriffs, das sich im zweiten Stock des Gerichts befand. Die Zellen lagen im Keller, einige von ihnen waren mit vergitterten Fenstern versehen, aus denen man auf Grasebene auf die Stadt Lately blickte.

Wir waren bereits einmal dort gewesen, um das Protokoll von Hillarys Verhaftung einzusehen, und wußten also, was uns erwartete. Die Deputies sprachen mit niemandem, der von der *Maiami Times* kam, da sie die liberale Haltung der Zeitung kannten. Alle Anfragen wurden deshalb an den Reviersprecher weitergeleitet, einen lächelnden, weißhaarigen Mann namens Sam Ellison, der selbst einmal Sheriff gewesen war.

Mr. Ellison hatte sich vom aktiven Dienst zurückgezogen und arbeitete nun von Dienstag bis Freitag morgen im Revier, obwohl das Revier so oft wohl kaum einen Sprecher benötigte. Er sah nicht gerade glücklich aus, als er feststellen mußte, daß Besucher vor seiner Bürotür warteten.

»Die *Times*«, sagte Mr. Ellison. Als wir das letzte Mal dagewesen waren, hatte er uns in ebendiesem Flur gesehen, aber nicht mit uns gesprochen, da wir vier Minuten vor zwölf gekommen waren. Das Informationsbüro des Sheriffs schloß um zwölf Uhr mittags, dienstags bis freitags.

Ward sagte: »Stimmt.« Mr. Ellison schloß die Tür auf und ging in sein Büro. Wir folgten ihm unaufgefordert. Er zog die Jalousie hoch und ließ Licht ins Zimmer, sein Schädel schimmerte unter dem dünnen Haar.

»Sie sind W. W.s Junge?«

»Stimmt«, sagte mein Bruder, der immer noch stand.

Mr. Ellison ging an seinen Tisch und setzte sich. »Geht einfach hin und arbeitet für die Konkurrenz«, sagte er und schüttelte den Kopf. Er öffnete die Schreibtischschublade und starrte hinein. »Wie geht's Ihrem Daddy?«

»Ganz gut«, sagte Ward.

Mr. Ellison schloß die Schublade und lehnte sich lächelnd zurück. »Der umstrittenste Mann in Moat County«, sagte er bewundernd. Ward gab darauf keine Antwort, und Mr. Ellison richtete sich auf, bereit, zur Sache zu kommen.

»Was kann ich heute für die Herren tun?« fragte er.

Und mein Bruder erzählte ihm, daß wir uns in der Stadt aufhielten, um den Mord an Thurmond Call und die Verurteilung Hillary Van Wetters zu überprüfen. Er sagte: »Es gab da einige Beweisstücke, die verlorengingen ...«

Mr. Ellison nickte, als wüßte er genau, was Ward damit sagen wollte. Als wären wir alle einer Meinung. »Ja, ganz recht«, sagte er.

»Entscheidende Beweisstücke.«

»Stimmt«, sagte Mr. Ellison. Wieder war es still im Zimmer.

»Wir haben uns gefragt«, sagte mein Bruder, »welche Erklärung Sie dafür ...«

Mr. Ellison schüttelte den Kopf. »Dafür gibt es keine Erklärung«, sagte er, »falls Sie sich noch niemals in einer Situation befunden haben, in der Ihr Leben in Gefahr war. Falls Sie sich noch niemals mit einem Menschen verbunden gefühlt haben, der gerade ermordet worden ist. Daß Polizisten auch nur Menschen sind, ist unsere einzige Erklärung.«

Mein Bruder blieb stumm und wartete. Mr. Ellison schaute ihn an, drehte sich dann einen Augenblick um und sah zu mir herüber. »Ich glaube nicht, daß ich Ihren Namen verstanden habe«, sagte er.

»Jack James«, sagte ich, und er lächelte wieder.

»Der Schwimmer«, sagte er, und ich wußte nicht, ob er an die University of Florida oder an das dachte, was oben am Strand von St. Augustine passiert war. Er schaute uns beide an, ein wächsernes Lächeln auf dem Gesicht.

»Sind Sie auch ins Familiengeschäft eingestiegen?« fragte er. »World War muß ein stolzer Mann sein.«

Er lächelte, Ward blieb stumm. »Mr. Ellison«, fragte mein Bruder schließlich, als genügend Zeit verstrichen war, »was ist mit diesen Beweisstücken geschehen?«

Er schüttelte den Kopf. »Wenn ich das doch nur wüßte«, sagte er.

»Mr. Van Wetter hat uns erzählt, daß das Blut an seiner Kleidung sein eigenes Blut gewesen sei«, sagte Ward. »Er hätte sich an irgendeinem Instrument geschnitten, das er an jenem Abend benutzt hat.«

Mr. Ellison nickte nachdenklich. »Mr. Van Wetter ist bekannt dafür, daß er nächtens seine Instrumente benutzt«, sagte er und schwieg, um seinen Worten Nachdruck zu verleihen. »Wenn ich mich recht erinnere, hat er einem Sheriff den Daumen abgeschnitten.« Wieder eine Pause, diesmal eine längere. »Wegen eines Strafzettels.«

Und dann schaute er auf seine eigene Hand und preßte den Daumen gegen die Handinnenfläche. »Ohne Daumen ist ein Mann nicht viel wert«, sagte er. »Schließlich unterscheidet uns der Daumen von den Affen.«

»Ist ein Sheriff im Haus, mit dem wir reden könnten?« fragte Ward. »Jemand, der dabei war, als Hillary Van Wetter verhaftet wurde?«

Mr. Ellison schaute immer noch auf seine Hand und ließ die Finger spielen. »Selbst eine Kleinigkeit, die Titte deiner Frau zwischen deine Finger zu nehmen, zum Beispiel...« Er hörte auf, die Finger zu bewegen, und sah plötzlich auf, schaute meinem Bruder direkt ins Gesicht. »Sind Sie schon verheiratet, Mr. James?«

Ward schüttelte den Kopf.

Mr. Ellison blickte wieder auf seine Hand. »Ist nur eine Kleinigkeit, aber es geht nicht mehr.« Er legte die Hand auf seinen Brustkorb und versuchte, seine Brust unter dem Hemd zu umspannen. »Man kann in keine Titte mehr kneifen«, sagte er und schaute auf, »aber wissen Sie, das mögen die nicht. Denen ist es lieber, wenn man sie einfach festhält. Kneif ihnen in die Titte, und bald darfst du sie überhaupt nicht mehr anfassen.«

Er sah wieder auf und lächelte.

»Kann ich mit jemandem reden, der dabeigewesen ist?« fragte Ward.

»Sie können reden, mit wem Sie wollen, solange man mit Ihnen reden will«, sagte er. »Aber wenn Sie über Mr. Van Wetter reden wollen, vergessen Sie nicht, wie es ist, wenn man die Titte der eigenen Frau nicht mehr in der Hand halten kann.« Er schwieg einen Moment und sagte dann: »Ach, richtig, Sie sind ja nicht verheiratet.« Er schien ihn auf den Arm nehmen zu wollen.

Von Mr. Ellisons Büro gingen wir zum Bereitschaftszimmer, begegneten auf dem Flur zwei Hilfssheriffs und standen schließlich vor einer streitlustigen, übergewichtigen Frau, die an ihrem Schreibtisch eine Ausgabe der Zeitschrift *Motor Trend* las und an ihrer Bluse ein Schildchen mit dem Namen »Patty« trug. Neben ihrem Tisch befand sich eine Schwingtür, kaum hüfthoch, mit einer Warnung, die jedem den Eintritt verbot, der nicht im Sheriffbüro angestellt war.

Lange blieben mein Bruder und ich vor ihr stehen und warteten darauf, von ihr wahrgenommen zu werden. Als sie es schließlich tat, sah sie auf, lächelte aber nicht und sagte kein Wort. Sie wartete nur. »Ich heiße Ward James«, sagte mein Bruder. »Ich habe mit Mr. Ellison gesprochen, und er hat mir geraten, hier herunterzukommen.«

Sie schaute uns noch eine Weile an und blickte dann wieder in ihre Zeitschrift. Keine zehn Meter hinter ihr beugte sich ein Deputy über seinen Tisch, um zu sehen, wie sie uns auflaufen ließ. Der Deputy lächelte.

»Entschuldigung«, sagte Ward, und wieder hob sie ihren Blick. »Ich hätte gern mit einem der folgenden Hilfssheriffs gesprochen ...« Er nahm einen Stift aus seiner Tasche und schrieb die Namen von fünf Deputies auf, die in der Nacht von Hillary Van Wetters Verhaftung in dessen Haus gewesen waren. Er schob den Zettel über den Tisch. Sie warf einen kurzen Blick darauf, sah uns an, nahm den Zettel und warf ihn in den Papierkorb.

Hinter ihr lachte jemand. Sie vertiefte sich wieder in ihre Lektüre; sie wußte, daß ihre Vorstellung beobachtet und bewundert wurde.

Ich wandte mich ab, wollte aus dem Zimmer verschwinden, aber Ward blieb, wo er war. Sie vertiefte sich in die *Motor Trend,* er wartete. Minuten vergingen, und sie griff nach ihrer Handtasche, holte sich eine Schachtel Zigaretten, sah kurz zu Ward hinüber, strich ein Streichholz an und nahm sich wieder ihre

Zeitschrift vor. Sie starrte schon ziemlich lange auf dieselbe Seite. Ein halbes Dutzend Deputies sah inzwischen zu, wartete darauf, wie es ausgehen würde.

Sie rutschte unruhig auf ihrem Stuhl hin und her, wagte noch einen verstohlenen Blick und knallte dann plötzlich die Zeitschrift auf den Tisch, stand auf und ging ins Hinterzimmer. Gelächter brandete auf, dann wurde es still. Niemand kam, um ihren Platz einzunehmen, und die Deputies schienen wieder dorthin verschwunden zu sein, wo sie vorher gewesen waren.

»Wollen wir hier einfach stehenbleiben?« fragte ich.

Ward gab keine Antwort.

»Die werden nicht mit uns reden«, sagte ich. Und er nickte. Rührte sich aber nicht vom Fleck.

Etwa eine Viertelstunde später kehrte die Frau zurück. Es schien sie nicht zu überraschen, daß wir immer noch vor ihrem Tisch standen. »Gibt es noch etwas?« fragte sie.

Mein Bruder griff über ihren Tisch zu einem Papierstapel, nahm sich einen Zettel und schrieb noch einmal dieselben Namen auf. Ohne ein Wort schob er ihr den Zettel zu. Sie warf einen Blick darauf, dann auf meinen Bruder.

»Sie sind wohl ziemlich langsam von Begriff, wie?« fragte sie mit besorgter Stimme und warf den Zettel in den Papierkorb. Dann schaute sie mich an, als hoffe sie, ich wäre ein wenig aufgeweckter, und sagte: »Ich kann den ganzen Tag so weitermachen.«

Aber sie konnte nicht. Ein oder zwei Minuten später stand sie auf und ging wieder ins Hinterzimmer. Da es keine Stühle gab, blieben wir vor ihrem Tisch stehen. Eine halbe Stunde verging, dann übernahm ein Deputy ihre Stelle. Er nickte meinem Bruder zu und setzte sich an den Schreibtisch der Frau.

»Kann ich Ihnen helfen?« fragte er.

Mein Bruder beugte sich über die Absperrung, griff in den Papierkorb und zog einen der Zettel heraus. Er legte ihn vor dem

Deputy auf den Tisch. »Ich würde gern mit diesen Männern sprechen«, sagte er.

Der Deputy sah sich einen Moment lang die Liste an und schüttelte dann langsam den Kopf. »Diese Polizisten haben im Augenblick keine Zeit für Sie, Sir«, sagte er. »Ihr Dienst nimmt sie zu sehr in Anspruch.«

»Wann hätten sie denn Zeit für mich?« fragte Ward.

Der Deputy schüttelte wieder den Kopf. »Versuchen Sie es morgen noch einmal.«

Er wartete.

»Sind Sie einer dieser Polizisten?« fragte Ward. Der Deputy schaute auf die Namen, als könne er sich nicht daran erinnern. Eine Stelle über seiner Tasche war heller als das übrige Hemd, außerdem war dort ein Loch im Stoff. Er hatte sein Namensschild abgenommen.

»Ich weiß nicht, was diese Frage damit zu tun hat«, erwiderte er. »Ich habe Ihnen doch bereits gesagt, daß wir im Augenblick keine Zeit für Sie haben.«

»Sind Sie einer dieser Polizisten?« fragte mein Bruder mit geduldiger Stimme, als würde er diese Frage zum erstenmal stellen.

»Ich bin derjenige«, sagte er, »der Ihnen sagt, daß sie aufhören und aufgeben sollen, damit wir wieder an unsere Arbeit gehen können.«

Mein Bruder schaute auf die Namensliste. »Wer von denen sind Sie?« fragte er, und der Deputy schoß ihm einen mörderischen Blick zu.

»Wissen Sie, es gibt Leute«, sagte er schließlich, »die wollen einfach nicht, daß man sie gut behandelt.«

Ward nickte, als wäre dies ein Kompliment.

Der Deputy verschwand, und wir standen bis um halb fünf im Zimmer, als die Putzfrau kam und sagte, daß das Büro nun geschlossen sei.

»Danke sehr«, sagte mein Bruder, und wir gingen an ihr vorbei zur Tür hinaus. Als wir auf den Flur kamen, konnte ich hören, wie mehrere Leute in Jubelgeschrei ausbrachen. Ich kehrte noch einmal zurück zur Tür und sah, daß die Deputies aus dem Hinterzimmer gekommen waren, um der Putzfrau zu applaudieren. Sie stand mitten im Zimmer, in der Hand einen Mop, der in einem Eimer auf Rollen stak, und schaute verlegen drein, fand diese plötzliche Aufmerksamkeit aber offenbar nicht sonderlich überraschend und wirkte eher so, als ob sie sagen wollte, daß es dafür auch höchste Zeit gewesen sei.

Es war Ladenschlußzeit. Die Einwohner von Lately kamen aus ihren Geschäften und Büros und schlossen hinter sich die Türen. Schulkinder trieben sich auf den Straßen herum, manche rauchten und aßen gleichzeitig Schokoladenriegel. Die älteren, die von der High-School, hingen aus den Fenstern der viertürigen Limousinen ihrer Väter, die Fahrer gaben Gas und ließen die Motoren aufjaulen, bis ihr Getöse wie ein Schrei klang.

Ward und ich hatten dieses Ritual auch schon in Thorn beobachtet, aber nie daran teilgenommen.

»Stellt euch vor«, sagte mein Vater manchmal, »wie es sein würde, wenn euer Name in einem Polizeibericht in der Zeitung eures eigenen Vaters auftauchen würde.«

Auf seine Art sagte er uns, daß man uns keine Sonderbehandlung zukommen lassen würde, doch das wußten wir längst. Ward und ich waren in einem Haus aufgewachsen, in dem die Prinzipien meines Vaters regelmäßig Gesprächsgegenstand waren. Wir wurden oft gebeten, uns vorzustellen, welche Verlegenheit wir verursachen würden, falls unsere Namen in der Zeitung ständen. Ward schien sich diese Verlegenheit besser vorstellen zu können als ich; der Gedanke bedrohte ihn auf eine Weise, die ich nicht verstand.

Irgendwann begriff mein Vater natürlich, daß er keinen Anlaß hatte, meinen Bruder vor Schwierigkeiten zu warnen.

Und vielleicht begann er damals, sich besorgt zu fragen, warum Ward noch nie in irgendwelche Schwierigkeiten geraten war, warum er keine Freunde hatte, mit denen er in Schwierigkeiten geraten konnte.

Ich schaute Ward an und überlegte, ob er Yardley für einen Freund hielt. »Und wieder ging ein schöner Tag im Zeitungsgeschäft zu Ende«, sagte ich.

Er zuckte die Achseln: »Er war nicht übel.«

Ich hielt an und wartete darauf, daß vor uns eine Frau ihren Kinderwagen über die Straße schob. Hinter mir hupte eine Meute Kids in einem Plymouth, und die Frau zuckte zusammen, blickte erschreckt zum Fahrersitz unseres Wagens, da sie annahm, daß ich gehupt hatte, und eilte dann auf die andere Straßenseite. Ich hatte sie nie zuvor gesehen und rechnete nicht damit, sie jemals wiederzusehen, aber ich war versucht, aus dem Wagen zu steigen und ihr zu sagen, daß es der Fahrer hinter mir gewesen war, der auf die Hupe gedrückt hatte.

Ich verursachte hundert Mißverständnisse am Tag, konnte aber offenbar selbst die wichtigen nicht klären, wenn ich sie nicht allesamt aus der Welt räumte.

»Ich weiß nicht, was das gebracht haben soll«, sagte ich und meinte den Nachmittag im Büro des Sheriffs.

»Wir waren da«, sagte er.

»Ist das alles?«

»Das ist genug«, sagte er.

Und dann war mir klar, daß für ihn dieses Warten oder das Geschnittenwerden auch etwas Angenehmes gehabt hatte.

»Gehen wir wieder hin?« fragte ich.

Er sah aus dem Fenster, als er antwortete: »Natürlich.«

AM NÄCHSTEN TAG standen wir von morgens bis abends im Büro des Sheriffs, ebenso am übernächsten Tag. Die Frau am Tisch sprach kein Wort mit uns, sie sagte höchstens mal, daß wir aus dem Weg gehen sollten, wenn andere Besucher zur Tür hereinkamen.

»Bitte gehen Sie zur Seite, und stören Sie die Arbeit in diesem Büro nicht«, sagte sie dann. Eine Formulierung, die ihr wahrscheinlich ein Anwalt nahegelegt hatte. Die Grundlage für unsere Verhaftung, falls wir ihr nicht aus dem Weg gehen sollten.

Doch mein Bruder und ich, wir gingen in dem kleinen Zimmer höflich zur Seite und hörten zu, wie Geschichten von streunenden Hunden, toten Hühnern und Kindern, die nicht auf den Hof des Nachbarn gehörten, vor ihrem Schreibtisch ausgebreitet wurden.

»Wollen Sie eine Anzeige erstatten?« fuhr sie den Leuten dann ins Wort, und die Frage schien ihnen angst zu machen.

»Wir wollen niemanden in Schwierigkeiten bringen...«

»Dieses Büro kann so lange nichts unternehmen, wie Sie keine Anzeige erstattet haben.«

Daraufhin verabschiedeten sich die meisten Besucher wieder und nickten meinem Bruder und mir beim Hinausgehen höflich zu, da sie uns vermutlich für eine andere Sorte Mensch hielten, eine Sorte, die keine Angst vor dem Gesetz hatte.

Trotzdem kam kein Deputy, dessen Name auf der Liste meines Bruders stand, aus dem Hinterzimmer, um mit uns zu reden, nicht einmal, um uns zu sagen, daß er nicht mit uns reden wollte. Mein Bruder ließ sich nicht entmutigen. Wenn wir nur lange genug durchhielten, würden sich die Dinge schon von allein regeln.

SPÄT AM NACHMITTAG gingen wir in unser Büro und überraschten Yardley Acheman dabei, wie er auf dem gepolsterten Sessel an der Wand saß, während es sich Charlotte vor ihm auf dem Tisch bequem gemacht hatte. Von dort aus konnte er ihr unter den Rock sehen.

Sie tranken beide Bier, und als Yardley uns sah, prostete er uns zu.

Charlotte lächelte und wischte sich den Mund mit dem Handrücken ab. Irgendwas war in diesem Zimmer vor sich gegangen, ehe sie gehört hatten, wie wir die Treppe heraufkamen, und ich spürte, wie mir die vertraute Röte ins Gesicht stieg. »Der Typ, der den Rasen gekauft hat«, sagte er. »Ich habe ihn gefunden.«

Ohne sie anzuschauen ging er an ihr vorbei, als wäre sie eine Bettlerin auf der Straße, die ihn um Kleingeld anflehte, und sie begriff, daß er sie abgeschrieben hatte.

Er holte seinen Reporterblock, schlug ihn auf der ersten Seite auf und las seine Notizen vor.

»Er konnte sich an die beiden erinnern«, sagte er. »Sie kamen um sechs Uhr mogens mit einem Lieferwagen. Er sagte, er hätte sich die beiden und ihre Ware angesehen und vermutet, daß sie den Rasen von einem Friedhof gestohlen hatten.«

Mein Bruder nickte bedächtig. »Hast du ihm die Bilder gezeigt?«

»Nur von Hillary. Erst als er den sah, ist ihm wieder eingefallen, daß er damals geglaubt hat, sie hätten den Rasen von einem Friedhof.«

»Und er hat trotzdem gekauft...«

Charlotte stand vom Tisch auf und ging zum Fenster. Sie verschränkte die Arme unter ihren Brüsten, als ob ihr kalt wäre, und starrte nach draußen.

»Er will auf keinen Fall mit dieser Sache in Verbindung gebracht werden«, sagte Yardley Acheman. »Er will auch mit keinem anderen darüber reden.« Er sah rasch zu Charlotte hinüber, die immer noch aus dem Fenster blickte, und wandte sich dann wieder meinem Bruder zu. »Das kann man ihm ja wohl nicht zum Vorwurf machen«, sagte er.

»Wer ist es?« fragte Ward.

Yardley kratzte sich die Brust. »Das ist das Knifflige daran«, sagte er. »Der Typ hat nur unter der Bedingung mit mir geredet, daß ich ihm absolute Anonymität garantiere.«

Ward nickte. »Wie heißt er?« fragte er.

»*Absolute* Anonymität«, sagte Yardley. »Ich mußte ihm mein Wort geben. Er bekommt gelegentlich Aufträge von der Regierung.«

»Aber wie heißt er?«

Yardley Acheman schüttelte den Kopf. »Du hörst mir nicht zu«, sagte er. »Um ihn zum Reden zu bewegen, mußte ich ihm ein Versprechen geben, und das kann ich nicht einfach brechen. Da geht's ums Prinzip.«

Ward schaute ihn lange an. Ich weiß nicht, ob er ihm glaubte oder nicht.

»Es gab keine andere Möglichkeit«, sagte Yardley. »Ich kann dir nur sagen, daß es ihn gibt und daß er den Mann auf dem Foto wiedererkannt hat.«

»Wie hast du ihn gefunden?« fragte Ward.

»Auf die mühsame Tour«, sagte er. »Wir sind die Baugenehmigungen durchgegangen.«

Ward dachte darüber nach.

Yardley Acheman zuckte die Achseln. »Eine Frage des Vertrauens«, sagte er. »Ich kann ihn nicht enttäuschen.«

Charlotte wandte sich plötzlich vom Fenster ab, ging wortlos aus dem Büro und die Treppe hinunter, als hätte sie gerade begriffen, daß sie in diesem Zimmer nichts mehr zu suchen hatte.

EIN WEITERER BESUCH bei Hillary Van Wetter war notwendig, ehe die Story geschrieben werden konnte. Aus nicht ganz einsichtigen Gründen sprachen Charlotte und Yardley Acheman kein Wort mehr miteinander, und auf dem Weg ins Gefängnis saß Charlotte neben mir, während Yardley und mein Bruder auf dem Rücksitz saßen. Sie trug ein blaues Kleid und schien sich längst nicht mehr so um ihr Aussehen zu sorgen wie bei den ersten Besuchen. Nur einmal, nachdem wir auf den Parkplatz gefahren waren, sah sie in den Spiegel.

Was immer auch in Daytona Beach geschehen war, es hatte ihr

den Spaß an der Sache verdorben, und sie sah sich nun mit einer Situation konfrontiert, für die sie zwar selbst verantwortlich war, die aber keine Ähnlichkeit mit dem aufwies, was sie sich erträumt hatte.

In Handschellen und Fussketten wurde Hillary Van Wetter in das Verhörzimmer geführt und zu seinem Stuhl gestoßen. Seit unserem letzten Besuch waren die blauen Flecken unter seinen Augen verblaßt.

Die Vorschriften waren uns mittlerweile vertraut, klangen nichtssagend und eintönig. Der Geruch, die Art, wie sich Worte in diesem Raum anhörten – nichts hatte sich verändert. Charlotte schlug ihre Beine übereinander, zeigte ihm ihre Schenkel und zündete sich eine Zigarette an. Irgendwie hatte sich auch daran nichts geändert. Hillary musterte sie einen Moment und schaute Yardley Acheman dann direkt in die Augen.

Er wußte Bescheid.

Sie lächelte ihn an, war sich unsicher.

»Du bist aber hübsch heute«, sagte er, aber er klang zu höflich, fast als würde er mit einer Touristin sprechen.

»Danke«, sagte sie und schlug die Beine anders herum übereinander. Sie spürte seinen Blick und versuchte, sich davor zu verbergen. Doch mit jeder Bewegung, die sie vor ihm verbergen sollte, schien sie ihm größeres Vergnügen zu bereiten.

»Wir haben den Mann in Ormond Beach gefunden«, sagte Yardley Acheman, und Hillary drehte sich zu ihm um und nickte, als interessiere ihn das.

»Den, dem Sie den Rasen verkauft haben«, sagte er.

»Gute Neuigkeit«, sagte Hillary, während alle lächelten.

»Er hatte sich den Tag und die Kaufsumme notiert«, sagte Yardley. »Und er hat sie auf einem Foto wiedererkannt.«

Hillary wandte sich zu Charlotte um und sah dann wieder Yardley Acheman an.

»Sehr gut«, sagte er wieder, ohne Ward anzuschauen, und richtete dann seinen Blick erneut auf Charlotte. »Diese Zeitungsfritzen haben mir einen großen Gefallen getan, meinst du nicht?« Sie nickte und versuchte herauszufinden, welche Veränderung mit ihm vorgegangen war.

»Noch haben wir es nicht geschafft«, sagte Ward.

»Sie werden mich bald freilassen«, sagte er.

Charlotte hatte wieder zu nicken begonnen, als mein Bruder sagte: »Das können wir nicht entscheiden.«

Einen Moment lang verschwand das Lächeln von Hillarys Gesicht, aber seine Mimik war nur gespielt. »Das weiß ich«, sagte er, und das Lächeln kehrte zurück, wenn auch ein wenig verkniffener als zuvor. Er schaute Charlotte direkt in die Augen und sagte zu meinem Bruder: »Ich kenne Ihre Grenzen«, und Charlotte errötete.

»Mach deinen Mund auf«, sagte er zu ihr.

Sie schaute uns an, dann wieder ihn, schüttelte den Kopf. »Wenn wir allein sind«, sagte sie beinahe flüsternd.

Mein Bruder sagte: »Wir brauchen noch etwas.«

»Was wäre das?« Er schaute sie immer noch unverwandt an.

Ward gab zuerst keine Antwort. Hillary fragte: »Also was?« und klang etwas verärgert. Er wandte den Blick nicht von ihr ab.

»Wir müssen noch einmal mit Ihrem Onkel reden«, sagte Ward.

Hillary wandte sich langsam zu meinem Bruder um. »Ich schätze, das ist allein seine Entscheidung«, sagte er.

»Es würde helfen, wenn Sie uns einen Brief an ihn mitgeben würden«, sagte mein Bruder.

»Einen Brief?« fragte er.

»Eine kurze Notiz, irgendwas, damit er uns vertraut.«

Bei diesem Wort drehte sich Hillary um und starrte Yardley Acheman an. »Was halten Sie davon?« fragte er. »Meinen Sie, ich sollte meinem Onkel sagen, daß er Ihnen vertrauen kann?«

Yardley Acheman rührte sich nicht. Wieder erschien ein Lächeln auf Hillary Van Wetters Gesicht. Seine Zähne waren gelb, das Zimmer schien nach Desinfektionsmitteln zu stinken. Weit fort schrie ein Mann, und sein Schrei hallte mit hohlem Klang über die Flure. Licht schimmerte durch das kleine Fenster in der Tür, und Staubpartikel hingen in der Luft.

Ich stand auf, mußte mich bewegen und ging etwa in einem halben Meter Abstand an Hillarys Stuhl vorbei von einer Wand zur anderen. Hillary roch selbst auch nach Desinfektionsmitteln. Die Tür ging auf, und der Wachposten streckte seinen Kopf herein.

»Keinen Kontakt mit dem Gefangenen«, sagte er. »Sie dürfen ihm nichts geben, keine Schriftstücke und auch sonst nichts.«

»Mr. Van Wetter wird einen Stift und ein Blatt Papier brauchen«, sagte mein Bruder.

»Dann müssen Sie sich an den Aufseher wenden«, sagte die Wache und schloß die Tür.

Als sie fort war, sagte Hillary: »Eigentlich ist es mit Tyrees Lesekunst sowieso nicht weit her.«

Mein Bruder schaute ihn an und verlor die Geduld. »Er wird Ihre Handschrift schon wiedererkennen.«

Hillary dachte darüber nach. »Zahlen«, sagte er. »Er kann Zahlen lesen.«

»Gibt es etwas, das wir ihm sagen können?« fragte Ward. »Etwas, das ihm sagt, daß wir von Ihnen kommen?«

Hillary schüttelte den Kopf, als würde er nicht verstehen.

»Eine Geschichte, irgend etwas, das passiert ist, damit er weiß, daß er mit uns reden soll.«

»Eine Geschichte«, überlegte Hillary und strich sich über das Kinn. Die Kette zwischen seinen Handgelenken schlug klirrend an die Handschellen, dann war es wieder still. »Da gab es ein Mädchen«, sagte er, »mit dem ist was passiert.« Ward schwieg, aber offenbar war das alles, was Hillary sagen wollte.

»Was für ein Mädchen?« fragte mein Bruder.

»Lawrences Frau«, sagte er. »Sie kam von außerhalb, die hat er nicht vergessen.«

»Lawrence«, sagte mein Bruder, und Hillary nickte. »Was ist mit ihr passiert?«

Wieder schwieg er. »Sie ist weggegangen«, sagte er dann, starrte auf seine Füße und musterte die Ketten an seinen Knöcheln.

Ward schaute zur Tür. »Die können nicht hören, was Sie uns erzählen«, sagte er.

»Manchmal muß man gewisse Sachen nicht hören, um über sie Bescheid zu wissen.«

»Hier drinnen dürfen die Gefangenen mit ihren Anwälten reden.«

»Anwälte«, sagte Hillary, und vor meinen Augen verdüsterte sich seine Laune, aber vielleicht trat sie jetzt auch nur deutlich zum Vorschein. »Wenn's drauf ankommt, sind die auch nicht mehr wert als Zeitungsfritzen. Wenn's drauf ankommt, kann hier drinnen nur ein richtiger Mann was ausrichten, und der kann tun, wozu er Lust und Laune hat. Den kann keiner aufhalten.«

Yardley Acheman saß in seiner Ecke, schloß die Augen und ließ den Kopf in die Hände sinken, als könne er es nicht mehr ertragen. Charlotte steckte sich eine neue Zigarette an, stützte die Arme auf ihre Knie und beugte sich zu Hillary hinüber. Er konnte in ihren Ausschnitt sehen.

»Betrachten Sie es doch mal von einer anderen Seite«, sagte Yardley Acheman. »Was haben Sie schon zu verlieren?«

Hillary wandte sich langsam zu der Ecke um, in der Yardley saß.

»Was können die schon machen? Sie zweimal auf den elektrischen Stuhl schicken?«

»Halt's Maul«, sagte Charlotte, und darüber mußte Yardley

lächeln. Er schüttelte den Kopf, als wolle er sagen, daß er Frauen wohl nie verstehen würde, und schwieg.

»Es muß ja nichts mit Frauen zu tun haben«, sagte mein Bruder. »Nur irgendwas, das ich Ihrem Onkel erzählen kann, damit er weiß, daß wir Ihr Vertrauen besitzen.«

»Mein Vertrauen . . .« Er spielte ein wenig mit dem Gedanken.

»Was ist mit ihr passiert?« fragte mein Bruder. »Mit Lawrences Frau?«

Charlotte ließ die Zigarette, die sie sich gerade erst angezündet hatte, auf den Boden fallen und trat sie mit der Schuhspitze aus. Sie wollte nicht wissen, was mit Lawrences Frau passiert war, sagte aber: »Erzähl die verdammte Geschichte endlich«, und einen Augenblick lang hätte man glauben können, sie und Hillary wären bereits verheiratet.

»Da gibt's keine Geschichte nach dem Motto, der eine erzählt und der andere hört zu«, sagte Hillary. »Das Mädchen ist weg.«

»Wohin?«

»Sie kam von außerhalb, eines Tages war sie da, dann war sie wieder weg.«

»Ist sie zu ihrer Familie zurückgegangen?« fragte mein Bruder, und Hillary begann wieder zu lächeln.

»Das glaube ich nicht, nein, Sir«, sagte er. Hillary starrte meinen Bruder an, wandte sich dann aber Charlotte zu und betrachtete sie, während er mit Ward sprach.

Er sagte: »Ich glaube, sie ist dahin zurück, wo sie hergekommen ist.«

Er wußte, daß Charlotte mit Yardley Acheman zusammengewesen war. Er sagte ihr, daß er Bescheid wußte.

»Asche zu Asche«, sagte er. Und dann lächelte er sie so an, wie er früher gelächelt hatte. »Sagen Sie Tyree: Asche zu Asche. Mal sehen, was er davon hält.«

Mein Bruder und Yardley Acheman saßen auf der Rückfahrt nach Lately wieder hinten im Wagen, Charlotte vorn neben mir. Sie hatte sich von Hillary verabschiedet, als die Wache ihn abholte, und seither kein Wort mehr gesagt. Sie hatte nicht einmal vor dem Wagen darauf gewartet, daß man ihr die Tür öffnete.

»Asche zu Asche«, sagte Yardley, »was für ein spitzfindiger Kerl.«

Die Luft war feucht, und die Klimaanlage tropfte auf Charlottes Schuhe. Sie starrte stur geradeaus, als richte sie ihren Blick auf etwas, das in weiter Ferne vor ihr auf der Straße lag.

»Was hat das zu bedeuten?« fragte sie mit müder Stimme.

»Im schlimmsten Fall«, sagte Yardley, »haben sie sie aufgefuttert.«

Charlotte steckte sich eine Zigarette zwischen die Lippen und drückte auf den Zigarettenanzünder am Armaturenbrett. Nachdem er herausgesprungen war, sagte Yardley Acheman: »Aber das ändert jetzt auch nichts mehr.«

Charlotte drehte sich plötzlich um und starrte ihn über die Rückenlehne ihres Sitzes an. Ihr Kleid straffte sich an ihrem Körper und betonte ihre Brust. »Hältst du wohl endlich den Mund?« sagte sie.

»Wir versuchen hier hinten ein Problem zu lösen, falls du nichts dagegen hast«, sagte Yardley Acheman und klang beleidigt, derselbe Ton, den er anschlug, wenn er sich am Telefon mit seiner Verlobten stritt. »Wir versuchen deinen künftigen Gatten vor dem elektrischen Stuhl des Staates Florida zu bewahren.«

»Asche zu Asche heißt nicht, daß sie das Mädchen umgebracht haben«, sagte Charlotte wütend, »das kommt aus der Bibel.«

Yardley lachte laut auf.

Sie drehte sich wieder um und schien von allen Wageninsassen angewidert zu sein. »Hillary hatte recht«, sagte sie und meinte damit uns alle. »Ihr habt kein Einfühlungsvermögen.«

»Hillary hat das gesagt?« Yardley trieb jetzt ein Spiel mit ihr.

»Nicht mit denselben Worten.« Und dann schloß sie erschöpft die Augen. »Nich alle Menschen auf der Welt sind dumm, Yardley«, sagte sie. »Und selbst wenn es anders wäre, werden sie nicht gerade klüger, nur weil sie für die *Miami Times* arbeiten.«

Wieder lachte Yardley, und sie schien den Mut zu verlieren.

»Siehst du, genau davon rede ich«, sagte sie. »Lieber hätte ich einen wirklich leidenschaftlichen Menschen an meiner Seite als einen von euch.«

Wieder lachte Yardley, er amüsierte sich auf ihre Kosten.

»Ich verrate dir was«, sagte sie. »Ich könnte ja Mitleid mit deiner Verlobten haben, aber ich glaube, ihr habt euch verdient.«

WIR MUSSTEN NOCH EINMAL in die Sümpfe. Yardley wollte nicht mitkommen und tat, als hätte er sich den Knöchel verletzt. »Ich kann den Artikel schreiben, ohne das gesehen zu haben«, sagte er, aber mein Bruder schüttelte den Kopf.

»Es wäre besser, wenn du mitkommst«, sagte er.

»Ich habe mir den Knöchel verstaucht.«

»Das mußt du einfach sehen«, sagte Ward, und schließlich gab Yardley nach, humpelte aber übertrieben stark auf dem Weg zum Hafen, wo wir uns ein Boot mieteten. Selbst Ward wollte es nicht noch einmal zu Fuß versuchen.

Wir folgten dem Verlauf des Westufers, fuhren langsam und hielten Ausschau nach der Antenne über den Baumwipfeln. Das Boot wurde von einem kleinen Außenbordmotor angetrieben, der bei niedrigen Geschwindigkeiten spuckte und aussetzte. Also saß ich am Gashebel, kümmerte mich um den Choke und hielt die Maschine in Gang. Die Stille, wenn der Motor verstummte, hatte etwas an sich, das uns allen nicht gefiel.

Yardley Acheman saß im Bug und klammerte sich mit beiden Händen an den Bootsrändern fest. Mein Bruder saß in der Mitte und behielt das Ufer im Auge. Als wir noch Kinder waren, hatte

World War uns auf diesen Flußabschnitt zum Fischen mitgenommen, uns die Hütten unter den Bäumen gezeigt und Geschichten über die Leute erzählt, die da wohnten, Geschichten über die Van Wetters, die in seinen Augen wie Pioniere waren. Und diese Geschichten, ebenso wie die Farbe des Wassers und der Geruch der Luft, der Vegetation an der Uferböschung, verschmolzen in meiner Erinnerung zu dem Bild von einem Flußbarsch, der sich auf dem Boden des Bootes wand und unsere Beine manchmal mit seinem Blut bespritzte.

Und zu dem Bild von einem Dutzend Barsche, ein, zwei Fuß tief im Wasser, die an einer einzigen Nylonschnur am Boot hingen, manche noch lebend, und deren weiße Bäuche im braunen Wasser schimmerten.

Mein Vater hatte aus seinen Söhnen keine Angler machen können, und als ich zehn oder elf war, gab er jeden Versuch auf.

Mir war, als wären wir den Fluß zu weit hinuntergefahren. »Wir sind bestimmt schon dran vorbei«, sagte ich und wollte in einem weiten Halbkreis wieder stromaufwärts fahren.

»Noch ein bißchen«, sagte Ward.

Ich sagte, wir seien zu weit nach Süden abgekommen.

»Fahr noch ein bißchen«, sagte er und schaute auf seine Uhr. Ich ließ mir nicht gern sagen, wohin ich das Boot zu steuern hatte, aber Ward trug einen guten Kompaß in seinem Kopf, während mir meiner immer riet, im Kreis zu fahren.

Trotzdem fand ich, daß alles, was mit Wasser und Tauchen zu tun hatte, zu meinem Terrain zählte.

Yardley Acheman drehte sich um, ohne die Bootsränder loszulassen. »Wir haben uns verirrt, stimmt's?«

Ward gab keine Antwort.

Ich fuhr dichter ans Ufer, und das Boot glitt in den Schatten der im Wasser wachsenden Bäume. Manche Äste hingen so tief herab, daß ich sie berühren konnte, ohne aufzustehen. Als mich mein Vater das letzte Mal zum Fischen mitnahm, fiel eine Mokassinschlange aus einem der Äste ins Boot, und während ich noch gar nicht recht begriffen hatte, was geschehen war, packte mein Vater sie beim Schwanz und schleuderte sie über Bord. Die Schlange streckte sich zu voller Länge aus, wirbelte durch die Luft, und mein Vater stand im schaukelnden Boot, sah ihr nach und begann zu grinsen, als ihm aufging, was er da getan hatte.

»Erzähl Mutter nichts davon«, sagte er, aber kaum waren wir daheim, sprudelte es auch schon aus ihm heraus.

Wir entdeckten das Huhn, noch ehe wir die Antenne sahen. Es war mit einem Bein an einen Pfahl gebunden worden, der dicht am Wasser stand, und diente als Köder. Die übrigen Hühner hielten sich fern. Ich brachte uns ans Ufer. Kurz bevor wir anlegten, hob ich den Motor aus dem Wasser. Dann stieg ich aus und zog unser Boot neben den Kahn, der bereits auf dem Hof lag. Yardley wartete, bis ich ausgestiegen war, und hielt sich an beiden Seiten fest, bis er wieder festen Grund unter den Füßen hatte.

Mein Bruder ging voraus, um das Haus herum zur Vorderseite, eine Kühltasche in der Hand. Er stellte die Kühltasche auf die Veranda und klopfte an die Tür. »Mr. Van Wetter?«

Die Tür öffnete sich, ehe wir noch einmal klopfen konnten, und der junge Mann, den wir vom letztenmal kannten, stand vor uns und sah uns an. Zuerst meinen Bruder, dann mich und dann Yardley Acheman. Für Yardley brauchte er länger als für einen von uns beiden.

»Ist Ihr Vater zu Hause?« fragte Ward.

Der Mann in der Tür rückte zur Seite, und der alte Mann kam zum Vorschein, vom Nabel abwärts nackt. »Heute mit Verstärkung«, sagte er und schaute Yardley an. Yardley erwiderte seinen Blick nicht und sah sich statt dessen auf dem Hof um. Plötzlich begriff er, daß er auf Alligatorenhäute an einer Wäscheleine starrte.

»Das ist mein Partner Yardley Acheman«, sagte mein Bruder. »Er ist auch bei der Zeitung.«

Der alte Mann trat auf die Veranda. Seine Eier baumelten wie die Eier von einem alten Hund. Mein Bruder öffnete die Kühltasche.

»Ein hübscher Kerl, he?« sagte der alte Mann.

»Eiscreme«, sagte Ward. Der alte Mann schaute ins Haus und legte den Kopf schief, als müsse er seine Ansicht über uns noch einmal überdenken.

»Erdbeer und Vanille.«

»Ihr seid wohl hartnäckig, wie?« sagte der alte Mann.

»Stimmt«, erwiderte mein Bruder. Er nahm einen Eiskarton aus der Tasche und reichte ihn dem alten Mann, dann nahm er den zweiten Karton und gab ihn dem Mann, der noch in der Tür stand. Als der ihn nicht annahm, stellte Ward den Karton zurück in die Kühltasche. Der alte Mann öffnete seinen Karton und betrachtete das Eis.

»Hol uns ein paar Löffel«, sagte er.

Der Mann ging zurück ins Haus und rief: »Hattie, zieh dich an und bring Löffel«, dann bezog er wieder Stellung in der Tür.

»Mein Partner hat mit einem Mann in Ormond Beach geredet«, sagte mein Bruder.

Als die Frau mit den Löffeln kam, warf der junge Mann noch einen Blick auf das Erdbeereis, aß dann das meiste davon auf und gab ihr schließlich den tropfenden Karton. Sie sagte kein Wort.

Der alte Mann aß das Vanilleeis, hockte auf dem Boden und war immer noch vom Nabel abwärts nackt. »Was Sie nicht sagen«, erwiderte er.

»Stimmt«, sagte mein Bruder. »Der hat Hillary auf einem Foto wiedererkannt, und in seinen Büchern stand, wann er ihm den Rasen abgekauft hat.«

Der alte Mann nickte und löffelte sein Eis. »Wie günstig«, sagte er.

Das Kinn der Frau war eisverschmiert, Dreckspritzer hatten sich mit dem Eis vermischt. Sie wischte sich den Mund mit dem Handrücken ab.

»Er sagte, sie wären zu zweit gewesen«, erklärte mein Bruder.

»Aber von mir haben Sie ihm kein Foto gezeigt, oder doch?«

»Ich habe kein Foto von Ihnen.«

»Richtig«, sagte der alte Mann. »Das ist richtig.«

»Aber Sie waren doch dort, nicht wahr?« fragte Ward.

Der alte Mann lächelte keineswegs unfreundlich. »Sie sind wirklich hartnäckig, das muß ich schon sagen.« Dann schaute er zu Yardley hinüber, der auf den Stufen saß und sich den Knöchel rieb. »Haben Sie sich auf meinem Grundstück verletzt?«

Yardley Acheman schüttelte den Kopf. »Nein, vorher schon«, sagte er.

»Gut«, sagte der alte Mann. »Hauptsache, Sie ändern Ihre Meinung nicht und nehmen sich einen Anwalt.«

»So schlimm ist es nicht«, meinte Yardley.

»Das war mir klar«, erwiderte der alte Mann.

»Waren Sie mit Hillary zusammen?« fragte mein Bruder.

»Hillary ist im Gefängnis«, entgegnete der Mann.

»Nicht deshalb«, sagte Ward. »Er sitzt wegen Mord. Wenn Thurmond Call in jener Nacht umgebracht wurde, in der Sie mit Ihrem Neffen in Ormond Beach waren, um Rasen von einem Golfplatz zu klauen...«

Die Frau strich sich das Haar aus dem Gesicht und warf ihrem Mann einen raschen Blick zu, dann sah sie hinüber zum alten Mann. Ich fragte mich, ob sie beiden gehörte.

»Lassen Sie mich was fragen«, sagte der alte Mann. »Wenn man im Knast ist, dann ist es doch egal, aus welchem Grund man drin ist, oder nicht?«

»Die gesetzliche Verjährungsfrist...«

»Kommen Sie mir nicht mit Ihren Gesetzen«, erklärte der alte Mann. »Was ist mit diesem Mann, dem der Golfplatz gehört?«

Mein Bruder mußte über diese Frage lächeln, als wäre er erleichtert. »Er war versichert. Ohne Versicherung kann man keinen Golfplatz betreiben. Die ganze Sache ist lange her, und er kann sowieso nichts mehr dagegen machen.«

»Vielleicht hat er es auf mich abgesehen«, sagte der alte Mann. Rasch blickte er zu seinem Sohn hinüber. »Vielleicht hat er es auf meine Familie abgesehen.«

»Wohl kaum«, sagte Ward. »Es ist viele Jahre her.«

»Mir wäre das egal«, erwiderte der alte Mann.

Die Frau stellte den Erdbeereiskarton auf den Boden. Der alte Mann nahm sich einen letzten Löffel Vanilleeis und gab ihr dann seinen Karton.

»Es geht um das Leben Ihres Neffen«, sagte mein Bruder. »Wenn wir etwas unternehmen wollen, dann sollten wir es jetzt tun.«

»Sie drängen zu sehr«, sagte der alte Mann, beschwerte sich aber nicht, sondern stellte es einfach nur fest.

»Ich wüßte nicht, wie ich sonst vorgehen sollte«, sagte Ward, und die Entschuldigung traf bei dem alten Mann nicht auf taube Ohren. Er schaute Ward an und lächelte.

»Wir sind alle von Geburt an verschieden, stimmt's?«

Der andere Mann rückte ein bißchen vor, verstellte Yardley den Blick auf seine Frau und durchbohrte ihn mit seinen Blicken. Yardley streifte seine Socke ab, um seinen Knöchel zu untersuchen. Der alte Mann lehnte sich zurück und verschränkte seine Hände über dem Bauch.

»Du redest nichts«, sagte er zu mir. »Ich komme nicht dahinter, was du mit diesen beiden zu schaffen hast.«

»Wir sind Brüder«, sagte ich und zeigte auf Ward, um keinen Zweifel daran aufkommen zu lassen, wen ich damit meinte.

Der alte Mann lächelte und richtete sich wieder an Ward. »Irgendwo im Schatten verbirgt sich doch immer die Familie, stimmt's?«

Ward gab keine Antwort.

»Ich war mit ihm zusammen«, sagte der Alte plötzlich. »Hab ihn zu Hause abgesetzt, und als ich das nächste Mal vorbeikam, saß er im Knast, weil er angeblich Sheriff Call aufgeschlitzt hat.«

Wieder war es still, und dann sagte Ward: »Danke.« Er dachte einen Augenblick nach und fragte schließlich: »Um welche Zeit haben Sie...«

Der alte Mann unterbrach ihn. »Ich habe gesagt, was ich gesagt habe. Mehr ist nicht drin.«

Er meinte es ernst, und so blieb uns nichts weiter übrig, als aufzustehen. Der alte Mann erhob sich mit uns, der andere Mann blieb, wo er war, und funkelte Yardley Acheman wütend an.

»Er hat sich an dem Abend doch nicht verletzt, oder?« fragte Ward.

Der alte Mann schloß die Augen und versuchte, sich zu erinnern. »Nein, hat er nicht, wenn ich mich nicht irre«, sagte er. »Aber ich habe mir beim Arbeiten im Dunkeln einen halben Zeh abgesäbelt.«

»Hat es geblutet?«

Der alte Mann schaute Ward an, als hätte er die Frage nicht verstanden. »Scheiße ja, es hat geblutet«, sagte er. »Schließlich sind wir Säugetiere.«

»Waren Sie im Krankenhaus?«

Der alte Mann nickte. »Klar doch, geh da mitten in der Nacht rein, dreckverschmiert, und sag denen, ich hätte mich im Schlaf geschnitten!«

Wir brachten Yardley Acheman wieder ins Boot – er setzte sich so hin, daß er den Motor sehen konnte –, schoben uns ins Wasser und sprangen dann selbst hinein. Im selben Moment fiel mein Blick auf die Frau, die ein oder zwei Sekunden lang an der Hausecke stand, Fingerspitze im Mund, als könne sie sich nicht vom Geschmack der Eiscreme trennen. Doch dann hörte ich einen Laut aus dem Haus, ein Greinen, und sie drehte sich um und verschwand. Sie hatte runde Schultern und eine schöne Haut, und ich stellte mir vor, wie sie wohl an einem anderen Ort gewirkt haben würde. Ich riß an der Startleine, der Motor sprang an, spuckte und beruhigte sich, sobald ich den Choke regulierte.

»Danke«, sagte mein Bruder noch einmal.

Der alte Mann nickte, und sein Sohn kam ans Wasser und blieb neben ihm stehen. Yardley hockte rückwärts im Boot, klammerte sich an die Dollborde und war nervös, obwohl wir das offene Wasser überhaupt noch nicht erreicht hatten.

Der alte Mann grinste und rief: »Halten Sie sich bloß gut an dem Boot fest!«

DIE FAHRT ZURÜCK zum Hafen schien kürzer als die Hinfahrt, zum einen, weil wir nicht nach dem Haus unter den Bäumen am Ufer suchen mußten, zum anderen, weil der Fluß nordwärts fließt, aus der Mitte des Landes nach Jacksonville, wo er sich ins Meer ergießt.

Die Maschine lief bei der höheren Geschwindigkeit nicht ganz so unruhig, und der Bug tanzte über das Wasser. Es gefiel mir, den Gasgriff in der Hand zu halten, die Maschine zu riechen und das Wasser unter meinen Füßen zu spüren. Ward saß vorn und war irgendwie unzufrieden mit dem, was der alte Mann gesagt hatte, Yardley hielt sich ruhig, die Augen vor Übelkeit geschlossen.

Im Hafen beugte er sich über Bord und erbrach sich. Mein Bruder schien kaum darauf zu achten. »Der Mann in Ormond Beach«, fragte er Yardley, sobald der sich wieder aufrichtete, »hat der dir seine Unterlagen gezeigt?«

Yardley nickte, als wüßte er, was Ward fragen wollte, als wäre ihm die Frage schon hundertmal zuvor gestellt worden. »Sie lagen direkt auf seinem Schreibtisch«, sagte er.

»Und bei dem Datum war er sich sicher?«

»Er war sich sicher.«

Wir stiegen aus und gingen zurück zum Wagen. Ich konnte noch immer das Schaukeln der Wellen spüren.

»Er war sich absolut sicher«, sagte Yardley noch einmal, als könne er durch die Wiederholung jeden Zweifel ausräumen.

Sie sprachen kein Wort mehr, bis wir wieder im Wagen saßen und zurück nach Lately fuhren. »Hat er dir das Datum genannt, oder hast du danach gefragt?« wollte Ward wissen.

Yardley beugte sich vor, um meinen Bruder prüfend anzusehen. »Was ist los mit dir?« fragte er.

Ward wiederholte seine Frage langsam und deutlich: »Hast du den Mann gefragt: ›War das am 14. August 1965‹, oder hat er in seinen Büchern nachgesehen und dir das Datum genannt?«

»Was macht das für einen Unterschied?«

»Irgendwas stimmt nicht, das fühle ich«, sagte mein Bruder.

»Hör mal«, sagte Yardley. »Ich bin jetzt lange genug im Geschäft und weiß ebenso wie du, wann sich irgendwas nicht gut anfühlt.«

»WEISST DU, was das Problem mit dir ist?« fragte Yardley Acheman.

Wir waren wieder im Büro, und Ward ging einige Notizen durch, die er sich im Wagen nach einem seiner früheren Besuche in Starke gemacht hatte. Ihm fehlte irgendein Zettel, ein oder zwei Worte, an die er sich nicht erinnern konnte.

Yardley brannte darauf, die Story hinter sich zu bringen und nach Miami zurückzukehren. »Du begreifst einfach nicht, daß man irgendwann loslassen muß, wenn man damit fertig werden will«, sagte er.

Mein Bruder fand den Zettel, legte ihn sorgfältig auf den Tisch und interessierte sich sofort nicht mehr für ihn, weil er nicht länger fehlte.

An diesem, vielleicht auch am nächsten Tag rief Yardley Acheman einen Redakteur in Miami an und sagte, daß er jetzt soweit sei und die Story schreiben wolle, daß Ward sich aber nicht davon trennen könne.

Ich weiß nicht, wie Yardley Acheman die Lage darstellte – er rief nicht vom Büro aus an, jedenfalls nicht in der Zeit, in der mein Bruder und ich dort waren. Doch Ende der nächsten Woche tauchte ein Mann mit einem Bart und einer Brille mit zentimeterdicken Gläsern vor unserer Tür auf, klopfte einmal an und trat ein. Mein Bruder saß an seinem Tisch, studierte noch einmal die ersten Prozeßmitschriften, und Yardley telefonierte mit seiner Verlobten in Miami. Ward stand auf, als er den Mann mit dem Bart sah, und stieß dabei eine Flasche »Dr. Pepper« um, deren Inhalt sich über die Papiere ergoß. Ward zog eine Schublade auf, entdeckte das Hemd, das ich mir von Yardley geliehen hatte und das er seitdem nicht hatte wiederhaben wollen, und tupfte damit die Flüssigkeit auf.

Der Redakteur – er war der Redakteur der Sonntagsausgabe, hieß also nur der Sonntagsredakteur – lächelte, schaute sich um und bewunderte das Ambiente. Er ging ans Fenster und ließ seinen Blick lange über Lately schweifen, während Yardley Acheman am anderen Ende des Zimmers das Gespräch mit seiner Zukünftigen beendete.

»Okay«, sagte er. »Ich muß jetzt los. Ja. Jetzt nicht... heute abend. Ich rufe dich heute abend an. Klar, ich dich auch, okay...«

»Wonach riecht das hier? Nach Zwiebeln?« fragte der Mann aus Miami. Er war älter als Yardley Acheman, vierzig oder fünfzig, und sah aus, als wäre er seit langem wieder das erste Mal aus seinem Büro herausgekommen.

»Unten ist eine Autowerkstatt«, sagte Yardley. »Die ganze Straße riecht nach Zwiebeln.« Er roch an seinem Arm. »Der Gestank dringt in die Haut ein«, sagte er.

Der Mann aus Miami riß angesichts dieser Neuigkeit die Augen auf, als hätte er dergleichen noch nie gehört, dann sah er zu meinem Bruder hinüber. »Wie kommen Sie voran?« fragte er.

»Wir schaffen's schon«, sagte Ward. Er hatte die Papiere abgewischt, setzte sich wieder auf seinen Stuhl und versuchte, nicht zu arbeiten.

Der Mann aus Miami setzte sich auf den Stuhl an der Wand. Er sah mich einen Moment an, da er nicht wußte, was ich hier zu suchen hatte.

»Was glauben Sie, wie lange Sie noch brauchen?«

»Nicht mehr lang«, sagte Ward. »Es gibt da ein paar Dinge, mit denen bin ich noch nicht zufrieden...«

»Ein paar Tage, eine Woche?« fragte er.

»Bis was?« fragte Ward.

»Bis Yardley anfangen kann zu schreiben.« Er lächelte, wirkte aber ein wenig gereizt.

Mein Bruder schaute Yardley Acheman an, doch Yardley wagte es nicht, seinen Bick zu erwidern. »Eine genaue Zeitspanne läßt sich schwer angeben«, erwiderte Ward.

»Was müssen Sie denn noch tun?«

Mein Bruder schüttelte den Kopf.

»Mir scheint, Sie sind bereits fertig und wissen es bloß noch nicht.« Der Mann aus Miami schwieg, fuhr dann aber fort: »Ich war genauso. Ich wollte eine Story nie loslassen; wahrscheinlich bin ich deshalb im Büro gelandet.« Er lächelte bei diesen Worten, als würden ihn seine eigenen Schwächen amüsieren.

»Ich bin noch nicht zufrieden«, sagte Ward.

»Das gefällt mir«, sagte der Mann aus Miami. »Das verrät mir, daß Sie ein guter Reporter sind, daß Sie vorsichtig sind. Aber nach alldem, was Yardley mir erzählt hat, liegen die Dinge so klar und eindeutig, wie man es sich nur wünschen kann.«

»Ich weiß nicht«, sagte Ward.

»Ich weiß, daß Sie das nicht wissen«, sagte der Mann aus

Miami. »Aber Tatsache ist, daß Sie den Rest Ihres Lebens hier verbringen könnten, und Sie wüßten immer noch nicht über jedes Detail genau Bescheid. Das ist auch nicht unsere Aufgabe. Unsere Aufgabe lautet, soviel wie möglich so genau wie möglich herauszufinden und zu veröffentlichen.«

Ward sagte nichts.

»Ihre Zeit ist zu kostbar, um hier mitten im Nichts herumzuhocken«, sagte er. »Es gibt noch andere Storys, die geschrieben werden müssen.«

»Ich glaube nicht, daß diese Story schon fertig ist«, sagte Ward.

»Yardley ist zufrieden«, sagte er, und Yardley Acheman nickte hinter seinem Schreibtisch. »Und er ist derjenige, der die Story schreiben muß.«

Plötzlich roch es stark nach Zwiebeln. Außerhalb dieses Zimmers waren ohne Zutun meines Bruders Entscheidungen gefallen, und es gab nichts, was er dagegen unternehmen konnte. Er rieb sich die Augen, als hätte er lange nicht geschlafen, und dann sah er zu mir herüber. Er schien mich um Hilfe bitten zu wollen. Aber ich wußte nicht, wie ich ihm helfen sollte, ich wußte nicht einmal, wo ich hätte anfangen können.

»Es ist noch nicht soweit«, sagte er noch einmal.

»Yardley wird eine ganze Weile brauchen, um die Story zu schreiben«, sagte der Mann. Seine Stimme klang vernünftig und freundlich. »Sie tun, was Sie tun müssen, und er tut, was er tun muß, und auf die eine oder andere Weise werden wir die Geschichte in die Zeitung bringen.«

Mein Bruder sprach kein Wort mehr mit dem Mann aus Miami, selbst als der ihm eine Geschichte aus jenen Tagen erzählte, in der er als Reporter einer Story so nahe gekommen war, daß er sie schließlich nicht mehr schreiben konnte.

»Diese Story« sagte er leise, »hat mir den Pulitzer eingebracht.«

Dieser Preis galt als Beweis, daß er recht mit dem Rat hatte, den er meinem Bruder erteilte, und auch mit allem anderen, wovon noch die Rede war. Er ließ einige Sekunden verstreichen, damit wir die Tragweite seiner Leistung begreifen konnten. Dann sagte er: »Und wenn mir mein Redakteur nicht in den Hintern getreten hätte, dann hätte ich sie wohl nie zu Papier gebracht und würde noch heute an meinem Tisch im Büro der *Miami Times* in Broward County sitzen und daran herumfeilen.«

Der Mann klopfte Ward beim Hinausgehen auf die Schulter, und dann waren wir drei wieder allein im Zimmer.

»Ich dachte nur, die Ansicht eines Außenstehenden würde uns guttun«, sagte Yardley Acheman. »Ich wußte nicht, daß er herkommt und uns erzählt, was wir zu tun haben.«

Ward nickte und erhob sich. Er sammelte seine Notizen vom Schreibtisch auf, alle Mitschriften und Aussagen, ging durchs Zimmer zu Yardley Acheman und warf sie ihm vor die Füße. Er sah sich kurz nach mir um – ich wußte nicht, ob er wollte, daß ich mitkomme oder daß ich ihn allein lasse –, und dann ging er aus dem Zimmer.

Ich stand auf, um ihm zu folgen, und Yardley Acheman rief mir etwas nach, da er glaubte, ich würde es Ward ausrichten. »Es mußte sein!«

Da kam mir der Gedanke, daß ich mich vielleicht schon zu lange in Lately aufhielt. Ich hatte zuviel Zeit damit verbracht, Leute anzustarren, die hier lebten, zuviel Zeit damit, Hillary Van Wetter im Besucherzimmer in Starke anzustarren, und hatte auch Charlotte Bless schon zu lange angestarrt.

Doch wenn ich lange genug auf etwas starrte, verschwammen die Konturen, und ich konnte nicht mehr erkennen, was es war. Eine Sache verschmolz mit der anderen.

Mein Vater war erleichtert, als er hörte, daß Yardley Acheman endlich damit begonnen hatte, die Story zu schreiben.

»Wird es für Mr. Acheman also Zeit, sich an die Arbeit zu machen«, waren die Worte, die er gebrauchte. Aber meinem Vater war es egal, ob Yardley Acheman arbeitete oder nicht. Er war froh, daß mein Bruder aufgehört hatte, in Moat County herumzuschnüffeln.

»Sie fahren bestimmt nach Miami zurück, um die Geschichte dort zu schreiben«, sagte er und meinte es zugleich als Frage an mich.

»Ich weiß nicht«, antwortete ich ihm.

»Es gibt keinen Grund, noch länger hierzubleiben«, sagte er.

Wir aßen Brathähnchen mit Salzkartoffeln, und er war bei seiner zweiten Flasche Wein. Mein Vater beobachtete mich, die Lippen am Weinglasrand, und wartete, ob ich ihm zustimmte, als ob meine Zustimmung seine Hoffnung wahr werden lassen würde.

Ich überraschte mich dabei, wie ich an einen Nachmittag kurz nach dem Verschwinden meiner Mutter dachte, als mein Vater in die Küche kam, während Anita Chester Kartoffeln fürs Mittagessen kochte. Er hatte drei Flachen Rotwein getrunken, ein Glas nach dem anderen, und er fuhr mit einer Gabel in das kochende Wasser, spießte eine weiche Kartoffel auf und steckte sie sich – ganz – in den Mund.

Er taumelte rückwärts durch die Küche, faßte sich in den Mund, versuchte, die Kartoffel herauszuholen, fiel erst über den Tisch und dann durch die Verandatür auf den Hof.

Anita Chester folgte ihm nach draußen, in der Hand einen Spatel, und beugte sich auf dem Hof über ihn. Er konnte die Kartoffel nicht herausbekommen, also zerkaute er sie schließlich und schluckte sie herunter. »Mr. Ward«, sagte Anita Chester, »haben Sie den Verstand verloren?«

Er sah mit tränenden Augen zu ihr auf, hustete und nickte. Sie starrte ihn noch einen Augenblick an, wandte sich dann um und ging zurück ins Haus, als ob ihr weiße Männer ständig derlei Geständnisse machten.

Ich betrachtete ihn nun und dachte daran, wie er im Hof auf dem Rücken gelegen hatte. »Wenn ich mich nicht gänzlich täusche, dann wird Mr. Acheman keinen Augenblick länger als unbedingt nötig in Lately bleiben«, sagte er.

Und das stimmte. Aber ebenso stimmte, daß er in Lately bleiben würde, wenn Ward blieb. Er konnte keine Story ohne den Mann schreiben, der ihn durch jene Abschnitte führen würde, die überprüfbar waren. Yardley Acheman hatte kein Interesse an Fakten. Ein Nachteil für einen Journalisten, schätze ich, auch wenn er anderer Ansicht war.

Wer gewisse Dinge begreifen will, der muß mit tränenden Augen auf dem Rücken liegen, eine heiße Kartoffel im Mund.

Möglicherweise, dachte ich, muß man tief getroffen sein, um überhaupt etwas begreifen zu können.

»Ward will sich einige Details noch genauer ansehen, ehe er zurückfährt«, sagte ich.

»Ich dachte, die Story sei so weit, daß sie geschrieben werden könne.«

Mein Vater schenkte sich nach. »Ist sie nun soweit, oder ist sie es nicht?« fragte er.

Ich hatte ihm nichts von dem Streit zwischen Ward und Yardley Acheman erzählt, auch nichts vom Besuch des Sonntagsredakteurs aus Miami. Ich dachte, Ward müßte ihm das selbst berichten, wenn er wollte, daß mein Vater darüber Bescheid wußte.

Mit einem Schluck trank mein Vater das halbe Glas aus und entspannte sich. »Und? Was meinst du dazu?«

»Ich weiß nicht«, antwortete ich.

»Zu dieser ganzen Sache«, sagte er. »Was denkst du darüber? Du warst doch dabei.«

»Ich denke nicht viel darüber nach.«

»Immerhin besser, als einen Laster zu fahren.«

Ich sagte: »Besser, als einen Laster zu beladen.«

Und er schaute mich an und lächelte: »Jeder hat so sein eigenes Tempo«, sagte er und mußte offenbar daran denken, daß Ward nie von der University of Florida exmatrikuliert worden war. »So oder so tun wir das Nötige, wenn wir soweit sind.« Er dachte einen Augenblick an etwas anderes, schaute mich dann an und lächelte wieder. Mit der letzten Flasche Wein war eine gewisse Ruhe über ihn gekommen. »Nimm nicht alles so ernst, Jack«, sagte er. »Dein Tag wird auch noch kommen.«

Ich sagte: »Ich handle, wenn ich handeln muß«, und das brachte ihn zum Lachen, und ich lachte mit ihm. Ich hatte selbst auch einige Glas Wein getrunken.

»Manchmal«, sagte er verträumt, als würde er sich an eine Geschichte erinnern, »kann man nur herausfinden, ob man bereit ist, wenn man im entscheidenden Moment merkt, daß man bereit ist.«

Ich nahm mir noch ein Glas und spürte, wie ich selbst auch ruhiger wurde. »Kann ich dir was sagen?« fragte ich.

»Alles.«

»Ich weiß nicht, wovon du redest.«

Und da mußte er wieder lachen. »Ich rede von dir«, sagte er. »Ich rede von dir.«

Tat er aber nicht.

Er redete immer noch davon, Ward seine Zeitung zu überlassen.

Wir fuhren zum Daytona Beach, Ward, Charlotte und ich. Yardley blieb mit dem Sonntagsredakteur in Lately, um mit dem Schreiben zu beginnen. Ward hatte ihnen erzählt, daß er sich den Golfplatz ansehen wollte, hatte aber eigentlich vor, selbst Yardleys Bauunternehmer ausfindig zu machen.

Yardley Acheman lag natürlich daran, sich seinen Erzählfluß nicht unterbrechen zu lassen, Ereignisse zu interpretieren, Scheinheiligkeiten aufzudecken, wo immer er welche sah. Womit gesagt werden soll, daß keineswegs auszuschließen war, daß er den Bauunternehmer niemals gefunden hatte. Daß er gesehen hatte, was er sehen wollte, und der Rest von ihm erfunden worden war.

WIR ÜBERNACHTETEN in einem Strandhotel. Mein Bruder und ich teilten ein Zimmer, Charlotte nahm sich ein eigenes. Noch eine Stunde, nachdem Ward eingeschlafen war, lag ich wach und ruhelos da, stieg schließlich aus dem Bett, leise, um ihn nicht zu wecken, es war schon nach Mitternacht, und ging durch die Lobby hinaus an den Strand. Vorbei an Betrunkenen und Liebespärchen, trat beinahe auf einen Jungen und ein Mädchen, die sich nackt auf einer Decke aneinanderklammerten.

Sie umschlang seinen Hals, hielt ihn in sich drinnen und folgte mir mit ihrem Blick, als ich vorüberging.

Eine offene Flasche Wein stak im Sand.

Ich schwamm hinaus ins Meer. Es war ruhig und endlos, und der Mond lag vor mir im Wasser. Ich schwamm lange, fühlte aber nie das vertraute Gewicht meiner Arme und Beine, das mir verraten hätte, wenn ich müde wurde. Ich dachte an das Mädchen am Strand, wie es den Hals des Jungen im Dunkeln umschlang, seine Wange sich an sein Gesicht preßte, wie es mir nachsah, während er immer wieder zustieß.

Ich hätte gern jemanden gehabt, an dem ich mich festhalten konnte.

Dann mußte ich an meinen Bruder denken und daran, wie verschieden wir waren. Er hätte sich nach keinem Mädchen gesehnt, das er nur kurz mit einem anderen Mann am Strand gesehen hatte. Ward war kein Mensch, der sich leichthin mit einem anderen Menschen zusammentat. Und dann war mir plötzlich kalt, als hätten meine Gedanken zu diesem Ergebnis geführt. Ich hörte auf – in dieser Nacht mußte ich nichts beweisen, mußte mich nicht austoben – und legte mich auf den Rükken, damit ich auf dem Weg zurück zum Strand den Mond sehen konnte.

Warum hatte er sich mit Yardley Acheman zusammengetan?

Als ich aus dem Wasser kam, zitterte ich wie ein Mann mit einem Finger in der Steckdose und konnte nicht einmal damit aufhören, als ich wieder im Hotel unter meiner Bettdecke lag. Schließlich stand ich auf und stellte mich unter die heiße Dusche.

Als ich aus dem Bad kam, waren seine Augen offen, und er konnte nicht wieder einschlafen. Seit meiner frühesten Kindheit war Ward ein leichter Schläfer gewesen.

Ward verbrachte den nächsten Tag mit der Suche nach dem Bauunternehmer. Ich fuhr ihn von Ämtern zu Baustellen und klapperte mit ihm einen Bauunternehmer nach dem anderen ab, der im August 1965 Eigentumswohnungen errichtet hatte.

Am Ende des Tages hatte er den Bauunternehmer nicht gefunden, und es war zwar denkbar, daß ein Bauunternehmer nicht länger unter demselben Namen firmierte – mehrere der auf der behördlichen Liste der Bauunternehmer aufgeführten Namen kamen auch von vornherein nicht in Frage – oder daß er aus dem Geschäft ausgeschieden war. Doch warf eine solche Möglichkeit die Frage auf, wie Yardley Acheman, der kein Interesse an Fakten und kein Talent zu Nachforschungen hatte, ihn gefunden haben sollte, mein Bruder aber nicht.

Charlotte war keine große Hilfe; sie wußte nur noch, daß sie damals andere Dinge im Kopf gehabt hatte. »Hübsche Männer sind die schlimmsten«, sagte sie.

Spät am Nachmittag stellten wir unsere Suche ein und kehrten ins Hotel zurück. An der Rezeption zahlte Ward für ein drittes Zimmer und gab mir den Schlüssel, sagte aber kein Wort davon, daß ich ihn die Nacht zuvor wach gehalten hatte.

Am Abend spielte eine Band in der Hotelbar, und während wir aßen, füllte sich das neben der Bar gelegene Restaurant mit Rauch, Musik, Lärm und Leuten aus dem Nachbarraum. Ich musterte die Mädchen aufmerksam, suchte nach dem Gesicht vom Strand.

Daytona Beach und das Zeitungsgeschäft ödeten Charlotte an, sie wollte zurück nach Lately. »Was nützt ihm das schon?« fragte sie und meinte Hillary.

Mein Bruder sagte: »Es würde ihm was nützen, wenn wir den Mann finden könnten, der den Rasen gekauft hat.«

»Yardley hat ihn schon gefunden«, sagte sie, klang aber nicht so, als ob sie daran glaubte.

Sie steckte sich eine Zigarette zwischen die Lippen und verbarg ihr Gesicht zwischen den Händen, um ein Streichholz anzuzünden. Das Haar fiel ihr über die Hände und geriet gefährlich nah an die Flamme. Ich habe mein eigenes Haar schon versengt, als ich mich in Restaurants über eine Kerze auf dem Tisch beugte; es riecht schrecklich.

»Wir müssen ihn wiederfinden«, sagte Ward.

»Scheiße«, sagte sie. Sie hatte den gestohlenen Rasen, uns und diesen Bauunternehmer gründlich satt, und sie hatte Yardley Acheman satt, wenn auch auf andere Weise.

Die Cocktailkellnerin kam, nachdem wir gegessen hatten. Sie trug eine rüschenbesetzte Bluse und einen schwarzen Rock, der ihr nicht ganz bis über das Höschen reichte. Ich bestellte ein Bier, Charlotte verlangte einen Cuba libre – sie betonte Cuba, wie es die Kubaner sagen –, und mein Bruder, der gewöhnlich keinen Alkohol trank, bat um eine Wodka-Cola.

Ich sah ihn erstaunt an, aber er war bereits in den letzten

Minuten zerstreut gewesen, und nun wurde seine Aufmerksamkeit von einem Tisch am anderen Ende des Zimmers angezogen, an dem zwei Matrosen, wahrscheinlich auf Landurlaub aus Jacksonville, neben einem Mann mittleren Alters mit Fliege saßen. Es waren Jungs mit Babygesichtern, diese Matrosen, der eine von ihnen trug einen Schnauzer.

Der Mann mit der Fliege bezahlte bei der Kellnerin die Drinks und zog das Geld, einen Schein nach dem anderen, aus seiner Brieftasche.

DIE KELLNERIN beugte sich über mich, um die Gläser auf dem Tisch abzustellen, und ihr Rock streifte mein Gesicht. Sie benutzte ein herbes Parfüm, dessen Geruch sich mit Charlottes Parfüm mischte. Noch während sie am Tisch stand, hatte Ward seinen Wodka bereits ausgetrunken. Er gab ihr das Glas und verlangte einen neuen. Ich hatte meinen Bruder noch nie trinken sehen, höchstens mal ein paar Bier.

»Sie müssen aber durstig sein«, sagte sie.

Er gab keine Antwort, warf aber weiterhin von Zeit zu Zeit einen Blick zu dem Tisch mit den beiden Matrosen. Sie tranken hellrote Daiquiris. Ein Matrose hob den Kopf und fing den Blick meines Bruders auf.

Ward und der Matrose sahen einander an, und dann starrte auch der andere Matrose zu unserem Tisch herüber. Er hob sein Glas, ohne den Blick von uns zu lassen, und trank es bis auf den letzten Tropfen aus. Der harte Knoten in seiner Kehle hüpfte beim Schlucken auf und ab.

Charlotte sah, was vor sich ging. »Um Himmels willen«, sagte sie, »das gibt eine Schlägerei.« Ich nahm an, daß dies nicht ihre erste Schlägerei sein würde und daß sie wußte, wovon sie redete.

»Es wird keinen Ärger geben«, sagte mein Bruder. Und er trank den nächsten Drink beinahe ebenso rasch wie den ersten und bestellte sich einen dritten.

»Ich glaube, ich weiß wieder, wo Yardley den Bauunternehmer aufgestöbert hat«, sagte Charlotte und versuchte, ihn von den Drinks und dem Blickwechsel abzulenken. Er nickte, als hätte er längst gewußt, daß wir ihn finden würden. »Ich konnte mich heute nicht konzentrieren«, sagte sie. »Ich bin emotional völlig fertig.«

Dann sah sie mich an und zuckte die Achseln. »Hab zuviel an Hillary gedacht«, sagte sie. Als wäre ich derjenige, der sie verstehen könnte.

»Was ist mit ihm?« fragte ich

Sie sagte: »Ich weiß nicht, er ging mir nur immer im Kopf herum.« Eine Weile sprach keiner von uns ein Wort, und als ich wieder aufsah, starrten die Matrosen wieder zu unserem Tisch herüber. Sie schienen es jetzt allerdings eher auf Charlotte als auf meinen Bruder oder mich abgesehen zu haben, wollten aber offensichtlich jeden von uns auf die eine oder andere Weise provozieren.

Der Mann an ihrem Tisch redete, aber sie hatten alle Drinks, die sie im Augenblick haben wollten, und hörten ihm kaum noch zu.

»Vielleicht sollten wir woanders hingehen«, sagte ich.

Ward nahm sich seinen Drink vom Tablett der Kellnerin, gab ihr einen Zehndollarschein und stürzte zur Toilette.

»Er ist richtig nett heute abend«, sagte Charlotte.

Ich sagte: »Alkohol in den Mengen ist er nicht gewohnt.«

Sie sagte: »Solche Mengen ist kein Mensch gewohnt«, und wir sahen ihm nach, wie er erst nach links, dann nach rechts taumelte. Auch die Matrosen schwankten bedrohlich, und dann stand einer von ihnen auf. Er kam an unseren Tisch, war aber nicht so groß, wie ich befürchtet hatte. Er beugte sich über Charlotte und starrte in ihre Bluse.

»Hat dein Freund ein Problem, Momma?« fragte er.

Der andere Matrose grinste und beobachtete, was sein

Kumpan tat. Irgendwann im Lauf der Jahre hatte er einen Vorderzahn verloren.

Der Mann mit der Fliege hörte auf zu reden, aufgeschreckt von der drohenden Gewalt.

»Außer dir hat hier keiner ein Problem, du Arschloch«, sagte Charlotte.

»Sieht mir aber ganz so aus, als wenn er ein Problem hätte«, sagte der Matrose und schaute jetzt mich an.

Ich schüttelte den Kopf. Der Matrose machte mir angst. Er legte seine Hand auf den Tisch und beugte sich zu mir herüber, der Tisch verrutschte unter seinem Gewicht. Er schob sein Gesicht zu mir heran, bis uns kaum noch ein Fuß Abstand trennte, dann wandte er sich langsam um, sah Charlotte an und lächelte.

»Was glaubst du?« fragte er. »Haben deine Freunde ein Problem mit mir? Na ja, vielleicht hat der da ein Problem mit dem anderen, weißt du, die sehen nämlich aus wie ein paar Schwanzlutscher. Wir haben auch einen an unserem Tisch, vielleicht sollten wir uns auf einen Deal einlassen.«

»Sie sind Brüder«, sagte Charlotte, musterte ihn dann von oben bis unten und sagte: »Und ich glaube, ihr habt alle ein paar Probleme.« Einen Moment später sagte sie dann: »Ihr seid alle Arschlöcher.«

Und meinte alle Männer.

Diesen Ton hatte ich schon mal gehört. Sie machte einen von uns fertig, sie machte uns alle fertig. Der Matrose hörte nicht auf, sie anzustarren, hörte nicht auf zu lächeln. »Mein Freund und ich haben gewettet«, sagte er, »daß du schon fünfzig bist.«

Und er lachte, wandte aber mit einer heftigen Bewegung seinen Kopf ab und war meinem Gesicht plötzlich so nah, daß ich seine Miene nicht mehr erkennen konnte. Ich zuckte zusammen.

»Was ist mit dir?« sagte er. »Hältst du uns auch für Arschlöcher?« Sein Atem stank nach Erdbeeren und Rum.

Ich gab keine Antwort.

»Du redest wohl nicht viel, wie?« fragte der Matrose. Er richtete sich auf und ließ seinen Blick über uns schweifen. »Der eine rennt weg, der andere will nicht reden.« Er schaute Charlotte an und sagte: »Du kannst dich eine glückliche Frau nennen.«

»Und du bist ein Arschloch«, sagte sie und trank aus. Und dann, als der Matrose zurück zu seinem Freund und dem Schwanzlutscher gegangen war, sah sie mich an und sagte: »Wo ist Hillary, wenn man ihn braucht?«

Ich sah nach meinem Bruder. Es lag mehr an dem, was Charlotte gesagt hatte, als an den Worten des Matrosen, daß ich mich plötzlich beschämt fühlte und wußte, man hatte mir in aller Öffentlichkeit und vor ihren Augen etwas genommen.

Ich ging an ihren Tisch vorbei, streifte den Matrosen, der uns angesprochen hatte, aber der war mit dem dritten Mann beschäftigt und schien nicht zu merken, was ich tat. Er bat den Mann um Geld.

»Komm schon, Freddie«, sagte er. »Du hast gesagt, wir könnten die Sau rauslassen.«

Im Toilettenraum standen Männer und Frauen vor den Spiegeln, manche rauchten Marihuana. Eine Frau lag hinter einer Toilettentür auf den Knien, ihre schuhlosen Füße und ihre Unterschenkel ragten in den Raum. Die Strümpfe hatten Laufmaschen.

In der Toilette war mehr los als an der Bar, und wärmer war es hier auch. Ich fand Ward am anderen Ende, wie er sich vor einem Spiegel das Haar kämmte, ein Anblick, den ich irgendwie amüsant fand.

Charlotte war müde, und ich brachte sie auf ihr Zimmer. Wir sprachen beide kein Wort. Im Flur küßte sie mich auf die Wange, und ich ging auf das Zimmer, das Ward mir besorgt hatte. Mein Bruder blieb an der Bar und trank Cola mit Scotch.

Ich glitt in den Schlaf, dachte an den Matrosen und stellte mir vor, wie ich aufstand und ihn im Schwitzkasten erdrosselte. Ich überlegte, was Charlotte davon gehalten hätte, und dann begriff ich es in aller Deutlichkeit: Sie hätte uns für Arschlöcher gehalten.

Doch ich hätte ihn erdrosseln können, ich war stärker als er. Das hatte ich selbst dann nicht vergessen, als ich vor Angst gezittert hatte.

Ich dachte an Ward und daran, wie schnell er gemerkt hatte, daß die Matrosen uns anstarrten. Welche Gedanken waren ihm beim Trinken durch den Kopf gegangen?

Ich lag im Bett und dachte an meinen Bruder, der in Yardley Achemans Wagen mit hundertsechzig Sachen durch die Alligator Alley gerast war.

Charlotte hämmerte an die Tür, rief mich aus dem Schlaf zurück, einen Ton in der Stimme, den ich nie zuvor an ihr gehört hatte. Ich stieg in Unterhosen aus dem Bett, warf ein Bier auf dem Tisch um und suchte nach dem Lichtschalter.

Ihr Hämmern ließ den Raum erzittern. »Jack!« rief sie. »Jack, steh auf!« Ein heiseres Flüstern.

Ich ging im Dunkeln zur Tür, trat in das Bier, das ich verschüttet hatte, war einen Augenblick lang wieder gefangen zwischen zwei Welten und wußte nicht, welches die wahre Welt war.

Ich machte die Tür auf, und Licht durchflutete das Zimmer. Sie stand mitten drin in einem Frotteemantel. Ihr Haar hatte sie nach hinten gekämmt und offenbar mit einem Gummiband zusammengebunden. Die Strähnen, die ihr über die Schultern fielen, waren zerzaust, wie ich es noch nie zuvor an ihr gesehen hatte, nicht einmal, als wir mit offenen Fenstern von Starke nach Hause gefahren waren. Sie roch nach Schlaf.

Ich dachte daran, daß ihr der eigene Anblick wahrscheinlich nicht gefallen würde, wenn sie die Puderdose aus der Handtasche nahm und sich im Spiegel betrachtete.

»Irgendwas geht in Wards Zimmer vor«, sagte sie. Und dann

erst begriff ich und war hellwach. Die beiden Zimmer, die wir zuerst gemietet hatten, grenzten aneinander; das neue Zimmer – meines – lag am anderen Ende des Flurs. Ich lief an ihr vorbei zur Tür hinaus.

»Ich glaube, die wollen ihn umbringen!« rief sie mir nach, während sie versuchte, Schritt zu halten.

»Wer?«

»Die Matrosen«, sagte sie. »Ich glaube, es sind die Matrosen.«

Ich stieß mit dem Fuß an ein Tablett mit schmutzigem Geschirr, das man für den Zimmerservice auf den Flur gestellt hatte, und schleuderte Gläser und Pommes frites über den Teppich. Ich rutschte aus, fiel beinahe hin, fing mich aber wieder und rannnte mit voller Kraft weiter.

Der Klang ihrer Schritte verlor sich hinter mir, verlor sich im Klang meiner eigenen Schritte, und dann merkte ich plötzlich, daß ich die Zimmer nicht voneinander unterscheiden konnte. Er war irgendwo in der Nähe der Lobby untergebracht, soviel wußte ich noch vom Abend zuvor, als ich in Badehose über den vollklimatisierten Flur spaziert war. Ich lief langsamer, musterte die Türen und dachte, ich könnte die Matrosen hören. Vor Angst zitternd blieb ich stehen und lauschte.

Es klang weder hastig noch brutal, ich hörte einfach nur Schlag auf Schlag, in stetem Rhythmus. Ein stumpfer Laut. Dann und wann wechselten sie bei ihrer Arbeit einige Worte.

Ich warf mich gegen die Tür. Sie hielt, aber das Holz zeigte dort, wo ich mich dagegen geworfen hatte, den Abdruck meiner Schulter.

Das Geräusch im Zimmer hörte auf und wurde durch ein anderes ersetzt. Es kam von Ward. Es war weder ein Stöhnen noch ein Schrei, es war fast, als versuche er zu reden.

Ich nahm Anlauf, warf mich noch einmal gegen die Tür und hatte eine solche Angst, wie ich sie noch nie in meinem Leben verspürt hatte. Dann hörte ich Charlotte hinter mir, hörte, wie sie den Atem anhielt, spürte ihre Panik, und als ich mich nach ihr umdrehte, ging plötzlich die Tür auf und einer von den Matrosen stand vor mir, eine Flasche in der Hand, das Hemd blutbespritzt.

Auf dem Boden hinter ihm lag mein Bruder. Er war nackt, sein Auge zugeschwollen, die Beine irgendwie gefesselt, und als er sich aufrichten wollte, folgte ihm ein Blutfaden wie ein Gummiband und zog ihn wieder zurück auf den Boden.

Ich sah auf meinen Bruder, als der Matrose mir mit der Flasche auf die Stirn schlug, und eine Zeitlang war es um mich herum dunkel.

Als das Licht wieder anging, rannten sie zum anderen Flurende, in Richtung des Zimmers, aus dem ich gerade gekommen war. An der Decke leuchtete das Schild EXIT. Charlotte jagte über den Flur und schrie ihnen Worte nach, die für mich keinen Sinn ergaben. Sie blieb kurz stehen, hob einen Teller auf und warf damit nach ihnen, kurz bevor sie den Ausgang erreichten und den Alarm auslösten. Türen im Flur wurden zentimeterweit geöffnet und wieder geschlossen.

Ich stand auf, merkte, daß mir plötzlich übel wurde, und ging ins Zimmer meines Bruders. Er lag immer noch auf dem Boden. Ich schob meinen Arm unter seine Brust, spürte das Blut auf seiner Haut. Es trocknete jetzt und wurde klebrig, und ich hob ihn vom Boden auf und trug ihn so, wie er war, mit dem Gesicht nach unten, zum Bett. Ein Tropfen Blut platschte auf meinen Fuß.

Die Bezüge waren vom Bett gerissen, die Laken in Streifen zerfetzt worden; sie lagen, immer noch verknotet, auf dem Boden neben dem Stuhl. Sie hatten die Laken benutzt, um ihn damit zu fesseln. Er regte sich in meinen Armen, dann sackte er zusammen.

Ich legte ihn behutsam aufs Bett, den Kopf zuerst, der einen halben Fuß tiefer als der übrige Körper herabhing, als ob sein Hals gebrochen wäre. Er hustete und wollte etwas sagen, ein nasser Laut, der wie Blut von seinen Lippen fiel.

Ich drehte ihn auf den Rücken und sah die Spuren der Schläge.

Die Zähne waren am Gaumen abrasiert, der Nasenrücken eingedrückt und seitlich verschoben, so daß er unter dem linken Auge hing. Die Augen waren geschlossen, zugeschwollen, eines von ihnen wirkte seltsam verdreht.

Auf irgendeine unerklärliche Weise wußte ich, daß er das Auge verloren hatte.

Auf seiner Brust, seinem Bauch und auf seinen Armen, mit denen er versucht hatte, die Schläge abzuwehren, waren die Abdrücke zu sehen, auch überall auf seinem Unterleib. Die meisten Abdrücke waren rot, aber manche, dort, wo sie ihn getreten hatten, waren blau und geschwollen.

Ich wußte nicht, wo ich anfangen sollte.

Sie kam einen Augenblick später ins Zimmer und schlug die Hand vor den Mund.

Ich wußte nicht, ob es wegen des Anblicks meines Bruders oder, was mir wahrscheinlicher schien, ob es wegen der Flasche war, die man mir über die Stirn gezogen hatte, und mir war übel. Ich ging ins Bad, trank einen Schluck kaltes Wasser aus dem Hahn und übergab mich dann ins Becken. Als ich wieder ins Zimmer kam, saß sie bei ihm und hielt seine Hand. Sie hatte nicht versucht, das Blut in seinem Gesicht abzuwischen. Sie saß nur da, hielt seine Hand, mehr konnten wir beide auch nicht tun.

»Ich habe bei der Rezeption angerufen«, sagte sie. »Der Krankenwagen muß bald hier sein.«

Ich hob auf, was vom Laken übriggeblieben war, und deckte ihn damit zu. »Was ist passiert?« fragte ich.

»Ich weiß nicht«, sagte sie. »Ich habe es durch die Wand gehört, einer von ihnen schrie, dein Bruder flehte sie an ...«

»Er hat sie angefleht?«

»Ja, angefleht«, wiederholte sie, »einfach nur angefleht.«

Er bewegte sich unter seinem Laken, drehte den Kopf auf dem Kopfkissen.

»Es muß lange gedauert haben«, sagte ich, und einen Moment

lang traten mir Tränen in die Augen, und das Zimmer begann sich zu drehen. Ich ging noch einmal ins Bad und trank wieder Wasser aus dem Hahn. Ich betrachtete mich im Spiegel. Wo mich die Flasche getroffen hatte, reichte eine Schwellung bis hinauf zum Haaransatz.

Dann ging ich wieder ins Zimmer. Irgendwie sah es dort wie in einem Museum aus. Möbel und Bettwäsche lagen wild verstreut, Blut breitete sich auf dem Teppich aus. Es war etwas geschehen, doch jetzt war es wieder ruhig, völlig still. Mein Bruder drehte den Kopf zur Wand, und ich konnte sein Gesicht nicht mehr sehen.

»Sie müssen jeden Augenblick hier sein«, sagte sie. Ich weiß nicht, zu wem von uns beiden sie das sagte.

»Wie lange hat es gedauert?« fragte ich. Ich wurde die Vorstellung von meinem flehenden Bruder nicht los.

»Nicht lange«, sagte sie. Ich mußte einfach wissen, daß es nicht lange gedauert hatte.

Die Vorhänge vor den Fenstern waren abgerissen worden, und mir fiel auf, daß Lichter auf dem Parkplatz zu sehen waren. Einige davon gehörten der Polizei. Mein Bruder regte sich wieder. Fast schien es, als könne er nicht still liegen bleiben, und er drehte den Kopf zu mir, bis ich seinen Gesichtsausdruck sehen konnte. Ich weiß nicht, wie ich es trotz all der Verletzungen begriff. Etwas schien angespannt, beruhigte sich dann aber wieder.

»Jeden Augenblick«, sagte sie.

Ich dachte daran, ihn anzuziehen, wollte das, was hier geschehen war, nicht ganz so schlimm aussehen lassen.

Die Polizei schnappte einen der Matrosen auf dem Parkplatz, wie er sich auf dem Rücksitz des Wagens jenes Mannes versteckte, mit dem sie in der Bar zusammengewesen waren. Der andere Matrose war zum Strand hinuntergelaufen, und die Polizei hatte ihn ein, zwei Minuten verfolgt, dann aber die Jagd aufgegeben, da sie wußten, daß sie seinen Namen von dem Mann in ihrem Gewahrsam erfahren würden.

»Mr. James«, sagte ein Polizist zu meinem Bruder, »Mr. Olson hier behauptet, Sie hätten ihn und seinen Freund in Ihr Hotelzimmer gelockt und versucht, sich ihnen sexuell zu nähern.«

Olsen hieß der Matrose, der an unseren Tisch gekommen war. Er stand zwischen zwei Polizisten in der Tür, die Hände mit Handschellen auf dem Rücken gefesselt.

»Mr. James?« fragte der Polizist. Es waren Sanitäter im Zimmer, doch bislang hatte keiner von ihnen Ward angerührt. Er war immer noch nackt.

»Dieses Arschloch und sein Freund sind ihm von der Bar aus gefolgt«, sagte Charlotte.

Der Matrose warf ihr einen raschen Blick zu und sagte: »Das ist eine gottverdammte Lüge«, aber der Polizist an der Tür, der früher schon Ärger mit Matrosen aus Jacksonville gehabt hatte, verpaßte ihm einen Hieb mit dem Schlagstock direkt hinters Ohr. Der Matrose sank in die Knie und hielt sich den Kopf.

Charlotte lächelte.

»Wir sind der Schwuchtel nirgendwohin gefolgt«, sagte der Matrose. »Er hat uns auf sein Zimmer gelockt.«

Der erste Polizist betrachtete meinen Bruder mit einem traurigen Blick. »Ist das wahr, Mr. James?« fragte er. »Sind Sie eine Schwuchtel?«

»Er ist nicht schwul«, sagte ich und sah den Matrosen dabei an.

»Wer sind Sie?« fragte der Polizist.

»Noch so einer«, sagte der Matrose. Und dann lachte er, sah mich aber zugleich seltsam an, als wenn irgendwas nicht recht stimmte. Ich wandte mich an den Polizisten: »Ich bin sein Bruder.«

Der Polizist nickte. »Und warum ist er dann nackt?«

»Es ist sein Zimmer, vielleicht hat er gerade geduscht. Vielleicht lag er auch im Bett.«

Erneut lachte der Matrose und erhob sich wieder. Auf seinen Handrücken klebte getrocknetes Blut.

»Ich hasse das«, sagte einer der Sanitäter. Wir schauten ihn an und warteten, aber mehr wollte er nicht sagen. Der zweite Sanitäter stand da und betrachtete Ward mit einem Stirnrunzeln.

»Also, was machen wir jetzt?« fragte mich der erste Polizist. Ich sah Gänsehaut auf Wards Arm, hob die Decke vom Boden auf und legte sie über ihn.

»Wenn Sie uns nicht mehr brauchen...«, sagte der Sanitäter zum Polizisten, »auf dem Highway gab's einen Frontalzusammenstoß.«

Er warf einen raschen Blick auf Ward und sah dann zu dem Polizisten, der keine Matrosen mochte. »Er ist in Ordnung«, sagte er, »er wurde bloß zusammengeschlagen.«

Charlotte tupfte das Blut fort, das immer noch aus der Nase meines Bruders tropfte, und wischte dann über die Schlitze, die einmal seine Augen gewesen waren.

»Schreiben Sie die Namen auf«, sagte sie.

Der Polizist, der keine Matrosen mochte, rollte mit den Augen.

»Der Typ ist schwul«, sagte der Matrose, und der Polizist schlug wieder zu, direkt aufs Kinn. Der Matrose, immer noch in Handschellen, fiel gegen die Tür und beugte den Kopf nach vorn, so daß es aussah, als wollte er mit den Zähnen nach seinem Kiefer schnappen.

»Oje«, sagte der Cop, der keine Matrosen mochte. »Da ist einer umgefallen.«

»Wir müssen los«, sagte der Sanitäter, wollte aber nicht unaufgefordert gehen. Er wartete darauf, daß ihm jemand die Erlaubnis gab.

»Haben Sie das gesehen?« sagte der Matrose, aber irgendwas

im Ton seiner Stimme hatte sich verändert. Er klang jetzt, als würde er uns anflehen.

Der Sanitäter schüttelte den Kopf. »Ich habe nichts gesehen und nichts gehört.« Dann wandte er sich an den Polizisten. »Brauchen Sie uns noch?« fragte er.

Der Polizist schaute mich an.

»Er ist verletzt«, sagte ich.

Der Matrose stöhnte und schien Schmerzen zu haben. Der erste Polizist packte ihn am Hemdkragen, stellte ihn an die Wand und ließ ihn da warten.

»Keine Bewegung«, sagte er.

»Ich hab nichts getan«, sagte der Matrose, hatte jetzt aber Angst und blieb, wo er war. Er wollte noch etwas sagen, aber der Polizist neben ihm schlug ihm so hart ins Gesicht, daß die Nase zu bluten begann.

Der andere Polizist winkte mich in eine Ecke des Zimmers.

»Wissen Sie, Sie haben da ein Problem«, sagte er so leise, daß die anderen ihn nicht verstehen konnten. »Meiner Meinung nach würde es die Sache für uns alle vereinfachen, wenn Ihr Bruder gestern abend ein paar Drinks genommen hätte und am Strand spazierengegangen wäre. So was passiert oft da unten am Strand, selbst wenn nichts davon in der Zeitung steht.«

Ich schaute Ward an und versuchte, aus alldem schlau zu werden.

»Es hätte am Strand passieren können«, sagte der Cop noch einmal. »Der Unterschied ist nur, daß wir in dem Fall die Übeltäter nicht erwischen konnten.«

Der Matrose beobachtete uns aufmerksam, als wüßte er, worum es ging. Er blutete, und unter dem Ohr war der Kiefer angeschwollen; der Matrose weinte sogar etwas.

Charlotte lehnte an der Wand, die Arme vor der Brust gekreuzt.

»Sie wollten ihn umbringen«, sagte sie schließlich.

Der erste Polizist holte tief Luft und stieß sie langsam wieder aus. »So was passiert«, sagte er. »Ich sage Ihnen ja nicht, was Sie machen sollen, aber so was passiert.«

Der Matrose stöhnte und ließ sich gegen die Wand fallen. Der Polizist an seiner Seite hieb ihm mit dem Schlagstock über die Beine, und der Matrose brach wieder auf dem Boden zusammen.

»Oje«, sagte der Polizist, »schon wieder hingefallen.«

»Was passiert mit ihm?« wollte ich wissen.

»Was soll Ihrer Meinung nach denn mit ihm passieren?« fragte der Polizist. »Am Strand könnte ihm allerhand zustoßen.«

Der Matrose begann laut zu jammern. »Wir wollten ihn doch gar nicht so zurichten«, sagte er.

Der Polizist, der mit mir geredet hatte, sah die Sanitäter plötzlich verärgert an. »Worauf zum Teufel wartet ihr noch?« sagte er. »Der Mann ist verletzt.«

Ich weiss nicht, was sie mit dem Matrosen gemacht haben, nachdem ich das Hotelzimmer verlassen hatte. Ich weiß nur, daß er immer noch in der Tür lag und sich Mühe gab, verletzter auszusehen, als er es war. Aber vielleicht wußte er auch nur, was ihm bevorstand, wenn er mit dem Polizisten allein blieb, so daß ihn der bloße Gedanke daran schon krank machte.

Ich ging auf den Flur, hörte die Räder der Krankentrage über den Teppich rollen, sah die Konturen meines Bruders unter dem Laken, die Zehen, die hinten hervorlugten und sanft auf und ab wippten. Der erste Polizist begleitete uns bis zum Fahrstuhl und starrte von Zeit zu Zeit Charlotte an.

»Wir bringen ihn ins Krankenhaus«, sagte er und lächelte ihr zu, als sich die Tür schloß und der Fahrstuhl ins Parterre absank. Eine Personaltür führte auf den Parkplatz; dem Hotel war es lieber, wenn die Sanitäter in Notfällen diesen Ausgang benutzten.

Ich sass im Wartezimmer, während die Ärzte am Gesicht meines Bruders arbeiteten. Sie verlangten nach einem plastischen Chirurgen, konnten aber keinen auftreiben, der um diese späte Nachtstunde noch ins Krankenhaus kommen wollte.

Charlotte saß hellwach neben mir, während ich immer wieder einnickte. Einmal weckte sie mich, weil sie die Schwellung auf meiner Stirn berührte, und dann wieder, als sie einen Arzt, der über den Zustand meines Bruders berichtete, danach fragte, ob ich nicht auch aufgenommen werden sollte.

Er musterte mich von der Tür aus. »Müssen Sie aufgenommen werden?« fragte er. »Uns fehlen bereits elf Betten.«

»Nein«, sagte ich, »ich glaube nicht.«

Er nickte und verschwand wieder dahin, wo sie an Ward herumdokterten. »Er braucht einen Schönheitschirurgen«, sagte sie. Ich schaute sie an und wunderte mich, wie sie dergleichen wissen konnte. »Die müssen das Knochengerüst für sein Gesicht neu richten.«

Ich wandte den Blick von ihr ab, sie wußte einfach zu viele Dinge, die ich nicht wissen wollte. Dann spürte ich ihre Hand auf meinem Knie. »Das muß nicht heißen, daß er nicht wieder gut aussehen wird«, sagte sie. »Ich kenne viele Leute, die am Gesicht operiert wurden, und die meisten sehen prima aus.«

Sie drückte mein Bein und wollte, daß ich ihr ins Gesicht sah. »Jack«, sagte sie, »Sie haben es wahrscheinlich noch nicht gemerkt, aber seit sie Ihnen die Flasche über den Schädel gezogen haben, sind Sie irgendwie anders.«

Doch nicht der Hieb auf meinen Kopf hatte mich verändert, sondern der Anblick meines Bruders, naß und blutverschmiert wie ein neugeborenes Baby.

Ich legte die Hände vors Gesicht und schloß die Augen. Das Zimmer drehte sich. »Jack?« sagte sie. Ich schüttelte den Kopf, um ihr zu sagen, daß ich nicht reden wollte. Ich hatte plötzlich Angst, daß ich weinen könnte wie der Matrose.

»Für einen Mann ist es nicht so schlimm wie für eine Frau«, sagte sie leise. »Dafür muß man immerhin dankbar sein.« Und dann sagten wir beide lange Zeit keinen Ton. Sie ließ ihre Hand auf meinem Knie liegen und strich manchmal mit der anderen Hand über meinen Nacken. Dann war mir wieder schlecht, und ich stand auf, ihre Hand noch auf meinem Bein, und lief zur Toilette am anderen Ende des Wartezimmers.

Ich hockte vor der Toilette, wiegte mich ein wenig hin und her und wartete darauf, daß das Kotzgefühl verging. Die Spritzer der Toilettenspülung kühlten mein Gesicht, und meine Arme und Beine waren noch schwach und zittrig. Ich weiß noch, wie ich überlegte, ob ich jemals wieder aufstehen konnte.

Sie kam mir nach, stand in der Toilettentür und fragte: »Alles in Ordnung?«

Ihre Stimme hallte in dem Raum wider. Ich drückte die Spülung und riß mich zusammen. Charlotte beugte sich zu mir herunter, und ich roch wieder ihr Parfüm; dann waren ihre Hände unter meinen Armen und halfen mir auf.

Ich ging ans Waschbecken, ließ Wasser über meine Hände laufen und verbarg mein Gesicht darin. Geduldig stand sie hinter mir und wartete, bis ich fertig war.

Die Tür ging auf, und ein alter Mann mit langem Mantel ging am Stock langsam zum Pissoir. Er sah sie dort stehen, schien aber schon lange im Krankenhaus zu sein, denn er war es offenbar gewohnt, vor Frauen zu urinieren.

»Wenn Ihr Bruder aus dem OP kommt, fahren wir zurück ins Hotel und rufen Yardley an«, sagte sie. »Danach holen wir etwas Schlaf nach.«

Ich schaute sie an und versuchte zu begreifen, was sie gesagt hatte, aber die Worte hatten keine Bedeutung und verliefen sich in zu viele Richtungen. Ich schüttelte den Kopf und klammerte mich an das Waschbecken, um das Gleichgewicht nicht zu verlieren. »Nicht anrufen«, sagte ich.

»Er muß Bescheid wissen«, sagte sie. Und dann, einen Augenblick später: »Ihr Vater muß auch davon erfahren. Er wird herkommen wollen.«

»Nicht anrufen«, sagte ich noch einmal.

»Aber Sie müssen!«

»Lassen Sie mich nachdenken«, sagte ich.

Sie fand einen Fisherman's Friend in ihrer Handtasche, steckte mir die Pastille in den Mund, nahm meinen Arm und brachte mich aus der Toilette, um mit mir darauf zu warten, daß die Ärzte aus dem Operationssaal kamen und uns ihr Urteil über die Verletzungen meines Bruders mitteilten.

Um sechs Uhr morgens brachte man Ward aus dem Operationssaal in den Aufwachraum. Er lag allein in dem Zimmer, obwohl dort ein halbes Dutzend Patienten untergebracht werden konnten. Es war kühl hier, und die Schwester legte ihm eine zusätzliche Decke über Brust und Arme, wobei sie sorgfältig darauf achtete, nicht an den Schläuchen zu reißen, die aus den Flaschen über ihm zu seinem Arm führten.

Er sei bei Bewußtsein, sagte sie, aber müde, und er regte sich nicht, als ich an seiner Seite stand und seine Schulter berührte. Ich nannte seinen Namen.

Er gab keine Antwort, und ich schaute wieder zur Schwester hinüber. Sie kam zu mir, suchte unter der Decke nach seinem Handgelenk, zählte die Schläge seines Herzens und achtete auf seine Atmung; sie überprüfte die Schläuche, die von den Flaschen zu seinem Arm führten, um sich zu vergewissern, daß kein Tropf zu schnell oder zu langsam lief.

Sie sah auf ihre Uhr, dann auf meinen Bruder. »Er war lange betäubt«, sagte sie. »Manchmal braucht es dann eine Weile, bis sie wieder voll da sind.«

Sie nahm die Fieberkurve vom Fußende des Bettes, trug seine Daten ein und eilte zu ihren anderen Patienten.

Im Hotel nahm Charlotte mich bei der Hand und führte mich in ihr Zimmer. Ich lag auf ihrem Bett, streifte mir Schuhe und die Hose ab, und sie legte sich neben mich. Ein wenig später zog sie mich an sich, hielt mich fest und schaukelte sanft vor und zurück.

»Sag mir, falls dir schlecht wird«, bat sie.

Ich schmiegte mich an sie, roch ihr vertrautes Parfüm direkt auf meiner Haut, aus dieser Nähe ein neuer Geruch.

Mich überraschte das Gewicht ihres Busens auf meiner Brust.

Bis zum späten Nachmittag rührte ich mich nicht mehr.

Ich war allein, als ich aufwachte. Die Tür, die diesen Raum mit Wards Zimmer verband, stand offen, und Charlotte war drüben und packte seine Sachen in eine Tasche. Sie hatte geduscht, das Haar gewaschen und neues Make-up aufgelegt. Ich stand in der Tür und sah ihr von hinten zu. Ich schwankte noch auf den Füßen, und sie drehte sich um, wie von der Bewegung angezogen.

»Ich habe Yardley angerufen«, sagte sie.

Ich ging hinein und setzte mich aufs Bett. Man hatte die Laken noch nicht gewechselt, und an manchen Stellen waren sie steif vor getrocknetem Blut. »Er muß Bescheid wissen«, sagte sie.

Ich saß da, starrte auf die Laken und versuchte herauszufinden, was sich geändert hatte. Ich konnte die Dinge nicht lange genug im Blick behalten, um zu erkennen, was los war.

»Er muß Bescheid wissen«, sagte sie noch einmal, als würden wir uns streiten.

»Was hast du ihm erzählt?«

Sie betrachtete mich einen Augenblick aufmerksam, und erst allmählich begriff ich, daß sie sich meine Stirn ansah. »Sie hätten dich nicht aus dem Krankenhaus lassen dürfen.«

Ich betastete meine Stirn mit den Fingerspitzen, drückte

leicht dagegen und spürte den Druck schlagartig bis in den Hinterkopf. Meine Stirn war weicher als vorher, und sie wölbte sich vor, als wolle sie sich einen eigenen Kopf wachsen lassen.

»Ein solcher Schlag hätte dich umbringen können.«

»Was hast du Yardley erzählt?«

Das Telefon klingelte, und sie nahm den Hörer ab. »Erzähl ihm nichts mehr«, sagte ich, aber es war nur die Rezeption, die wissen wollte, ob wir noch einen Tag länger zu bleiben beabsichtigen. Sie drohte damit, das Hotel zu verklagen, wenn man uns nicht in Ruhe ließ, und legte auf.

»Ich habe ihm erzählt, daß Ward am Strand spazieren war«, sagte sie. »Ich habe ihm gesagt, daß der Polizist meinte, so etwas würde ständig vorkommen.«

Ein Augenblick verging, und ich versuchte, aus diesen Worten einen Satz zu bilden, seinen Anfang, sein Ende und seine Bedeutung zu finden.

»Was hat er gesagt?«

»Yardley? Er meinte, er würde arbeiten.«

Ich schaute sie an und wartete. Sie ließ einen gern warten, selbst wenn man ihr leid tat. »Er fragte, ob Ward durchkommen würde, und als ich bejahte, erwiderte er, er sei mitten in der Story und könne jetzt nicht weg.«

Ich begriff, daß er ihr geglaubt hatte, denn wenn er angenommen hätte, daß Ward in einem Hotelzimmer in eine kompromittierende Situation geraten wäre, dann wäre er längst auf dem Weg zum Krankenhaus.

Das war Yardley Achemans Art, und er blieb besser in Lately und schrieb seine Geschichte über Hillary Van Wetter und Moat County, als daß er sich hier in Daytona Beach herumtrieb und sich zusammenreimte, was mit Ward geschehen war. Er war einfach nicht der Typ, der schmerzhafte Geschichten in Ruhe lassen konnte.

Sie ging durch das Zimmer, küßte mich flüchtig auf die Wange und roch dabei nach Seife und Shampoo. Wie ich selbst wohl roch?

»Er kommt her, sobald er Hillarys Story fertig hat«, sagte sie. »Nächste Woche vielleicht.«

»Ich denke, Ward wird eine Zeitlang wohl kaum arbeiten können«, sagte ich.

»Dieser Typ von der Zeitung ist immer noch da, und statt Ward überprüft er jetzt die Story.«

Ich lächelte sie an und mußte zugleich grinsen, als ich daran dachte, wie wenig sie über den Journalismus, über meinen Bruder und Yardley Acheman wußte. »Yardley kennt die Geschichte nicht gut genug, um sie allein schreiben zu können«, sagte ich schließlich.

»So hat es sich für mich nicht angehört«, sagte sie, und ich stand auf, ging ins Bad, blieb lange unter der Dusche stehen und kam wieder zu dem Schluß, daß es nicht weiter wichtig war, was Yardley Acheman mit der Geschichte von Hillary Van Wetter anstellte. Meine einzige Sorge bestand darin, ihn von dem fernzuhalten, was in Daytona Beach geschehen war. Und als ich daran dachte, fiel mir wieder etwas ein, das mir durch den Kopf gegangen war, etwas, das mich selbst dann noch beschäftigt hatte, als ich den Sanitätern über den Hotelflur gefolgt war.

Ich wußte nicht, ob Ward sich damit abfinden konnte, am Strand spazierengegangen zu sein. Ich war mir nicht sicher, ob er lügen konnte.

Den ganzen nächsten Tag saß ich im Krankenhaus an seinem Bett. Ward hatte einen Schädelbasisbruch und durfte deshalb keine Schmerzmittel bekommen. Charlotte kam und ging und ließ Blumen und ihre medizinischen Ansichten da. Falls sich ihr Verhältnis zu meinem Bruder durch die Schlägerei im Hotel verändert hatte, war davon nichts zu spüren. Für sie war es gerade so, als wäre er an jenem Abend am Strand spazierengegangen.

Für mich war es nicht so einfach, auch wenn ich begriff, daß sich Ward nicht verändert hatte, sondern daß die Veränderung sich allein auf mein Bild von ihm beschränkte.

Er war schließlich durch ein abgestürztes Flugzeug gegangen, während Yardley Acheman, der regelmäßig mit Frauen schlief, Gründe gefunden hatte, um draußen bleiben zu können. Noch am selben Abend, an dem man ihn zusammengeschlagen hatte, war er zum Haus der Burschenschaft an der University of Miami zurückgekehrt. Er war ins Herz der Sümpfe zum Lager der Van Wetters am Fluß marschiert. Und nichts davon änderte sich, nur weil es ihn an einem Abend in Daytona Beach nach Matrosen verlangt hatte.

»Hör zu«, sagte ich, aber dann wollten mir die Worte nicht einfallen. Es war lange still im Zimmer, und ich fragte mich, ob er mir noch zuhörte.

»Hör zu, es ist mir egal, was du mit diesen Typen getrieben hast, das ist mir völlig unwichtig.«

Er bewegte langsam den Kopf, drehte ihn auf dem Kissen, bis er mich durch den Schlitz in den Bandagen um seine Augen ansah.

»Wie schlimm ist es?« fragte er. Seine Stimme klang heiser, und ich konnte ihn kaum verstehen.

»Ziemlich schlimm«, sagte ich.

Er wartete, blinzelte.

»Man wird dich noch mal operieren müssen, um dein Gesicht wieder herzurichten.«

Er nickte, als hätte er das bereits gewußt. »Es ist wie das Meer.« Er zog die Hand unter dem Laken hervor und tat, als ließe er sie über eine Reihe kleiner Wellen gleiten. Dann lächelte er und entblößte eine schwarze Blutkruste in seinem Mund. »Wir sollten schwimmen gehen«, sagte er.

Seine Hand fiel zurück, und gleich darauf ging sein Atem tief, trocken und gleichmäßig, und ich wußte, daß er eingeschlafen war.

Er schlug die Augen auf, als ich hinausgehen wollte, um mich nach einem Schluck Wasser umzuschauen. Ich setzte mich wieder und sagte: »Die Polizei hat sie geschnappt. Wußtest du das?«

Er schüttelte den Kopf, war nicht interessiert.

»Einen von ihnen haben sie zusammengeschlagen, von dem anderen weiß ich nichts. Ich glaube, sie hatten früher schon mal Schwierigkeiten mit Matrosen.«

Meinen Bruder kümmerte es nicht, was mit den Männern geschah, die ihn beinahe umgebracht hatten. »Sie mußten sie laufen lassen«, sagte ich, »sonst hätte die ganze Geschichte in der Zeitung gestanden.«

Es war still im Zimmer, und dann schrie irgendwo am anderen Ende des Flurs eine Frau.

»Als du im Meer in den Quallenschwarm geraten bist«, sagte er schließlich, schwieg dann aber, als könnte er kein Bild für das finden, was er als nächstes sagen wollte. Oder als ob seine Kehle so trocken war, daß er seine Stimme verloren hatte.

»Soll ich dir eine Cola holen?« fragte ich.

Er schüttelte den Kopf.

»Als du im Meer in den Quallenschwarm geraten bist«, sagte er noch einmal, »war das so ähnlich?«

Ich sagte, ich wüßte es nicht. »Aber es war schlimm. Ich glaube, es ist immer schlimm, wenn man dicht davor ist zu sterben.«

»Ein ziemlicher Streß«, sagte er und lächelte wieder. Hinten hatte er noch ein paar Zähne. Seine Lippen waren geschwollen, und er konnte sie zum Reden kaum öffnen. »War dir nach Weinen zumute?« fragte er ein wenig später.

Ich starrte ihn einen Augenblick an und versuchte, mich zu erinnern.

»Nicht in dem Moment, in dem es geschah«, sagte er, und seine Worte schienen sein Inneres bloßzulegen, »aber hinterher, als es vorbei war. Hast du da geweint?«

»Ja, das tut es mit einem«, sagte ich.

Er nickte, und einen Moment lang schimmerte eine Träne in seinem unverbundenen Auge, und als er blinzelte, lief sie ihm über die Wange.

»Es hat was Trauriges, beinahe zu sterben«, sagte ich. »Das merkt man später.« Und auf diese Weise vereint, waren Ward und ich uns an diesem Nachmittag eine Weile so nah wie nie.

Vor dem nächsten Morgen erzählte ich Ward nichts davon, daß Yardley Acheman allein mit der Story weitermachte. Ehe ich hereinkam, hatte Ward bereits geduscht, konnte sich aber wegen der Nähte das Blut nicht aus den Haaren waschen.

Er sah dennoch besser aus, und trotz des halb unter Bandagen versteckten Gesichtes schien er mehr er selbst zu sein. Zum einen war die Schwellung abgeklungen, und dann konnte ich auch mehr von seinem gesunden Auge sehen. Die Traurigkeit, über die wir gesprochen hatten, würde ihn nicht noch mal zum Weinen bringen, auch wenn das Gefühl, wie ich aus Erfahrung weiß, nicht verschwunden war, wenn man ihm einmal nachgegeben hatte. Doch er hatte einmal geweint, und ich schätze, mehr gestand er sich nicht zu.

»Yardley Acheman macht allein weiter«, sagte ich.

Ward trank die Cola in kleinen Schlucken mit einem Strohhalm. Er stellte die Flasche auf die Tischplatte, die über sein Bett ragte, und ließ den Kopf auf das Kissen sinken.

»Der Sonntagsredakteur ist bei ihm, und sie schreiben die Story zusammen«, sagte ich. Mein Bruder lag reglos da, dachte nach, nervös vor lauter Anspannung.

»Was soll's?« sagte ich ein wenig später. »Ist doch nur ein Artikel in einer Zeitung.«

Er schien mich nicht zu hören.

»Sie wissen nicht, was im Hotel passiert ist«, sagte ich, weil ich mir dachte, daß seine Gedanken wahrscheinlich darum kreisten. »Sie wissen bloß, daß du im Krankenhaus liegst.« Ich schwieg, da ich es nicht aussprechen, nicht laut sagen wollte, was sie nicht wußten.

»Die Polizei behauptet, du wärst am Strand spazierengegangen«, sagte ich. »Das hat sie jedenfalls in ihrem Bericht geschrieben.«

Mein Bruder blinzelte, er verstand die Gründe.

»Sag ihnen, sie sollen sie herschicken, damit ich sie mir anschauen kann«, sagte er und meinte die Story.

»Ich sag's ihnen.«

Er nickte. »Es wäre gut, wenn ich sie sehen könnte«, sagte er. Und dann schloß er die Augen und wollte schlafen.

Ich wählte die Nummer ein halbes dutzendmal; nie nahm jemand ab. Ich rief meinen Vater in Thorn an und erzählte ihm, daß Ward verletzt worden sei. »Er ist am Strand spazierengegangen«, sagte ich.

»Wie schlimm ist es?« fragte er.

»Es geht, aber er braucht ein paar neue Zähne und muß sich das Gesicht operieren lassen.«

Schweigen.

»Haben sie Waffen benutzt?«

»Ich glaube nicht«, sagte ich, »er wurde getreten.« Ich hielt inne und versuchte mir vorzustellen, wie es sich für ihn anhören mußte. »Er wird schon wieder.«

»Kann er reden?«

»Wenig. Es fällt ihm nicht leicht. Sein Mund ist voller Nähte.«

Es wurde wieder still in der Leitung; ich stellte mir vor, wie er in seine Hemdtasche griff, nach einer der winzigen Pillen suchte, die er stets bei sich trug, und sie behutsam unter seine Zunge legte. »Er wird schon wieder«, sagte ich noch einmal.

»Ich könnte heute abend bei ihm sein«, sagte er.

Ich erzählte ihm, daß er lieber ein, zwei Tage warten solle, bis Ward wieder nach Gesellschaft zumute war.

Ich wußte, daß mein Bruder ihn jetzt nicht sehen wollte, aber ich wußte nicht, wie ich das meinem Vater beibringen sollte. So sagte ich nur, daß es kein schlechter Gedanke wäre, wenn er so lange warten würde, bis Ward sich wieder sein Haar waschen konnte.

Ich habe den größten Teil meines Lebens damit verbracht, die Wahrheit vor meinem Vater verborgen zu halten, und ich schätze, er hat den größten Teil seines Lebens mit derselben Absicht verbracht.

Am nächsten Morgen machte sich mein Bruder große Sorgen um die Geschichte, die Yardley Acheman in Lately schrieb. Ich hielt das für ein Anzeichen der Besserung und sagte ihm, daß Moat County überleben würde, was immer auch die *Miami Times* drucken sollte.

Wir sprachen kein Wort über die andere Geschichte – jene, die der Polizist in seinem Bericht geschrieben hatte. Ich sagte ihm auch nichts davon, daß mir der Gedanke Sorge machte, Yardley und Charlotte jemals wieder im selben Raum zusammen zu sehen. Einmal hatte sie für meinen Bruder gelogen, aber es war kein Verlaß darauf, daß sie Tag für Tag bei dieser Lüge blieb.

An diesem und am nächsten Morgen brachte sie frische Blumen, doch als sich der Zustand meines Bruders besserte, verlor sie das Interesse. Und als mein Vater schließlich in Daytona Beach eintraf, dachte sie daran, nach Lately zurückzufahren.

»Ich kann hier doch nichts mehr machen«, sagte sie.

»Du wirst im Weg sein«, sagte ich.

»Sie werden es mir schon sagen, wenn es soweit ist. Außerdem habe ich keine saubere Wäsche mehr.«

Ich erklärte mich schließlich bereit, sie zurückzufahren.

Im Wartesaal des Krankenhauses kreuzten sich die Wege der beiden, Charlotte lief in die eine, mein Vater in die andere Richtung. Er trug einen Anzug, sie trug, was sie auch an jenem Abend angehabt hatte, an dem Ward zusammengeschlagen worden war. Ich stellte sie einander vor, aber mein Vater ließ sich von einem Patienten ablenken, der auf einer Trage vorbeigefahren wurde, schaute an ihr vorbei und fürchtete sich vor dem, was er zu sehen bekommen würde, wenn er tiefer ins Krankenhaus hineinging.

»NA, SO SCHLECHT siehst du doch gar nicht aus«, sagte er.

Den Satz hatte er vorbereitet, und er hätte ihn gesagt, egal, in welchem Zustand Ward auch gewesen wäre. Die Schwellungen waren tatsächlich an einigen Stellen zurückgegangen, doch Wards Unterlippe hatte sich entzündet, so daß er kaum reden konnte.

Mein Bruder nickte ihm zu und sah dann mich an. Ich wußte nicht, ob ich gehen oder bleiben sollte. Charlottes Blumen standen auf den beiden Ecken der einzigen Kommode im Zimmer und begannen zu welken. Mein Vater schob sie beiseite und lehnte sich an die Kommode. Er ging nicht einmal in die Nähe des Stuhls am Bett.

»Ich habe versucht, deine Mutter anzurufen.« Er verstummte und schaute sich meinen Bruder genauer an. »Wurden sie gefaßt?« fragte er mich.

Ich schüttelte den Kopf. »So was passiert oft da unten am Strand«, sagte ich. Aus irgendeinem Grund schien es mir wichtig, die Worte des Polizisten möglichst genau zu wiederholen, es so zu sagen, wie man es mir gesagt hatte. Mein Vater nickte und versuchte, sich das Blutbad am Strand vorzustellen.

»Wann wollen sie dich wieder entlassen?« fragte er Ward. In seiner Stimme lag eine Herzlichkeit, die beabsichtigt und künstlich wirkte, Teil der Verkleidung, die er für diesen Besuch angelegt hatte.

Ward zuckte die Achseln und sah sich hilfesuchend im Zimmer um. Es fiel mir schwer, den beiden zuzusehen, es fiel mir aber auch schwer, sie allein zu lassen. »Übermorgen wollen sie noch einmal operieren«, sagte ich. »Danach werden sie wohl sagen können, wie lange es noch dauert.«

»Die *Times* macht sich Sorgen, das kann ich dir verraten«, sagte mein Vater. »Ich habe mit meinem Freund Larson geredet, und der sagte, die Nachrichtenredaktion frage sich besorgt, was sie berichten soll, solange du krank bist.«

Ich denke, er hätte ihm gern erzählt, daß die *Moat County Tribune* ohne ihn nicht zurechtkam. Das hätte persönlicher als die *Miami Times* gewirkt.

Mein Bruder nickte und versuchte zu lächeln. Doch seine Lippen taten ihm weh, also verzog er sein Gesicht nur ein wenig und gab dann auf. Es war typisch für meinen Vater, daß er seinen ältesten Sohn halb zu Tode geprügelt auf der Intensivstation im Krankenhaus liegen sah, ihn, der dem ins Auge gesehen hatte, wovor er sich am meisten fürchtete, und daß er dann davon redete, wieder zur Arbeit zu gehen.

Da er sein Leben lang im Geschäft des knappen Stils gewesen war – bestimmte Worte zu gebrauchen, um andere Worte zu vermeiden, die bequemer- oder höflicherweise ungesagt blieben –, konnte er in den entscheidenden Situationen überhaupt keine Worte finden.

Mein Bruder verstand ihn und verzieh ihm und hoffte wohl, daß ihm dafür auch vergeben wurde. Und vielleicht war es auch so.

»Sie vermissen dich in der Arbeit«, sagte er.

Mein Vater und ich aßen am Abend zusammen im Hotel, und er machte nur gelegentlich den Mund auf, fragte einmal, welche Zeitungen Ward morgens lesen wollte. Nachdem er sich für die Nacht auf sein Zimmer zurückgezogen hatte, fuhr ich Charlotte nach Lately, stand um ein Uhr morgens vor ihrem gemieteten Apartment und mußte sie wach rütteln.

»Himmel«, sagte sie, »habe ich geschnarcht?«

Ich war müde, aber mit Schlafmangel hatte das nichts zu tun. Und während ich neben ihr im Wagen saß, kam mir der Gedanke, daß ich vielleicht versucht hatte, zu viele Dinge zusammenzuhalten, deren Bestimmung es war, auseinanderzufallen.

Sie betrachtete sich im Spiegel ihres Puderdöschens, berührte da und dort ihr Gesicht mit dem Lippenstift oder einem Augenbrauenstift. In all der Zeit, die ich sie nun kannte, war sie nie von einem Ort zum anderen gefahren, ohne zuvor in einen Spiegel zu schauen. Sie hatte das Innenlicht angeknipst, und Schatten fielen über das Armaturenbrett.

»Was willst du mit ihm anfangen?« fragte ich.

Sie beugte sich zu mir und schaute mich einen Augenblick an, das Licht beleuchtete ihr Haar und ihr Gesicht. »Was glaubst du denn? Meinst du, zwischen mir und Yardley läuft noch was?« fragte sie.

Ich gab keine Antwort, und kurz darauf tätschelte sie mein Bein, drehte sich um und öffnete die Tür.

»Was du alles nicht weißt! Dabei bist du doch so ein smarter Typ«, sagte sie, schloß die Tür und war fort.

Ich traf Yardley Acheman und den Redakteur aus Miami am nächsten Morgen an Wards Schreibtisch in dem kleinen Büro über dem Moat-Café. Wards Notizen und Akten lagen überall auf Tisch und Boden verstreut. In der Mitte des Tisches stand eine Schreibmaschine mit einem eingespannten Blatt Papier.

Der Redakteur hatte die Ärmel fast bis zu den Ellbogen aufgekrempelt, der Schlips hing ihm locker um den Hals. Yardley trug ebenfalls einen Schlips. Bierflaschen waren nirgendwo zu sehen.

Ich ging hinein ohne anzuklopfen, und Yardleys Miene nach zu urteilen, war ich ihm nicht gerade willkommen. Der Mann aus Miami hatte keine Ahnung, wer ich war. Er hatte für Gesichter kein sonderlich gutes Gedächtnis.

Yardley schaute mich an, dann wanderte sein Blick wieder zur Schreibmaschine. »Wie geht's ihm?« fragte er, tippte ein oder zwei Minuten lang und hielt dann inne, als würde er alles mitschreiben wollen und warte nun auf meine Antwort.

»Er hat versucht, hier anzurufen«, sagte ich und sah, daß von beiden Telefonen der Hörer abgenommen worden war.

»Bestell ihm, daß alles in Ordnung ist«, sagte Yardley Acheman. »Er braucht sich keine Sorgen zu machen.«

»Er würde gern die Story sehen«, sagte ich.

Yardley tippte weiter. »Weißt du, Jack, laß mich erst mal diese verdammte Story schreiben. Dann können wir sie auch alle lesen«, sagte er.

»Er will sie nicht erst in der Zeitung lesen«, sagte ich. »Er will sie lesen, ehe sie in Druck geht.«

Der Mann aus Miami schien sich jetzt zusammengereimt zu haben, wer ich war. »Wir haben da ein ziemliches Zeitproblem«, sagte er. »Wir wollen diese Geschichte nämlich für Sonntag fertig machen.«

Ich rührte mich nicht, und Yardley tippte weiter. »Diese Notizen sind gründlicher und besser geordnet, als ich es je erlebt habe«, sagte der Mann. »Wenn die nicht wären, hätten wir keine Chance.« Offenbar nahm er an, daß ich dies meinem Bruder ausrichten würde.

»Warum muß der Artikel in dieser Sonntagsausgabe erscheinen?« fragte ich.

Yardley Acheman warf dem Redakteur einen müden Blick zu, arbeitete aber weiter. Der Redakteur lächelte wieder. »Es kommt immer mal der Zeitpunkt«, sagte er und klang überaus geduldig, »an dem man die Sache zur Tür hinausstoßen muß. Sicher, man kann sich nur schwer davon trennen, aber man muß loslassen, sonst wird man nie damit fertig.«

Ich dachte an die Wochen, die Yardley Acheman in Lately verbracht und in denen er nichts getan hatte.

»Außerdem«, sagte der Redakteur, »sitzt da ein Mann in der Todeszelle. Ihm läuft die Zeit davon, und es ist weder für ihn noch für uns von Vorteil, wenn das Urteil vollstreckt wird, bevor wir seine Situation korrigieren konnten.«

Ich blieb einen Augenblick reglos stehen und wollte über etwas diskutieren, von dem ich nichts verstand. »Ward sollte sich das hier vorher anschauen können«, sagte ich schließlich. »Es ist seine Geschichte.«

»John«, sagte Yardley Acheman zum Redakteur, »ich brauche meine Ruhe.« Er war der einzige Journalist, den ich jemals kennenlernte, der nicht schreiben konnte, wenn es um ihn herum nicht still war. Der Redakteur kam also auf mich zu, legte mir die Hand ins Kreuz, lächelte und schob mich zur Tür.

»Wenn irgendein Problem auftaucht, bei dem wir seine Hilfe brauchen, rufen wir im Krankenhaus an«, sagte er. »Und sobald wir hier fertig sind, schicken wir ihm einen Durchschlag.«

Wir waren an der Tür; er blieb stehen und wartete darauf, daß ich mich verabschiedete.

»Es ist seine Story«, sagte ich noch einmal. »Er will sie lesen, bevor sie in der Zeitung steht.«

»Er kann sie lesen«, sagte der Redakteur und legte mir wieder seine Hand ins Kreuz.

»Vorher«, sagte ich. »Er kann sie vorher lesen.«

Yardley blickte von der Schreibmaschine auf und wartete ungeduldig darauf, daß ich ging. Der Redakteur lächelte nur. »Bei der erstbesten Gelegenheit«, sagte er. »Wir schicken sie ihm direkt ins Krankenhaus.«

Ich trat auf den Flur, war mir aber nicht sicher, was mir der Redakteur eigentlich versprochen hatte. »Bevor sie in Druck geht«, sagte ich.

»So bald wie nur menschenmöglich«, sagte er und schloß die Tür.

NACHTS FUHR ICH nach Daytona zurück. Es war spät und warm, und der Highway war leer, nur hin und wieder donnerte auf seinem Weg zu den Verarbeitungsanlagen im Norden ein Lastwagen mit Orangen an mir vorbei und brachte den Wagen ins Schwanken.

Es war Palmettenzeit, und im grellen Scheinwerferlicht der Trucks und zwischen den auf die Windschutzscheibe klatschenden Insekten ließ sich unmöglich etwas erkennen, so daß ich nur das Steuer gerade halten und darauf hoffen konnte, daß hinter dem Gleißen noch eine Straße lag.

AM MORGEN KAM MEIN BRUDER wieder in den Operationssaal und blieb dort fast den ganzen Tag. Ich aß mit meinem Vater in der Cafeteria zu Mittag, und er wiederholte mehrmals, daß das Essen hier besser sei als in der Armee.

»Gar nicht schlecht«, sagte er und musterte das Hühnerfleisch auf seiner Gabel. »Die Kleine, die für mich putzt und kocht«, er schüttelte den Kopf. »Wards Essen ist bestimmt besser als meins.« Allerdings nahm Ward sein Essen durch einen Strohhalm zu sich.

Alle paar Minuten schaute mein Vater auf seine Uhr. Die Ärzte hatten gesagt, daß sie erst wissen würden, wie lange die Operation an Wards Stirnhöhlen dauerte, wenn sie ihn aufgeschnitten und die inneren Verletzungen gesehen hatten.

»Geh doch nach Hause«, sagte ich.

»Noch nicht.«

Wir verließen die Cafeteria, gingen wieder in das Zimmer

meines Bruders und warteten. Selbst bei geöffnetem Fenster roch die Luft abgestanden, und etwa um drei Uhr nachmittags merkte ich, daß ich Probleme mit dem Atmen bekam. Ich schien die Luft nicht tief genug in meine Lungen einsaugen zu können.

Mein Vater saß in einer Ecke und las eine der Zeitungen, die er für Ward gekauft hatte. Seit dem Mittag hatten wir kaum ein paar Sätze miteinander gewechselt. Ich erhob mich und ging ans Fenster, um Luft zu schnappen. Er schaute von seiner Zeitung auf.

»Wenn du eine Weile verschwinden willst, dann geh doch schwimmen«, sagte er. »Ich halte hier schon die Stellung.«

Ich warf einen Blick auf die Uhr an der Wand und versprach, in zwei Stunden zurück zu sein. Er nickte, sagte, es gäbe keinen Grund, daß wir zu zweit warten müßten, und schien zugleich seltsam enttäuscht, daß ich gehen wollte, obwohl mein Bruder noch operiert wurde.

»Um sechs bin ich wieder da«, sagte ich und räumte mir damit ein wenig mehr Zeit als zwei Stunden ein.

»Hetz dich nicht«, sagte er, und ich trat vom Fenster zurück und ging zur Tür. »Hinterher ist ihm wahrscheinlich sowieso nicht nach Gesellschaft zumute.«

Ich fuhr zum Meer, lenkte den Mietwagen auf den Strand und fuhr nach Norden, bis ich keine Sonnenanbeter mehr sah. Ich zog mich im Wagen aus und schwamm etwa eine halbe Stunde, in gerader Linie ins offene Meer und wieder zurück, nicht weit genug, um mich müde zu fühlen, und nicht weit genug, um das Krankenhaus hinter mich zu bringen.

Ich stieg aus dem Wasser, legte mich in den Sand und preßte meine Brust, meine Beine, Arme und meine Wange hinein, lag einfach da, und mein Mund war dem Sand so nah, daß mein Atem kleine Sandkörner aufwirbelte. Kurz darauf schlief ich ein.

Die Ärzte waren mit Ward fertig. Er lag wieder im Aufwachraum, das Gesicht ein wenig kunstvoller verbunden als beim letztenmal, und er war ausgelaugt, völlig erschöpft. Mein Vater saß auf dem Stuhl an seinem Bett und schaute mich an. Wir sagten kein Wort. Alle zehn Minuten kam eine Schwester, um Wards Körperfunktionen zu notieren, die durchaus normal waren. Zumindest waren sie so gewöhnlich, daß sie ihrer Erwartung entsprachen.

Sie sprach langsam und deutlich, wie man mit einem Kind sprechen würde. »Möchten Sie einen Schluck Wasser?«

Er nickte, und sie hob die Tasse an seine Lippen und nahm sie dann wieder fort. »Nur ein bißchen«, sagte sie und ging aus dem Zimmer. Ich füllte nach, gab ihm die Tasse in die Hand, und er trank sie leer.

»Vielleicht wird er davon krank«, sagte mein Vater, aber mir schien, daß er keinen Anspruch auf die Pflege meines Bruders anmelden konnte.

Ward sah sich mit seinem gesunden Auge im Aufwachraum um, verharrte mit dem Blick hier und da an seinen nackten Zehen oder an der Flasche über seinem Kopf und ließ ihn dann verblüfft weiterwandern. Uns beide schaute er nicht an.

Mein Vater erinnerte sich, wie ihm der Blinddarm entfernt wurde und wie krank er sich hinterher gefühlt hatte. Er schien den Unterschied zwischen Krankheit und den Folgen einer Gewalttat nicht recht zu begreifen, auch nicht, daß der Erholungsprozeß sich unterschied.

Ward redete an diesem Abend nicht mit uns, sagte auch am nächsten Tag kaum ein Wort. Doch als mein Vater mal aus dem Zimmer ging, um seine Zeitung anzurufen, drehte mein Bruder den Kopf in meine Richtung, starrte mich einen Augenblick an und sagte dann: »Irgendwas ist schiefgelaufen, Jack.«

»Nichts ist schiefgelaufen«, sagte ich. »Ich habe mit den Ärzten geredet.« Es folgte ein langer, leerer Moment.

Er schloß das unbandagierte Auge und atmete tief ein und aus, bis er eingeschlafen zu sein schien. Doch dann, ohne sein Auge zu öffnen, erzählte er mir, daß ihm die Ärzte nicht genug Betäubungsmittel gegeben hätten.

»Ich war zu lange wach«, sagte er langsam. »Ich habe sie reden hören. Ich habe gespürt, wie sie die Knochen in meinem Gesicht angehoben und sie durchgesägt haben.«

»Du konntest dich nicht bewegen?« Er schüttelte den Kopf und hielt sein Auge geschlossen.

»Ich wollte einen Finger rühren«, sagte er, »ihnen ein Signal geben, daß ich immer noch bei Bewußtsein war, aber ich war wie gelähmt.« Und dann öffnete er sein Auge, und ich sah, daß die Ärzte ihm etwas angetan hatten, was den Matrosen nicht gelungen war.

Er sprach kein Wort mehr von dem, was im Operationssaal geschehen war, wenigstens nicht zu mir, aber die Schatten dieses Tages waren immer da. Man hatte ihm Angst eingejagt, und ist das einmal geschehen, wird man nie wieder derselbe.

HIN UND WIEDER fragte mein Vater nach den Männern, die Ward zusammengeschlagen hatten, wie viele es gewesen waren, ob Schwarze oder Weiße; er überlegte laut, wann die Polizei sie wohl schnappen würde.

Ward reagierte nicht auf diese Fragen, tat sie nicht mal mit einer höflichen Floskel ab. Mit seinem einen Auge starrte er einfach an die Decke.

WIE DER REDAKTEUR AUS MIAMI es gesagt hatte, wurde die Story zur Tür hinausgestoßen und erschien in der Sonntagsausgabe. Mein Bruder sah sie erst, als sie bereits unter seinem und Yardley Achemans Namen gedruckt worden war. Die Schlagzeile nahm die obere Hälfte der Titelseite ein – DER SCHATTEN DES SHERIFFS LIEGT ÜBER MOAT COUNTY –, und so begann der Artikel:

Offiziell hat Thurmond Call im Laufe seiner vierunddreißig Amtsjahre als Sheriff im ländlichen Moat County siebzehn Menschen umgebracht. Sechzehn davon waren Schwarze.

Offiziell war es der siebzehnte Tote – ein Weißer namens Jerome Van Wetter, verstorben 1965 bei seiner Verhaftung in Lately, der Bezirksstadt –, der die Ursache für das Ableben des Sheriffs werden sollte. Van Wetters Cousin, Hillary Van Wetter, Kopf einer großen und gewalttätigen Familie, wurde für schuldig befunden, den Sheriff aus Rachsucht erstochen und ihn tödlich verwundet auf dem schmalen Highway zurückgelassen zu haben, der den einsamen Bezirk mit dem Rest der Welt verbindet.

Doch obwohl Hillary Van Wetter inzwischen wegen Mordes offziell verurteilt wurde und in der Todeszelle in Starke einsitzt, gibt es Hinweise darauf, daß Van Wetter keineswegs der Mörder war, und inoffiziell weiß man dies in Moat County bereits seit vier Jahren.

Mein Vater war am Tag zuvor nach Hause und zu seiner Zeitung zurückgefahren. Fast drei Tage hatte er mit Ward in einem Zimmer verbracht und in der ganzen Zeit kaum ein Wort gesprochen. Ward hatte ihm nicht erzählt, was im Operationssaal geschehen war, und beklagte sich auch nicht über die Schmerzen in seinem Gesicht. Die Entzündung hatte sich ausgebreitet, und alle sechs Stunden mußte er Antibiotika nehmen.

Als ich am Sonntagmorgen ins Krankenhaus kam, war die Zeitung vom Bett gefallen und lag zerfleddert auf dem Boden. Ich war schwimmen gewesen und hatte den Artikel dann bei einem langen Frühstück gelesen.

Yardley Acheman hatte in erster Linie nicht über Hillary Van Wetter, sondern über Moat County geschrieben. Für ihn verkörperte der Anwalt Pine sämtliche Bezirksanwälte, Sheriff Call spiegelte die Menschenfreundlichkeit aller weißen Bürger dieser Gegend wider. Das Finanzgebaren des Staatsanwaltsbüros und des Sheriffbüros wurden hinterfragt, und Verwandte von Bezirksangestellten wurden aufgelistet, die bei beiden angestellt waren, viele mit Jobs, die ihre persönliche Anwesenheit nicht unbedingt erforderlich machte. Ein ungenannten Quellen zugeschriebenes Gerücht besagte, Rechtsverstöße und kriminelle Straftaten würden nicht vor Gericht, sondern »spät abends in rauchgeschwängerten Zimmern« abgehandelt.

Unter Yardley Achemans Händen wurde der Bezirk zu einem Hort der Ignoranz und Engstirnigkeit in einem Staat, der sich in eine andere Richtung entwickelte, und Hillary Van Wetter und seine naive Verteidigerin Charlotte Bless waren die Opfer der unvermeidlichen Auseinandersetzung dieser gegensätzlichen Kulturen.

Mein Vater, der jeden Abend nach dem Essen angerufen hatte, ließ am Sonntag und auch an den drei folgenden Tagen nichts von sich hören. Dafür rief Yardley Acheman aus Miami an. Zuerst am Montag, um zu sagen, daß die Zeitung mit Anrufen von ihren Lesern bombardiert wurde, dann am Mittwoch, weil der Gouverneur eine Untersuchung der Gerichtsverfahren in Moat County angeordnet hatte.

Ward nahm keinen der Anrufe entgegen. Ich hob jedesmal den Hörer ab, wiederholte, was Yardley Acheman meinem Bruder mitteilen wollte, und legte auf.

»Gib ihn mir«, sagte er beim zweitenmal. »Wir werden diesen Van Wetter zurück in seine Sümpfe bringen.«

Doch als ich Ward den Hörer hinhielt, schaute er erst ihn und dann mich an, und ich sagte Yardley Acheman, daß Ward nicht mit ihm reden wollte.

»Wie geht's ihm übrigens?« fragte er.

»Es geht«, sagte ich.

»Haben sie die Typen geschnappt?«

Ich gab keine Antwort.

»Die Typen, die ihn zusammengeschlagen haben, hat die Polizei sie geschnappt?«

»Nein«, sagte ich, »die Polizei hat niemanden geschnappt.«

Einen Moment blieb er stumm, und dann fragte sich Yardley Acheman, der es offenbar immer noch nicht ganz fassen konnte, daß sie den Gouverneur dazu gedrängt hatten, eine Untersuchung zu veranlassen, ob er nicht nach Daytona Beach kommen und die Polizei fragen sollte, warum sie die Kerle immer noch nicht gefaßt hatten.

»Ich halte das für keine gute Idee«, sagte ich. »Ich glaube, die tun hier, was in ihrer Macht steht.«

Wieder schwieg er, fuhr dann aber fort: »Und? Hat Ward die Story gelesen?«

Ich gab keine Antwort.

»Wie hat sie ihm gefallen?«

»Er wollte sie lesen, bevor sie in Druck geht«, sagte ich und warf rasch einen Blick hinüber zu Ward. Er starrte aus dem Fenster.

»That's business«, sagte Yardley Acheman. »Abgabetermine, er kennt das doch...«

Die Leitung schien tot.

»Das ist nun mal passiert«, sagte er schließlich. »Er wird schon drüber wegkommen.«

Ich legte auf, und er rief erneut an.

»Gib ihn mir«, sagte er. »Er ist bei dir im Zimmer, stimmt's? Sag ihm, ich hätte gute Neuigkeiten.«

»Yardley Acheman ist dran«, sagte ich zu Ward. »Er sagt, er hätte gute Neuigkeiten.« Mein Bruder schloß sein Auge.

Ich legte wieder auf.

Ward starrte aus dem Fenster und weigerte sich fünf Tage lang, Anrufe von der *Times* entgegenzunehmen. Dann ging die

Entzündung zurück, und er wurde entlassen. Er fuhr in sein Apartment nach Miami, um sich dort zu erholen. Er hätte auch ins Haus meines Vaters fahren können, wo Anita Chester für ihn gekocht und seine Wäsche für ihn gewaschen hätte, aber er wollte nicht nach Hause.

ICH FUHR JEDOCH nach Thorn zurück und nahm meine Karriere als Lieferant der Zeitung meines Vaters wieder auf. Es zeigte sich sofort, daß sich die Veröffentlichung des Artikels über Hillary Van Wetter und Moat County in der *Miami Times* unter Ward James' Namen auf das Ansehen meines Vaters ausgewirkt hatte.

Es machte ihm zu schaffen, daß er nicht mehr allgemein geachtet wurde.

Für die Bewohner von Moat County war sein Sohn nur einer von vielen Söhnen, die die Gegend verlassen hatten und mit dem Glauben zurückgekehrt waren, etwas Besseres zu sein. Nur hatte Ward diesem Gefühl auf der Titelseite der größten Zeitung des Landes Ausdruck gegeben. Er hatte dafür gesorgt, daß der berühmteste Anwalt des County in den Ruhestand ging, hatte eine staatliche Untersuchung der Bezirksverwaltung veranlaßt – man prüfte zur Zeit den Etat des Sheriffs, Leute würden ihren Job verlieren –, und er hatte sich für ein ruchloses und gewalttätiges Mitglied der Familie Van Wetter auf Kosten des guten Rufes von Thurmond Call eingesetzt.

Meinen Vater machte man für diese Dinge mitverantwortlich – nicht für den Artikel selbst, aber dafür, seinem ältesten Sohn einen Hang zu liberalen Ansichten eingeflößt und so den Ort verunglimpft zu haben, an dem er wohnte.

Als er das Ausmaß dieses allgemeinen Empfindens begriff, zog er sich zurück, verbarg sich im Reich seiner Erinnerungen, wo er sich sicher und unerschüttert fühlte. Selbst in seiner eigenen Küche wirkte er unnahbar.

Der Dodge-Händler, bei dem Jerome Van Wetter gearbeitet

hatte, schaltete keine Anzeigen mehr in der Zeitung meines Vaters, ebenso Woolworth, die Bäckerei Pie Rite und alle drei Maklerbüros, die in dem County arbeiteten. Auf der einen Seite sollten diese Anzeigenrücknahmen Solidarität mit den Ansichten der Kunden ausdrücken, andererseits waren sie durchaus persönlich gemeint. Leute, die zuvor die Politik meines Vaters nicht gemocht hatten, mochten ihn plötzlich persönlich nicht mehr. Überall im County machte sich eine Abneigung gegen meinen Vater breit, die auch dann noch anhalten sollte, als die Anzeigenkunden längst zurückgekehrt waren und man ihm den Artikel über Hillary Van Wetter verziehen hatte.

Die Wochen nach dem Erscheinen des Artikels in der *Times* brachte mein Vater damit zu, mit achtzig Meilen die Stunde in seinem Chrysler von Thorn nach Lately zu fahren, um ein Dutzend Lecks gleichzeitig zu stopfen. Er erklärte Leuten das Ethos des Zeitungsgeschäftes, die überhaupt kein Interesse daran hatten. Meistens hörten sie ihm höflich zu und versprachen, alles noch einmal zu überdenken.

Erschöpft, besorgt und verschlossen kehrte er nach Hause zurück. Nach dem Essen saß er dann in seinem Sessel, der Stapel Zeitungen an seiner Seite blieb unberührt, er war zu müde zum Lesen. Er trank seinen Wein, nickte ein und nahm manchmal im Halbschlaf eine Pille aus seiner Hemdtasche und legte sie sich unter die Zunge. Er nahm davon bestimmt ein halbes Dutzend am Tag.

Doch er erzählte noch seine Geschichten; er erzählte sie trotz der augenfälligen Hinweise darauf, daß er aus dem Geschäft gedrängt wurde, trotz des Gefühls, daß seine Welt zerfiel.

Wenn es Zeit wurde, sich zur Nacht zurückzuziehen, ging er die Treppe hinauf und schleppte die Füße nach, als wenn jeder Schritt ein neuer Gedanke wäre. Manchmal seufzte er dann: »Auch dies geht vorüber«, als hätte ein Gespräch im Zimmer stattgefunden, bevor er gegangen war.

Zu anderen Stunden hörte ich ihn in der Küche, wenn er mit meinem Bruder telefonierte. Pflichtanrufe, Fragen nach seiner Genesung. Die Unterhaltungen verliefen zäh, jedenfalls soweit ich sie mitbekam, als gäbe es nun etwas zwischen ihnen, das, einmal wahrgenommen, nicht länger ignoriert werden konnte.

Er entließ einen der drei Mitarbeiter seines Anzeigenstabs, einen jungen Mann namens Lauren Martin, sein bester Akquisiteur, der aber keine Familie zu versorgen hatte und leicht einen neuen Job in Orlando, Daytona Beach oder bei einer Zeitung in der Gegend um Tampa Bay finden konnte. Mein Vater äußerte seine Bedenken vor den Redakteuren und Journalisten, die er sich nach Hause zu einem Drink eingeladen hatte. Er wollte ihnen zeigen, daß er kein skrupelloser Chef war.

An diesen Abenden mit den Journalisten wurde genausoviel getrunken wir früher, aber der Optimismus war verschwunden. Die Party war vorbei, und die übriggebliebenen Gäste waren tatsächlich irgendwie übriggeblieben.

Ich gab normalerweise nicht viel auf diese Abende oder auf die Leute, die dort anzutreffen waren, fühlte mich aber vorübergehend von einer Frau namens Ellen Guthrie angezogen, die mein Vater kürzlich als Redakteurin eingestellt hatte und die allein gekommen war. Sie schien etwa in Charlottes Alter zu sein und verwandte wie Charlotte ein außerordentlich hohes Maß an Aufmerksamkeit auf ihre äußere Erscheinung. Soweit ich es beurteilen konnte, wurde sie von den übrigen Frauen in der Redaktion geschnitten. Selbst damals wußte ich allerdings schon, daß es gewisse Frauen gab, die anderen Frauen instinktiv mißfielen, und daß diese Frauen unweigerlich mehr Köder am Haken hatten als jene Frauen, denen sie mißfielen.

Eines Abends traf ich Ellen Guthrie, als sie allein auf der Treppe saß. Es war zehn Uhr, und sie hielt eine Flasche Bier in beiden Händen. Die übrigen Journalisten, Redakteure und mein Vater saßen draußen auf der Veranda.

Sie betrachtete mich mit einer gewissen Neugier, die den anderen Gästen fehlte.

»Die Party findet draußen statt«, sagte ich, und sie lächelte, stellte die Flasche auf die Stufe neben ihrem Fuß ab und steckte sich eine Zigarette an. Dann rückte sie ein wenig zur Seite und klopfte mit der flachen Hand auf die Stufe.

Ich setzte mich neben sie, bemerkte den Geruch ihres Shampoos, den glatten Stoff ihrer Bluse, die Kontur ihrer Brüste.

»Sie sind der Sohn, der kein Journalist ist«, sagte sie.

Ich fand es unmöglich, ihr darauf eine passende Antwort zu geben.

»Irgendwie bewundere ich das«, sagte sie. »Sie sind nicht einfach nur ins Geschäft eingestiegen, weil Ihrem Vater die Zeitung gehört.«

In mir regte sich der Impuls, meinen Bruder zu verteidigen, und verging wieder. »Ich fahre einen Lieferwagen«, sagte ich.

»Das ist nicht dasselbe«, sagte sie.

»Nein, ist es nicht. Ich stehe etwa fünf Stunden früher auf.«

Sie nickte, führte ihre Zigarette an die Lippen und streifte dabei meinen Arm. Ihre Haut fühlte sich kühl und weich an. Ich schätzte Ellen auf etwa siebenunddreißig. Ich rückte ein wenig zur Seite und befreite dadurch meinen Schwanz aus der Unterhose, so daß er sich in der Hosentasche aufreckte. Als würde eine Zunge gegen eine Backe drücken, dachte ich. Sie sah nicht auf meinen Schoß, lächelte aber, als wüßte sie, was dort los war.

»Der Artikel Ihres Bruders hat der *Tribune* eine Menge Ärger gemacht«, sagte sie.

»Er hat ihn nicht geschrieben«, sagte ich, »er lag im Krankenhaus.«

Sie nickte, als ob sie alles wüßte und nichts sie überraschen könnte. »Eine gute Story«, sagte sie, und zwar so, als ob es in ihr Metier fallen würde, derlei zu entscheiden. Sie warf einen raschen Blick durch das Fenster auf die Veranda, ohne jedoch die

Leute zu beobachten, die sie dort draußen sah. »Er schreibt gut«, sagte sie.

»Er hat ihn nicht geschrieben«, wiederholte ich. »Der andere Typ, Yardley Acheman, hat seine Notizen benutzt.«

»Trotzdem ist es eine gute Story.«

Als ich darauf nichts erwiderte, beugte sie sich vor, schaute mir von vorn ins Gesicht und lächelte. »Brüderliche Rivalität?« fragte sie.

Ich schüttelte den Kopf, aber sie schien mir nicht zu glauben. »Großer Bruder wird der berühmteste Reporter des Landes?« Sie lächelte wieder, hänselte mich. Und jetzt sah sie in meinen Schoß.

»Ist mir egal«, sagte ich. »Ich möchte kein Reporter werden.«

»Sie fahren lieber Lastwagen«, sagte sie.

»Wenigstens ehrlich«, sagte ich.

»Sind Sie gut darin?«

»Ich bin schon eine Weile nicht mehr gegen die Laderampe gefahren. Besser wird's wohl kaum werden.«

Sie lehnte sich zurück zu einer eher entspannten Haltung und öffnete ihre Beine. Sie dachte ans Lastwagenfahren. »Ich denke, man sollte der Beste sein in dem, was man tut«, sagte sie. »Selbst wenn man Müll abfährt, sollte man der Beste darin sein.«

»Haben Sie schon mal Müll abgefahren?« fragte ich.

Ich hatte einen steifen Schwanz, aber ich würde nicht mal mit dem Präsidenten der Vereinigten Staaten auf derselben Stufe sitzen und mir erzählen lassen, daß ich gemeine Arbeit – welcher Art auch immer – gefälligst gut verrichten müßte. Leute, die so was sagen, haben selbst nie Müll abgefahren.

Sie nippte an ihrem Bier, verlagerte ihr Gewicht und preßte sich dabei kurz an mich. Sie fühlte sich fest und straff an, wie Charlotte sich angefühlt hatte.

»Wenn ich es machen würde, würde ich es gut machen«, sagte sie und stellte ihr Bier auf der nächsten Stufe ab. Als sie die Hand zurückzog, berührten sich irgendwie unsere Beine. Ich hielt mein Bein genau da, wo es war, drückte mich nicht dagegen und zog mich nicht zurück. »Ich versuche immer, die Beste zu sein.«

Wir redeten jetzt nicht mehr über die Müllabfuhr.

Draußen auf der Veranda gab es irgendein Geräusch, etwas – jemand – war gefallen, Gelächter. Es klang nicht sonderlich fröhlich, und ich konnte die Stimme meines Vaters nicht erkennen. Sie blickte gelangweilt hinüber.

»Ihr Vater ist ein guter Redakteur«, sagte sie, »aber er braucht bessere Leute um sich.«

»Er mußte diese Woche einen Mann aus der Anzeigenabteilung feuern«, sagte ich.

»Er sollte noch ein paar mehr feuern«, sagte sie.

Wir blieben ein oder zwei Minuten lang stumm sitzen, und mir kam der Gedanke, daß sie etwas von mir erwartete, ich wußte aber nicht, was. Ich stellte mir vor, ihre Hand zu nehmen und sie in mein Zimmer zu führen. Aber im selben Augenblick mußte ich an die Regale da oben denken, auf denen immer noch die Modelle standen, die ich mit acht oder neun gebastelt hatte, und an die Trophäen aus den Schwimmwettkämpfen an der High-School, die irgendwie aus noch früheren Zeiten zu stammen schienen. Ich weiß nicht, warum ich diese Sachen nie fortgeräumt habe, vielleicht weil es nichts gab, was ich statt dessen hätte hinstellen können. Und so waren sie immer noch da, diese Artefakte meiner Kindheit. Selbst in meiner Phantasie schien es mir unmöglich, in diesem Zimmer mit einer Frau Sex machen zu können.

»Sagen Sie ihm nicht, daß ich Ihnen das erzählt habe«, sagte sie.

Ich starrte sie an und verstand kein Wort. »Daß er Leute feuern soll«, sagte sie. »Es würde die Dinge nur noch komplizierter machen.«

Als ob sie jemand wäre, dem Komplikationen etwas ausmachten.

»Ich habe gehört, daß er schlimm verletzt worden ist«, sagte sie eine Weile später und sprach von meinem Bruder.

»Er ist jetzt wieder in Miami.«

»Hat er an der Story gearbeitet?«

»Ich weiß nicht.«

»Ich wurde einmal verletzt, als ich an einer Story gearbeitet habe«, sagte sie. »Das ist kein Spaß.« Ich fragte sie nicht, wie sie verletzt worden war, da ich nicht wollte, daß wir wieder auf Ward zu sprechen kamen. Sie nahm einen tiefen Schluck und stellte dann die leere Bierflasche neben sich. »Ist oben eine Toilette?«

»Rechte Seite«, sagte ich. Sie war oben, als mir einfiel, daß mein Zimmer auf derselben Flurseite lag. Ich hörte, wie ihre Schritte anhielten, eine Tür geöffnet und wieder geschlossen wurde, und wie sie dann weiter den Flur hinunterging. Ich fragte mich, ob sie meine Modelle gesehen hatte.

SIE HOLTE SICH EIN NEUES BIER aus der Küche und brachte mir eins mit, setzte sich, und zwischen uns herrschte eine gewisse Vertrautheit, die vorher nicht dagewesen war.

»Ich wurde in den Arsch gefickt«, sagte sie. Einfach so.

Einen Moment lang sah ich die Laken in dem Zimmer, in dem ich Ward gefunden hatte, sah sie zerwühlt und halb auf dem Boden liegen, noch feucht von seinem Blut.

»Das ist kein Spaß«, sagte sie.

»Nein, glaube ich auch nicht.«

»Zwei Betrunkene.« Und eine Weile sagte sie nichts mehr. Jemand lachte auf der Veranda, einer von den Reportern meines Vaters. Ich hörte mich fragen, ob man die Kerle geschnappt hatte. Dasselbe hatte mein Vater im Krankenhaus gefragt, als er nicht wußte, was er sagen sollte.

Sie schüttelte den Kopf. »Sie haben sie laufenlassen«, sagte sie. Ich beugte mich vor und versuchte, nicht wieder wie mein Vater zu klingen.

»Sie sind nett«, sagte sie ein wenig später. »Die meisten Typen wollen alle Einzelheiten hören. Die geilen sich daran auf.«

Ich blieb stumm.

»Die Typen, die das getan haben, sind tot, das macht es kompliziert. Ich weiß, wer sie waren. Die meisten Opfer einer Vergewaltigung kennen ihre Angreifer, wußten Sie das?«

Ich schüttelte den Kopf. Sie sagte: »Das macht die Dinge kompliziert. Ich meine, da haßt man wen, und dann sind sie tot, und wie fühlt man sich dann?«

Ich wußte es nicht. »Wie sind sie gestorben?« fragte ich.

Sie zuckte die Achseln. »Zu schnell.«

»Klingt nicht allzu kompliziert«, sagte ich.

»Das weiß man nie, bis es einem selbst passiert.«

Ich sah wieder zur Uhr in der Küche, trank mein Bier und stand auf. Sie schaute von unten zu mir hoch und konnte aus der Perspektive kaum übersehen, daß mein Schwanz vorstand wie eine offene Wagentür. Sie lächelte.

»Sie hätten fragen können, wenn Sie mehr darüber wissen wollen«, sagte sie. »Ich schäme mich nicht.«

»Ich will nicht mehr darüber wissen.«

»Es passierte während der Arbeit, deswegen bin ich darauf gekommen. In gewisser Weise war es wie bei Ihrem Bruder.« Ich schaute die Treppe hinauf und dann wieder zu ihr hinab, bemerkte die Form ihrer Schenkel unter den gerafften Falten in ihrem Schoß.

»Sie taten es gemeinsam«, sagte sie, und ich setzte mich wieder. Einen Moment lang schien sie allerdings den Faden verloren zu haben. Ich merkte, daß sie betrunkener war, als ich angenommen hatte, und überlegte, ob sie ein Mensch wie der Freund meines Vaters war, der nach sechs Monaten untadeligen Verhaltens eines Abends versucht hatte, alle Juden auf dem Fest umzubringen.

Ob mein Vater diese Leute mit einer bestimmten Absicht eingeladen hatte? »Scheiß drauf«, sagte sie und lehnte sich auf den Stufen zurück, bis die Bluse sich um ihre Brüste spannte. Sie starrte an die Decke, dann schloß sie die Augen. »Wie alt sind Sie?« fragte sie.

»Zwanzig.«

Sie runzelte die Stirn. »Zu blöd«, sagte sie. Und dann: »Ich bin einundvierzig.«

»Das ist nicht alt«, sagte ich, als ob ich irgendwas darüber wüßte. »Sie sehen nicht so alt aus.«

Sie öffnete die Augen, trank aus der Flasche und verschüttete Bier über ihr Kinn. Sie wischte es mit dem Handrücken fort. »Nächste Woche. Einundvierzig«, sagte sie, »und wissen Sie, was ich mir zum Geburtstag wünsche?«

»Schwimmstunden«, sagte ich. Warum, weiß ich nach all diesen Jahren immer noch nicht.

Sie lachte laut und wandte den Kopf in meine Richtung. »Ich will einen sechzehnjährigen Jungen für die ganze Nacht«, sagte sie. »Vor vier Jahren wärst du genau der Richtige gewesen.«

Ich starrte sie an und blinzelte. Ich wußte nicht, was sie da redete. »Sie sind über'n Berg«, sagte sie. »Männer erleben ihren sexuellen Höchststand mit Sechzehn, das ist eine Tatsache.«

Ellen Guthrie begann, mir zu mißfallen.

»Wenn Sie noch etwa sechs Stunden warten wollen, kommen die Zeitungsjungen«, sagte ich.

Und das entlockte ihr ein Lächeln, und sie trank noch mehr Bier und zerzauste mein Haar. »Wissen Sie«, sagte sie, »Sie könnten glatt für sechzehn durchgehen.« Und dann küßte sie mich flüchtig aufs Ohr und ging auf die Veranda.

Ich ging nach oben und überlegte, was ich davon halten sollte. Am Morgen mußte ich immer noch daran denken, als ich mit dem vollbeladenen Truck auf dem Highway nach Süden fuhr, doch da kam es mir so vor, als ob sie kein Wort ernst gemeint hatte, als ob sie möglichst viele Männer foltern wollte, um uns heimzuzahlen, daß sie in den Arsch gefickt worden war.

Wahrscheinlich hatte sie auch den beiden Laufjungen in der Nachrichtenredaktion der *Times* erzählt, daß sie sich wünschte, sie wären erst sechzehn, dachte ich.

Die Druckmaschinen meines Vaters waren im Keller desselben dreistöckigen Gebäudes, in dem auch die Redaktion, die Anzeigenabteilung und der Vertrieb seine Räume hatte. Sein Büro befand sich im obersten Stock am Ende der Redaktion. Von dort konnte er aus seinem Fenster auf die Verladerampe und auf seine drei Lieferwagen schauen, die am Morgen an- und abfuhren.

Es gab dort eine Treppe, die von der Nachrichtenredaktion zu den Druckmaschinen und auch bis zu den Laderampen führte, und viele Reporter und Redakteure, die ihre Wagen hinter dem Haus parkten – mein Vater hatte es gern, wenn der Platz vor dem Gebäude für die Bürger von Thorn freiblieb, damit sie während ihres Einkaufs ungehindert parken konnten –, betraten oder verließen ihre Büros über diese Treppe.

Es war daher für mich keineswegs ungewöhnlich, spätmorgens auf meinem Weg ins Haus einen Journalisten oder Redakteur zu treffen, wenn ich von meiner Route zurückkehrte. Meistens waren sie dann auf dem Weg zum Mittagessen.

Meinen Vater sah ich selten, da es zu seinen Gewohnheiten gehörte, den Haupteingang zu benutzen. Wahrscheinlich genoß er das Gefühl, die eigene Zeitung zu verlassen, um hinaus auf die Straße seiner Leserschaft zu gehen. Doch hatte sich dieses Gefühl seit der Veröffentlichung der Van-Wetter-Story in der *Miami Times* geändert.

Eine Woche nachdem ich mit Ellen Guthrie daheim auf der

Treppe gesessen hatte, kam ich eine Stunde später als sonst zurück – mir war gleich hinter Thorn die Kühlerleitung gerissen – und sah sie neben meinem Vater an der Laderampe stehen. Er redete, sie hörte zu und stand etwas dichter bei ihm, als unbedingt nötig gewesen wäre, rauchte eine Zigarette und lächelte über seine Worte. Sie schauten auf und sahen mir zu, als ich den Laster rückwärts in seine Bucht rangierte. Die anderen Wagen standen bereits an ihrem Platz.

Ich stieg aus, und mein Vater sah auf seine Uhr.

Solange ich mich erinnern kann, sorgte er sich, daß es mit dem Geschäft bergab gehen könnte, wenn die Zeitungen zu spät ausgeliefert wurden – zu recht, denke ich –, daß die Zeitungen meist aus Gewohnheit gelesen wurden, daß sie Teil eines täglichen Rituals waren und daß, wenn die Zeitungen nicht zur ausgemachten Zeit vor der Tür des Lesers lagen, dieses Ritual durchbrochen werden konnte. Das Fernsehen stand stets bereit, ihren Platz einzunehmen.

Die Van-Wetter-Story in der *Times* hatte zu einem Anzeigenrückgang geführt, ihn bislang aber noch keine Abonnenten gekostet. Doch davor hatte er Angst, und er verbarg diese Angst nicht sonderlich gut, nicht einmal vor Miss Guthrie.

»Sie kamen alle zu spät«, sagte er und vergaß, daß sie neben ihm stand.

»Alle, die auf meinem Laster waren«, sagte ich, und mein Vater drehte sich um und faßte Ellen Guthrie am Arm.

»Ellen hat heute Geburtstag«, sagte er. »Komm mit uns essen.«

Ich ging mit ihnen, blieb manchmal einen Schritt zurück und betrachtete Miss Guthries schwingenden Hintern. Mir kam es vor, als wäre sie teurer gekleidet als Charlotte, sei aber nicht ganz so prinzipienfest.

»Heute ist Ellens vierzigster Geburtstag«, sagte mein Vater. Ich warf ihr einen raschen Blick zu, da sie mir erzählt hatte, daß sie einundvierzig wurde. »Wir wollen uns richtig einen hinter die Binde kippen.«

Mein Vater lud alle seine Angestellten an ihren Geburtstagen zu einem Drink ein, wenigstens alle, die er mochte. Doch normalerweise fing er nicht mit der Absicht an, sich richtig einen hinter die Binde zu kippen.

Wir öffneten die Tür zum Thorn Grill und betraten Dunkelheit und Kühle. Es war der einzige Ort in der Stadt, an dem man vor sechs Uhr abends Alkohol zu trinken und etwas anderes als Pökelfleisch zu essen bekam, Er nahm sie beim Hineingehen am Arm, als wolle er sie im Dunkeln führen, und mir schien, er hielt sie länger, als nötig gewesen wäre. Wir saßen in unserer Nische auf Plastikkissen, und ich schaute über den Tisch hinweg meinen Vater an, da ich nie zuvor mit ihm einen trinken gegangen war, da ich nie zuvor auch nur daran gedacht hatte, mit ihm in derselben Bar zu sitzen.

Wir hatten jeder vier Margaritas getrunken, als Ellen zur Toilette mußte. Mein Vater starrte ihr nach, dann griff er wieder nach seinem Drink und trank aus, was noch im Glas war.

»Ich habe Jack bereits erzählt, daß ich den Artikel über den Mann drüben in Lately einfach gut geschrieben finde«, sagte sie zu meinem Vater, als sie zurückkam. »Auch wenn er in dieser Gegend schlecht angekommen ist.«

Sie hatte ihre Lippen nachgezogen und etwas mit ihren Augen angestellt. Mein Vater stützte sein Kinn auf, als müsse er über ihre Worte nachdenken.

»Die journalistische Arbeit«, sagte sie, »die war doch sehr solide.«

Er nickte und griff wieder nach seinem Margarita. Die ersten Drinks hatte man uns mit Papierschirmchen serviert, die über den Glasrand hingen, aber inzwischen waren ihnen wohl die Schirme ausgegangen.

»Ward ist ein verdammt guter Reporter«, sagte er schließlich.

»Schrecklich, was ihm in Daytona Beach passiert ist«, sagte sie. Mein Vater steckte seinen Finger in den Drink und rührte um.

»Ja, das ist es«, sagte er, »aber Ward ist zäh.«

»Mir ist bei der Arbeit auch einmal etwas zugestoßen«, sagte sie kurz darauf, und sie und ich schauten uns an, ehe sie fortfuhr.

»Eins von diesen Dingen, die man nie mehr loswird«, sagte sie. »Vielleicht bin ich deshalb keine Journalistin mehr.«

Mein Vater wich einige Zentimeter zurück, als wolle er sie genauer in Augenschein nehmen. Sie erwiderte seinen Blick ruhig und gelassen, aber ein wenig erregt.

»Was ist passiert?« fragte er schließlich.

Sie zuckte die Achseln. »Ich wurde überfallen«, sagte sie, ließ die Worte im Raum stehen und nahm noch einen Schluck von ihrem Margarita. Wieder starrte sie ihn an.

»In den Hintern gefickt«, sagte sie.

Er blinzelte und wandte dann den Blick ab. Sie starrte ihn immer noch an, wartete, dann schaute er wieder zu ihr hinüber.

»Als Sie für einen Artikel recherchiert haben?« fragte mein Vater.

Sie zuckte die Achseln, fuhr mit einem Finger über den Rand ihres Glases und lutschte das Salz ab.

»Sie waren zu zweit; sie haben sich abgewechselt.«

Mein Vater sah sich nach der Kellnerin um und hob drei Finger, um neue Drinks zu bestellen. Er schwitzte, obwohl er unmittelbar im Luftstrom der Klimaanlage saß.

»Der eine hat mich festgehalten«, sagte sie und hielt dann inne. »Macht es Ihnen wirklich nichts aus, sich das anzuhören?«

»Nein, überhaupt nichts«, sagte er.

»Der eine hat mich festgehalten, und der andere hat mich von hinten vergewaltigt. Dann haben sie ihre Plätze getauscht, sich anschließend ausgeruht und mich dann noch mal gemeinsam vergewaltigt.«

Einen Augenblick lang war am Tisch nur das Geräusch der Klimaanlage zu hören. Sie beugte sich zu meinem Vater hinüber, halb betrunken bereits, und flüsterte ihm aus wenigen Zentimetern Abstand ins Ohr: »Deshalb weiß ich, wie das ist, das, was mit Ward passiert ist.«

»Ward wurde nicht vergewaltigt«, sagte ich.

Sie verstummte und schaute mich an. »Ich glaube, eine Gewalttat ist wie die andere. Es läuft auf dasselbe hinaus, wenn einer mit dir machen kann, was er will.«

Falls mein Vater über ihre Worte bestürzt war, ließ er es sich nicht anmerken. Er lächelte sie beschwipst an und schien voller Verständnis.

»Immerhin mußte ich nicht operiert werden«, sagte sie.

Sie sahen nicht auf, als ich mich erhob und zur Toilette ging, doch gleich nachdem ich die Tür zugezogen hatte, ging sie wieder auf, und mein Vater kam herein. Er warf einen prüfenden Blick in den Spiegel, kämmte sich das Haar aus der Stirn, nahm eine Pille aus der Hemdtasche und legte sie sich unter die Zunge. Dann spritzte er sich etwas Wasser ins Gesicht und trocknete sorgfältig seine Hände.

»Scheint mir eine kluge Frau zu sein«, sagte er und sah mich im Spiegel an. Über ihre Intelligenz wußte ich nichts zu sagen. »Scheint mir zu wissen, was sie will«, fuhr er fort.

Ich musterte ihn und fragte mich, ob er wußte, was er da sagte. Auf dem Weg zur Tür klopfte er mir sanft auf den Rücken, eine Geste aus meiner Kindheit, die jetzt aber irgendwie etwas anderes zu bedeuten schien.

»Du brauchst nicht dazubleiben, wenn du nicht magst«, sagte er.

Sie saß meinem Vater gegenüber, als ich zurückkam, und ignorierte die Blicke eines Mannes an der Bar. Der Mann trank Starkbier und hatte sich seit zwei, drei Tagen nicht rasiert. Auch nachdem ich mich hingesetzt hatte, starrte er sie bestimmt noch eine volle Minute an, tanzte auf der Stelle zur Musik aus der Jukebox, während ihm die Hose fast von den Hüften fiel. Doch dann warf mein Vater, der mit Tequila und mit Miss Guthrie abgefüllt war, einen mörderischen Blick in seine Richtung, so daß er sich schließlich umdrehte.

Der Mann war dürr und dreckig, sein Adamsapfel groß wie eine Walnuß. Meerjungfrauen waren auf seine Unterarme tätowiert, und er erinnerte mich an die Freigänger, die im Gefängnis von Starke ein- und ausgegangen waren. Ich sah ihm zu, wie er sich eine Zigarette ansteckte, sein Bier austrank und dann die Bar mit seinen Blicken maß, um soviel wie nur möglich von Ellen Guthrie in sich aufzunehmen.

Mein Vater ertappte ihn dabei. »Suchen Sie was?« fragte er.

»Himmel«, sagte ich, doch ihre Hand strich unter dem Tisch über mein Knie, als wollte sie mich beruhigen. Der Mann lächelte, schaute erst meinen Vater und dann Miss Guthrie an. Seine Zähne ließen sich ebenso rasch zählen wie die Zahnlücken. Der Kopf wirkte seltsam langgezogen, und es schien mir höchst unwahrscheinlich, daß er keine Waffe bei sich trug.

Er musterte mich mit raschem Blick und tat leichthin ab, was er sah. Er rückte einen Schritt von der Theke ab und ging auf den Tisch zu. »Hören Sie«, sagte ich, »wir wollen keinen Ärger.«

Er starrte mich mit all der Bösartigkeit an, die er aufbringen konnte, aber ich war in einem Zimmer mit Hillary Van Wetter gewesen und wußte, wann ich es mit einem wirklich gefährlichen Mann zu tun hatte. Dieser da war ein typischer Freigänger.

»Hab ich vielleicht mit dir geredet?« fragte er.

Und dann stand er an unserem Tisch, beugte sich zu uns herüber und lächelte. »Also«, sagte er, »was ist los, was haste gesagt?«

Der Barkeeper merkte, was vor sich ging, und rief den Mann zurück. »Laß die Leute in Ruhe, Cleveland, und setz dich wieder auf deinen Hocker«, sagte er.

Doch der Mann blieb, wo er war. »Sie riechen ziemlich süß«, sagte er zu meinem Vater, »schon gewußt?«

»Wenn ich an Ihrer Stelle wäre«, sagte ich, »dann würde ich mich wieder auf meinen Hocker setzen.«

»Ich werde schon mit ihm fertig«, sagte mein Vater, aber der Mann hatte sich bereits zu mir umgedreht.

»Was soll das denn heißen?« fragte er.

»Verdammt, Cleveland!« rief der Barkeeper, aber der Mann hob die Hand, als wolle er ihn zum Schweigen bringen.

»Das soll heißen, daß Sie an den falschen Tisch gekommen sind«, sagte ich, dachte daran, was Ward zugestoßen war, und fand mich im selben Augenblick bereit, diese Sache durchzustehen. Der Mann schien das zu spüren, ging zurück zu seinem Hocker an der Bar und beschwerte sich beim Barkeeper: »Die arbeitende Bevölkerung hat auch ihre Rechte«, sagte er.

Mein Vater funkelte ihn wütend an, richtete seine Aufmerksamkeit dann aber auf Näherliegendes. »Lassen Sie sich von dem da nicht stören«, sagte er zu ihr.

Sie blinzelte ihn an und zögerte den Augenblick in die Länge. »Danke«, sagte sie schließlich. »Solche Männer jagen mir schreckliche Angst ein.«

In Wahrheit hätte sie so einen Mann natürlich ohne einen heilen Knochen im Leib nach Hause schicken können.

Einige Minuten später ging der Mann aus der Bar, und kaum war er fort, stand ich ebenfalls auf, um mich zu verabschieden. Überall auf dem Tisch standen Margaritagläser, die Aschenbecher waren voller Zigarettenstummel. Sie hatte es sich zur Gewohnheit gemacht, ihre Zigaretten nur etwa zu einem Drittel zu rauchen und sie dann auszudrücken, um mit dieser Geste einzelne Worte zu betonen.

Als ich morgens aus dem Haus ging, traf ich meinen Vater, der gerade heimkehrte. Seinen Chrysler hatte er über die Auffahrt und dann in den Hof rollen lassen und war stolpernd ausgestiegen. Sein Hemd hing ihm aus der Hose, er hatte keine Socken an. Er sah verschlafen aus, betrunken und ziemlich mitgenommen, wirkte aber so glücklich wie seit jenen Tagen nicht mehr, als meine Mutter noch daheim gewesen war und sich die Dinge für ihn noch nicht gar so unerfreulich entwickelt hatten.

Es war kurz vor vier Uhr in der Frühe. »Eine sehr intelligente junge Frau«, sagte er und wankte an mir vorbei die Stufen hinauf.

Ich sah ihm nach, wie er die Veranda erklomm, in Zeitlupe beinahe, oben ein wenig taumelte und dann ins Haus ging. Wenn ich mir vorstellte, wie er mit seinen Blicken Schnapsschnösel herausforderte und dann mit ihr ins Bett stieg, mußte ich lächeln. Offenbar hatte er einen schönen Abend gehabt.

Als ich am späten Morgen den Laster auf seinem Platz abgestellt hatte und ausgestiegen war, kam sie durch die Hintertür und schaute sich um, als hätte sie Angst, gesehen zu werden.

»Herzlichen Glückwunsch zum Geburtstag«, sagte ich.

»Ich wollte mit Ihnen über diesen Abend bei Ihnen zu Hause reden«, sagte sie.

»Das müssen Sie nicht«, sagte ich.

»Ich will nur kein Mißverständnis.«

»Wir müssen uns ja nicht verstehen«, sagte ich und wollte gehen, aber sie blieb, wo sie war, und wollte bleiben, bis alles gesagt war.

»Wenn ich trinke, kommen manchmal alte Probleme hoch und machen mir zu schaffen«, sagte sie.

»Wir hatten beide getrunken«, sagte ich. Und weil sie immer noch vor mir stand und sich nicht vom Fleck rührte, sagte ich zu ihr: »Es war kein schlechter Abend.«

»Ich wollte nur nicht, daß Sie sich falsche Vorstellungen machen«, sagte sie.

»Habe ich nicht.« Dabei hatte ich keine Ahnung, wie die richtigen Vorstellungen aussehen könnten. Sie schaute mich an, als könne sie sich nicht so recht entscheiden.

»Ich bin doppelt so alt wie Sie«, sagte sie.

»Es ist alles in Ordnung«, sagte ich und wollte sie stehenlassen.

»Ich wollte Sie nicht auf den Arm nehmen«, sagte sie. Wir standen in der Garage und schauten einander an. Es ist unangenehm, jemandem etwas vorzulügen, wenn beide die Wahrheit kennen. Damit stellt man die eigene Autorität zu sehr in Frage, selbst wenn man mit einem Kind redet.

Schließlich wissen wir alle, was wir wissen.

Die Zungenspitze erschien in ihrem Mundwinkel, dann biß sie sich auf die Unterlippe. »Ich muß zur Stechuhr«, sagte ich. »Ich habe mich gestern nicht ausgetragen.«

Es war eine der Regeln meines Vaters: Alle Angestellten mit Ausnahme der Redaktionsmitglieder hatten die Stechuhr zu drücken. Ich vergaß es etwa jeden zweiten Tag. Im großen und ganzen verdienten die Journalisten und Redakteure zwar nicht mehr als die Lastwagenfahrer und Postboten, doch mein Vater zog eine Grenze zwischen den verschiedenen Berufsgruppen, da er glaubte, daß die Leute in den Redaktionen über jeden Betrug erhaben seien.

Ich ließ Ellen Guthrie stehen und ging zurück ins Verlagshaus.

Am Nachmittag rief sie mich zu Hause an. Ich war schwimmen, hatte danach ein Bier getrunken, dachte an Charlotte und schlief schon fast, als das Telefon klingelte.

»Ich weiß einfach nicht, was ich mit Ihnen machen soll«, sagte sie.

Ich sagte, die meiste Zeit wüßte ich das auch nicht.

»Warum kommen Sie nicht zu mir herüber?« fragte sie.

»Wohin?«

»In mein Apartment«, sagte sie. »Gleich jetzt, wenn Sie wollen.«

Ich sagte ihr, ich wäre in einer halben Stunde da, aber nachdem ich aufgelegt hatte, fiel mir mein Vater ein, wie er gestern nacht betrunken und glücklich nach Hause gekommen war, und ich beschloß, doch nicht zu ihr zu fahren. Ich habe noch nie zu denen gehört, die anderen einen Bissen von der Gabel stibitzen.

Ich duschte mich ausgiebig, ging dann in die Küche, holte mir noch ein Bier aus dem Kühlschrank und legte mich dann mit der Zeitung auf das Sofa im Wohnzimmer.

Eine Stunde später rief sie wieder an. »Sie sind sauer auf mich, stimmt's?« fragte sie.

»Nein«, sagte ich.

»Und warum kommen Sie dann nicht?«

»Ich weiß nicht«, sagte ich und hörte auf zu reden.

Sie legte auf. Als sie eine Viertelstunde später wieder anrief, war mein Vater daheim und ging ans Telefon. Der Ton seiner Stimme änderte sich, als er ihren Namen hörte; er lachte laut, dann flüsterte er und telefonierte fast eine halbe Stunde mit ihr. Anschließend kam er ins Wohnzimmer, unter dem Arm eine Flasche Wein für sich, eine Dose Bier in der Hand für mich.

»Das war Ellen Guthrie«, sagte er und klang überrascht und froh. »Eine sehr clevere junge Frau«, sagte er.

Und damit hatte er natürlich vollkommen recht.

EINEN MONAT SPÄTER traf ich meinen Vater, als er in der Küche Messer schleifte – ein Zeichen dafür, daß sich die Lage für die Zeitung nicht gebessert hatte. Es gehörte zu seinen Gewohnheiten, Messer zu schleifen, wenn er sich Sorgen machte. In dem Jahr, in dem uns meine Mutter verließ, konnte man in keine Besteckladе fassen, ohne sich blutige Finger zu holen.

Ich ging durch die Küche zur Garage. Er war jetzt ständig mit Miss Guthrie zusammen, kam spät nach Hause und lächelte jeden Abend, eingehüllt in süßliche Gerüche. Morgens meldeten sich die Probleme zurück.

Es war Sonntag, und ich wollte nach St. Augustine. Ich hatte mir in der letzten Woche ein Auto gekauft, einen acht Jahre alten Ford Kombi mit verrostetem Auspuff und einem Gaspedal, das steckenblieb, wenn man es durchdrückte. Der Wagen hatte dreihundertfünfzig Dollar gekostet. Da ich wußte, wie peinlich es meinem Vater gewesen wäre, ein Dreihundertfünfzigdollarauto vor dem Haus zu sehen, ließ ich ihn in der engen Gasse stehen, die unser Grundstück von dem unseres Nachbarn trennte. Manchmal, wenn ich selbst abends mal spät nach Hause kam, stellte ich schon auf der Straße den Motor aus und ließ den Wagen die Gasse hinunterrollen, bis er stehenblieb.

Er legte den Wetzstein auf die Arbeitsfläche neben dem Waschbecken, drückte mit den Fingern gegen den Klingenrand und rieb das Messer in kleinen Kreisen über den Stein. Er war ein Perfektionist, wenn es um seine Messer ging, und schien ein instinktives Gespür für die Stelle zu haben, an der sich Stein und Stahl berührten; ein gewisses Verhältnis für die Natur der Reibung.

»Wie ich sehe, hat man den Prozeß von diesem Van Wetter wieder aufgerollt«, sagte er. Er hatte dies, unter anderem, auf der Titelseite seiner eigenen Zeitung gesehen. Dort war die Story bereits während der ganzen letzten Woche mit der einen oder anderen Meldung aufgetaucht, wie auch auf den Titelseiten der meisten übrigen Zeitungen des Landes. Doch im Gegensatz zu allen anderen Zeitungen ließ die *Moat Tribune* die Namen der Reporter der *Miami Times* unerwähnt, die diese Wiederaufnahme des Prozeßes bewirkt hatten.

Drei Anzeigenkunden hatte mein Vater nicht zurückgewinnen können.

Er begann mit der Messerspitze, die Fingerspitzen hellrot. Er rieb jetzt langsamer, vorsichtiger, als spüre er den Moment nahen, an dem er aufhören mußte.

»Vielleicht halten sie ihn woanders ab«, sagte ich und dachte, daß es besser für ihn wäre, wenn sie den Prozeß in eine andere Stadt verlegen würden.

»Ich bezweifle, daß es überhaupt soweit kommt«, sagte er, und seiner Stimme war anzuhören, daß er noch immer das Messer an den Stein drückte. »Leute sind fortgezogen, Beweisstücke verlorengegangen...«

Seine Stimme erstarb, ich hörte die Klinge über den Stein schaben. Ein leises, unaufdringliches, mahlendes Geräusch, das einem niemals auffallen würde, gäbe es nicht dieses Schweigen, wie es nur zwischen zwei Menschen aufkommen kann, ein ganz anderes Schweigen als etwa jenes Schweigen, auf das man zum Beispiel unter Wasser treffen kann.

»Sie werden ihn laufenlassen«, sagte er, und dann hielten seine Hände inne, und er schaute mich an, Anklage im Blick. Ich zuckte die Achseln.

»Dann wird er wieder an den Fluß ziehen.« Ich war auf engem Raum mit Hillary Van Wetter zusammengesperrt gewesen und wußte, was für ein Mensch er war. Ich hatte die Eigenart seiner bösartigen Neigungen gespürt, die Erleichterung, wenn er sich wieder meinem Bruder, Yardley Acheman oder Charlotte zuwandte. Doch obwohl ich ihn verstand, begriff ich nicht, was es für einen Unterschied machte, ob er vom Staat auf den elektrischen Stuhl geschickt wurde oder in den unzugänglichen Sümpfen lebte.

»Nun«, sagte mein Vater. »Das wird er wohl.«

Damit war die Sache für ihn erledigt, und er fragte: »Hast du in letzter Zeit mit deinem Bruder gesprochen?«

Ich hatte Ward in dieser Woche ein halbes dutzendmal angerufen, aber er war nie in seinem Apartment gewesen, oder falls doch, war er jedenfalls nicht ans Telefon gegangen. »Ich glaube nicht, daß er sich noch Gedanken um Hillary Van Wetter macht«, sagte ich.

Mein Vater lächelte, ein sprödes, zaghaftes Lächeln, da er wußte, daß ich unrecht hatte. Ward war nicht der Sohn, der aufgab, wenn die Dinge schwierig wurden. »Er wird sich schon seine Gedanken machen«, sagte er.

Ich wartete noch einen Augenblick, dann ging ich zur Tür.

»Ist da was in Daytona passiert?« fragte er plötzlich. Ich drehte mich um und schaute ihn an.

»Du bist doch dagewesen«, sagte er.

Ich nickte, gab aber keine Antwort auf seine Frage. Ich glaube nicht, daß er eine Antwort hören wollte.

»Es gibt da ein Gerücht...«

Er führte seinen Satz nicht zu Ende, ließ die Worte im Raum hängen und wartete darauf, daß ich ihm sagte, daß es nicht stimmte.

»Es gibt immer Gerüchte, wenn was passiert«, sagte ich. Langsam begannen seine Finger, sich wieder zu bewegen, und als ich auf den Stein blickte, sah ich einige Blutstropfen. Doch noch während ich hinsah, verliefen die Tropfen, wurden vom Stein aufgesaugt und machten ihn fleckig.

»Du hast dich geschnitten«, sagte ich, und er besah sich seine Finger, fand den Finger, an dem er sich verletzt hatte, und betrachtete ihn zuerst von der einen und dann von der anderen Seite.

»Ich habe gehört, daß etwas... Unziemliches vorgefallen ist«, sagte er. »Daß die Polizei die Sache vertuscht hat.«

»Warum sollte sie? Da unten kümmert es doch keinen, wer wir sind.«

»Ich weiß nicht«, sagte er. Er hielt den Finger unter den Wasserhahn. »Ist nur ein Gerücht, das mir zu Ohren gekommen ist.«

»Ich glaube, du solltest Gerüchten über deine eigene Familie keinen Glauben schenken«, sagte ich.

Und wir schauten uns beide wortlos, aber anklagend an. Das Wasser lief über seinen Finger, und wir beide wußten, wer ihm erzählt hatte, daß etwas *Unziemliches* in Daytona Beach geschehen war. Er drehte den Wasserhahn ab und wickelte seinen Finger in ein Geschirrtuch.

»Nichts Hinterhältiges«, sagte er.

»Was hat sie gesagt?«

Er zuckte die Achseln. »Nichts Genaues, nur daß es da eine Geschichte geben soll, die sich von der der Polizei unterscheidet...«

Er schien selbst zu hören, wie schwach seine Antwort klang.

»Sie ist kein hinterhältiger Mensch«, sagte er. Und jetzt wurde es in der Küche auf eine Weise ungemütlich, die sich vom üblichen Unbehagen unterschied, das wir in der Gegenwart des jeweils anderen verspürten, als wäre eine Abmachung zwischen uns gebrochen worden.

»Dann sollte sie nicht leichtfertig irgendwelche Gerüchte weitertragen«, sagte ich.

»Sie ist nicht leichtfertig«, sagte er.

»Gerüchte«, sagte ich, »Gerüchte...«

»Es sind nicht ihre Gerüchte«, erwiderte er mit lauter Stimme, und da stand ich in der Küche und stritt mit meinem einundsechzigjährigen Vater über seine Freundin.

Ich sagte: »Ich gehe an den Strand«, drehte mich um und wollte gehen.

»Die Leute tun Ellen unrecht«, sagte er, und ich hörte ihre Stimme, hörte, wie sie ihm ins Ohr flüsterte: »Sie fassen es falsch auf.«

»Meistens nehmen einen die Leute, wie man ist«, sagte ich.

»Darf ich offen sein?« fragte er. Ich wartete und wünschte mir, ich wäre aus der Tür gewesen, bevor all dies hier angefangen hatte. »Ellen glaubt, daß du vielleicht…«, er suchte nach Worten, »… daß du etwas mißverstanden hast…«

Ich rührte mich keinen Millimeter vom Fleck, wollte es ihm kein bißchen leichter machen.

»Daß du geglaubt hast, sie wäre auf eine Weise an dir interessiert, wie sie es nicht ist.«

»Auf welche Weise?« fragte ich.

Er hob die Hand, als wolle er sagen, daß ich all dies wichtiger machen würde, als es eigentlich war. »So was passiert«, sagte er. »Sie weiß das.«

»Was passiert?«

Er dachte einen Augenblick nach, entschied sich für ein Wort: »Daß du in sie verschossen bist«, sagte er. »Junger Mann, ältere, erfahrene Frau … vielleicht wäre es für alle einfacher, wenn du sie nicht anrufen würdest.«

»Ich habe sie nicht angerufen«, sagte ich.

Er lächelte. »Dann gibt es ja kein Problem«, sagte er. Und er hob das Geschirrtuch an, um nachzusehen, ob sein Finger noch blutete. Ich drehte mich um, ging zur Tür und ließ sie hinter mir zuknallen.

EINEN MONAT SPÄTER wurde Ellen Guthrie zur stellvertretenden Chefredakteurin der *Moat County Tribune* befördert, und einen Monat darauf, an einem Freitag, zog sie in das Haus meines Vaters.

Am nächsten Morgen traf ich sie vor dem Bad auf dem Flur. Ihr Haar war feucht, und sie hatte nur ein T-Shirt der University of Miami an, das kaum ihren Hintern bedeckte. Mein Vater war unten und briet Pfannkuchen und Würstchen fürs Frühstück. Sie wollten heute zum Fluß, Barsche angeln. Ellen Guthrie hatte seit einiger Zeit ein ganz außergewöhnliches Interesse für Barsche entwickelt.

Wir blieben einen Augenblick stehen, dann wich ich ihr aus,

da ich sie im Vorübergehen nicht zufällig berühren wollte, und sie warf mir einen selbstgewissen, belustigten Blick zu, einen Blick, der mich erregte. Ich ging an ihr vorbei ins Bad und schloß die Tür.

Die Luft im Bad war noch schwer vom Geruch ihres Duschgels, und es roch nach Make-up und Cremes, die sie aufgetragen hatte, um sich für den Fisch am Haken fein zu machen.

Ich rasierte mich, putzte mir die Zähne und dachte an den Blick, den sie mir auf dem Flur zugeworfen hatte. Später, als sie mit meinem Vater unten am St. Johns River war, warf ich meine besten Klamotten in den Kombi, schrieb eine kurze Notiz, mit der ich meine Arbeit als Lastwagenfahrer kündigte, und floh aus Moat County.

Es war das erste Mal, daß ich mein Zuhause verließ, wenn man von Gainesville einmal absehen will. Ich fuhr schon seit einer Stunde in Richtung Süden, als mir aufging, daß ich unterwegs nach Miami war.

Wahrscheinlich stimmte es, daß ich so oder so stets auf dem Weg nach Hause war, selbst wenn ich fortlief.

MEIN BRUDER wohnte in einer kleinen Pension mit Blick auf die Biscayne Bay, nicht weit von der Zeitung, für die er arbeitete. Ich fand das Haus, blieb in meinem Wagen eine halbe Stunde lang davor sitzen und beschäftigte mich damit, in meiner Phantasie hinüber nach Miami Beach zu schwimmen. Es war keine große Sache, eine Stunde im Wasser, könnte auch weniger sein, aber es gab viel Verkehr, manche Rennboote donnerten mit dreißig, vierzig Meilen die Stunde vorüber. Ich suchte mir eine Stelle am Strand, an der ich ins Wasser gehen würde, malte mir dann meinen Weg durch den Kanal aus, kalkulierte Strömung und Flut, dachte an die Wochen, in denen ich nicht mehr trainiert hatte, und wurde auf meiner Strecke nach knapp hundertfünfzig Metern von einem uralten Chris-Craft zerteilt, das von zwei bärtigen Typen gefahren wurde, von denen einer ein weißes Seemannskäppi trug.

Ich schaute wieder hinüber zum Apartment und folgte mir selbst mit aufgeschlitztem Bauch oder in schlimmerem Zustand die Treppe zum Flur hinauf. Noch ehe ich mir Wards Gesicht vorstellte, sobald er die Tür öffnete, ließ ich den Motor an.

Der Wagen heulte auf, beruhigte sich dann zu leisem Grollen, und ich fuhr die Straßen rund um die Pension meines Bruders auf und ab und hielt nach Wohnungen Ausschau, in deren Fenstern Schilder anzeigten, daß sie zu vermieten waren, hielt schließlich an, nicht, weil das Haus dazu besonderen Anlaß bot, sondern weil ich vor der Tür einen Parkplatz fand, und mietete ein möbliertes Zimmer für einen ganzen Monat.

»Und Sie sind allein?« fragte die Frau. »Ganz sicher?«

»Ich bin allein.«

»Manchmal kommen sie hier herein, sind allein, und ehe man sich umsieht, hocken zwölf von denen da drinnen und schlafen auf dem Boden.«

»Ich kenne keine zwölf Leute«, sagte ich.

Sie nickte, dachte darüber nach. »Wollen Sie mit Lakenservice?«

Ich gab erst keine Antwort, da ich ihre Frage für eine Art Test hielt, mit der sie prüfen wollte, ob bei mir zwölf Leute schlafen würden.

»Haben Sie ihre eigene Bettwäsche mitgebracht?« fragte sie schließlich etwas ungeduldig.

»Nein«, sagte ich.

»Dann setze ich Sie auf die Liste für saubere Bettwäsche«, sagte sie und verkündete im selben Atemzug die Hausregel: »Scheren Sie sich nicht um die anderen, so scheren die sich nicht um Sie.«

Ich brachte meine Sachen aus dem Auto ins Zimmer und mußte zweimal laufen, vorbei an einem untersetzten Mann mit Froschaugen, der vor seiner Tür stand, einen winzigen Zigarettenstummel rauchte und mich anstarrte, als wolle er mich um ein Date bitten. Ich begriff auf Anhieb, daß Miami anders war als die beiden anderen Orte, an denen ich bisher gewohnt hatte.

Ich zog die Tür zu meinem Zimmer zu, schloß ab, steckte den Haken in den Ringbolzen und setzte mich auf die nackte Matratze. Ich spürte, wie die Federn unter mir nachgaben. Der Teppich hatte dunkle Flecke, die beinahe eine geschlossene Kruste bildeten. Ich dachte an die Pension, in der mein Bruder wohnte. Von der Straße aus hatte sie dieser hier ziemlich ähnlich gesehen. Ob drüben dieselbe Regel galt? *Scheren Sie sich nicht um die anderen, so scheren die sich nicht um Sie.* Vielleicht mochte er deshalb diese Gegend oder auch diese Stadt.

Es klopfte an meine Tür, dann hörte ich eine Männerstimme: »Biste zu Haus, Kumpel?«

Ich lag zitternd auf meiner Matratze.

»He, Kumpel?«

Der Mann kam im Verlauf der nächsten Tage noch ein halbes dutzendmal, aber ich habe ihm nie die Tür aufgemacht.

Ich verließ mein Zimmer, um zu schwimmen und zu essen, und abends machte ich einen Spaziergang durch die Nachbarschaft und hielt nach Frauen Ausschau.

Ich hoffte, Ward über den Weg zu laufen, damit er sah, wie allein ich in dieser Stadt war, damit er mich in sein Apartment mitnahm, mich zurück in den Schoß der Familie holte. Aber ich begriff, daß es einfach zu viele Straßen und zu viele Menschen gab. Schließlich ging ich zur Zeitung, um ihn zu treffen, da ich mir dachte, daß dies weniger aufdringlich sei, als vor seiner Türschwelle aufzutauchen.

Die Nachrichtenredaktion war ein Gewirr aus Tischen, Telefonen und Schreibmaschinen, allesamt in Rauch gehüllt, und ich ging unbemerkt durch sie hindurch und fragte eine Frau, die vor der Information saß, nach Wards Büro. Sie blickte nicht von ihrer Schreibmaschine auf, deutete aber mit ihren Fingern in kurzem Bogen nach hinten. Zwischen diesen ausgestreckten Fingern hielt sie einen Zigarettenstummel von der Größe eines Verlobungsringes.

Ich durchquerte die Nachrichtenredaktion, ging an hundert Journalisten und Redakteuren vorbei, von denen keiner aufschaute, da sie instinktiv ahnten, daß ich nicht wichtig war, und fragte wieder nach meinem Bruder.

Er saß allein in einem Büro mit zwei Schreibtischen. Das Büro war kleiner als das Zimmer über dem Moat-Café in Lately, und es besaß keine Fenster, die Glasscheibe einmal ausgenommen, durch die man in den größeren Raum nebenan sehen konnte. Es roch nach Yardley Achemans Rasierwasser.

Mein Bruder trug ein weißes Hemd und einen Schlips und las in einem gebundenen, mir bekannt vorkommenden und mehrere Zentimeter dicken Dokument. Er hörte nicht gleich auf zu lesen, um zu sehen, wer zu ihm ins Zimmer spaziert war, sondern hielt einen Finger hoch als Bitte, ihn zu Ende lesen zu lassen. Dann blickte er auf und sah mich. Er hatte sein linkes Auge verloren und trug eine Augenklappe, außerdem hatte sich die Form seines Gesichts verändert. Es war irgendwie runder, so daß man einen Moment brauchte, um sich zurechtzufinden. Auf den Nasenflügeln waren kleine weiße Narben zu sehen, und zwei Zentimeter unterhalb seiner Unterlippe war eine längere Narbe, die sich dem Verlauf der Lippe größtenteils angepaßt hatte, dann aber nach unten stieß, um gleich darauf wieder steil anzusteigen, so daß sie die Unterlippe im Mundwinkel schnitt. Auf beiden Seiten der Narbe war das Fleisch geschwollen.

Er lächelte, und die Narbe preßte sich gegen die darunterliegenden Zähne, so daß er deutlicher seinem früheren Selbst glich. Er stand auf und beugte sich über den Tisch.

»Wo bist du gewesen?« fragte er, und ich hörte ihm an, daß er sich freute, mich zu sehen. Ich merkte, wie mir die Tränen kamen.

»In Miami«, sagte ich. »Hab mich umgesehen.«

»World War sagte, könnte sein, daß du hier auftauchst...«

Einen Augenblick blieben wir stumm und schauten uns an. Nicht die Augenklappe, sondern sein rundes Gesicht lenkte mich schließlich ab. Es kam mir nicht sonderlich ungewöhnlich vor, ein Auge zu verlieren.

»Er macht sich Sorgen«, sagte Ward.

»Ich hatte ihm einen Zettel geschrieben.«

»Auf dem nicht stand, wohin du gefahren bist.«

Ich zuckte die Achseln, und mein Bruder machte es sich wieder gemütlich in seinem Sessel, lächelte immer noch und freute sich, daß ich da war. »Setz dich«, sagte er, aber der einzige leere Stuhl stand hinter dem anderen Schreibtisch. Ich zögerte, da ich daran dachte, wie Yardley Acheman das letzte Mal reagiert hatte, als er mich hinter seinem Schreibtisch fand.

»Er ist für eine Woche fort«, sagte Ward.

Ich setzte mich und spürte, wie der Sessel sich unter mir drehte. Ein weicher, gut geölter Sessel, besser als die Sessel, auf denen die Reporter und Redakteure im Hauptraum saßen. Außerdem war sein Schreibtisch aus Holz, nicht aus Metall, die Schreibmaschine war eine nagelneue Underwood.

»Er meinte, du hättest dir eine heiße Karre gekauft und seist auf und davon«, sagte Ward.

Ich nickte, da ich nicht weiter auf das Übrige eingehen wollte. Mir kam es vor, als wäre ich unterwegs gewesen, seit ich mein Zuhause verlassen hatte. Ich sah aus dem Fenster und wiegte mich in Yardleys Sessel. »Yardley hat sich ein paar Tage freigenommen?« fragte ich.

»Er feiert«, sagte er. »Der Staatsanwalt hat beschlossen, Van Wetter gar nicht erst wieder vor Gericht zu stellen.«

»Er feiert oft.«

Ward nickte und spielte mit dem Dokument auf seinem Tisch, richtete es an den Schreibtischkanten aus. Dann erkannte ich es wieder, die ersten hundert Seiten der Mitschrift von Hillary Van Wetters Prozeß.

»Na ja, ich schätze, das hat er sich gewünscht«, sagte ich.

Er starrte wieder auf die Mitschrift, dann fuhr er sich mit einem Finger unter die Augenklappe und kratzte sich. Einen Moment später legte er den Ordner in seinen Aktenschrank und fand seine gute Laune wieder. Er fragte mich nach World Wars neuer Freundin.

Ich sagte ihm, daß es nicht leichtfallen würde, sie »Mom« zu nennen.

EIN PAAR TAGE SPÄTER kam ein Brief von Charlotte. Er war an meinen Bruder adressiert, aber an uns beide geschrieben. Yardley Acheman bekam einen eigenen Brief, der für die Dauer seiner Abwesenheit mit der übrigen Post ungeöffnet auf seinem Tisch liegenblieb. Der Brief an Ward und mich klang seltsam distanziert. Sie bedankte sich für unsere Hilfe bei der Rettung Hillarys und schrieb, daß sie immer noch daran dachte, ihn zu heiraten, sich aber noch für keinen Termin entschieden habe. Wir ständen auf der Gästeliste. Standesamtliche Ehe sei zwar bei den Van Wetters Tradition, schrieb sie, aber sie wolle eine Feier mit einem Baptistenpriester. Unterschrieben hatte sie mit »Herzlichst, Charlotte.«

Mein Bruder zeigte mir den Brief beim Mittagessen in einem Café einige Straßen vom Verlagshaus entfernt. Es gab ein anderes Restaurant, das näher lag und in dem die meisten jungen Reporter aßen, aber mein Bruder zog es vor, ihnen aus dem Weg zu gehen.

Zu viele von ihnen waren heutzutage »Journalisten«, erfüllt von der Wichtigkeit ihres Standes und begierig darauf, ihren Lesern zu erzählen, was die Artikel bedeuteten, ohne selbst allzu viele Artikel vorweisen zu können.

Damit er in den Umschlag paßte, war der Brief in der Mitte gefaltet, dann umgedreht und noch zweimal andersherum gefaltet worden. Er war in sorgfältigen Schnörkeln auf liniertem Papier geschrieben, der Rand sauber, kein Wort falsch, auf seine Art eben ein höflicher Brief.

»Wie einer von den Dankesbriefen, die Mutter uns nach Weihnachten immer an Tante Dorothy schreiben ließ«, sagte ich.

Er nickte, dachte aber anders darüber. »Sie versucht, die Sache zum Abschluß zu bringen«, sagte er schließlich.

»Was für eine Sache?«

»Wir sind eine offene Rechnung«, sagte er, und dann nahm er den Umschlag, in dem der Brief gesteckt hatte, und untersuchte den Poststempel: Lately.

»Sie hat, was sie wollte«, sagte er, und die Worte trafen mich wie Messerstiche. Ein Glas Milch hatte während des Essens unberührt vor Ward gestanden – man hatte uns beigebracht, unser Essen nicht herunterzuspülen –, doch nun griff er danach und trank es aus. Als er das Glas hob, fiel mir die Narbe unter seiner Lippe wieder auf.

»Es macht ihr Sorgen«, sagte er.

»Was?«

Eine Zeitlang sagte er kein Wort, doch dann fragte er: »Glück gehabt heute morgen?«

Ich war zum Personalbüro der *Times* gegangen und hatte mich um eine Arbeit in der Nachrichtenredaktion beworben. Unter »Referenzen« hatte ich den Namen meines Bruders und auf Wards Ermunterung hin auch den von Yardley Acheman angegeben. »Ich soll einen Test mitmachen«, sagte ich.

Er nickte, dachte aber noch an Charlotte.

»Ich frage mich nur«, sagte er schließlich, »warum sie Yardley einen gesonderten Brief geschrieben hat.«

»Er hat schließlich mit ihr gevögelt«, sagte ich.

Er schüttelte den Kopf, da er sich mit dem Thema nicht näher befassen wollte.

Ich hakte nicht weiter nach. Als ich zum erstenmal Geschichten über das Vögeln gehört hatte, in der zweiten Klasse etwa, und zwar von vielen verschiedenen Seiten, da wußte ich, daß es irgendwas damit auf sich haben mußte, und eines Nachmittags ging ich nach Hause und hatte das deutliche Gefühl, daß es besser und einfacher um die Welt stehen würde, wenn nichts davon wahr wäre.

Ich glaube, mein Bruder hat diese Einstellung sein Leben lang beibehalten.

»Viele Menschen schlafen miteinander«, sagte er. »Ich denke nicht, daß es ihr viel bedeutet.« Wir schauten uns über die leeren Teller hinweg an. »Es muß etwas anderes sein.«

»Dann mach Yardleys Brief auf«, sagte ich. Er lächelte mich an; wir wußten beide, daß er so etwas niemals machen würde. Die Kellnerin kam, und Ward gab ihr einen Fünfdollarschein.

»Wie steht's bei dir mit Geld?« fragte er.

»Ich hab noch.«

»Sag mir, was du brauchst.«

»Danke«, antwortete ich, »ich hab genug.«

Es war uns peinlich, wir waren es nicht gewohnt, füreinander Sorge zu tragen. »Also ist die Freundin ins Haus gezogen«, sagte er schließlich.

»Das Medizinschränkchen steht voller Make-up«, sagte ich. »Überall kleine Pinsel ...«

Er nickte, stellte es sich vor.

»Sie braucht ziemlich lange für ihr Gesicht«, sagte ich.

»Na ja«, sagte er dann, »wenn es World War gefällt.«

»Er schien sich zu freuen«, sagte ich, »aber er verbringt derart viel Zeit damit, sich einzureden, daß er sich freut, daß man sich einfach nie sicher sein kann.«

Unser Leben lang hatte mein Vater sich jedesmal gefreut, wenn die Bibliothek oder die Stadt für den Straßenausbau vom Staat Geld bekam, wenn ein Sechstkläßler es bis in die Endrunde des landesweiten Buchstabierwettbewerbs schaffte, Weldon Pine zum Anwalt des Jahres ernannt oder ein Scheunenbrand von der freiwilligen Feuerwehr in Thorn gelöscht wurde. Man erwartete von ihm, daß er sich freute. Und wenn der Staat kein Geld für die Straßen zahlte oder die Feuerwehr nicht rechtzeitig bei der Scheune war, dann war er beleidigt.

Es ist natürlich schwierig, auf diese Weise am Puls der Zeit zu bleiben, da man unweigerlich zugleich glücklich und traurig sein muß. Doch für den Redakteur und Herausgeber der *Moat County Tribune* war dies so selbstverständlich geworden wie die Tatsache, daß er zur Arbeit einen Anzug trug. Vielleicht war es sogar Teil seines Anzugs.

Doch im Grunde machte ihm nicht das Thema der Nachrichten, sondern der Prozeß ihrer Verbreitung Freude. Dieser Prozeß brachte Verwirrung und Unsicherheit mit sich, und sich dort seinen Weg hindurchzusuchen, das gefiel ihm.

Ich fragte mich, ob dies auch auf seinen Flirt mit Miss Guthrie zutraf, doch war dies keine Frage, die er sich stellen würde, nicht einmal im nachhinein, etwa wenn sie ihn verlassen hatte und er verloren zurückgeblieben war. Aus Angst vor dem, was er heraufbeschwören mochte, zog er sich nachträglich niemals in Zweifel.

Am Tag darauf fragte Ward beim Mittagessen, ob die Anzeigenkunden zur *Tribune* zurückgekehrt seien, und dann wollte er wissen, wie es um World Wars Herz stand.

Dort, wo in seiner Lippe der Nerv durchtrennt worden war, tropfte ihm manchmal Milch oder Suppe aus dem Mund und lief ihm übers Kinn, ehe er es merkte und abwischen konnte.

Man hatte uns strenge Tischmanieren beigebracht, doch wenn ihm Essensbrocken von seiner toten Lippe fielen, schien es ihn nicht in Verlegenheit zu bringen.

An einem anderen Tag fragte er plötzlich, was aus dem Anwalt Weldon Pine geworden war, ob er nach seinem Rücktritt in Lately geblieben oder in eine andere Stadt gezogen sei. Ich spürte, wie leid es ihm tat, daß die Story dem alten Mann soviel Ärger bereitet hatte.

Später beschäftigte ihn Onkel Tyree.

»Und was ist, wenn dieser alte Mann und seine gesamte Familie, die Stumme nicht ausgenommen, gewitzter gewesen wären als wir?« fragte er.

»Und was, wenn?«

Er hob einen Finger, da ich warten sollte, bis er seinen Gedanken zu Ende formuliert hatte. »Was ist, wenn sie uns besser kennen als wir sie? Was, wenn sie vorausgesehen haben, was wir tun würden?«

Ich wartete, bis ich sicher wußte, daß er fertig war. »Ist trotzdem egal«, sagte ich.

Er sah mich an und lächelte, als hätte ich den entscheidenden Punkt nicht verstanden. »Eine Weile sind die Dinge aus dem Ruder gelaufen«, sagte ich. »Du wurdest verletzt, Yardley schrieb seinen Artikel, und jetzt ist es vorbei. Hillary ist wieder im Sumpf.«

Er griff nach dem Hamburger, den er sich bestellt hatte, und nahm einen Bissen. Fett tropfte ihm von der Lippe. »Und wenn sie uns benutzt haben?« fragte er.

Das Fett rann über sein Kinn, rann dorthin, wo er noch etwas fühlen konnte, und er wischte es sich mit der Serviette ab.

»Und was, wenn wir sie benutzt haben?« fragte ich. »Das sind nun mal die Spielregeln, stimmt's? Du benutzt sie, sie benutzen dich...«

»So ist es nicht immer«, sagte er. »So muß es nicht sein.« Er dachte einen Augenblick nach, vielleicht versuchte er, sich an einen Fall zu erinnern, wo es anders gewesen war.

»Es ist wie beim Fischen«, sagte ich. »Du bist dem einfach nicht gewachsen, wenn du dir Sorgen um den Wurm machst.«

Er beugte sich über den Tisch und senkte die Stimme. »Du hast es noch nicht erlebt, Jack, wie es ist, wenn du es absolut korrekt hinkriegst«, sagte er. »Wenn du die Dinge genauso hinkriegst, wie sie gewesen sind.«

»Und was dann?« fragte ich.

Er lächelte, Fett schimmerte auf seinem Kinn. »Das macht es erträglich«, sagte er. Und einen Moment lang schien es mir, als würde seine Stimme aus dem Aufwachraum zu mir dringen.

»Aber man weiß nie genau, wie die Menschen sind«, sagte ich, und diese Worte hingen noch lange zwischen uns.

Obwohl man Yardley Acheman nicht erreichen konnte, um sich bei ihm über mich zu erkundigen, wurde ich als Laufbursche in der Nachrichtenredaktion der *Times* eingestellt und bekam bereits zu Anfang mehr Geld als irgendein Reporter bei der Zeitung meines Vaters.

Yardley blieb noch eine weitere Woche in New York, sprach sowohl bei der *Times* wie auch bei der *Daily News* um einen Job vor und trieb sich mit berühmten Schriftstellern und Journalisten in der Bar *Elaine's* herum.

Er war gern mit berühmten Schriftstellern zusammen und gab sich nach seiner Rückkehr Mühe, ihre Namen in seine Gespräche einzuflechten.

Während Yardley sich in New York aufhielt, blieb mein Bruder an seinem Schreibtisch, acht Stunden am Tag, und ging immer wieder die Kartons mit jenen Papieren durch, die er in Moat County gesammelt hatte. In keinem dieser Kartons gab es irgendwas Neues, er konnte inzwischen alle Termine, Tage und Namen auswendig sagen. Doch er wurde das Gefühl nicht los, daß es in alldem eine verborgene Ordnung gab, die ihm entgangen war.

Er war inzwischen davon überzeugt, daß der Van-Wetter-Clan die Geschichte irgendwie inszeniert hatte, die schließlich unter seinem Namen erschienen war.

Ward hatte dafür gesorgt, daß ich eingestellt wurde, und nun sorgte er auch dafür, daß meine Arbeitszeit mit seiner zusammenfiel, eine Gefälligkeit, die andere Laufburschen, die schon länger in der Nachrichtenredaktion arbeiteten, gegen mich aufbrachte. Einer oder zwei von ihnen waren so weit gegangen, sich bei der Gewerkschaft zu beschweren.

Doch falls mein Bruder in den üblichen Beförderungsablauf eingegriffen hatte, dann keineswegs aus bloßer Parteilichkeit. Er wollte mich in seiner Nähe haben, weil ich mit ihm in Moat County gewesen war; ich hatte gesehen, was er gesehen hatte.

Er ging jetzt der Vermutung nach, daß Tyree Van Wetter einen Mann dafür bezahlt hatte, sich als Bauunternehmer auszugeben und zu behaupten, daß er den Rasen gekauft hatte, denn dies schien ihm die einzig triftige Alternative zu der Annahme, daß Yardley die ganze Sache erfunden hatte.

Er verbrachte lange Nachmittage damit, sich ehrenwerte Erklärungen für Yardley Acheman auszudenken.

»Aber wie sollen sie ihn gefunden haben?« fragte ich eines Nachmittags, als wir die *Times* verließen. »Falls er dort war, als Yardley in der Stadt war, dann war er auch dort, als wir da waren. Wenn Yardley ihn finden konnte, hättest du ihn finden können.«

Er vertraute mir auf eine Weise, die ich weder verstand noch verdient hatte. Trotzdem kämpfte er gegen das an, was deutlich vor seinen Augen lag. Ich wußte, es war noch nicht überstanden.

Ich fragte ihn, ob wir wieder nach Daytona Beach fahren würden.

»Ich glaube, es wäre besser, wenn wir noch einmal mit dem Van-Wetter-Clan reden würden«, sagte er.

Ich dachte an die schwarze Mokassinschlange, die aus dem toten Baum ins Wasser fiel, als wir zum erstenmal hinübergewatet waren.

»Ohne mich.«

»Manchmal«, sagte er, »muß man Menschen lange beobachten, wenn man herausfinden will, wer sie sind.«

Ich blieb auf dem Bürgersteig stehen und sah ihn an. »Willst du damit behaupten, daß du dich darum sorgst, sie hätten sich uns vielleicht von ihrer Sonnenseite gezeigt?«

Darüber mußte er ein wenig lächeln, so daß seine Lippe sich gegen seine Zähne preßte. Da wußte ich, daß wir noch einmal hinfahren würden, und ich wußte, daß ich mit ihm kommen würde. Wenn er noch einmal verletzt werden sollte, würde ich es nicht ertragen können, es sei denn, ich wurde ebenfalls verletzt. Um es mit einem geliehenen Wort zu sagen: Nur unter dieser Bedingung würde es *erträglich* sein.

YARDLEY KEHRTE IN DER DARAUFFOLGENDEN WOCHE mit der Neuigkeit zurück, daß er sich mit einer New Yorker Journalistin verlobt hatte. Der anderen in Palm Beach hatte er noch nicht erzählt, daß es zwischen ihnen aus war, und er überlegte laut, wie er das anstellen sollte.

In dieser Woche war ein Artikel über Van Wetter im *Time*-Magazin erschienen, der Yardley als wichtige neue Stimme in der Medienwelt pries, als einen der »neuen Journalisten«. Mein Bruder wurde kaum erwähnt, allerdings hatte er auch den Anruf vom Reporter des *Time*-Magazins nicht beantwortet.

Die Story und das dazugehörige Bild wurden aus der Zeitschrift ausgeschnitten und mit dem handschriftlichen Zusatz: *Was fehlt auf diesem Bild?* an das Schwarze Brett der Nachrichtenredaktion geheftet.

Yardley Acheman wurde längst von sämtlichen Leuten in der Nachrichtenredaktion verachtet, eine Handvoll junger Journalisten ausgenommen – von denen manche einen Collegeabschluß in Journalismus hatten –, die in ihren Artikeln seinen Stil imitierten. Doch da ihnen mein Bruder fehlte, der ihre Storys mit dem Gewicht der Ereignisse und Fakten angereichert hätte, schrieben sie onanistische Artikel, Zeugs, für das selbst ich, ein rausgeworfenes Mitglied des Schwimmteams der University of Florida, mich geschämt hätte.

Ihre Artikel waren von derselben Machart, wie sie Yardley produziert hatte, ehe er von den Redakteuren der *Miami Times* mit meinem Bruder zusammengesteckt worden war.

Yardley ignorierte seine Kritiker und ermunterte seine Nachahmer, lobte sie selbst dann noch überschwenglich für eine durchaus gewöhnliche und zumeist peinliche Prosa, wenn ihnen die Redakteure der alten Schule diese Prosa mit der Bitte wieder vorlegten, die Löcher mit Fakten und nicht mit Blumen zu füllen.

Mein Bruder machte sich weder etwas aus dem Artikel im *Time*-Magazin noch aus dem Erscheinen dieses Artikels am Schwarzen Brett der Nachrichtenredaktion. Selbst jener Absatz schien ihn nicht zu berühren, in dem er von Yardley Acheman als eher »traditioneller, bodenständiger Typ von Reporter« beschrieben wurde, ganz im Gegensatz zu Yardley, der nach eigenen Worten einer von denen war, die »die Strukturen und Bedeutungen der Storys in nichttraditioneller Weise« sahen.

Wir waren ständig zusammen, Ward und ich. Wir aßen zusammen, wir kamen zusammen zur Arbeit, wir gingen zusammen nach Hause. Manchmal fragte ich mich, wer von uns wen beschützte, aber wenn ich abends, nachdem ich ihn abgesetzt hatte, ins Haus ging und der fette Typ mit den Froschaugen aus seinem Zimmer kam, um mir über den Flur nachzusehen, wurde ich immer wieder daran erinnert, was in Daytona Beach geschehen war. Dann fühlte ich mich irgendwie sicher, weil ich wußte, daß ich Ward wohlbehalten bis an seine Tür gebracht hatte.

Manchmal lächelte der fette Mann, wenn ich vorüberging, und manchmal stieß er aus dem Mundwinkel schnalzende Laute aus. Mir schien offensichtlich, daß er die Regel des Hauses durch diese Belästigungen verletzte. Und an manchen Abenden, wenn ich Ärger in der Arbeit gehabt hatte, spürte ich, wie ich mich über diesen Regelverstoß aufregte, spürte eine fast unbezähmbare Wut.

Ich fühlte mich seltsam ganz, wenn ich so wütend war.

Ich hatte mich natürlich schon gefragt, wer dieser Mann war, als eines Morgens auf meinem Weg zum Wagen ein anderer Hausbewohner neben mir auftauchte und mich darum bat, ihn nach Palm Beach County mitzunehmen, wo er vielleicht einige Tage als Obstpflücker Arbeit finden konnte. Er erzählte mir, daß Froggy Bill, wie er genannt wurde, Polizist gewesen sei und daß er jetzt von seiner Rente lebte.

»Mußt schon ein ziemlich mieser Bulle sein, wenn sie dich rauswerfen«, sagte er. »Bestimmt hat er was angestellt, was die öffentliche Aufmerksamkeit auf ihn gelenkt hat.«

Ich sagte dem Mann, daß mich das nichts angehen würde, gab ihm einen Dollar für den Bus, ließ ihn auf dem Bürgersteig stehen und fuhr zur Arbeit.

Ich erzählte Ward nichts von Froggy Bill; eigentlich erzählte ich ihm sogar nie etwas von dem Haus, in dem ich wohnte. Wahrscheinlich nahm er an, daß es bei mir wie bei ihm war – ein Apartment mit Schlafzimmer, Küche und Bad.

Doch mein Badezimmer befand sich am Ende des Flurs. Ich ging frühmorgens hin, ehe die Sonne aufging, um nicht mit Froggy Bill auf seinem täglichen Routinegang zusammenzutreffen.

Eines Nachts hörte ich einen Mann schreien. Ich war im Flur, und der Schrei kam aus Froggy Bills Apartment, hielt ein oder zwei Sekunden an und verklang, als wäre dem Schreienden die Luft ausgegangen.

Ich blieb regungslos stehen, drauf und dran, zur Tür zu rennen, falls Froggy Bill mit einer Leiche auftauchte, aber es war kein Laut mehr zu hören. Die ganze Pension war still. Ich überlegte dann, ob nicht Bill selbst geschrien hatte, weiß aber darauf keine Antwort, selbst heute nicht.

Ward wollte nach Moat County zurückfahren, und zwar trotz der Bedenken des Sonntagsredakteurs – jenes Mannes mit Bart, der nach Moat County gekommen war, um die Story voranzubringen, als Ward im Krankenhaus gelegen hatte – und Yardley Achemans, der die Van-Wetter-Geschichte endlich hinter sich lassen wollte.

Yardley meinte, daß es Zeit wurde, etwas Neues anzugehen, solange er und Ward noch »hot« waren. Daß das richtige »Timing« entscheidend sei. Er sagte nicht, wovon der nächste Artikel handeln sollte, und ich glaube auch nicht, daß er sich darüber Gedanken machte. Mein Bruder fand die Storys.

Ward sagte, er würde in einigen Tagen zurück sein.

Sie waren im Büro, Ward, Yardley und der Sonntagsredakteur. Ich stand draußen, einen Postkorb oder etwas Ähnliches in der Hand, wollte schon an der Tür vorbeigehen, als ich Yardley Acheman hörte: »Vielleicht sollte ich nach Daytona fahren«, sagte er, »und sehen, was sich dort auftreiben läßt.«

Und er hatte dabei weder Rasen noch Bauunternehmer im Sinn.

»Wie du willst«, sagte Ward.

An diesem Abend warfen wir nach der Arbeit Klamotten für einige Tage hinten in den Ford und machten uns auf den Weg nach Moat County. Er nahm sich Urlaub für diese Fahrt.

Selbst abends war es noch heiß, und wir fuhren mit heruntergekurbelten Fenstern. Die Mücken waren hart wie Kieselsteine, wenn sie gegen meinen Arm prallten.

»Ich glaube, wir sollten lieber nicht in Lately übernachten«, sagte ich.

Er zuckte die Achseln. »Wir könnten zu Hause wohnen.«

»Ich glaube, da sollten wir auch nicht bleiben«, sagte ich. »Sie könnten splitternackt in der Küche stehen.«

Er dachte darüber nach und entzog sich unserem Gespräch. Ihm war es egal, wie er empfangen wurde. Ihm war es auch egal, wo wir wohnten. Wenn wir im Wagen übernachten müßten, hätte er auch nichts dagegen gehabt.

»Ich frage mich nur, ob sie ihn geheiratet hat«, sagte er später und dachte offenbar an Charlotte. Wir hielten an einer nachts geöffneten Tankstelle, kauften uns einen Sechserpack Bier, und nach dem ersten Schluck schien er sich zu entspannen.

»Sie wollte uns eine Einladung schicken«, sagte ich.

»Vielleicht denkt sie jetzt anders über die ganze Sache«, sagte er.

Ich stellte mir vor, wie sie in den Sümpfen lebte und mit ihrem Löffel darauf wartete, daß die Männer mit dem Eis fertig waren. Ich nahm nicht an, daß sie lange mit Hillary Van Wetter verheiratet sein würde. Ich nahm aber an, daß sie dies auf alle Zeit von ihren Killern kurieren würde.

Wir kamen mit dem Boot und hatten anders als beim letztenmal keine Mühe, die Stelle zu finden. Ohne Yardley Acheman schien alles in meinem Leben leichter zu gehen. Der alte Mann, Tyree, war im Hof, ein dünnes Messer mit schwarzem Griff in der Hand, und bearbeitete einen Alligator, machte mühelos Schnitte und zog das Leder vom Fleisch.

Er richtete sich auf, als er den Motor hörte, drehte sich um und starrte uns an, während ich die Fahrt verlangsamte und das Boot ans Ufer lenkte. Er gab nicht zu erkennen, daß er sich an uns erinnerte, obwohl ich nicht gerade annahm, daß er genügend Gäste empfing, um sie durcheinanderbringen zu können.

Wir waren noch einige Schritte vom Ufer entfernt, als ich den Motor abstellte und in den Fluß sprang, um das Boot an Land zu ziehen. Der alte Mann wandte sich wieder seinem Alligator zu, setzte dem Tier das Messer an die Kehle und schlitzte es bis zu den Hinterläufen auf.

Dann langte er unterhalb der Kehle mit der Hand in den Kadaver und fuhr nach unten, so daß die Gedärme gerade unterhalb seiner Hand aus dem Schlitz fielen. Als er damit fertig war, schien im Alligator unmöglich Platz für all das gewesen zu sein, was herausgefallen war.

»Mr. Van Wetter?« fragte mein Bruder.

Der alte Mann steckte das Messer mit der Spitze nach unten in seine hintere Hosentasche, griff mit beiden Händen nach den Schnitträndern und zog sie auseinander. Die Muskeln seiner Oberarme wölbten sich unter der Haut, dann ein Krachen, und ich konnte in den Brustkorb des Alligators sehen.

Als der alte Mann sich wieder umdrehte, waren seine Hände vom Blut des Tieres verschmiert.

»Ich heiße Ward James, Mr. Van Wetter«, sagte mein Bruder. »Ich war schon mal hier.«

Er nickte kaum wahrnehmbar, und irgendwas tropfte von seinen Fingern. »Sie haben die Geschichte in der Zeitung geschrieben«, sagte er.

Mein Bruder nickte.

»Tja«, sagte er, »das wollten Sie ja wohl auch.«

Ward und ich blieben stumm und warteten.

Der alte Mann wartete ebenfalls.

»Es gibt da noch so einiges ...«, sagte mein Bruder.

»Hillary ist nicht mehr im Knast«, sagte der Alte, stemmte die Hände in die Hüften, und die Muskeln seiner Oberarme entspannten sich. »Wenn das vorbei ist, dann ist es vorbei. Zeitungsfritzen können das nicht kapieren. Die haben uns mit dieser Geschichte die Hölle heiß gemacht, hatten sogar Leute hier, die nachts Fotos geschossen haben.«

Aus dem Haus war ein Geräusch zu hören, und ein kleiner, kugelköpfiger Mann, den ich nie zuvor gesehen hatte, trat heraus, in der Hand einen Baseballschläger, den er exakt in der Mitte hielt, so daß seine Finger das Etikett verdeckten. Langsam ging er über den Hof, den Schläger fest im Griff und nur eins im Sinn, und ich wußte, wenn wir erst in Reichweite waren, würde er wortlos mit seiner Arbeit beginnen.

Von einer Katze wäre mehr Gnade zu erwarten gewesen.

Der alte Mann sah ihn kommen und warf mir dann einen Blick zu. »Irgendwas sagt dir, daß es besser wäre, zurück ins Boot zu gehen, stimmt's?« sagte er. Ich nickte.

Nur noch wenige Schritte trennten uns von dem Mann, und seine Hand wanderte über den Baseballschläger, bis sie nahe am Griff lag.

Ich wich einen Schritt zurück und sah mich nach Ward um, damit ich wußte, wo er stand.

Mein Bruder rührte sich nicht, er genoß die Situation.

Der Mann hatte uns fast erreicht, als der Alte die vom Alligator besudelte Hand hob. Der Mann mit dem Schläger blieb ebenso abrupt stehen, wie er losmarschiert war. Er schulterte den Schläger, damit er leichter ausholen konnte, und musterte mich mit völlig gleichgültiger Miene.

Der Alte schaute noch einmal zu meinem Bruder hinüber. »Sie geben wohl nie auf, wie?« fragte er.

»Nein, Sir«, antwortete Ward.

»Jetzt weiß ich, wie Sie Ihr Auge verloren haben«, sagte er.

Mein Bruder sah sich um, betrachtete zuerst den Mann mit dem Schläger, dann das Haus in seinem Rücken. »Ich muß Hillary noch ein paar Sachen fragen«, sagte er.

»Hillary ist im Moment nicht gerade der Richtige, wenn man

wen belästigen will«, sagte der Alte. »Hat eine ziemliche Laune, seit sie ihn rausgelassen haben.«

Ward warf einen Blick auf den Mann mit dem Schläger. »Was für eine Laune?« fragte er.

»Er hat sich verändert«, sagte der Alte. »Ich glaub, das macht der Knast mit einem.«

Es war still, während der alte Mann über Hillary und die Veränderung nachdachte, die mit ihm vorgegangen war, seit man ihn aus der Haft entlassen hatte. Er schien sich deshalb Sorgen zu machen und sich zur selben Zeit damit abzufinden.

»Hat ihm an allem den Spaß verdorben«, sagte er ein wenig später.

Mein Bruder nickte, als würde er ihm zustimmen.

»Er hat die Frau«, sagte Ward, und das entlockte dem Alten ein Lächeln.

»Ist nicht gerade die Art Frau, die einem den Spaß am Leben wiedergibt«, sagte er. »Ist eher eine von denen, die einem sagt, wo's hapert.« Er drehte sich um und sah den Mann mit dem Schläger an. »Laß das endlich«, sagte er leise, und der Mann stemmte die Stockspitze in den Boden und lehnte sich auf den Griff. Er starrte uns auch weiterhin ohne einen Funken Interesse an.

Mein Bruder wartete, und ich wartete mit ihm. Der alte Mann reckte den Hals und trat einen Kiefernzapfen platt. Geistesabwesend drehte er sich um und betrachtete den Alligator. Das Vieh war in den wenigen Minuten geschrumpft, seit es ausgenommen worden war, und zog sich zusammen, als wäre es in Brand gesteckt worden.

»Ehrlich gesagt, Mr. James«, sagte der alte Mann, »Hillary hat noch nie was für Besuch übriggehabt.«

»Ich will ja nicht zum Essen bleiben«, sagte Ward. »Ich will ihm nur ein paar Fragen stellen.«

Der alte Mann stopfte sich die Hände in die Hosentaschen.

»Es gibt nichts auf der Welt, das Sie für ihn tun könnten. Nur die Zeit kann ihm helfen.«

»Es geht nicht um ihn«, sagte Ward.

Der alte Mann schien überrascht. »Aber warum sollte er Sie dann sehen wollen?«

»Er kennt mich«, sagte mein Bruder. »Ich habe ihm geholfen, als er im Gefängnis war.«

»Das wird er Ihnen vorwerfen«, sagte der alte Mann. »Er hat's nicht gern, wenn man ihm hilft.«

»Wo ist er?« fragte Ward.

Der Alte runzelte die Stirn. »Sie haben so eine Art, die Leute zu provozieren, wissen Sie!«

Mein Bruder rührte sich nicht.

»Ich habe Ihnen doch schon gesagt, daß er seine Launen hat. Und werde Ihnen den Weg nicht beschreiben, falls Sie darauf warten.«

Ward nickte und wartete weiter auf Antwort. Der alte Mann wartete ebenfalls, so daß Ward schließlich noch einmal fragte:

»Wo ist er?«

Der alte Mann spuckte in die Hände und wischte sie an seinem Overall ab. »Und damit wären wir wieder am Anfang, wie?« sagte er, und mehr war aus ihm nicht herauszubekommen. Mit leerem Blick stand der Mann mit dem Schläger da, die Beine gespreizt, um sicheren Stand zu haben, falls man ihn aufforderte zuzuschlagen.

»Mit einem Axtstiel hat er einen Bruder aus diesem Haus vertrieben«, sagte der alte Mann, »einen Blutsverwandten. Wollte keinen um sich haben.«

Stillschweigend betrachtete der alte Mann den Mann mit dem Schläger. »Und er weiß, wie man ihn benutzt«, sagte der alte Mann. Der Mann mit dem Schläger nickte.

»Ich muß mit ihm reden«, sagte mein Bruder noch einmal.

»Sie müssen tun, was Sie tun müssen«, sagte der Alte. »Grüßen

Sie ihn von mir.« Er wandte sich ab und machte sich wieder daran, den Alligator abzuhäuten. Ein Hahn lief dem alten Mann vor die Füße, und schneller, als ich es bei einem Mann seines Alters für möglich gehalten hätte, wirbelte er herum, verpaßte dem Vogel einen Tritt und schleuderte ihn bis fast zum Haus hinüber.

Der Mann mit dem Schläger sah zu, wie der Hahn auf dem Boden landete, sich überschlug und dann zur Baumreihe am Hofende rannte. Ein leises Lächeln spielte um seine Mundwinkel.

WIR SASSEN WIEDER IM BOOT, und der Wind blies mir ins Gesicht und durch das Haar. Ich ließ den Motor an, Ward saß im Bug, mit dem Gesicht zu mir. Er war so eingestiegen und hatte sich nicht wieder umgedreht. Über meine Schulter hinweg starrte er auf das Haus am Ufer.

ALLEIN HÄTTEN MEIN BRUDER ODER ICH unbemerkt nach Moat County fahren und zurückkehren können, ohne unseren Vater zu sehen. Aber zusammen war ein Besuch irgendwie unvermeidlich.

Dies war uns klar, obwohl wir kein Wort darüber verloren, aber wir schoben es auf, verbrachten die Nacht in einem Touristenhotel ohne Warmwasser am anderen Ufer des Flusses, südlich von Palatka.

Ich schlief schlecht auf der weichen Matratze und legte mich schließlich auf den Boden, wachte mit steifem Nacken auf und freute mich nicht auf den Tag. Schweigend fuhren wir nach Lately, dann Richtung Süden nach Thorn und wollten zu Hause duschen.

Ein Baumsterben hatte im Frühjahr die meisten Bäume der Stadt absterben lassen, so daß die Häuser im harten Licht der Sonne standen. Sie sahen aus wie gebleicht. Ich war nur einige Monate fort gewesen.

Dreiräder standen im Hof gegenüber vom Haus meines Vaters, und mir fiel ein, daß die alte Frau gestorben war, die dort gewohnt hatte. Vor langer Zeit hatte sie frühmorgens am Fenster gestanden, die Hand am Telefon, um meinen Vater anzurufen, falls mein Bruder beim Ausliefern der Zeitung ihren Rasen betrat. Ich hatte ihn damals begleitet, da ich auch Zeitungsjunge werden wollte.

Ohne die Bäume wirkte unser Haus kleiner als früher. Der Rasen mußte gemäht werden, und im Hof lag ein Schlauch, den niemand aufgerollt und an seinen Platz an der Garagenwand gebracht hatte. Ein anderthalb Meter breiter Baumstumpf erinnerte an die Ulme, die der Veranda Schatten gespendet hatte.

In der Auffahrt standen keine Autos. Ich fuhr den Ford vors Haus und hielt an, blieb aber einen Augenblick sitzen und schaute mich um, während Ward ausstieg, seine Kleider abklopfte und zur Tür ging.

Die Tür öffnete sich nicht, als er dagegen drückte. Er starrte sie an, dann probierte er seine Schlüssel durch – er hatte einen Bund mit etwa fünfzehn Schlüsseln, ich glaube nicht, daß er jemals einen fortwarf –, fand den richtigen und steckte ihn ins Schloß. Ich blieb noch einen Augenblick im Wagen und überlegte, ob ich nicht in der Gasse hinterm Haus parken sollte.

Und dann sah ich mir noch einmal den Rasen, den Schlauch und die Straße ohne Bäume an, erinnerte mich außerdem daran, daß mein Vater sich vor den Augen der Nachbarn eine Frau ins Haus geholt hatte, und es schien mir nicht mehr so wichtig, daß ein verrosteter Kombi in seiner Auffahrt stand.

Ich ging hinein. Die Wände im Wohnzimmer waren hellbeige gestrichen. Pflanzen standen in Ecken, in denen nie zuvor welche gestanden hatten, und es gab ein neues Sofa, das nicht den Eindruck machte, als wäre es entworfen worden, damit man darauf sitzen konnte. Sämtliche Möbel waren neu, der Sessel meines Vaters ausgenommen. Doch der war neu bezogen worden, der Haarölfleck war verschwunden.

In ein großes Seitenfenster war eine Klimaanlage eingebaut

worden, und es roch wie in einer Kaufhausabteilung. Ich stand im Wohnzimmer und versuchte, mich daran zu erinnern, wie die Wände vor dem Anstrich ausgesehen hatten. Ward ging nach oben, und kurz darauf hörte ich, wie eine Tür zufiel und das Wasser lief.

Ich ging in die Küche. Hier sah es etwas vertrauter aus. Ich holte mir ein Bier aus dem Kühlschrank, setzte mich an den Tisch und wartete auf Ward. Es gab noch eine Dusche im Keller, aber wenn man dort den Hahn aufdrehte, während die obere Dusche lief, wurde oben das Wasser kalt.

Ich legte den Flaschenhals auf den Tischrand und schlug einmal mit der flachen Hand dagegen. Der Kronkorken rollte über den Boden, Schaum spritzte aus der Flasche über meine Hand und meine Hose, bis ich ihn mit dem Mund auffing.

Kaum hatte ich den ersten Schluck genommen, wurde die Dusche abgestellt. Er konnte kaum lange genug da drinnen gewesen sein, um so naß zu werden, wie ich es von meinem Bier geworden war.

Und dann hörte ich sie reden, erst seine Stimme, dann ihre, und langsam wurde mir klar, daß sie noch im Haus war. Ich ging wieder ins Wohnzimmer, das Bier in der Hand, und traf sie, als sie die Treppe herunterkam.

Sie war noch im Nachthemd. Die Haut um ihre Augen war schlafverquollen; sie hatte sich das Make-up gestern abend nicht mehr abgewischt und war barfuß, ihre Arme hatten Grübchen und sahen pummelig aus.

»Was glaubst du, was du hier treibst?« sagte sie und sah auf das Bier.

Mein Bruder rumorte oben herum, stieß überall an, weil er sich beeilte.

»Dies ist keine öffentliche Badeanstalt«, sagte sie.

Ich setzte mich auf das neue Sofa. »Wir waren zuerst hier«, sagte ich. Diese Frau würde mich nicht aus dem Haus verjagen, in dem ich geboren war. Notfalls, so malte ich mir aus, würde ich einen Monat an dieser Stelle sitzen bleiben.

»Ich habe es deinem Bruder gesagt, und jetzt sage ich es dir«, erwiderte sie. »Kommt nie wieder in dieses Haus, ohne vorher anzuklopfen.«

Ich sah zur Treppe hinauf. »Ist dein Zeitungsjunge oben?«

»Das reicht«, sagte sie. »Raus hier.«

Ich setzte die Flasche an die Lippen, nahm einen Schluck, beobachtete sie und machte es mir auf dem Sofa bequem.

»Ich möchte diese ganze Angelegenheit nicht noch unangenehmer werden lassen, als sie es bereits ist«, sagte sie.

Plötzlich kam es mir so vor, als wäre mein Vater mit uns im Zimmer und als ob wir beide unser Benehmen daran maßen, welchen Eindruck wir in seinen Augen machen würden. Mir tat meine Bemerkung über den Zeitungsjungen leid, da ich wußte, daß sie ihm nicht gefallen hätte.

»Wir sind nur hergekommen, um zu duschen«, sagte ich. »Im Motel gab's kein Warmwasser.«

Ich merkte, wie sie langsam begriff, daß wir nicht über Nacht bleiben wollten. In diesem Augenblick kam Ward mit tropfnassem Haar und in denselben Kleidern, mit denen er das Haus betreten hatte, die Treppe herunter, Schuhe und Socken in der Hand.

»Fertig?« fragte er.

»Ich werde jetzt duschen«, sagte ich, stand auf, nahm mein Bier und meine frische Wäsche und ging an ihr vorbei die Treppe hinauf. Einen unangenehmen Moment lang dachte ich auf der Treppe daran, daß ich meinen Bruder mit dieser Frau allein im Wohnzimmer zurückließ.

»Dies wird für uns alle kein Vergnügen«, sagte sie, aber ich ging weiter nach oben und folgte den nassen Fußspuren meines Bruders bis ins Bad.

Ich verschloß die Tür, stellte die Dusche an und setzte mich auf die Toilette, um mein Bier auszutrinken. Meine Hand zitterte. Ich konnte mir allerdings nicht erklären, wieso ich wieder daran dachte, mit ihr zu schlafen. Rund um das Waschbecken standen ihre Sachen – Lippenstift, Make-up, Bürsten, Parfüm –, und im Mülleimer lag die Verpackung einer Monatsbinde. An den Haken hingen frische Badetücher.

Ich stellte die Flasche auf den Boden neben der Toilette, stand auf, öffnete das Medizinschränkchen und sah, daß sie das ebenfalls mit Beschlag belegt hatte. Dexedrine.

Ob sie mal dick gewesen war?

Ich zog mich aus, ließ meine Kleider zu Boden fallen und stieg in die Dusche. Am Wasserhahn hing eine Bürste, wo vorher keine gehangen hatte, und ich schrubbte mir damit die Hände. Die Seife war seltsam, ein parfümierter Geruch; den Namen des Shampoos hatte ich noch nie gehört.

Ich blieb lange unter der Dusche, nahm mir vor, das gesamte Warmwasser zu verbrauchen, damit Miss Guthrie an diesem Morgen kalt duschen mußte. Aber dann fiel mir Ward wieder ein, und ich drehte schließlich den Wasserhahn zu, stieg aus dem Becken und trocknete mich ab.

Als ich nach unten kam, war Ellen Guthrie in der Küche, und Ward saß draußen im Wagen. Ich hörte, wie sie den Hörer abnahm, und einen Moment später fiel mir der Geruch der schmutzigen Kleider in meiner Hand auf, ranzig und süß zugleich. Man strömt eben einen gewissen Geruch aus, wenn man Angst hat.

Leise ging ich aus dem Haus und warf die Kleider in die Mülltonne an der Auffahrt. Dann ließ ich den Wagen an – das Motorengeräusch lockte eine Nachbarin an ihr Fenster –, und fuhr in die Stadt zum Büro meines Vaters. Der Geruch der Kleider klebte noch an meinen Händen.

Mein Vater saß an seinem Tisch und strich sich mit einem Brieföffner über die Fingerkuppen, der ihm von der »Abteilung Florida« der »Nationalen Vereinigung zur Förderung der Ausbildung farbiger Mitbürger« überreicht worden war. Wahrscheinlich gab es im Büro keine Messer, die er schleifen konnte.

Er stand auf, als wir hereinkamen, tat nicht einmal, als wäre er überrascht, schüttelte uns feierlich die Hände und lächelte auf eine Art, die zugleich abwesend und höflich wirkte. Er tat auch nicht, als hätte sie ihn nicht bereits angerufen.

»Also«, sagte er. »Was führt die *Miami Times* wieder nach Moat County?« Und in seiner Stimme lag ein gewisser Vorwurf, der ebenso mir wie meinem Bruder galt.

»Ein paar Dinge, die noch überprüft werden müssen«, sagte Ward. Mein Vater nickte auf dieselbe, vertraute Weise, wie er jahrelang genickt hatte, wenn meine Mutter zu ihm sprach, während er nach dem Essen die Zeitung las. Er hörte nicht zu.

Ich setzte mich in einen Sessel. Ward blieb am Tisch stehen. Er konnte sich nicht setzen, ohne dazu aufgefordert worden zu sein. »Wir dachten, wir könnten vielleicht zusammen Mittag essen«, sagte Ward. Ich schaute auf die Uhr an der Wand, es war kurz nach elf. Mein Vater lehnte sich zurück und verschränkte die Hände hinter dem Kopf.

»Das wäre wunderbar, Jungs«, sagte er, »aber ich habe einen festen Termin mit einigen Anzeigenkunden.« Ein paar Sekunden verstrichen. »Wißt ihr«, sagte er schließlich, »Ellen hat mich gerade angerufen.« Und er schaute uns an und nahm sich Zeit, als müsse er überlegen, wen von uns er behalten wollte.

»Wir wollten nicht einfach so hereinschneien«, sagte Ward, »wir dachten, sie sei im Büro.«

»Sie arbeitet bis spät und kommt spät«, sagte er. »Sie ist länger im Büro als so mancher Redakteur.«

»Ich meine nur, wir wären nicht ins Haus gegangen, hätten wir gewußt, daß sie noch da ist«, sagte er.

Ich sagte: »Wir wollten noch duschen, bevor wir nach Lately fahren, und das Hotel hatte kein Warmwasser.«

Doch das Hotel interessierte ihn nicht, auch nicht, was wir in Lately wollten.

»Es ist auch euer Heim«, sagte er, »das wißt ihr. Aber für die Zeit, in der Ellen und ich uns aneinander gewöhnen, wäre es vielleicht nicht schlecht, wenn ihr anklopft, bevor ihr ins Haus geht.«

Er warf uns einen prüfenden Blick zu, um zu sehen, ob er uns beleidigt hatte.

»Sie könnte in Unterwäsche in der Küche stehen«, fügte er hinzu.

Eine Weile saßen wir da und dachten darüber nach, als das Telefon klingelte und er den Hörer abnahm: »W. W. James«, sagte er. Es war Ellen; ich sah es seinem Gesicht an, noch ehe er einen Ton gesagt hatte. Ich stand auf und ging zur Tür. »Wir können draußen warten«, sagte ich.

»Einen Moment«, sagte er in den Hörer, bedeckte ihn mit der Hand und lächelte uns zu, als wir zur Tür gingen. »Schön, daß ihr vorbeigekommen seid«, sagte er. Und dann kam er eilig um seinen Tisch herum, den Hörer fest im Griff, und gab jedem von uns die Hand.

Ich zog die Tür hinter uns zu, als wir aus dem Büro gingen, und blickte noch einmal zurück. Er saß wieder in seinem Sessel, den Hörer unters Kinn geklemmt und nickte lächelnd über etwas, das sie am anderen Ende der Leitung sagte.

Als ich das nächste Mal zum Haus meines Vaters kam, waren die Schlösser ausgewechselt.

AM NACHMITTAG fuhren wir zurück nach Lately, passierten die Stelle, an der man Sheriff Call tot aufgefunden hatte, und kamen einige Meilen weiter nördlich an dem kleinen Laden der Van Wetters vorbei.

Ich schaute auf den Parkplatz und dachte daran, wie das Kind geschlagen worden war, und es kam mir vor, als wäre das schon lange her. Ich ärgerte mich über meinen Vater, weil er uns gebeten hatte, bei uns zu Hause anzuklopfen, aber Ward nahm es gelassen. Er war dort nicht so verwurzelt, wie ich es war.

»Er will, daß wir anklopfen«, sagte ich.

Er sagte: »Vielleicht sollten wir das Gericht vergessen und gleich zum Sheriff fahren.«

Ich fuhr durch eine lange Kurve und überholte dann einen alten Laster mit einer Ladung Kies, drückte das Gaspedal bis zum Boden durch, als ich mich ihm von hinten näherte, und langte schließlich nach unten, um es mit der Hand wieder hochzuziehen, sobald ich auf meine Straßenseite zurücklenkte. Der Wagen schlingerte, fuhr über den Seitenstreifen und kehrte dann mit achtzig Meilen zurück auf die Fahrbahn. Mein Bruder saß so unbekümmert neben mir, als hätte ich mich nur vorgebeugt, um den Zigarettenanzünder rauszuziehen.

Der Mann am Tisch im Büro des Sheriffs von Moat County blickte erst auf, als Ward zu reden aufhörte. Doch dann sah ich, daß seine Augen rot angelaufen waren, als hätte er zuviel getrunken. »Also, was wollen Sie?« fragte er.

Mein Bruder trug ihm sein Anliegen mit denselben Worten noch einmal vor, und der Mann nickte ununterbrochen und erinnerte uns daran, daß er all dies schon einmal gehört hatte. Kaum war Ward fertig, sagte er: »Aber ich habe Sie doch schon einmal gefragt, was Sie nun eigentlich wollen.«

»Ich hätte gern gewußt, wie ich Hillary Van Wetter finden kann«, sagte Ward.

Der Mann am Tisch wurde plötzlich wütend. »Und warum?«

Ward gab nicht auf, und als ich erklären wollte, daß es da noch einige Fragen gäbe, unterbrach er mich, noch ehe ich richtig angefangen hatte.

»Eine Privatsache«, sagte Ward.

Der Deputy lächelte. »Ihr seid doch die beiden, die diese Geschichte in der Zeitung geschrieben haben, stimmt's?« fragte er. »Und jetzt merkt ihr, daß es nicht so war, wie ihr es geschrieben habt?«

Mein Bruder gab keine Antwort; er rührte sich nicht. Er wartete nur. »Wißt ihr, daß er einem Mann den Daumen abgehackt hat?« fragte der Deputy. Er sah jetzt mich an, und ich nickte. »Wegen eines Strafzettels für Falschparken?«

Der Deputy starrte erst seinen Daumen und dann wieder Ward an. »Gibt es hier jemanden, der uns sagen kann, wie wir ihn finden können?« fragte Ward.

»Da könnte man einem Mann ebensogut die Hand abhacken«, sagte der Deputy.

Ward blieb stumm, der Deputy dachte nach.

»Ich sage Ihnen, wo er ist«, sagte er schließlich. »Dann können Sie rausfahren und sich ansehen, was Sie gerettet haben.«

Mein Bruder zog einen Stift aus der Tasche, um sich die Anweisungen aufzuschreiben, aber der Deputy war zu erregt. Er nahm selbst einen Stift aus der Schublade und begann, eine Karte aufzuzeichnen.

Die Finger des Mannes waren stumpf und dick, als wäre er mit den Fingerspitzen in der Wagentür hängengeblieben. Aber er malte mit zierlichen Bewegungen, achtete sorgsam auf die Lage der Kreuzungen, die Breite der Straßen, den Uferverlauf des Flusses. Manchmal hielt er inne, um die Proportionen seiner Zeichnung zu begutachten, und machte sich dann wieder darüber her, schraffierte die eine oder andere Fläche und radierte hier einen Abschnitt des Ufers wieder aus, weil ihm eingefallen war, daß dort eine Halbinsel ins Wasser ragte. An die Straßen und ihre Kreuzungen schrieb er mit perfekten Druckbuchstaben die näheren Bezeichnungen.

Mein Bruder wartete stillschweigend darauf, daß er fertig

wurde. Dem Mann machte seine Zeichnung Spaß, und Ward unterbrach ihn nicht, um ihm zu sagen, daß Druckbuchstaben oder schraffierte Flächen unnötig waren. Ein mit Fliegen übersäter Fliegenfänger hing vor den Fenstern von der Decke.

Ich überlegte, was der Mann mit seinem Talent angefangen hätte, wenn er nicht im Büro des Sheriffs gelandet wäre. Es hätte einen anderen Mann aus ihm machen können.

Damals schien es mir noch unmöglich, daß ich mich eines Tages fragen würde, was aus mir geworden wäre, wenn sich die Dinge anders entwickelt hätten. Ich nahm an, daß mir ständig alle Wege offenstünden.

Er lehnte sich zurück, betrachtete einen Augenblick lang seine Arbeit, freute sich daran und überreichte sie dann meinem Bruder.

»Sollte man Sie fragen«, sagte er, »dann ist das nicht von hier.«

Mein Bruder faltete das Blatt sorgfältig und gab damit zu verstehen, daß er die aufgewandte Arbeit respektierte. Er steckte den Zettel in die Hosentasche. »Ich weiß das zu schätzen«, sagte er.

»Glauben Sie?« sagte der Deputy.

Dann stand er auf und ging durch die offene Tür ins Hinterzimmer. Er war ein schwergewichtiger Mann, beim Gehen klebten die Falten der Hose an seinem Hintern.

Wir hielten uns an die Karte. Sie führte uns in den Norden Latelys und dann nach Osten auf einem Sandweg durch ein dichtes Kiefernwäldchen. Je näher wir an den Fluß kamen, um so feuchter und dunkler wurde der Boden. Wir fuhren seit etwa zwanzig Minuten durch einen Kiefernwald, und ich fuhr langsam, da ich keine Lust hatte, in einer solchen Gegend mit einem Achsenbruch liegenzubleiben.

Der Weg mündete auf eine Lichtung, und wir sahen den

Fluß. Stellenweise brach die Sonne durch die Bäume der anderen Seite und spiegelte sich im Wasser. Ich hielt an. Einen Augenblick sah es aus, als wäre der Weg verschwunden, aber dann entdeckte ich im Dickicht eine alte Wagenspur.

Hier war seit langem niemand mehr vorbeigekommen.

Wir saßen im Wagen am Rand der Lichtung. Mein Bruder nahm die Karte, breitete sie auf seinen Knien aus, studierte sie und blickte hin und wieder auf, um sich zu orientieren. Er legte den Finger auf eine schraffierte Stelle und den Fluß.

»Wir sind hier«, sagte er.

Ich sah auf die Karte und stellte fest, daß der Deputy den Weg bis zum Fluß und noch zwei oder drei Meilen weiter nördlich eingezeichnet hatte. Am Ende seiner Karte stand ein kleines Haus mit Spitzdach, umgeben von einem Zaun, und darunter stand in Druckbuchstaben *Van Wetter*.

»Da ist doch kein Weg mehr«, sagte ich. Ward studierte die Karte.

»Wir könnten den Wagen in der Mitte abstellen und wieder zu Fuß laufen«, sagte ich.

»Wenn es hier einmal einen Weg gegeben hat, dann ist er auch noch da«, sagte er, also legte ich den ersten Gang ein und fuhr los. Vor uns im Unterholz tauchte ein Reh auf, warf den Kopf in den Nacken und schaute uns nach, wie wir in breiter Schneise das hohe Gras niederwalzten.

Ich lenkte den Wagen geradeaus, bis wir in einer tiefen Furche landeten und das Chassis über den Boden schrammte. Der Motor verstummte, in der Stille hörte ich die Insekten summen.

»Ist uns das Benzin ausgegangen?« fragte er.

Ich drehte den Schlüssel, und der Motor orgelte. Ob Hillary Van Wetter den Wagen gehört hatte? Sollte das der Fall sein, dann wußte er bereits, wer zu ihm wollte.

Der Motor sprang an, und der alte Ford schob sich rückwärts aus der Furche und zurück zur Lichtung.

Vor uns standen Bäume, und ich fuhr zwischen ihnen hindurch, bis es nicht mehr weiterging.

»Das war's«, sagte ich, und Ward sah wieder auf die Karte, öffnete dann die Tür und stieg aus. Ich stellte den Motor ab und folgte ihm. In regelrechten Wellen strahlte die Motorhaube des alten Wagens die Hitze aus, und irgendwo in der Nähe hing ein hohes Wimmern in der Luft.

Wards Blick wanderte zwischen Karte und Bäumen hin und her. Sie standen hier eng beieinander, einen Weg hatte es hier noch nie gegeben.

»Er hat sich offenbar geirrt«, sagte ich.

Ich ging um den Wagen herum, fühlte nach, wie heiß der Motor war, und ging einige Schritte in den Wald hinein. Das Wimmern kam näher, und der Ton änderte sich. Im Schatten war es kühl; ich ging tiefer in den Wald und wollte die Ursache für das Geräusch finden. Erst schien es von einer Stelle, dann aber von einer anderen zu kommen. Ich setzte mich, lehnte mich an eine Kiefer und zog meine Socken hoch. Durch meine Hose spürte ich die kühle Erde. Ward ging langsam zwischen den Bäumen weiter, die Karte noch immer in der Hand.

»Hiernach müßten wir ...«

»Er hat sich geirrt«, sagte ich.

Er steckte die Karte in seine Hosentasche, ging an mir vorbei, stolperte und blieb stehen, um den Schuh wieder über die Hacke zu ziehen. Er kaufte sich immer die gleichen spitzen, braunen Schuhe; er trug sie zu jeder Gelegenheit. Ich habe ihn in solchen Schuhen schon Basketball spielen sehen.

Er beugte sich vor, stützte sich mit einer Hand an einem Baum ab, um nicht zu fallen, und kümmerte sich um seinen Schuh. Dann gab es einen Knall, etwa so, als würde eine Glühbirne platzen, und er lag auf dem Boden.

Ich stand auf, er setzte sich auf. Ein leichter Geruch nach Verbranntem hing in der Luft. Ward versuchte, wieder auf die

Beine zu kommen, fiel aber hin. Wie ein Neugeborenes. Er schien nicht zu wissen, wo er war. Ich griff ihm unter die Arme und zog ihn auf die Füße.

»Alles in Ordnung?« fragte ich.

Er gab keine Antwort, sondern hatte alle Mühe stehenzubleiben. Es war ihm schon immer wichtig gewesen, auf eigenen Füßen zu stehen. Dann sah ich die weißen Isolatoren an den Bäumen und den dunklen, dünnen Draht, der zwischen ihnen gespannt war. Das Wimmern hatte aufgehört.

»Ein Elektrozaun«, sagte ich, und er nickte, als würde er das begreifen, konnte aber aus eigener Kraft noch nicht wieder stehen. Als ich elf oder zwölf und mit meinem Vater auf Taubenjagd gewesen war, hatte ich auch schon mal einen elektrischen Zaun angefaßt. Es war ein Gefühl, als hätte ich mich angeschossen.

»Offenbar will hier jemand die Bären von seinem Grundstück fernhalten«, sagte ich.

Langsam zog ich meinen Arm zurück, damit er allein stehen konnte. »Himmel«, sagte er.

»Nein, ein Elektrozaun«, sagte ich.

»Mir kam es vor, als würde ich in ein Loch gesaugt«, sagte er. Und er fuhr sich mit den Händen durch das Gesicht, als würde er es zum erstenmal berühren.

»Setz dich, ruh dich aus«, sagte ich.

Er schüttelte den Kopf und schaute auf seine Hände. »Es brennt«, sagte er, schloß die Hände und öffnete sie wieder, als probiere er sie aus. Er drehte sich um, betrachtete den Zaun, den er berührt hatte, und wich zugleich davor zurück.

»Laß uns von hier verschwinden«, sagte ich. »Vergessen wir die ganze Sache.«

Er starrte in den Wald. »Es muß tiefer drinnen liegen«, sagte er.

»Da ist gar nichts drinnen.«

»Jemand hat den Zaun gezogen.«

Einen Augenblick später duckte er sich tief unter dem Zaun hindurch und marschierte in den Wald. Ich blieb noch einen Moment auf der anderen Seite stehen und ärgerte mich, weil die Sache für mich noch nicht ausdiskutiert war. Aber da niemand mehr da war, mit dem ich sie ausdiskutieren konnte, kroch auch ich unter dem Draht durch und folgte ihm.

DAS HAUS stand auf einer Lichtung voller Baumstümpfe – manche niedriger als andere, aber im Schnitt einen halben Fuß hoch. Die Lichtung wurde von einem Bach gesäumt, über den eine Bretterbrücke führte, die stabil genug schien, um mit dem Auto oder einem Lieferwagen darüberfahren zu können. Auf beiden Seiten waren Reifenspuren zu sehen, doch konnte ich mir nicht vorstellen, wie ein Wagen über die Sümpfe zur Brücke gelangen oder wohin er anschließend weiterfahren sollte.

Ward stand an der Brücke und betrachtete das Haus. Im Wald hinter uns hatte das summende Geräusch wieder eingesetzt, und ich hatte das bestimmte Gefühl, daß wir in der Falle saßen. Die Vögel waren plötzlich verstummt.

Das Haus selbst war kleiner als dasjenige weiter südlich, in dem Hillarys Onkel wohnte, stand aber ebenfalls auf Stelzen. Es war allerdings kein Fertighaus. Es sah eher so aus, als wäre zu zwei unterschiedlichen Zeiten daran gebaut worden, und selbst auf dem Dach lagen zwei Sorten Dachpfannen. Hinter dem Haus stand ein kleineres Gebäude, in dem der Generator lief.

Wir blieben regungslos stehen, beobachteten das Haus, und erst allmählich wurde mir klar, daß Charlotte dort wohnte.

Ward ging über die Brücke, und ich blieb an seiner Seite und dachte an Charlotte. Ob sich ihr Aussehen verändert hatte, seit sie hier wohnte? Ob sie noch immer eine Ewigkeit fürs Make-up und zum Anziehen brauchte, seit sie außer Hillary Van Wetter niemanden mehr zu sehen bekam? Ich wußte, daß sie sich um ihr Aussehen kümmern mußte; irgendwie machte sie das noch attraktiver.

Wir hatten die Lichtung etwa zur Hälfte überquert, als sich die Tür öffnete. Hillary stand vor uns, nackt. Bis auf ein kleines Büschel blaßblonder Schamhaare schien sein Körper unbehaart. Er sah fülliger aus als im Gefängnis; seine Beine hatten denselben Umfang wie mein Kopf und wirkten eigenartig unproportioniert. Zu kurz für seine Größe.

Ward kam ein oder zwei Schritt näher und blieb dann stehen. Hillary rührte sich nicht. Sie starrten sich an, und langsam schüttelte Hillary den Kopf.

»Was ist denn jetzt schon wieder?« fragte er schließlich.

»Ich möchte mit Ihnen reden«, sagte Ward.

»Noch mehr Gerede.«

Mein Bruder nickte. »Über die Nacht, in der Sie und Ihr Onkel den Rasen gestohlen haben«, sagte er.

Hillary rührte sich nicht. Im Gefängnis, angekettet an seinen Stuhl, hatte er lebhafter gewirkt. »Was ist damit?« fragte er.

»Stimmt es?«

»Sie haben gesagt, daß es stimmt«, sagte er. »In der Zeitung stand, daß es stimmt...«

Wieder war es still, nur der Generator war zu hören. »Yardley Acheman sagte, er hätte mit dem Mann geredet, der den Rasen gekauft hat«, sagte Ward.

Langsam breitete sich ein Lächeln auf Hillary Van Wetters Gesicht aus. »Es stand in der Zeitung«, sagte er noch einmal. »Dann kann es doch keine Lüge sein, oder?«

Er sah rasch zu mir herüber und ließ seinen Blick dann weiterwandern, hinüber in den Wald. »Wo ist der andere?« fragte er.

»Für ihn ist die Geschichte erledigt«, sagte Ward.

Wieder lächelte Hillary. »Er hat, was er wollte, und jetzt sucht er sich was Neues.«

Mein Bruder nickte, und Hillary wurde ernst. »Würden Sie ihm etwas von mir bestellen?« fragte er. »Sagen Sie ihm, ich habe es genauso gemacht.« Und damit drehte er sich um und verschwand im Haus.

Ich rührte mich nicht. Die Sonne brannte auf meinen Rücken. Als Hillary wieder auftauchte, trug er Schuhe und eine Hose, den Gürtel hatte er locker um die Hüfte geschlungen. Er kam nach draußen und schloß die Tür hinter sich, als hätte er eine Katze im Haus, die ihm nicht zwischen den Beinen davonschlüpfen sollte.

»Sagen Sie ihm, ich hätte es genauso gemacht«, sagte er noch einmal und genoß den Klang seiner Worte.

»Ich weiß nicht, was das bedeuten soll«, sagte Ward.

Hillary Van Wetter lächelte. »Wie wahr, wie wahr!« sagte er, steckte die Hände in die Taschen und starrte meinen Bruder an, als würde ihn etwas irritieren. »Sonst noch was?« fragte er.

»Die Nacht, in der Sie den Rasen gestohlen haben«, sagte Ward. »Wie haben Sie da gewußt, an wen Sie den Rasen verkaufen können?« Die Frage hing zwischen ihnen, und sie schauten sich an; ich schlug mir eine Mücke aus dem Haar, die Sonne brannte.

»Man stiehlt doch keinen Golfrasen, fährt dann durch die Gegend und fragt nach, wer ihn kaufen will«, sagte Ward.

Hillary Van Wetter zuckte die Achseln und schien mit der Geschichte zufrieden, wie sie nun einmal war.

»Also haben Sie den Mann entweder vorher gekannt, oder es gab keinen Käufer«, sagte er.

Hillary setzte sich auf die Stufen, die zu seiner Haustür führten, beugte sich vor und spuckte zwischen die Füße.

»Sie glauben, Sie wären mit all ihren Freunden zu mir ins Gefängnis gekommen und hätten mich gerettet«, sagte er, stopfte sich einen Finger ins Ohr, bohrte darin herum, nahm ihn wieder heraus und studierte die Fingerspitze. Mir fiel auf, daß es in den Bäumen keine Vögel gab; vielleicht, dachte ich, werden sie vom Lärm des Generators verscheucht. Entweder das, oder irgendwas störte sie beim Anblick der Sümpfe.

»Lassen Sie mich Ihnen was sagen«, fuhr Hillary fort. »Das ist völliger Blödsinn.« Er wischte sich das Ohrenschmalz an der Hose ab, wo es einen Fleck hinterließ. Hillary merkte, daß ich ihn beobachtete und sagte: »Ich sekretiere ein abnormes Maß an Cerumen.«

Ich nickte, hatte aber keine Ahnung, wovon er redete. »Ohrenschmalz«, sagte er und lächelte dann beinahe so, als würde er mich mögen. »Also wissen die Zeitungsfritzen offenbar doch nicht alles.«

Mein Bruder schien nicht zuzuhören.

Hillary sagte: »Das hat mir der Gefängnisarzt erzählt, die Sache mit der abnormen Sekretion.« Er schwieg einen Augenblick, dachte an den Gefängnisarzt und wandte sich dann wieder an mich. »Also, das war ein Mann, der brauchte die Aufregung in seinem Leben, genau wie ihr beide, und den haben sie aufgeschlitzt...«

Wieder spuckte er aus, seine Spucke hatte die Farbe von Kaffee.

»Er war da, als ein paar schwarze Jungs eingebrochen sind, um sich Morphium zu besorgen.« Er lächelte.

Mein Bruder setzte sich auf den nächsten, etwa einen Meter breiten Baumstumpf. Er sagte nichts. Er hatte seine Frage gestellt und wartete jetzt auf Antwort. Hillary wandte sich an ihn, und das Lächeln, das die Erinnerung an die schwarzen, den Arzt aufschlitzenden Jungs hervorgerufen hatte, war verschwunden. »Lassen Sie mich Ihnen noch etwas erzählen, was Sie nicht wissen«, sagte er.

»Erzählen Sie mir von dem Mann, der den Rasen gekauft hat«, sagte Ward.

»Ich erzähl Ihnen was viel Besseres«, sagte er und beugte sich vor, so daß die Ellbogen auf seinen Knien ruhten und die Hände in der Luft baumelten. Er trug einen Ring, den er im Gefängnis nicht getragen hatte, einen dieser Ringe, wie man sie bekommt, wenn man von der High-School abgeht. »Sie haben niemanden gerettet. Wenn ein Mann seinem eigenen Tod ins Auge sieht, wird es nie wieder so, wie es vorher einmal war.«

Er wies mit einem Kopfnicken zum Haus hinüber. »Wer von euch hat die Lady da gebumst, als ich im Knast war?« fragte er. »Davon stand nämlich nichts in der Zeitung, daß die *Miami Times* bei ihren Untersuchungen zum Fall des unschuldigen Opfers die Verlobte flachgelegt hat.«

Ward schüttelte den Kopf und schien es abstreiten zu wollen, überlegte es sich dann aber anders: »Ich halte mich aus anderer Leute Kopulationen raus«, sagte er leise, aber Hillary wußte nicht, was das Wort bedeutete.

»Gebumse«, erläuterte ich und fand, daß damit die Schlappe mit dem Cerumen ausgewetzt war.

»Ich kümmere mich nur um meine eigenen Dinge«, sagte Ward.

»Wenn Sie sich nur um Ihre eigenen Dinge kümmern würden, säßen Sie nicht auf meinem Baumstumpf«, sagte Hillary.

Ich schaute wieder hinüber zum kleinen Haus und wartete, ob Charlotte herauskommen würde. Er ertappte mich und schien meine Gedanken lesen zu können.

»Liebeskummer?« fragte er.

»Ich habe mich nur gefragt, wie es ihr geht«, sagte ich.

»Unpäßlich«, sagte er.

»Sie schrieb einen Brief...«

»Ich kenne ihre Briefe«, sagte er. Einen Augenblick war es still. »Ich weiß alles über die Kleine.«

Wieder schwiegen wir, und ich starrte das Haus an und fühlte mich beleidigt, weil sie nicht einmal herausgekommen war. »Kommen Sie nie wieder her«, sagte Hillary eher zu meinem Bruder als zu mir.

Ward schien keinesfalls die Absicht zu haben, gehen zu wollen.

»Kommen Sie nicht zurück.« Hillary erhob sich langsam und ging wieder hinein.

Widerwillig stand Ward auf, ging zwischen den Stümpfen hindurch zurück zum dunklen Wald und stolperte über Wurzeln, die sich am Boden entlangschlängelten. Jedesmal, wenn er stolperte, fing er sich wieder und ging weiter, als hätte er die Wurzel bereits längst wieder vergessen.

Wie immer verloren in hehren Gedanken.

WIR GINGEN AM FLUSS ENTLANG zurück zum Hotel, und ich duschte mich unter der kalten Dusche. Draußen war es heiß, aber im Kühlschrank gab es einen Sechserpack Bier und ein paar Sandwiches mit Hähnchenfleisch, die ich da besorgt hatte, wo auch das Bier herkam.

Ich kam aus dem Bad, machte zwei Biere auf, gab Ward eine Flasche und legte mich, noch naß vom Duschen, aufs Bett. Ein Lufthauch wehte vom Fenster herüber wie eine Erinnerung an eine kühle Brise.

Ward schaute über den Fluß. Die Sonne versank, die Bäume im Hof des Hotels rahmten die Boote ein und die langen Schatten, die sie über das Wasser warfen. Aber ich glaube nicht, daß Ward irgendwas davon mitbekam. Ich glaube auch nicht, daß er noch an das Bier in seiner Hand dachte. Ich trank einen Schluck, das Bier schmeckte kalt, bitter und gut. Ich fühlte mich schon besser, wie meist, wenn ich das erste kühle Bier noch in der Hand hielt. Ich wußte, daß später, nach zu vielen Bieren, meine Stimmung umschlagen würde.

Ward trat vom Fenster zurück, nahm sich ein halbes Sandwich vom Bett und setzte sich an den Tisch in der Ecke. »Yardley ist immer ehrlich gewesen.«

Ich nahm mir noch einen Schluck. »Scheiße«, sagte ich.

»Ich meine doch nicht sein Privatleben«, sagte er, »ich meine, er ist immer ein ehrlicher Journalist gewesen.«

»Sind das zwei verschiedene Dinge?« fragte ich. »Ein Typ benimmt sich wie ein Yardley Acheman, sobald er frei hat, und wird ehrlich, wenn er hinter der Schreibmaschine hockt?«

»Die besten Journalisten sind nicht immer die besten Menschen«, sagte er. »Die besten lassen ihr wahres Ich außen vor.«

»Ich glaube, wenn man Yardley Acheman ist, dann ist es ziemlich egal, was man für ein Journalist ist. Man ist immer noch Yardley Acheman.«

Ward setzte das Bier an die Lippen, warf den Kopf in den Nacken und trank aus. An der Narbe tropfte etwas Bier vorbei und lief ihm über das Kinn.

Eine Weile schwiegen wir.

»Der Nachmittag im Büro, als du mit ihm gekämpft hast«, sagte er und spürte bereits den Alkohol. »Worum ging es da eigentlich?«

Ich trank noch eine Flasche. In dem Moment dachte ich – und ich hatte das schon immer gedacht –, daß es Menschen gibt, in denen du instinktiv einen Feind erkennst. Und meistens, wie im Fall Yardley Achemans, erkennen sie dich auch. Selbst wenn nie etwas getan oder gesagt wird, spürst du, sobald du einen Raum betrittst, in dem sich auch der andere aufhält, vom ersten Augenblick an diese Animosität.

»Ich glaube, wir sind geborene Feinde«, sagte ich.

ICH RIEF AM MORGEN im Büro meines Vaters an, ehe wir nach Miami fuhren. Ich mußte das Telefon vor der Eingangshalle des Hotels benutzen, da es auf den Zimmern keinen Apparat gab. Es war ein warmer Morgen; die Vögel lärmten in den Bäumen, und der Fluß war voller Barschangler in reglosen Booten.

Ich hing auf, als er abnahm.

Als wir nach Südflorida zurückkehrten, war Yardley Acheman ein Autor.

Ein Verleger in New York hatte ihm dreißigtausend Dollar angeboten, wenn er den Artikel über Moat County zu einem Buch erweiterte, ein Betrag, der für ihn etwa einem zweijährigen Gehalt entsprach. Ich weiß nicht, ob das Angebot ursprünglich auch meinen Bruder eingeschlossen hatte, doch als wir davon hörten, galt es allein Yardley Acheman.

Er erzählte Ward von dem Buch, ohne die Höhe des Vorschusses zu erwähnen, obwohl ich von einem Laufburschen wußte, daß er schon seit Tagen mit dem Geld angab und in der Nachrichtenredaktion von einem Tisch zum anderen ging, um mit Leuten zu reden, mit denen er seit Monaten kein Wort mehr gewechselt hatte.

Ward erzählte er, daß ihn schon seit einiger Zeit der Gedanke plage, daß Zeitungen ein zu begrenztes Feld für die Dinge seien, über die er schreiben wolle.

»Vielleicht ist es einfach nur etwas, das ich loswerden muß«, sagte er und meinte damit das Buch. »Etwas, das ich aus eigener Kraft fertigbringen muß, weißt du. Herausfinden, ob ich es kann.« Er schwieg einen Augenblick und sagte dann: »Deshalb muß allerdings unsere Zusammenarbeit nicht zu Ende sein. Zusammen sind wir zu gut, um aufzuhören.«

Ward nickte und hörte höflich zu, während Yardley voller Erleichterung darüber, daß Ward nun Bescheid wußte, sich in seinen Plänen für das Buch erging, ohne die dreißigtausend Dollar auch nur zu erwähnen.

Als ich das Büro verließ, sprach Yardley immer noch von seinem Gefühl, als Journalist nicht ausgefüllt zu sein. »Du weißt schon«, sagte er, »wovon ich rede. Die Leinwand ist einfach zu klein.«

Yardley war in den nächsten Monaten nicht allzuoft im Büro. Er verbrachte viel Zeit mit der Journalistin in New York, die er auch tatsächlich heiratete.

Auf Drängen der Redakteure begann Ward eine Recherche über mehrere Amtsleiter von Dade County, sammelte Tausende von Dokumentenseiten über Mülldeponien, Kläranlagen und Wohnsiedlungen und heftete sie ab. Er spürte über ausländische Banken Handelsgesellschaften auf und fand ihre Eigner daheim in Miami.

Doch trotz sich mehrender Anzeichen für eine Veruntreuung öffentlicher Gelder hatte Ward eigentlich kein Interesse an den Spielern in diesem Stück. Er ging morgens um sieben oder acht in sein Büro und tauchte eine Stunde später wieder auf, reckte sich oder holte sich einen Kaffee, und wiederum eine Stunde später kam ich manchmal an seinem Büro vorbei und sah ihn am Fenster stehen und hinaus auf die Stadt starren.

Yardley Acheman rief mehrmals am Tag aus seiner Wohnung in Miami oder aus der Wohnung seiner Frau in New York an und bat um Informationen über Hillary oder Thurmond Call, die er verloren oder vergessen hatte – alles Details, die nicht im Artikel selbst gestanden hatten.

Mein Bruder gab ihm freundlich Auskunft und genoß die Gelegenheit, über Moat County zu reden, beantwortete die Fragen sogar oft viel ausführlicher, als es Yardley Acheman lieb war.

Einmal die Woche erschien Yardley im Büro – ein symbolischer Akt, da er immer noch Gehalt bezog –, verbrachte einige Minuten mit Ward und dann etwa eine Stunde mit seinen Redakteuren und berichtete über den Fortgang der Story über die Amtsleiter von Dade County. Er nährte die allgemein schwindende Ansicht, daß er und Ward bei dieser Arbeit gleichberechtigte Partner waren.

Neuerdings trug er teure Anzüge, vermutlich der Einfluß von New York. Doch war die große Stadt nicht nur gut zu ihm gewesen, da er bereits begann, Farbe zu verlieren. Seine Haut hatte eine unnatürliche Färbung angenommen, als stünde er in fluoreszierendem Licht.

Samstags flog Yardley immer nach New York, um das Wochenende mit Frau und Freunden verbringen zu können, und manchmal beschwerte er sich bei seinen Besuchen in der Redaktion der *Times* darüber, wie schwierig es sei, an zwei Orten zugleich zu leben, vom, wie er sagte, schnellsten Ort der Welt zum langsamsten zu wechseln – dorthin, wohin die New Yorker zogen, um in Pension zu gehen, wenn sie zu langsam wurden, um noch mithalten zu können.

Er redete mittlerweile von Miami, wie er vorher vom Lately geredet hatte.

Ich wußte natürlich nichts über die literarische Sippschaft in New York, aber mir schien, daß es kein besonders exklusiver Klub sein konnte, wenn Yardley bereits am ersten Tag zugelassen worden war. Ich hatte den Eindruck, daß New York voller Leute wie Yardley Acheman stecken mußte.

Yardleys Anrufe bei meinem Bruder erfolgten immer regelmäßiger. Hinterher schob mein Bruder manchmal die Augenklappe hoch und saß lange an seinem Tisch, den Kopf in den Händen, noch immer besessen von den Dokumenten über Hillary Van Wetters Verhaftung und Prozeß.

Er vergaß zu essen, er vergaß, nach Hause zu gehen. Manchmal vergaß er sogar, die Augenklappe wieder herunterzuziehen. Der Anblick der zusammengekniffenen, leeren Augenhöhle rief mir andere Bilder ins Gedächtnis, und ich wandte rasch den Blick ab, da ich mich mit der Erinnerung an die Prügelei nicht abfinden konnte.

WARD ARBEITETE ALLEIN und beendete die Story über die Amtsleiter von Dade County, schrieb jedes Wort selbst. Yardley beschäftigte sich damit, zwischen New York und Miami hin und her zu pendeln. Er reichte fünfzig Seiten von seinem Buch ein und wurde gebeten, sie umzuarbeiten, woraufhin er sich wochenlang weigerte, überhaupt zu schreiben.

Auf Yardleys Drängen stand sein Name neben dem Namen meines Bruders über dem Zeitungsartikel, der zur Anklageerhebung gegen vier Amtsleiter führte und ihr Leben ruinierte, woraufhin die Redakteure aus einer Art Festtagslaune heraus Ward zwei Wochen freigaben. Yardley nahm sich ebenfalls zwei Wochen frei und fuhr nach New York zurück, um die Arbeit an seinem Buch wiederaufzunehmen. Ich hörte später, daß er noch einmal zu seinem Verleger gegangen war und um einen weiteren Vorschuß gebeten und ihn auch erhalten hatte.

MEIN BRUDER kehrte nach Moat County zurück. Er wollte nach Hause fahren, sagte er, um ein paar Tage auszuruhen.

Was er mit zu Hause gemeint hat, weiß ich nicht. Er hatte jedenfalls nicht vor, bei meinem Vater und dessen Freundin abzusteigen. Er hatte erlebt, wie willkommen er dort war, solange sie im Haus wohnte.

Noch am Tag von Wards Abreise rief ich meinen Vater an. Seit er uns vor einigen Monaten gesagt hatte, wir sollten bei ihm anklopfen, hatte ich nicht mehr mit ihm gesprochen. Er klang müde, als er den Hörer abnahm, und ich fragte mich, ob Ellen Guthrie ihn nachts lange wach hielt.

»Jack«, sagte er, »schön, deine Stimme zu hören.« Und seine eigene Stimme wurde etwas kräftiger. Er fragte, ob ich schwimmen gewesen sei, wieviel ich wog, was für Arbeiten ich bei der Zeitung erledigen müsse. Er schien Angst davor zu haben, daß ihm der Gesprächsstoff ausging, Angst davor, daß unsere Unterhaltung ein Ende fand.

Ich merkte, daß ich ihm vergab.

»Am besten bin ich dann«, sagte ich, »wenn jemand zu mir sagt: ›Jack, hol mir den Klebstoff!‹ Dann hol ich den Klebstoff.«

Ich war damals stolz darauf, der einzige Laufbursche in der Nachrichtenredaktion zu sein, der nicht den Ehrgeiz besaß, ein Reporter werden zu wollen.

Er sagte, daß er Wards Artikel über die Amtsleiter in Dade County gelesen habe und ihn eigentlich anrufen wollte, um ihm zu der guten journalistischen Arbeit zu gratulieren. »Journalismus der wichtigsten, besten Art«, sagte er, »eine Wohltat für die Leidenden und ein Leid für die Wohlhabenden, außerdem alles im regionalen Rahmen.«

Er hielt einen Moment inne, wußte nicht mehr, was er noch sagen sollte.

»Er ist doch nicht bei dir, oder?«

»Man hat ihm zwei Wochen freigegeben«, sagte ich.

»Na ja«, sagte er, »wenn du ihn siehst, bestell ihm, daß er mich anrufen soll.«

»Er ist unterwegs in deine Richtung«, sagte ich.

Und es tat sich eine kleine Leere in unserem Gespräch auf. »Er fährt nach Thorn?« fragte er.

»Ich glaub schon.«

»Um uns zu besuchen?« Jetzt ganz der besorgte Mann. »Er will doch nicht noch einen Artikel schreiben, oder?«

»Ich weiß nicht, was er vorhat.«

»Ich dachte, er sei fertig mit uns«, sagte er und meinte seine Bemerkung als kleinen Scherz. Die Leitung schien tot, während mein Vater über den bevorstehenden Besuch meines Bruders und die möglichen häuslichen Konsequenzen nachdachte.

»Sollte Ellen ihn erwarten?« fragte er.

»Ich glaube nicht«, antwortete ich.

Ich hörte die Erleichterung in seiner Stimme.

»Na ja, wir hätten ihn gern bei uns gehabt«, sagte er. »Aber er könnte ja wenigstens zum Essen kommen.«

Ich dachte an die Mahlzeiten daheim, an den Dampf, der vom gekochten Essen aufstieg. Ich hatte Heimweh. »Wie kommt Anita mit deiner Zimmergenossin zurecht?« fragte ich.

Er zögerte mit der Antwort.

»Nun, wir mußten sie gehen lassen.«

Ich sagte nichts dazu. Sie war so lange im Haus meines Vaters gewesen wie die Sprünge in der Decke.

»Du weißt ja, wie es ist«, sagte er, »zwei Frauen in einer Küche ...«

»Ich wußte nicht, daß Ellen sich in der Küche aufhält.«

»Nur eine Redensart.«

»Anita war lange bei uns«, sagte ich. Mir schien, er hätte uns Bescheid geben können, ehe er sich von ihr trennte.

»Finanziell habe ich für sie gesorgt«, sagte er. »Mach dir deshalb keine Sorgen.« Als ich darauf nichts sagte, fuhr er fort: »Sie hat für uns gearbeitet, Jack, sie war kein Mitglied der Familie.«

»Sie war Teil unseres Lebens«, sagte ich.

Und wieder schwieg er eine Weile.

»Das Leben ändert sich«, sagte er schließlich. »Das weißt du doch.«

VIER TAGE bevor Ward aus Miami zurückkehren sollte, kam der Sonntagsredakteur zu mir in die Nachrichtenredaktion und war auf der Suche nach ihm. Er wirkte aufgeregt und verzweifelt zur selben Zeit.

»Wir müssen Ihren Bruder sprechen«, sagte er.

Ich erwiderte, er sei in Moat County. Ich sortierte gerade die Post für die Redakteure, eine Arbeit, die ich um ihrer Einsamkeit willen liebte.

»Wo?« fragte er.

Ich hatte seit seiner Abreise nichts von ihm gehört.

»Wir müssen ihn zurückholen«, sagte er.

»Er kommt am Freitag wieder.«

Der Sonntagsredakteur schüttelte nervös den Kopf. »Freitag hilft uns überhaupt nichts«, sagte er.

»Ich weiß nicht, wo er wohnt«, sagte ich.

»Weiß Ihr Vater vielleicht mehr?«

»Das bezweifle ich.«

Er steckte die Hände in die Taschen und schüttelte den Kopf. »Himmel, was haben Sie denn für eine Familie, Sie fahren nach Hause und besuchen sich nicht mal?«

Ich drehte mich zu den Postfächern um und sortierte wieder Briefe. »Könnten Sie ihn finden?« fragte er.

»Ich könnte einige Anrufe machen ...«

»Wir müssen ihn morgen hier im Büro haben«, sagte er.

»Warum?«

»Das kann ich Ihnen nicht sagen, holen Sie ihn einfach nur her.«

Ich reichte dem Sonntagsredakteur die Briefe, er schaute sie einen Augenblick an, begriff dann, was er in der Hand hielt und warf die Schreiben in den Mülleimer. Ich ging in Wards Büro, schloß die Tür und rief ein Dutzend Motels in Lately an, doch er war nirgendwo eingetragen. Dann rief ich im Büro meines Vaters an, aber er aß mit Miss Guthrie zu Mittag.

Der Sonntagsredakteur ging in regelmäßigen Abständen am Büro vorbei, schaute hinein und wartete auf ein Signal, daß ich Ward gefunden hätte. Ich schüttelte immer wieder den Kopf.

Als ich dann meinen Vater erreichte, sagte er, er vermute, daß Ward bestimmt seine Meinung geändert hatte und in Miami geblieben war. »Wäre er hier in der Gegend, hätte er doch angerufen«, sagte er und klang verletzt.

»Vielleicht ist er woanders hingefahren«, sagte ich. Er hatte den Führerschein zurückerhalten und sich einen eigenen Wagen gekauft. Ich war ratlos, wo er sein konnte.

»Was ist denn los?«

»Ich weiß nicht, sie wollen ihn nur hier im Büro sehen«, sagte ich. »Es ist wichtig, aber den Grund wollen sie mir nicht sagen.«

Er schwieg einen Augenblick. »Haben sie gesagt, wann er da sein soll?«

»Morgen«, sagte ich. »Sie wollen ihn spätestens morgen sehen.«

Er dachte kurz nach und sagte dann leise: »Oh, mein Gott.«

»Was ist?«

Er sagte: »Er hat den Pulitzer gewonnen.«

Der Sonntagsredakteur ging wieder an meinem Fenster vorbei, schaute herein, und ich schüttelte den Kopf.

AM SPÄTEN ABEND flog Yardley Acheman von New York herüber und tauchte am nächsten Morgen in einem seiner neuen Anzüge in der Nachrichtenredaktion auf. Als ich ihn sah, drei Tage vor seiner geplanten Rückkehr, da wußte ich, daß mein Vater recht gehabt hatte.

Der Sonntagsredakteur trug mir noch einmal auf, Motels in Moat County anzurufen, aber es schien ihm nicht mehr ganz so dringend zu sein. Offenbar hatte es ihn enttäuscht, daß ich im Anrufen von Motels nicht besser war.

GEGEN ELF kamen die Namen der Preisträger über *Associated Press*, und die Feier begann gleich hier im Büro mit einer offiziellen Ankündigung des Herausgebers, eines uralten Mannes mit rosigem Gesicht, der aus seinem Büro im oberen Stock auftauchte und nicht nur Yardley und meinem Bruder, sondern dem gesamten Personal gratulierte.

Die Zeitung war ziemlich gut im Gewinnen von Pulitzerpreisen, und die Rede war schon zu anderen Gelegenheiten gehalten worden.

Champagnerflaschen tauchten auf, sobald der Herausgeber

auf sein Stockwerk zurückgekehrt war, und in der Lokalredaktion begann eine Party. Manche Journalisten tranken, manche suchten sich einige Storys per Telefon zusammen, manche machten beides. Yardley Acheman küßte alle gutaussehenden Frauen, wenigstens die, die ihn an sich heranließen.

Aus Lately traf ein Telegramm ein, mein Vater schrieb, dies sei der stolzeste Augenblick seines Lebens.

Später zog die Party in eine Bar auf der anderen Straßenseite und danach in ein Hotel neben der Bar.

Das Hotel hatte auf dem Dach einen Swimmingpool, und Journalisten, die nie zuvor mit mir gesprochen hatten, setzten sich neben mich, rochen nach Scotch und gestanden mir ihre Bewunderung für meinen Bruder, obwohl er doch schon ein ziemlich komischer Kauz sei, und sie sagten, wie schade sie es fänden, daß er nicht zur Party kommen konnte.

Zu den etwa dreißig am Pool versammelten Gästen der Party in jener Nacht gehörte auch eine junge Polizeireporterin namens Helen Drew. Miss Drew war übergewichtig und wie mein Bruder besessen von ihrer Arbeit, selbst in ihrer Freizeit. Manchmal kam sie in Wards Büro und fragte ihn in beruflichen Dingen um Rat, da sie selbst gern Storys wie die meines Bruders geschrieben hätte, und in seiner Gegenwart war sie von Wards Ruhm offensichtlich wie geblendet. Sie mußte einfach immer wieder seine Sätze für ihn zu Ende führen oder beinahe zwanghaft nicken, ehe er auch nur ein Wort gesagt hatte. Yardley Acheman wollte nichts mit ihr zu tun haben.

An diesem Abend allerdings neigte Yardley zu einiger Menschlichkeit. Als sie zu ihm kam, legte er wie geistesabwesend einen Arm um ihre Schulter, und sie beugte sich zu ihm und lächelte ihn an, als wären sie alte Freunde.

Helen Drews Haut war blaß und teigig, und sie konnte trotz ihrer Brille nicht besonders gut sehen. Sie war nicht einfach nur füllig, sondern wirklich dick – an Hüfte, Schultern und Beinen, aber auch an den Handgelenken und den Fingern. Ihre Hände sahen wie die Hände eines Riesenbabys aus.

Sie trug zur Arbeit weite Kleider, die ihren Körper bis hinunter zu den Schuhen umhüllten. Spät an diesem Abend zog sie ihre Schuhe aus – nebeneinander warteten sie vor einem Liegestuhl und wirkten irgendwie zerdrückt, in einem der Schuhe lag die Brille –, während Helen Drew mit einem Glas in der Hand einen Fuß im Wasser baumeln ließ. Und wie sie so am Beckenrand saß, einen Fuß im Wasser, senkte Yardley, der mit einer schlankeren Frau hinter ihr stand, plötzlich seinen Kopf, rammte ihn ihr in den Rücken und stieß sie in den Pool.

Sie geriet in Panik, eine Nichtschwimmerin und ohne Brille fast blind, fand aber schließlich die Leiter, beruhigte sich wieder und blieb dann lange im Wasser, während ihr die Wimperntusche über die Wangen lief. Und sie lachte und schwatzte mit den Reportern am Beckenrand und zögerte den Augenblick möglichst lange hinaus, in dem sie aus dem Wasser auftauchen mußte und der nasse Kleiderstoff an ihren Fleischröllchen kleben würde, die er eigentlich verbergen sollte.

Yardley sagte immer wieder, daß es ihm leid täte, aber er konnte sich nicht entschuldigen, ohne an das Schauspiel zu denken, das sie bei ihrem Sturz geboten hatte, und seine Worte verloren sich, und er begann zu lachen. Und sie stimmte in sein Lachen ein.

Schließlich stieg Helen Drew aus dem Becken. Wasser strömte an ihr herab wie von einem lang versunkenen Schatz, und sie wickelte sich in ein Handtuch. Sie trank und lachte noch eine weitere halbe Stunde, dann ging sie. Am nächsten und auch am übernächsten Tag erschien sie nicht zur Arbeit.

Sie kündigte am Ende der Woche, ohne ihre Sachen abzuholen, und nahm eine Stelle bei der *Miami Sun* an, einer kleinen Zeitung, die Büroräume im Times Building gemietet hatte und ihr die Chance versprach, eigene Storys schreiben zu können.

Knochendürr und sonnenverbrannt kam mein Bruder aus seinem Urlaub zurück, Gesicht und Arme von Insektenbissen übersät und den Gürtel im letzten Loch. Seine Hose warf an der Hüfte weite Falten.

Er sah aus, als hätte er seit seiner Abreise nichts mehr gegessen.

Ich fragte ihn nicht, wo er gewohnt oder was er getrieben hatte, und er selbst verlor kein Wort darüber.

Wir gingen zusammen essen, aber er stocherte nur in seinem Essen herum. Er wirkte abwesend, zeigte überhaupt kein Interesse an dem Preis, den er gewonnen hatte, und beschäftigte sich nur kurz mit der Neuigkeit, daß Ellen Guthrie World War überredet hatte, Anita Chester vor die Tür zu setzen.

»Sie will offenbar alles ganz für sich allein«, sagte er und klang wie ein Außenseiter, ein unbeteiligter Zuschauer, der miterlebte, wie eine Familie zerbrach.

Yardley Acheman unternahm einen kurzen Trip nach New York und machte mit Hilfe des Pulitzerpreises einige weitere tausend Dollar bei seinem Verleger locker, flog dann zurück nach Miami und bat darum, von der Arbeit freigestellt zu werden, um das Buch beenden zu können. Er verlangte, daß ihm für die Dauer seiner Abwesenheit Gehalt gezahlt wurde, da die Zeitung weiterhin sein Bild in ganzseitigen Anzeigen verwendete und die Lobeshymnen für das Buch unweigerlich auch der *Times* zugute kommen würden. Er fügte hinzu, daß die Gehaltsforderung auch seine Rückkehr zur Zeitung garantieren würde, wenn die Arbeit am Manuskript erst einmal beendet war.

Die Redakteure bewilligten ihm die Freistellung von der Arbeit, aber keine Gehaltsfortzahlung. Er hatte seine Forderungen in der Lokalredaktion gestellt, ehe er mit den Redakteuren darüber gesprochen hatte, und sie fürchteten nun, einen Präzedenzfall zu schaffen.

Noch in derselben Woche kehrte er nach New York zurück und sagte, er könne nicht versprechen, jemals wiederzukommen.

Der Sonntagsredakteur kam einige Tage später mit einem Anliegen seiner vorgesetzten Redakteure zu meinem Bruder, um mit ihm über die Bildung eines neuen Teams zu reden. Trotz Anklageerhebung gegen einige Amtsleiter des County waren sie offenbar nicht auf die Idee gekommen, daß mein Bruder allein arbeiten konnte.

»Wir müssen den Tatsachen ins Auge sehen«, sagte der Sonntagsredakteur. »Vielleicht kommt Acheman nicht mehr zurück.«

Mein Bruder lehnte ab.

Yardley Acheman widmete sich wieder seinem Buch, und ich sah meinem Bruder zu, wie er nach einer neuen Story Ausschau hielt und sich dabei so vollständig verausgabte, wie er es bei der Story selbst getan hätte, aber er konnte kein Thema mit Leuten finden, die ihn interessierten. Die Redakteure schlugen ihm natürlich Storys vor, nur glichen die allzusehr jenen, die er bereits gemacht hatte.

Yardleys Anrufe begannen erneut, R-Gespräche, vier-, fünfmal am Tag, manchmal ebenso viele in einer Stunde. Mein Bruder nahm sie alle entgegen und räumte seine eigene Arbeit zur Seite, um Yardleys Fragen beantworten zu können; er mußte nicht einmal mehr in den Mitschriften und Notizen zum Fall nachschauen, selbst bei den winzigsten Details nicht mehr.

Diese Anrufe verrieten eine gewisse Not, und wenn ich einmal den Hörer abnahm, hatte Yardleys Stimme ihren selbstsicheren Klang verloren. Mir kam der Gedanke, daß es wohl längst nicht so unterhaltsam war, ein Buch zu schreiben, wie den Vertrag für ein Buch zu unterzeichnen.

Ich erinnere mich an einen Anruf einige Monate später, einen völlig anderen Anruf, bei dem mein Bruder nur den Hörer an sein Ohr hielt und lange Zeit einfach zuhörte. Langsam begann er zu nicken. »Ich könnte dir ein paar hundert leihen«, sagte er.

Ich konnte die Stimme am anderen Ende der Leitung hören,

und wieder nickte mein Bruder. Er nahm einen Stift und schrieb eine Adresse auf. »Ich schick's noch heute ab«, sagte er, und dann legte er auf.

Er schaute mich an und sagte: »Elaine muß ziemlich teuer sein.«

Er lächelte einen Augenblick, freute sich über das, was er gesagt hatte, machte sich wieder an die Arbeit und wunderte sich, denke ich, über die Gemeinheit seiner Bemerkung.

Das Geld hielt in New York nicht lange vor, und Yardley Acheman kehrte wütend und pleite zur *Times* zurück, das unvollendete Buch im Gepäck. Seine Frau blieb, wo sie war.

Am ersten Tag nach seiner Rückkehr kam ein Anruf von Helen Drew. Yardley wußte nicht mehr, wer sie war, bis sie ihn daran erinnerte, daß sie in den Swimmingpool gefallen war. Sie sei hineingefallen, genauso drückte sie sich aus.

»Ach ja, richtig«, sagte er, »wie geht es Ihnen?«

Ich war gerade im Büro, und er sah auf und blinzelte mir zu.

Sie fragte ihn, ob er einige Minunten Zeit für sie hätte.

»Ehrlich gesagt, mit dem Buch und alldem habe ich soviel zu tun, daß ich zur Zeit keine Interviews gebe.«

»Wir haben uns gerade die Pulitzerstory angesehen«, sagte sie, »und da sind einige Fragen aufgetaucht.«

»Wir?« sagte er. »Wer ist wir?«

»Meine Redakteure und ich.«

»Und Sie haben sich gerade meine Pulitzerstory angesehen?«

»Es gab da ein paar Dinge, über die wir uns gewundert haben.«

Yardley warf mir wieder einen Blick zu, doch diesmal gab es nichts zu blinzeln. »Ich habe für solchen Mist keine Zeit«, sagte er. »Ich weiß nicht, was Sie da für einen lächerlichen Korinthenkackerjournalismus betreiben, aber ich habe dafür jedenfalls keine Zeit.«

Und dann knallte er den Hörer auf die Gabel und stolzierte aus dem Büro. Einen Augenblick später klingelte das Telefon meines Bruders.

Trotz Yardley Achemans Einwänden sprach mein Bruder im Lauf der nächsten Monate mehrere Male mit Helen Drew. Offenbar rollte sie die ganze Geschichte noch einmal auf, Stück für Stück. Niemand wußte warum. Sie rief wegen der kleinsten Kleinigkeit an, da sie nicht weitergehen wollte oder konnte, solange sie nicht jeden zurückgelegten Schritt deutlich und zweifelsfrei erklären konnte. Sie schien die Dinge nie im ersten Anlauf auf die Reihe zu bringen, war letzten Endes aber doch sehr gründlich. Und mehr kann man von einem Reporter schließlich nicht verlangen.

Yardley Acheman glaubte inzwischen, daß sie ein eigenes Buch schrieb, und es machte ihn wütend, daß Ward mit ihr redete. Er ging zu den Redakteuren, um sich zu beschweren. Doch Yardley hatte ihnen zu oft gedroht und besaß längst nicht mehr jenen Einfluß, den er einmal gehabt hatte. Sie sagten ihm, daß sie nichts dagegen unternehmen könnten.

An einem Donnerstagnachmittag tauchte Helen Drew in Sandalen und einem ihrer weiten Kleider in der Lokalredaktion auf. Sie trug einen Sticker, mit dem sie gegen den Krieg in Vietnam protestierte, und hatte sich blonde Strähnen ins Haar gefärbt, wie es in jenem Jahr Mode war.

Man konnte sich nur schwer einen harmloser wirkenden Menschen vorstellen. Ward war am Telefon, als sie hereinkam. Sie hielt mir die Hand hin, und ich nahm sie und spürte ihr Gewicht. Helen Drew schwitzte und atmete schwer, da sie die Stufen zum ersten Stock hinaufgestiegen war. Sie fächerte sich Luft mit einer Zeitung zu, die ihr jemand am Empfang gegeben hatte, und zupfte an ihrem Kleid, zog es von der Brust weg.

Sie sah sich im Zimmer um. »Es ist größer, als ich es in Erinnerung habe«, sagte sie.

Sie verbrachte fast den ganzen Nachmittag mit Ward und entschuldigte sich beim Abschied dafür, ihn so lange in Anspruch genommen zu haben. Als ich ins Büro ging, war es noch warm von der Hitze ihres Körpers und roch nach ihrer Seife.

»Was wollte sie denn diesmal?« fragte ich.

Er schüttelte den Kopf. »Ich weiß nicht genau«, sagte er. »Sie kommt immer wieder auf den zeitlichen Ablauf zurück, darauf, daß der Artikel geschrieben wurde, als ich im Krankenhaus lag.«

»Und was hast du ihr erzählt?«

»Ich habe ihr gesagt, daß der elektrische Stuhl auf Mr. Van Wetter gewartet hat und daß die Zeitung glaubte, die Story nicht länger zurückhalten zu können.« Er zuckte die Achseln, als sprächen die Gründe für sich.

»Sie sollte lieber mit Yardley Acheman reden«, witzelte ich.

»Er glaubt, daß sie ihm sein Buch stiehlt«, sagte er. »Irgendwas mit einem Swimmingpool. Er glaubt, sie haßt ihn, weil er sie ihn einen Swimmingpool gestoßen hat.«

Obwohl er nun wieder sein Gehalt bezog, hatte Yardley Acheman in praktischer Hinsicht seine Arbeit nicht wieder aufgenommen. Doch es gab keine Möglichkeit, ihn stillschweigend zu feuern, und die *Times* hatte auch zuviel in ihn investiert, um ihn entlassen zu können.

Phasenweise arbeitete er an seinem Buch, beschwerte sich aber lauthals, daß er sich nicht konzentrieren könne, solange es dort draußen Leute gab, die ihn ruinieren wollten.

Und mein Bruder tat wieder das, was zuvor schon funktioniert hatte.

Er tauchte in ein neues Projekt ein, sammelte Tag und Nacht

widersprüchliche Fakten und Details von Geschehnissen, die oft schon Jahre zuvor passiert waren, und heftete sie ab, um sie sich irgendwann wieder anzuschauen und sich eine bestimmte Ereigniskette zu überlegen, eine Version der Geschichte, die dann gedruckt werden würde. Und diesmal glaubte er, daß sie genauso auf den Seiten der Zeitung zu lesen sein würde, wie sie in Wirklichkeit geschehen war.

Seltsamerweise weigerte er sich, über sein neues Projekt zu reden. Seine Redakteure fürchteten, sie beide verloren zu haben: Yardley Acheman, der sich darüber beklagte, daß sie keine Ahnung davon hätten, welchen Streß es bedeutete, ein Buch zu schreiben, und Ward, der überhaupt nicht mit ihnen redete.

Natürlich konnten beide nicht entlassen werden, und Yardley erinnerte hin und wieder daran, wenn er in der Nachrichtenredaktion laut die Frage stellte, wie es sich die Zeitung leisten könne, ihn zu beschäftigen.

Ich war zwar bei den Gesprächen mit seinem Verleger in New York nicht dabei – er neigte dazu, diesen Aspekt seines Lebens so geheim wie nichts sonst zu halten –, fand aber eines Morgens den Entwurf eines Briefes, den er beim Kopiergerät im Büro liegengelassen hatte (er machte damals Kopien seiner gesamten Korrespondenz für die Zeit, in der man sein Werk im Englischunterricht studieren würde) und in dem er erklärte, daß es unmöglich sei, weiterhin für die Zeitung zu arbeiten und zur selben Zeit das Buch zu beenden. »Die scheinen hier ohne meine Hilfe nicht einmal das Licht anmachen zu können«, schrieb er.

Er nahm an, daß seine Frau eine Affäre hatte, und rief sie täglich an, um ihr vom Fortschritt seiner Arbeit am Buch zu berichten und sie anzuflehen, ihn in Miami zu besuchen. Doch sie arbeitete an einer eigenen Story und konnte nicht fort. Wütend legte er dann wieder auf.

Er machte sich öffentlich Sorgen um seine Ehe und rechnete sie zu jenen Ablenkungen, die ihn daran hinderten, das Buch fertig zu schreiben. Er schätzte, daß ihn seine Eheprobleme sechs Monate gekostet hatten, eine Zahl, die er jedem entgegenhielt, der ihm nur zuhören wollte, selbst mir.

Doch an dem Tag, als er das tat, wandte er sich abrupt von mir ab, ohne auf eine Antwort zu warten, als hätte er gerade begriffen, daß ich nicht in der Lage war, ihm seine Verpflichtungen entschuldigen zu können.

Helen Drew kehrte in die Nachrichtenredaktion der *Times* zurück und roch noch immer nach derselben Seife. Sie schien froh, mich zu sehen, als wären wir alte Freunde. Und vielleicht war ich tatsächlich der älteste Freund, den sie je gehabt hatte.

Sie fragte sich verwundert, wie Yardley mit seinem Buch vorankomme und ob er jetzt wohl Zeit hätte, mit ihr zu reden. In ihrer Stimme schwang etwas Großäugiges und Liebliches mit, doch konnte der Ton ihre Anspannung nicht ganz verbergen.

Von der Verlobung meines Vaters mit Ellen Guthrie erfuhr ich durch die Einladung zur Hochzeit, die mich bei der Zeitung erreichte. Für meine spärliche Korrespondenz gab ich die Adresse der Zeitung an, da Briefe, die in der Pension für mich eintrafen, auf einen kleinen Tisch an der Haustür gelegt und von den übrigen Mietern, die tagsüber kamen und gingen, aufmerksam registriert wurden. Oft waren die Briefe auch geöffnet worden.

Die Einladung war professionell gedruckt, und es war ihr eine kleine Karte von Thorn beigelegt worden, die den Weg zur Methodistenkirche zeigte, zum Country-Klub, wo der Empfang stattfinden sollte, und zu einem Laden in Jacksonville, in dem Ellen Guthrie eine Liste der Dinge hinterlegt hatte, die sie als Geschenke noch gebrauchen konnte.

Ich ging mit der Einladung sofort zu meinem Bruder, der inzwischen genügend Dokumente und Aufzeichnungen für sein neues Projekt angesammelt hatte, um damit seinen Tisch zustapeln zu können.

Yardley Acheman war ebenfalls im Büro und telefonierte mit seinem Agenten in New York.

»Hören Sie«, sagte er, »ich brauche sechs Monate, dann bin ich mit dieser Sache fertig, aber ich muß zurück in die Stadt, um sie schaffen zu können.«

Ich warf die Einladung mitten auf Wards Papiere. »Hast du auch so eine?« fragte ich.

Er sah sie an, ohne sie zu berühren, legte den Kopf schief, um die Worte lesen zu können, und schien ihnen dann vom Papier weg über den Tisch bis hin zu einigen Bankunterlagen zu folgen, die unter einem Hefter in der Zimmerecke lagen.

Yardley bat um weitere achttausend Dollar.

»Es wird immer besser«, sagte ich.

Ward drehte sich zu einer Zimmerecke um, in der seine eigene Post seit Beginn des neuen Projekts ungeöffnet und stapelweise auf einem Regal lag. Einige Briefe waren auf den Boden gefallen.

Yardley erzählte seinem Verleger gerade, daß seine Geschichte zeitlos sei.

Ward berührte die Einladung, die ich auf seinen Tisch fallen gelassen hatte, und drehte sie mit einem Finger, bis er sie noch einmal lesen konnte, ohne den Kopf schieflegen zu müssen. »Er will sie heiraten«, sagte ich.

Ward nickte und betrachtete immer noch die Einladung, berührte sie immer noch mit der Fingerspitze.

»Sie ist hinter der ganzen Zeitung her«, sagte ich.

Er lächelte wieder und schüttelte dann den Kopf, als fände er den Gedanken zu unwahrscheinlich.

»Wenn Sie sie schneller haben wollen, dann holen Sie mich aus diesem verdammten Loch und bringen mich nach New York, wo ich schreiben kann«, sagte Yardley. »Sechstausend Dollar, ich brauche tausend im Monat.«

Yardley wand sich stumm in seinem Sessel, während der Mann am anderen Ende der Leitung auf ihn einredete. Er sah uns an, dann starrte er wieder auf das Papier vor sich. Er hatte die Zahl 6000 aufgeschrieben und sie mehrmals umkringelt, jetzt strich er sie durch.

»Nun, sie scheinen sich gut zu verstehen«, sagte Ward.

Yardley schloß die Augen und hörte dem Mann aus New York zu. Mein Bruder schien von der Unterhaltung nichts wahrzunehmen; er schien mich selbst kaum wahrzunehmen.

Plötzlich knallte Yardley den Hörer auf und blieb einen Augenblick lang schwer atmend sitzen. Er stierte auf das Telefon, dann sah er zu Ward hinüber. »Deine Freundin Helen Drew«, sagte er, »sie hat mir in New York nachspioniert.«

Noch in derselben Woche trafen zwei Briefe vom Anwalt meines Vaters ein, der eine an mich, der andere an Ward gerichtet, in denen uns offiziell eine personelle Veränderung in der Leitung der Zeitung mitgeteilt wurde. Mein Vater hatte Ellen Guthrie zur Präsidentin ernannt, behielt formell aber die Herausgeberschaft sowie den Titel des leitenden Geschäftsführers bei.

Sie war außerdem in den Vorstand aufgenommen worden. Diese Veränderung blieb unkommentiert. Es folgte auch kein persönlicher Brief und kein Anruf von meinem Vater.

Er hatte einfach wieder die Schlösser ausgetauscht.

Nachdem er den Brief geöffnet hatte, verließ Ward das Büro, stob an Helen Drew vorbei, die am Empfang auf Yardley Acheman wartete, und ging zur Bar an der Ecke. Dort trank er den ganzen Nachmittag Bier. Als ich ihn nach der Arbeit traf, saß der Schlips immer noch korrekt über dem obersten Hemdknopf. Er hockte in einer Sitzecke an der Wand, den Kopf an ein Plastikkissen gelehnt, die Augen wäßrig. Ansonsten aber war ihm nicht anzumerken, daß er betrunken war.

Ich holte mir ein Bier, setzte mich und wollte mit ihm anstoßen. »Auf die neue Mrs. James«, sagte ich, und er berührte meine Flasche mit dem Hals seiner Flasche, und wir tranken.

»War die Kleine von der *Sun* immer noch da, als du gegangen bist?« fragte er ein oder zwei Biere später.

»Sie wartete immer noch auf Yardley«, antwortete ich.

Er dachte einen Augenblick nach und fragte: »Wenn sie doch bloß verschwinden würde.«

»Ich glaube, mit ihr stimmt was nicht«, sagte ich.

»Wenn sie doch bloß alle verschwinden würden.«

»Wer?«

Er lächelte und trank sein Bier. »Alle«, sagte er und hielt wieder die Flasche über den Tisch und stieß mit mir an. Und dann lachte er.

Ich war halb betrunken und auf dem Weg zurück zur Zeitung, als ich sie sah, wie sie vom Parkplatz kamen. Zuerst Helen Drew in einem Ford, dann Yardley Acheman in seinem Buick. Mit einer halben Minute Unterschied. Sie fuhr um die Ecke, wurde langsamer und hielt im Rückspiegel nach ihm Ausschau, und als er ebenfalls um die Ecke bog, verschwanden sie zusammen in Richtung Stadtmitte.

Ich sah Helen Drew um zehn Uhr früh in meiner Pension wieder. Ich hatte meinen freien Tag und war gerade vom Schwimmen zurück. Wahrscheinlich hatte sie draußen nach mir gesucht. Ich hatte immer noch meine Badehose an, als sie anklopfte, und der Anblick war ihr offenbar peinlich. Sie überschlug sich vor lauter Entschuldigungen für ihre Aufdringlichkeit.

»Ich habe bei der Zeitung angerufen«, sagte sie, »aber die Frau wollte Ihnen nichts ausrichten.«

Die Empfangsdame der Zeitung weigerte sich, Nachrichten

für Sekretärinnen oder Redaktionsassistenten weiterzuleiten, da die in ihren Augen nicht zu den eigentlichen Mitarbeitern zählten und deshalb kein Anrecht auf berufliche Nettigkeiten hatten.

Ich sah mich in meinem Zimmer um, doch auf den meisten Sitzgelegenheiten lagen Kleider verstreut. Die Bettlaken auf dem Bett waren zerwühlt, ich konnte mich nicht erinnern, wann ich sie zuletzt gewechselt hatte. Sie warf einen Blick zurück zur Eingangstür, da es ihr offenbar unangenehm war, im Hausflur zu stehen.

Ich machte die Tür ein wenig weiter auf und trat zur Seite, um sie einzulassen. Kaum war sie an mir vorbei, schaute ich über den Flur und sah Froggy Bill auf seinem üblichen Posten, von dem aus er die Vorgänge aufgeregt beobachtete.

Sie setzte sich auf die Bettkante. Ein einzelnes Hosenbein sah unter ihr hervor, als wäre, wer immer auch drinnen gesteckt haben mochte, von ihr zerdrückt worden. Ich griff nach einem T-Shirt und zog es mir über, woraufhin sie sich schon wesentlich wohler zu fühlen schien. Ich hatte vom Schwimmen noch Wasser im Ohr, neigte meinen Kopf zur Seite und schlug mit der flachen Hand dagegen. Sie zuckte zusammen.

»Entschuldigung«, sagte sie, »das ist sonst nicht meine Art.«

Ich sammelte eine Hose und ein Hemd auf und stopfte sie in den offenen Wandschrank, dann räumte ich die Socken vom Sessel an der Wand und setzte mich. Die Badehose war feucht und sandig. An der gegenüberliegenden Wand hing ein alter Spiegel mit einem Sprung, von meinem Platz aus konnte ich sie von vorn und hinten zugleich sehen.

Sie schien nicht zu wissen, wo sie anfangen sollte.

»Ich weiß einfach nicht, wie ich in solche Geschichten hineingerate«, sagte sie schließlich.

Ich wartete und dachte an den Mann draußen auf dem Flur und daran, was ich seiner Meinung nach mit dieser fetten Frau auf meinem Zimmer trieb.

»Es geht um Ihren Bruder«, sagte sie.

»Was ist mit ihm?«

»Um Daytona Beach.« Sie blieb reglos sitzen und wartete. Ich wartete ebenfalls. Sie sah unglücklich und resigniert drein. »Jemand, der Bescheid weiß«, sagte sie, »deutete mir gegenüber an, daß er sich die Verletzungen nicht am Strand zugezogen hat.«

Einen Augenblick blieb es im Zimmer still.

»Was macht das für einen Unterschied?«

Sie blieb ruhig sitzen. »Irgendwie gerät alles immer mehr durcheinander«, sagte sie.

»Was denn?«

»Die ganze Geschichte«, sagte sie. »Man fängt an, weil man etwas wissen will, und als nächstes ertappt man sich dabei, wie man Dinge tut, die man überhaupt nicht tun will.«

»Dann tun Sie sie doch nicht«, sagte ich.

Sie schüttelte den Kopf. »Dafür steck ich schon zu tief drin.«

Ich warf rasch einen Blick in den Spiegel, auf die Fettwülste unter ihrer Bluse. Sie setzte sich auf der Bettkante auf.

»Sie waren doch in Daytona Beach, als es geschah ...«

Ich wartete darauf, daß sie den Satz zu Ende formulierte.

»Es ist nicht am Strand passiert, stimmt's?«

»Wer hat das gesagt?«

»Mein Informant.«

Ich gab keine Antwort.

»Er oder sie hat angedeutet, daß es im Hotel passiert ist«, sagte sie.

Ich rührte mich nicht.

»Der Nachtportier hat dasselbe ausgesagt.«

»Blödsinn«, sagte ich. Sie konnte nicht besonders gut lügen.

»Die Frage lautet: Wenn es im Hotel geschah, wieso hat er dann behauptet, daß es am Strand passiert ist?«

»Die Frage lautet: Warum sollte Yardley Acheman Ihnen erzählen, daß es nicht am Strand passiert ist?«

Nun saß sie wieder reglos da, als wäre dies ein Problem, über das sie auch schon nachgedacht hatte. Sie gab sich keineswegs die Mühe, so zu tun, als käme ihr Wissen nicht von Yardley. »Ich muß eine Sache in meinem Kopf klar haben, ehe ich zur nächsten weitergehen kann«, sagte sie schließlich. »Die Person, mit der ich gesprochen habe, behauptet, ihr Bruder hätte einige Matrosen zu einem sexuellen Stelldichein auf sein Zimmer gelockt, aber sie haben ihn zusammengeschlagen und versucht, ihn auszurauben.«

Sie sah mich abwartend an.

»Es ist am Strand passiert«, sagte ich.

Sie saß stumm da, dann schüttelte sie den Kopf. »Hören Sie«, sagte sie, »können wir einander nicht einfach die Wahrheit erzählen?«

Und dann sagte sie, ohne auf meine Antwort zu warten: »Yardley Acheman hat mir im Vertrauen berichtet, was in Daytona passiert ist, und er sagte, man hätte die Story möglichst rasch herausgebracht, um die Aufmerksamkeit von diesem Vorfall abzulenken.«

Sie rührte sich nicht.

»Das ergibt keinen Sinn«, sagte ich.

Sie dachte kurz nach. »Auf verrückte Weise tut es das doch. Es erklärt das Durcheinander mit dem Bauunternehmer.«

Meine Badehose war kalt, und ich wollte mich duschen und dann vielleicht zum kleinen kubanischen Café zwei Straßen südlich von hier spazieren, Zeitung lesen und frühstücken.

»Der Bauunternehmer in dem Artikel«, sagte sie. »Ich konnte ihn nicht auftreiben, niemand will mir seinen Namen verraten. Vielleicht hat sich Ihr Bruder so geschämt ...« Sie schwieg einen Augenblick und dachte nach. »Vielleicht hat er die Dinge ein wenig durcheinandergebracht.«

»Sie meinen, er hat ihn erfunden?«

»Um seine Privatsphäre zu schützen«, sagte sie. »Vielleicht

wurde er aber auch so schwer verletzt, daß er die Geschichte einfach nur noch hinter sich bringen wollte.«

Ich saß da und dachte an Yardley Acheman.

»Alles, was Sie sagen, wird von mir vertraulich behandelt«, sagte sie.

EINEN AUGENBLICK später verschwand alle Farbe aus ihrem Gesicht, und sie ließ sich rückwärts auf ihre Ellbogen sinken. Ich blieb, wo ich war, und mußte noch immer an die ungeheure Lüge denken, die Yardley ihr erzählt hatte. »Hätten Sie vielleicht eine Apfelsine?« fragte sie.

Ihre Augen waren weit offen, und sie schwitzte. Ich ging ans Fenster und riß es weit auf, aber der Lufthauch reichte nicht einmal, um die Gardinen zu bewegen. Sie sah mich an, ohne eine Miene zu verziehen.

»Was ist los?« fragte ich.

»Mein Blutzucker«, sagte sie. »Ich brauche Obst.«

Zum selben Häuserblock, in dem auch die Pension lag, gehörte ein Lebensmittelladen, dessen Inhaberin, eine alte Frau, nebenbei noch ein kleines Wettbüro führte. Ich griff nach Helen Drews Fußgelenken, hob ihre Beine an und legte sie aufs Bett. Ihr Gewicht war erstaunlich, und als ich die Beine oben hatte, rückte sie sich ein wenig zurecht und zog zugleich ihren Rock nach unten.

Ich ging auf den Flur, vorbei an Froggy Bill. »Pariser hab ich hier«, sagte er, steckte eine Hand in seine Tasche und grinste. Seine Zähne sahen schrecklich aus.

Ich rannte zum Laden, kaufte ein halbes Dutzend Orangen, ein paar Weintrauben, einen Viertelliter Orangensaft und eine Schachtel Feigenplätzchen. Als ich zurückkam, war Froggy Bill näher an mein Zimmer herangerückt. Er stand zwar noch im Flur, schaute aber bereits auf meine Tür. Als er mich sah, zog er sich zurück und nahm den alten Platz vor seiner Tür wieder ein.

Sie hatte sich wieder aufgesetzt und sah etwas besser, aber immer noch blaß aus. Ich legte meine Einkäufe neben ihr auf das Bett, und sie machte sich darüber her, öffnete zuerst den Orangensaft, trank den Karton etwa halb leer und aß dann sämtliche Feigenplätzchen und ein paar Weintrauben.

Allmählich kam wieder Farbe in ihr Gesicht, und kaum ging es ihr wieder gut, fühlte sie sich beschämt. »Ich mache da so eine Diät«, sagte sie. Ich betrachtete die Überreste der Plätzchen auf dem Bett, den leeren Karton Orangensaft. Die sechs Orangen lagen dort, wo ich sie hingelegt hatte, unberührt. »Wenn man nichts als Popcorn ißt, soll man im ersten Monat zwanzig Pfund abnehmen, aber mir wird immer wieder schwindlig.«

Sie sah ebenfalls auf das Bett, als fiele ihr erst jetzt auf, was sie gegessen hatte. »Eine Krankenschwester hat mir erzählt, daß das am Blutzucker liegt«, sagte sie.

Sie begann aufzuräumen und stopfte das Papier, in das die Feigenplätzchen eingewickelt waren, in den Orangensaftkarton.

»Das ist mir schrecklich peinlich«, sagte sie.

Sie stand auf, hielt sich am Bett fest und warf dann den Karton in den Mülleimer. Sie sah sich um, als wolle sie das ganze Zimmer aufräumen.

»Am Ende läuft es immer wieder auf dasselbe hinaus«, sagte sie. »Was ich auch mache, ich bin doch stets bloß das fette Kind, dem in der Schule schlecht wird.« Ich sah, daß sie kurz davor stand, in Tränen auszubrechen, und wußte nicht, wie ich es verhindern konnte. Und dann weinte sie, und das war ihr noch peinlicher.

»Ach, Scheiße«, sagte sie. »Jetzt geht's schon wieder los.« Und sie lächelte und weinte zur selben Zeit. Ich saß still da, wartete darauf, daß sie aufhörte, und gab mir Mühe, meinen Blick auf etwas anderes im Zimmer zu richten.

Sie ging an mein Waschbecken, ließ Wasser laufen und krümmte sich in ihre Hände. Dann richtete sie sich wieder auf, sah naß aus und ließ sich wieder auf mein Bett niedersinken.

»Ich habe Ihrem Bruder nie weh tun wollen«, sagte sie und putzte sich die Nase. »Es ging mir um dieses Arschloch Acheman, aber jetzt ist alles irgendwie schiefgelaufen.« Und es lag etwas in ihrer Hoffnungslosigkeit, dem ich vertraute, wahrscheinlich, weil ich mich auch die meiste Zeit hoffnungslos fühlte.

»Ich erzähle Ihnen ein paar Dinge«, sagte ich, »aber die sind nicht für die Zeitung bestimmt.«

Sie sah mich eigenartig an.

»Ich möchte, daß Sie es vertraulich behandeln«, sagte ich.

»Ganz und gar vertraulich«, sagte sie. Und ihre Worte klangen irgendwie falsch, aber ich war bereits zu weit gegangen und konnte nicht mehr zurück. Gleich darauf erzählte ich ihr, wie es ausgesehen hatte, als ich ins Hotelzimmer meines Bruders kam. Die Matrosen, die Polizei, die Sanitäter und Ward, zu Brei geschlagen.

»Es hatte mit dem Artikel überhaupt nichts zu tun«, sagte ich, »auch nichts mit dem Bauunternehmer, wenn man einmal davon absieht, daß Ward dort war, um ihn zu suchen.«

»Also hat Yardley den Kerl gefunden?«

»Ja, Yardley«, sagte ich.

Und dann hatte ich genug geredet, und sie begriff das und stand auf, um zu gehen. »Das war alles so schrecklich«, sagte sie und sah sich zum Bett um. »Sie müssen mich für verrückt halten.«

Sie öffnete ihre Handtasche und zog einen Fünfdollarschein heraus. »Was bin ich Ihnen für den Einkauf schuldig?«

Wir sahen uns beide über das Geld hinweg an und wußten nicht, wie wir uns aus diesem Augenblick befreien sollten.

»Lassen Sie es gut sein«, sagte ich.

Sie wartete ein oder zwei Sekunden und legte den Schein dann auf den Sessel an der Tür. Da wußte ich, was ich getan hatte. Ich begleitete sie über den Flur, um sie an Froggy Bill vorbeizubringen, aber er hatte seinen gewöhnlichen Platz verlassen, vermutlich um der Pensionswirtin zu berichten, was vorgefallen war.

Ich ging ins kubanische Café, frühstückte, saß vor einem Teller mit Reis, Fleischsauce und Eiern und versuchte mich zu erinnern, was ich Helen Drew genau gesagt hatte, wiederholte meine Worte und gewann immer wieder die eisige Gewißheit, daß ich Ward an den Feind ausgeliefert hatte.

Noch am Freitag derselben Woche erschien der Artikel und begann auf der Titelseite der *Miami Sun* mit der Schlagzeile: So gewinnt man einen Pulitzer. Die Story war vierhundert Zeilen lang, wovon etwa die Hälfte einfach nur eine Wiedergabe der ursprünglichen Geschichte war, die andere Hälfte zum einen die Suche nach dem fehlenden Bauunternehmer und zum anderen den Zwischenfall im Hotel in Daytona Beach beschrieb.

Beim Lesen des Artikels konnte ich wiedererkennen, was ich ihr in meinem Zimmer gesagt hatte; sie hatte einen Kassettenrecorder in ihrer Handtasche gehabt. Wahrscheinlich hatte sie ihn angestellt, als ich zum Lebensmittelladen ging. Ich konnte auch Yardleys Stimme wiedererkennen.

Sie schrieb, daß unklar sei, wer von den beiden Journalisten – mein Bruder oder Yardley Acheman – behaupte, den Bauunternehmer gefunden zu haben, und daß, obwohl die Existenz des Mannes inzwischen fraglich sei, weder die *Times* noch die Journalisten unter Berufung auf den Grundsatz der Vertraulichkeit seinen Namen preisgeben wollten.

»Über die offenen Fragen«, schrieb sie, »haben sich nicht nur die einstigen Partner, sondern auch die Zeitung selbst zerstritten, da sie ihre Glaubwürdigkeit in Frage gestellt sieht. Laut Aussage eines Sprechers der *Times* besteht zur Zeit jedoch keinerlei Absicht, den Pulitzerpreis zurückzugeben.«

EINIGE TAGE SPÄTER kam der Sonntagsredakteur in das Büro meines Bruders, in dem ich allein saß und Wards Post öffnete und sortierte.

»Ist er da?« fragte er.

Ich sah mich um.

»Wann kommt er rein?« fragte er.

»Er arbeitet ein paar Tage zu Hause«, sagte ich. Dabei saß er in seinem Apartment und ging nur hinaus, um Bier oder Wodka zu kaufen, den er pur mit Eis trank oder mit allem mischte, was er im Kühlschrank fand. Ward hatte die Kartons aus Moat County mitgenommen, und die Papiere lagen über sämtlichen Möbeln in allen Zimmern seiner Wohnung verteilt.

Ich war erstaunt, wie unordentlich es bei ihm war.

»Arbeitet hier überhaupt noch jemand?« fragte der Sonntagsredakteur.

Ich sagte ihm noch einmal, daß Ward seine Arbeit mit nach Hause genommen hatte und sie dort erledigte. Er dachte darüber nach, nickte dann und sagte wie beiläufig: »Wissen Sie, ob man ihn um Interviews gebeten hat? Wegen dieser Geschichte in der *Sun*?«

»Nein, ich glaube nicht.«

»Er sollte mit keinem Menschen reden«, sagte er.

Ich wußte darauf nichts zu antworten, und einen Augenblick später fragte mich der Sonntagsredakteur, ob ich Ward nach der Arbeit sehen würde.

»Ich weiß nicht«, sagte ich.

»Richten Sie ihm aus, daß er mit niemandem reden soll«, sagte er. »Wir haben uns da in eine Situation hineinmanövriert, und jetzt ist es wichtig, sie möglichst in Grenzen zu halten.«

»Wir haben uns da in eine Situation hineinmanövriert«, sagte ich, »und die ist wichtig.«

Er starrte mich einen Augenblick an, und ich starrte zurück.

»Wissen Sie«, sagte er, »dafür, daß Sie nur hier sind, weil Ihr Bruder so ein großes As ist, sind Sie ein ziemlicher Klugscheißer, Jack.«

IRGENDWAS AN DER ART, wie mein Bruder trank, brachte mich auch zum Trinken. Wenn wir es beide taten, dann lag es vielleicht an der Luft oder an der Nachrichtenredaktion oder an Miami. Wenn wir beide zusammen tranken, dann ging er nicht allein irgendwohin.

Das soll allerdings nicht heißen, daß ich jeden Nachmittag nach der Arbeit in sein Apartment gehen und mit ihm in der trüben Küche sitzen wollte, der Tisch übersät mit Notizen über Moat County und tausenden Eiswürfeln, um dort mit ihm geräuschlos im Nebel zu verschwinden.

Ich war kein sonderlich gesprächiger Trinker, aber im Verlauf eines Abends fand ich doch manchmal das eine oder andere Wort, das ich zu sagen hatte.

Und so ging ich nach der Arbeit, wenn sich Ward daheim betrank, oft in eine überfüllte Kneipe namens »Johnny's«, in der es recht abgestanden roch, die aber nur wenige Straßen von der Redaktion entfernt lag und bekannt dafür war, daß sich dort Journalisten und Redakteure trafen, um über die Moral im Geschäft der Nachrichtenverbreitung zu reden. Normalerweise beteiligte ich mich an diesen Gesprächen nicht, da sie sich ausnahmslos im Kreis drehten und dieselben Leute sich einander Abend für Abend abwechselnd dieselben Erklärungen gaben.

An manchen Abenden allerdings – und es ließ sich unmöglich vorhersagen, wann es soweit sein würde – hatten einige Frauen aus der Redaktion genug vom Zeitungsgeschwätz, und schlagartig breitete sich dann ein höchst exzentrisches Benehmen aus.

Zum Beispiel ging ich im Jahr zuvor an Halloween, kurz nachdem ich in Miami angekommen war, in die Kneipe und sah einen Vizepräsidenten der *Times* im Kostüm eines geflügelten Teufels neben der Jukebox stehen, während eine als Schneewittchen verkleidete Frau vor ihm kniete und mit dem Mund seinen Penis bearbeitete.

Als der Mann seinen Höhepunkt erreichte, schlug er die pailettenbesetzten Flügel um ihren Kopf, während es ihn schüttelte.

Ich hatte gehofft, noch einmal etwas Derartiges zu sehen, noch einmal einen Abend wie jenen zu erleben, an dem eine junge Reporterin sich Bluse und BH ausgezogen und sie ihrem Chef, dem stellvertretenden Lokalredakteur, ins Gesicht geworfen und ihn als widerlichen Schmutzfink beschimpft hatte. Am nächsten Tag saßen der stellvertretende Lokalredakteur und die Reporterin wieder an ihren Schreibtischen, als wenn nichts geschehen wäre.

An jenem Nachmittag, an dem mich der Sonntagsredakteur einen Klugscheißer genannt hatte, ging ich zu »Johnny's«, wo sich Yardley Acheman und ein halbes Dutzend Journalisten bereits in einer Sitzecke neben dem Eingang eingefunden hatten. Als ich hereinkam, sahen sie sich nach mir um, verstummten plötzlich und warfen mir dann, als ich an der Bar saß, verstohlene Blicke zu.

Ich genehmigte mir ein paar Drinks und fragte mich, was Yardley Acheman über meinen Bruder erzählt hatte. Johnny goß mir Doppelte ein. Einmal drehte ich mich um und sah, wie mich eine Frau an seinem Tisch anstarrte.

Sie lächelte mir zu und sah mich unverwandt an. Ich erwiderte ihren Blick, fühlte meinen Hammerschwanz und drehte mich erst um, als ich rot wurde.

Später wechselte die Zusammensetzung am Tisch. Leute gingen nach Hause, in andere Bars oder an andere Tische, und die

Frau, die mich angestarrt hatte, setzte sich neben mich an die Theke.

Sie blickte über ihre Schulter, dorthin wo Yardley Acheman sich jetzt allein in einer Ecke räkelte. »Was für ein eingebildetes Arschloch«, sagte sie.

»Der Autor«, sagte ich.

Sie steckte sich eine Zigarette an und legte ihre Hand wie zufällig auf mein Knie. »Glauben Sie, die lassen zu, daß sie ihn behalten dürfen?«

»Was?«

»Den Pulitzer.«

»Ich wußte nicht, daß man ihn wieder zurücknehmen kann«, sagte ich.

Sie zuckte die Achseln und nahm ihre Hand von meinem Knie, um an ihrem Drink zu nippen. »Die Zeitung könnte sie zwingen, ihn zurückzugeben«, sagte sie.

»Ich kann mir nicht vorstellen, daß die Zeitung so etwas tun würde.«

»Es wäre nicht das erste Mal«, sagte sie.

Einen Augenblick schwiegen wir, und dann fragte ich sie: »Haben Sie nicht manchmal genug davon, ständig über die Zeitung zu reden?«

»Die anderen fragen sich bloß«, sagte sie, »wie Ihr Bruder damit zurechtkommt.«

»Als ich ihn das letzte Mal sah, ging's ihm gut«, sagte ich.

»Seit der Story in der *Sun* ist er nicht mehr im Büro gewesen.«

»Er arbeitet zu Hause«, sagte ich.

Kurz darauf legte sie ihre Hand auf meinen Arm und beugte sich so dicht zu mir herüber, daß ich dachte, sie wolle mich küssen. »Haben Sie schon gehört, was Yardley so erzählt?« fragte sie.

»Nein, worüber denn?«

»Über Ihren Bruder.«

Ich drehte mich auf meinem Platz um und blickte ihn an, aber er hatte seine Augen geschlossen und den Kopf nach hinten an die Wand der Sitzecke sinken lassen, den Mund leicht geöffnet. Im Dunkel der Bar sah es aus, als würde er lächeln.

Plötzlich wollte ich gehen, zog einen Dollar aus meiner Tasche, legte ihn auf die Theke und bedeckte ihn mit dem Glas. Als ich aufstand, spürte ich wieder ihre Hand auf meinem Bein.

»Wo wollen Sie hin?« fragte sie.

»Ich gehe schwimmen«, sagte ich.

Sie betrachtete mich lange mit prüfendem Blick und sagte dann: »Weißt du was, warum kommst du nicht mit mir schwimmen?«

Am nächsten Morgen eilte ich direkt aus den Armen der Frau zu Ward, um ihm zu gestehen, was geschehen war, als Helen Drew zu mir in mein Apartment kam. Er öffnete die Tür im Pyjama.

Die Wohnung war heiß und roch nach Alkohol, der vom menschlichen Körper wieder ausgeschwitzt worden war. Ich riß einige Fenster auf, um zu lüften. Überall auf dem Boden lagen die Akten aus Moat County, einige waren naß geworden. Man konnte kaum durch das Zimmer gehen, ohne darauf zu treten.

Ich schob einen Stapel zur Seite und setzte mich auf das Sofa. »Die Kleine von der *Sun*? Helen Drew? Die Dicke?« fragte er. Ich nickte, und er brauchte einen Augenblick, um sich an sie zu erinnern. »Schien nett zu sein«, sagte er schließlich. Er lächelte mich an, als ginge da etwas vor, das ich nicht verstand.

»Weißt du«, sagte ich, »sie hat mich morgens mal in meiner Wohnung besucht.«

Ich schwieg, er wartete.

»Yardley hat ihr erzählt, daß du behauptet hättest, den Bauunternehmer gefunden zu haben.«

»Ich weiß«, sagte er und lächelte immer noch. »Das hat er auch

Associated Press erzählt. Im Vertrauen natürlich, und sie haben es mir im Vertrauen weitererzählt. Alles nur ein Machtspiel.«

»Und was wollen die?«

»Einen Artikel«, sagte er. »Das ist alles, nur einen neuen Artikel. Jemand schreibt ihn, jemand druckt ihn, jemand liest ihn.« Er zuckte die Achseln. »Ist doch alles anonym.«

»Ist es nicht«, sagte ich. »Es geht um dich!«

»Willst du ein Bier?« fragte er, sah mit einem Stirnrunzeln auf seine Uhr und ging dann in die Küche. Er kam mit einem Bier und einem Marmeladenglas halb voll mit Wodka zurück.

Und ich trank das Bier und er den Wodka, und dann trank ich noch ein Bier und noch eins, und eine Zeitlang schien es gar nicht so ungewöhnlich, daß mein Bruder am Morgen trank, solange ich nur bei ihm war und mit ihm trank.

Ich dachte an die Frau, mit der ich die Nacht verbracht hatte, und überlegte, ob sie mich wiedersehen wollte. Als ich ging, hatte sie einen Kater und war nicht gerade gesprächig.

Ich trank noch ein Bier und fragte meinen Bruder, ob er jemals spätabends schwimmen gegangen sei. Er dachte über die Frage nach, nahm die Wodkaflasche – er hatte sie mit einem Bier für mich ins Wohnzimmer gebracht – und schenkte sich ein.

»Im Lake Okeechobee«, sagte er. »Du warst vier Jahre alt, und wir haben übers Wochenende gezeltet, und Mutter und ich sind abends ins Wasser gegangen, während du mit Vater das Feuer angezündet hast.« Er saß reglos da und erinnerte sich. »Es war wie in der Badewanne«, sagte er. »Und die Steaks haben nach dem Gas vom Feuerzeug geschmeckt.«

Ich konnte mich vage an das Feuer erinnern.

»Der See ist tot«, sagte ich. »Ich dachte ans Meer.«

Er überlegte. »Nein«, sagte er, »im Meer noch nicht. Wie ist das?«

»Wenn du nachts schwimmst«, sagte ich, »bist du völlig allein. So allein wie nie zuvor.«

»Ist es still?« fragte er.

»O ja«, sagte ich, »es ist still.«

Einen Augenblick blieben wir stumm, und dann fiel mir ein, warum ich gekommen war. »Die Kleine von der *Sun* ...«, sagte ich.

Er lächelte mich an und nahm einen Schluck Wodka. »Erzähl mir vom Schwimmen, Jack«, sagte er. »Erzähl mir vom Schwimmen.«

Die Herausgeber der *Miami Times* riefen für Freitag nachmittag eine Konferenz ein. Ward, Yardley Acheman, der Sonntagsredakteur, der Geschäftsführer, der Chefredakteur und ich. Alle, die irgendwas mit dem Artikel über Moat County zu tun gehabt hatten.

Ich war noch nie bei einer derartigen Konferenz dabeigewesen – ehrlich gesagt, ich hatte noch keine einzige Konferenz mitgemacht –, und ich begriff meine Einladung als einen Versuch der Zeitung, Tatsachen vom Erfundenen zu trennen, und wappnete mich mit den Tagen und Terminen, an denen Yardley Acheman gegen Anstand und Journalismus verstoßen hatte.

Das Büro des Herausgebers war größer als das des Chefredakteurs und bot einen Blick über die Biscayne Bay, in der seine Yacht lag. Wir saßen in Ledersesseln und nippten an dem Kaffee, den uns seine Sekretärin auf einem silbernen Tablett serviert hatte.

Der Herausgeber saß ungezwungen auf der Kante seines Schreibtisches und erweckte irgendwie den Eindruck, als wäre er einer von uns. Yardley Acheman trug einen neuen Anzug, und mein Bruder roch auf unbestimmte Weise nach Alkohol.

Ward war zum erstenmal wieder in der Nachrichtenredaktion gewesen, und die Redakteure hatten ihn gebeten, nach der Konferenz bei ihnen vorbeizuschauen. Er hatte ihnen nichts versprochen.

»Ich habe Sie heute hergebeten«, sagte der Herausgeber, »um mir ein klareres Bild von dem zu verschaffen, was seit der Vergabe des Pulitzerpreises an Yardley und Ward zu mir durchgedrungen ist.«

Er sah sie beim Sprechen an und ließ seinen Blick länger auf Yardley als auf meinem Bruder ruhen. »Falls wir ein Problem haben«, sagte er, »möchte ich darüber Bescheid wissen.«

Der Sonntagsredakteur räusperte sich und zog damit die Aufmerksamkeit des Herausgebers auf sich. Doch ehe er ansetzen konnte, unterbrach ihn Yardley Acheman. »Wir haben kein Problem, R. E.«, sagte er. Es war eine Eigenart der Redaktionen, daß sich quer durch die Bank jedermann beim Vornamen anredete. Yardley lehnte sich in seinem Sessel zurück und wirkte so gelassen wie außer ihm nur der Herausgeber. »Wir haben es hier höchstens mit ein paar offenen Enden zu tun, das ist alles.«

Der Herausgeber wandte sich an den Chefredakteur, um zu sehen, ob er derselben Meinung war. Der Mann betrachtete sorgsam seine Knöchel, dann seine Fingerspitzen. Er hatte viel zu verlieren, und ihm blieben nur wenige Stellen, an die er sich wenden konnte, wenn er verlor.

»So was passiert schon mal, wenn man zu viele Pulitzerpreise gewinnt«, sagte Yardley, als hätte er all dies schon einmal durchgestanden. »Irgend jemand nimmt dich aufs Korn und deckt die kleinen Unstimmigkeiten auf, die einem immer bei einer Geschichte dieser Größenordnung unterlaufen können.«

Der Herausgeber dachte einen Augenblick nach, nickte dann und wandte sich wieder an den Chefredakteur. »Ist uns so was schon mal passiert, Bill?« fragte er.

»Irgendeiner jammert immer«, sagte der Chefredakteur mit ausdrucksloser Stimme, »aber soweit ich mich erinnern kann, dringt davon zum erstenmal was an die Öffentlichkeit.«

»Falls man die *Miami Sun* zur Öffentlichkeit zählen kann«, sagte der Sonntagsredakteur. Ein höfliches Lächeln machte die

Runde. Die *Sun* hatte nur eine winzige Auflage und war dabei, den langen, schmerzhaften Kampf ums Überleben zu verlieren.

»Also nur ein paar offene Enden«, sagte der Herausgeber.

»Nur das Übliche«, sagte der Sonntagsredakteur. Der Herausgeber nickte, schien aber nicht geneigt, das Thema fallenzulassen. Seine Blicke wanderten durch den Raum und blieben schließlich an mir hängen. Er wußte offensichtlich nicht, wer ich war oder was ich auf dieser Konferenz zu suchen hatte. Dann wandte er den Kopf und sah Ward an.

»Stimmen Sie damit überein, Ward?« fragte er.

»Womit?«

»Daß es nur einige offene Enden gibt«, sagte der Herausgeber. »Nichts Außergewöhnliches...«

»Für mich ist es ziemlich außergewöhnlich«, sagte er.

Yardley Acheman saß ihm am Tisch gegenüber und lächelte wieder, doch schien sein Lächeln diesmal nicht zu seinem Gesicht zu passen. »Sie müssen einiges berücksichtigen«, sagte Yardley. »Die Story wurde nicht gerade unter idealen Bedingungen geschrieben. Wir hatten ziemliche Nachteile...«

Der Herausgeber sah ihn an und wartete. »Ward lag im Krankenhaus und war nicht zu erreichen, ich mußte mich auf seine Notizen verlassen...« Der Herausgeber wartete, aber Yardley Acheman waren die Argumente ausgegangen.

»Was ist mit dem Bauunternehmer?« fragte der Herausgeber.

Yardley begann nun ebenfalls, seine Handrücken aufmerksam zu betrachten. »Offene Enden«, sagte er schließlich. »Nur ein paar offene Enden.«

»Jemand hat mit dem Bauunternehmer geredet«, sagte der Herausgeber.

»Ganz bestimmt«, sagte Yardley.

»Und er hat gesagt, was er laut unserer Zeitung gesagt haben soll?«

»Ganz bestimmt, Wort für Wort.«

»Aber jetzt ist er verschwunden!«

Mein Bruder schaute Yardley nun mit größter Aufmerksamkeit an und wartete begierig auf die Beantwortung dieser Frage.

»Offenbar«, sagte Yardley Acheman. »Ich habe versucht, ihn anzurufen, aber seine Leitung ist stillgelegt.«

Der Herausgeber nahm eine Ausgabe der *Sun* von seinem Schreibtisch und warf einen raschen Blick darauf. »Die *Sun* behauptet, es würde ihn gar nicht geben.«

»Den gibt es, keine Sorge«, sagte Yardley. »Das Problem ist nur, daß ich ihm mein Wort gegeben habe, seinen Namen keinem Menschen zu verraten. So lautete die Abmachung, und daran müssen wir uns halten. Das ist alles.«

»Ließe sich dieser Mann wieder auftreiben?«

Yardley Acheman schüttelte den Kopf. »Ich weiß nicht«, sagte er. »Und selbst wenn wir ihn finden, könnten wir seinen Namen nicht drucken. Er hat Angst... Wahrscheinlich Probleme mit den Baubehörden...«

Er schwieg, und alle Anwesenden schwiegen mit ihm. Und dann nickte der Herausgeber, als hätte all dies einen Sinn ergeben. »Unsere Zeitung steht zu ihrer Story, Bill?« fragte er schließlich.

»Die Zeitung steht hundertprozentig dahinter«, sagte der Chefredakteur, als zitiere er eine Zeile aus einem bekannten Theaterstück. »Falls wir einen Fehler gemacht haben, werden wir ihn gern korrigieren. Das ist schon immer unsere Geschäftspolitik gewesen, und das ist sie auch heute noch.«

»Und so weit wir wissen, gibt es nichts zu korrigieren...«

»Die Zeitung steht hinter der Story«, sagte der Chefredakteur noch einmal, und der Herausgeber nickte und schien erleichtert.

Und dann schien sich dieses Gefühl im ganzen Raum zu verbreiten, und alle wirkten erleichtert.

»Vielen Dank, meine Herren«, sagte der Herausgeber, und wir standen auf, um zu gehen. Doch noch ehe alle zur Tür hinaus waren, sprach der Herausgeber noch einmal den Chefredakteur an. »Wissen Sie, Bill«, sagte er, »es wäre vielleicht keine schlechte Idee, wenn wir in dieser Angelegenheit keine weiteren Fragen mehr von anderen Nachrichtenorganen beantworten würden.«

Der Chefredakteur nickte, sagte aber nichts dazu und schien über diesen Einfall nicht gerade glücklich. Schließlich ging es in ihrem Geschäft um nichts anderes als darum, Fragen zu stellen und zu beantworten. Doch er stand einer großen Zeitung vor und hatte auch schon früher unangenehme Dinge zu tun gehabt.

»Das wurde bereits veranlaßt«, sagte der Sonntagsredakteur.

Der Herausgeber überlegte und lächelte dann. Er sagte: »Warum lassen wir den alten Hund nicht eine Weile in der Sonne liegen und warten, bis er von allein einschläft?«

Der alte Hund wollte nicht einschlafen. Über den verschwundenen Bauunternehmer wurden Artikel in Städten geschrieben, in denen kein Leser je von Hillary Van Wetter oder Moat County gehört hatte.

Preise sind für Zeitungsleute von überwältigender Faszination, vor allem aber die Pulitzerpreise. Sie sind ebenso faszinierend wie die Baseball-Meisterschaften, Naturkatastrophen oder Landeswahlen. Normalerweise bleibt das Interesse begrenzt, und es wird nur dann der lesenden Öffentlichkeit aufgedrängt, wenn die Zeitung selbst Preise gewonnen hat. Doch der Gedanke an einen unredlich erlangten Pulitzer bringt die Redaktionen in Aufruhr.

Das Telefon im Büro meines Bruders klingelte dutzendmal am Tag, da Reporter mit ihm über den verschwundenen Bauunternehmer reden wollten. Ich nahm die meisten dieser Anrufe entgegen, da Yardley und mein Bruder noch immer nicht wieder zur Arbeit kamen. Ich sagte den Reportern, daß ich nicht wisse, wann sie zurückkommen würden, und verwies sie mit ihren Fragen an den Herausgeber.

Manche Reporter fragten mich nach meinen Eindrücken von der Lage bei der *Times*, wie es um die Moral stehe. Sie würden alles vertraulich behandeln, sagten sie. Sie hatten keine Ahnung, wer ich war oder was ich bei der *Times* tat.

Der aufdringlichste Anrufer war ein Reporter von *Newsweek*, einer Zeitschrift, deren Interesse an der Story noch durch den Artikel der *Times* im letzten Jahr verstärkt wurde, in dem Yardley Acheman als beispielhafte Verkörperung des neuen amerikanischen Journalismus gepriesen worden war.

Der Reporter wollte Yardleys Telefonnummer, und ich hatte bereits ein halbes dutzendmal mit ihm gesprochen.

»Hören Sie«, sagte er, »lassen Sie mich Ihnen genau sagen, was ich davon halte. Ich halte die ganze Geschichte für absoluten Bockmist.«

»Was für eine Geschichte?«

»Die ganze Geschichte«, sagte er. »Ich muß nur fünf Minuten mit Yardley Acheman reden, ihm ein paar Fragen stellen, und schon bin ich aus Ihrem Leben wieder verschwunden.« Ich schloß die Augen und stellte mir den Mann am anderen Ende der Leitung vor; er war attraktiv und selbstsicher; er sah Yardley Acheman ziemlich ähnlich.

»Sie wollen ihn über den Bauunternehmer ausfragen«, sagte ich.

»Nur um sicherzugehen, daß ich die Erklärung richtig verstanden habe«, sagte er. »Daß der Typ im Krankenhaus eins über den Schädel gekriegt hat und sich an den Bauunternehmer nicht mehr erinnern kann.«

»Wo haben Sie das denn aufgeschnappt?« fragte ich.

»In den Zeitungen«, sagte der Mann. »Ich will es nur noch mal überprüfen.«

Als ich keine Antwort gab, sagte er: »Was? Ist es nicht so gewesen?«

»Nein«, sagte ich.

»Dann sagen Sie es mir...«

»Der Typ, der im Krankenhaus lag«, sagte ich, »ist nicht derjenige, der sich nicht mehr an den Bauunternehmer erinnern kann. Er hat den Bauunternehmer nie gesehen.«

Jetzt war es am anderen Ende still. »Das ergibt keinen Sinn«, sagte der Mann schließlich. »Der andere Typ leidet an Gedächtnisschwund, weil sein Partner eins über den Schädel bekommen hat?«

»Lassen Sie mich Ihnen seine Nummer geben«, sagte ich.

»Keine Sorge«, sagte er, »niemand wird erfahren, von wem ich sie habe.«

Ich las Yardley Achemans Nummer ins Telefon und legte auf.

NACH DER ARBEIT ging ich zu Ward. Er schlurfte noch immer über die Notizen von Moat County und betrank sich dabei. Die Papiere lagen in sämtlichen Räumen der Wohnung verstreut, und wenn er in die Küche ging, nahm er gedankenlos ein, zwei Seiten mit und vergaß einen Augenblick lang, weshalb er in die Küche gegangen war. Er kannte die Mitschriften und Notizen mittlerweile so gut, daß er sich irgendein Blatt nehmen konnte und sofort wußte, wie es sich zwischen die tausend anderen Papiere einordnete, die auf dem Boden herumlagen. Er musterte es einen Moment, legte es dann sorgfältig wieder auf den Boden, dorthin, wo er es gefunden hatte, und ging weiter zum Kühlschrank.

Doch in gewisser Weise verwirrten ihn die Papiere auch, die er aufnahm; er kannte sie zwar gut, aber ihre Bedeutung hatte sich verloren.

»Heute hat jemand von *Newsweek* angerufen«, sagte er, als wir wieder im Wohnzimmer saßen. »Er wollte mehr über meinen Gedächtnisschwund wissen.«

Ich nippte an meinem Bier, und es schmeckte bitter und zugleich abgestanden, ein Schauder lief mir über den Rücken bis hinunter zu den Zehen. Ich stellte das Bier auf den Tisch und sah zu, wie mein Bruder Wodka trank.

»Was hast du ihm erzählt?« fragte ich.

»Ich habe gesagt, ich würde mich drum kümmern.«

Er lächelte so leichtsinnig, wie ich ihn nur kannte, wenn er getrunken hatte, und goß sich noch einen Zentimeter Fusel ins Glas. Ich probierte es erneut mit dem Bier, schließlich wollte ich ihn nicht allein trinken lassen.

»Worum kümmerst du dich?« fragte ich.

Er lächelte immer noch. »Um den Gedächtnisschwund«, sagte er. »Ich glaube, er ist die Antwort.«

»Gut. Die Redakteure wollen wissen, wann du mit dem Kümmern fertig bist«, sagte ich.

Das Lächeln verschwand aus seinem Gesicht, und er sagte: »Das ist ja gerade das Schöne daran, Jack. Du weißt nicht, wann du fertig bist, weil du dich nicht mehr erinnern kannst.«

»Hast du das dem Typen von *Newsweek* erzählt?«

Er schüttelte den Kopf. »Es ist mir nicht rechtzeitig eingefallen«, sagte er. »Hätte ich doch nur dran gedacht...« Dann änderte sich seine Miene. »Was glaubst du, was World War von alldem hält?« fragte er.

Ich schüttelte den Kopf. »Hab nichts von ihm gehört.«

»Glaubst du, daß es immer noch der stolzeste Augenblick in seinem Leben ist?«

Ich nahm einen Schluck Bier. »Also, was hast du ihm erzählt? Diesem Typen von *Newsweek*?«

Ward schüttelte den Kopf. »Kein Kommentar, hab ich gesagt.« Er begann wieder zu lächeln. »Weißt du«, sagte er, »es stimmt. Bei allem, was geschehen ist, heißt es im Grunde: kein Kommentar. Ich bin neunundzwanzig Jahre alt, und bis jetzt habe ich keinen Kommentar.« Er lachte und konnte die letzten Worte kaum hervorstoßen: »Etwas Passenderes fällt mir nicht ein.«

Ich wollte, daß er aufhörte, und sagte, wir sollten uns etwas zu essen besorgen.

Ward goß sich noch einen Drink ein und nahm ihn mit ins Bad. Einen Augenblick später war das Geräusch der Dusche zu hören, und ich machte es mir im Sessel bequem. Unter meinen Schuhen lagen einige Papiere, und ich hob sie auf. Zwei Seiten einer Voruntersuchung, und dann eine Seite aus Charlotte Bless' erstem Brief an meinen Bruder, in dem sie ihn um seine Hilfe bei der Rettung ihres Verlobten bat. Die Handschrift war einfach und rund, wie die Handschrift eines Schulmädchens. Auf dem einen Blatt zählte ich elfmal das Wort *unschuldig*.

Ich legte die Blätter wieder auf den Boden und dachte an Charlotte und Hillary. Sie hatte jetzt Angst vor ihm, sonst wäre sie aus dem Haus gekommen. Sie war kein Mensch, der es gewohnt war, Angst zu haben, und würde nicht wissen, wie sie damit umgehen sollte.

Die Dusche lief schon ziemlich lange. Ich trank das Bier aus und ging in die Küche, um mir noch eins zu holen. Im Kühlschrank gab es nur Bier und ein Stückchen ausgewickelten Orangenkäse, trocken und rissig. Im Spülbecken lag kein Geschirr, kein Besteck, es gab keine Anzeichen dafür, daß dieser Ort zu etwas anderem gebraucht wurde, als die Papiere von Moat County aufzunehmen und zu verwahren.

Ich nahm mir ein Bier und ging zurück ins Wohnzimmer. Die Dusche lief immer noch. Ich merkte, daß ich dem laufenden Wasser aufmerksam nachhorchte, und mir fiel eine gewisse Monotonie des Geräusches auf, als würden die Tropfen gleichmäßig auf den Boden der Wanne schlagen und nichts ihren Fall unterbrechen. Ich rief seinen Namen, dann stand ich auf, ging an die Badezimmertür und rief ihn noch einmal beim Namen. Keine Antwort. Die Tür hatte einen schmalen Riß, und der Dampf sammelte sich um die Öffnung, als wolle er sie versiegeln. Ich stieß die Tür auf und steckte den Kopf ins Bad.

Mein Bruder saß auf dem geschlossenen Toilettendeckel, in der Hand immer noch seinen Drink, und starrte in die Dusche. Seine Kleider lagen auf dem Boden neben weiteren Papieren aus Moat County, und als ich hereinkam, drehte er sich um und nickte, als wäre ich gerade in sein Büro gekommen.

Ich starrte ebenfalls in die Dusche, wir betrachteten sie lange, diese Dusche, und dann drehte ich mich zu Ward um. Ein großer, blauer Fleck zog sich über seinen Schenkel, und auf seinem Oberkörper waren weitere blaue Flecke. Klar zeichneten sich seine Rippen unter der Haut ab, sie waren von Anfang bis Ende deutlich zu sehen.

Ich schätzte, daß er höchstens hundertdreißig Pfund wog. Ward sah mich an und lächelte, und dann trank er den letzten Schluck Wodka aus seinem Glas. Ich starrte wieder in die Dusche.

»Sinn der Sache ist eigentlich, daß man das Wasser laufen läßt, wenn man drunter steht«, sagte ich. Und er stand auf, nackt und würdevoll, gab mir das Glas und stieg in die Dusche.

Wir gingen in ein mir unbekanntes Lokal, das er vom Wagen aus gesehen hatte. Es war eines dieser Lokale mit Tischtüchern und Weinkarten, aber ich fragte mich nicht, wie teuer es sein würde. Ward bestellte eine Flasche Wein für dreißig Dollar und einen Salat. Er hatte an diesem Tag bereits eine halbe Flasche Wodka getrunken, aber ihm war immer noch nichts anzumerken.

Er saß aufrecht und sprach sehr genau, mit sanfter Stimme. »Bist du auf Diät?« fragte ich.

Er sah mich verständnislos an.

»Ißt du nur den Salat?«

Er dachte einen Augenblick nach, erinnerte sich dann und nickte. Das wollte er haben, einen Salat.

»Du nimmst ab«, sagte ich.

Er sah an sich herab, verlor dann den Gedanken oder sagte sich, daß es nicht weiter wichtig war. »Hast du von World War gehört?« fragte er.

Ich erzählte ihm, daß er mich das bereits gefragt hatte.

»Wegen der Hochzeit, meine ich«, sagte er.

»Kein Wort. Nur die Einladung.«

Der Kellner brachte die bestellte Flasche Wein, zog den Korken und legte ihn auf den Tisch. Dann goß er mir ein wenig ins Glas. Ward sah mir zu, wie ich den Wein kostete, als käme es auf meine Meinung an, und dann hielt er dem Kellner das Glas hin, damit er ihm auch einschenkte.

»Glaubst du, der meint es ernst?« fragte ich.

»World War?« fragte er. »Natürlich.« Und er hatte recht. Es lag im Wesen meines Vaters, die Dinge ernst zu nehmen. Das ist das Wesen seines Berufs. Irgendwas bewegt sich und zieht das Auge auf sich, und mehr braucht es nicht. Einen Tag später ist es eingegliedert in die große, chaotische Geschichte dieses Raums und dieser Zeit.

Umsichtige Menschen maßen sich nicht an, Geschichte von einem auf den anderen Tag zu schreiben. Sie wissen um den Schaden, den Fehler verursachen können. Mein Vater glaubte, daß Fehler sich stets in der nächsten Ausgabe korrigieren ließen.

Ward trank, was noch im Glas war. Er kippte den Wein, als wäre er Wasser, als hätte er überhaupt keinen Geschmack. »Meinst du, ich sollte hingehen?« fragte er schließlich.

»Warum nicht?«

Bis zu diesem Augenblick war mir der Gedanke noch nicht gekommen, daß wir nicht zusammen in Thorn sein würden, um einem Fehler dieser Größenordnung beizuwohnen.

Er starrte in sein Weinglas und sagte: »Wahrscheinlich ist ihm peinlich, was passiert ist.« Er dachte einen Augenblick nach. »Sie hätte uns nicht gern dabei; ich würde nur ungern den Tag verderben.«

»Wir sind seine Familie«, sagte ich und goß mir noch einmal ein. Das zweite Glas schmeckte besser als das erste, vielleicht unterscheiden sich darin die Dreißigdollarweine von den Weinen, die man im Lebensmittelladen kauft. »Wir waren vor Ellen Guthrie da, und wir werden noch da sein, wenn sie schon wieder fort ist.«

Er nickte, womit er zwar bestätigte, daß ich gesprochen hatte, sich aber nicht unbedingt mit dem einverstanden erklärte, was ich gesagt hatte. Eine hübsche junge Frau ging durch den Raum, vorbei an unserem Tisch, und ihr Rock streifte meine Schulter. Es gab so vieles, was ich wollte, und dies war das einzige, das einen Namen besaß. »Du solltest etwas essen«, sagte ich.

Er spießte mit seiner Gabel ein Salatblatt auf und steckte es sich in den Mund. Es schmeckte ihm nicht so gut wie der Wein. »Du bist zu mager«, sagte ich, beugte mich über den Tisch und redete ihm direkt ins Gesicht. »Außerdem siehst du aus, als hättest du ganz schön was mitgemacht.«

Er verstand mich nicht.

»Der blaue Fleck auf deinem Bein, die Flecken auf Brust und Armen...«

Er dachte nach und sagte dann: »Ich weiß nicht, wie das passiert ist.«

»Du bist wahrscheinlich hingefallen«, sagte ich.

»Wahrscheinlich.«

Ward starrte in sein Weinglas. »Gehst du heute abend schwimmen?« fragte er.

Ich blickte aus dem Fenster auf die Straße und sah auf dem Bürgersteig einen Damenhut vorüberwehen. Es war kühl und wolkenverhangen, und der Wind hatte bereits seit heute morgen an Stärke zugenommen. Weit draußen sammelte sich ein Sturm über dem Atlantik.

»Es ist zu windig«, sagte ich. »Es muß windstill sein, sonst kämpft man nur dagegen an.«

»Du bist doch im Wasser. Wie kannst du den Wind fühlen, wenn du im Wasser bist?«

»Du fühlst ihn«, sagte ich, »und wenn es windstill ist, dann braucht man nicht zu kämpfen. In einer ruhigen Nacht ist man einfach ein Teil des Ozeans.«

An diesem Wochenende fuhren wir nach Moat County. Um zehn Uhr brachen wir Richtung Norden auf; wir hatten beide einen Kater und sahen ziemlich schlimm aus. Im Wagen stank es nach verschüttetem Wein. Im einen Moment schlug Regen gegen die Windschutzscheibe und verwandelte sich im nächsten Augenblick in Nebel. Einmal, als wir an Fort Lauderdale vorbeikamen, sahen wir die Sonne. Später dann beschlugen die Fenster, und um etwas sehen zu können, mußte ich sie immer mit der Hand freiwischen.

Ward saß stumm auf dem Beifahrersitz neben mir und gab sich keine Mühe, die Scheibe vor sich freizuwischen, als interessiere ihn nicht, was dort draußen war. Er hatte aus seinem Apartment fortgewollt. Helen Drews Geschichte über den Pulitzerpreis starb inzwischen, wie alle Geschichten sterben – weil es nichts mehr gibt, was sie am Leben hält –, doch für meinen Bruder schien sie längst noch nicht zu Ende zu sein.

Eigentlich wuchs ihre Bedeutung sogar mit jedem Tag, an dem er nichts von World War hörte. »Wenn mir diese Sache doch nur gerade jetzt nicht so zu schaffen machen würde«, sagte er.

»So schlimm, wie du denkst, ist es nun auch wieder nicht. Den Leuten in Moat County sind die Zeitungen von Miami und Pulitzerpreise ziemlich egal.«

Er ließ sich nicht trösten. Eine Zeitlang lauschten wir dem Klang der Reifen und dem Regen, und dann stellte ich das Radio an und hörte in den Nachrichten, daß der Hurrikan nach Osten abdrehte und mit einer Windstärke von hundert Meilen die Stunde auf die Keys zuhielt.

»Wir sollten uns was zu trinken besorgen«, sagte er bald darauf.

Ich hielt an einem Supermarkt und kaufte eine Sechserpackung kaltes Bier, das wir auf unserer Fahrt über die U.S.1 tranken, und nach einer Weile fühlten wir uns besser. Nachdem wir den Sechserpack getrunken hatten, hielten wir auf dem Seitenstreifen, traten in den peitschenden Regen und pinkelten gegen die Autoreifen. Wir standen jeder auf einer anderen Wagenseite und sahen uns über die Motorhaube hinweg an. Ward klebte das Haar an der blassen Stirn, und er mußte schreien, um sich gegen den Wind verständlich machen zu können.

»Zu schade«, rief er, »daß die hiervon kein Bild fürs Hochzeitsalbum machen können.«

Der Regen schien uns reinzuwaschen.

»VIELLEICHT wird es gar nicht so schlimm«, sagte ich. Wir waren wieder auf der Straße.

Ward zuckte die Achseln, als wäre es ihm egal. »Wir sollten uns noch mehr Bier besorgen«, sagte er. Es gab kaum Verkehr auf dem Highway, und die wenigen Autos, die unterwegs waren, hatten in dem Regen Licht an, wodurch das Gewitter irgendwie noch schlimmer aussah.

Wir hielten nach einem Laden Ausschau, aber die, an denen wir vorbeikamen, waren geschlossen. Es wurde dunkler, und der Nachmittag gab uns das Gefühl, als wären wir die einzigen Seelen im Staat, die nicht sicher und geborgen zu Hause saßen.

DIE HOCHZEIT MEINES VATERS mit Ellen Guthrie fand wie geplant am nächsten Tag trotz Hurrikan »Sylvia« statt, der nach Westen zum Golf von Mexiko abdrehte und den Staat nur südlich von Bradenton Beach streifte, ehe er sich nordwärts wandte und abflaute.

Die Zeremonie fand in der Methodistenkirche von Thorn

statt, und der Regen trommelte so laut auf das Dach und an die Buntglasscheiben, daß ich kaum ein Wort verstehen konnte. Etwa hundert Gäste saßen in den Reihen hinter mir, die meisten davon waren Freunde meines Vaters. Es sah so aus, als hätte Ellen Guthrie keine Freunde in Moat County.

Die Frau, die einmal die Chefredakteurin meines Vaters gewesen war, saß da in einem langen weißen Kleid, das ihre stämmigen Beine gnädig bedeckte, resolut und loyal, als vertraue sie auf den Tag, an dem die Ehe enden würde. Mein Vater hatte einen hellen Anzug mit weißem Schlips an.

Ward und ich saßen in der vordersten Reihe, bis auf die Haut durchnäßt, und Blitze und Donner rüttelten an den Fenstern. Der Regen strömte so heftig nieder, daß es mir keineswegs unmöglich schien, daß er das alte Gemäuer davonschwemmte. Die Organistin war nervös, und ihre ausgepolsterten Schultern schienen sich vor dem Wind zu krümmen.

Ein Mann im Alter meines Vaters führte Ellen Guthrie zum Altar, und etwas in seiner Miene verriet, daß er das Beste aus einer miserablen Situation machte.

Der Trauzeuge meines Vaters war der ehemalige Herausgeber der *Atlanta Constitution*.

Alle Gäste der Hochzeitsparty waren naß, Ellen Guthrie ausgenommen, die es irgendwie trotz Hurrikan »Sylvia« geschafft hatte, trocken zum Altar zu kommen. Sie war eine Frau von großer Willenskraft.

Nach der Feier rannten wir zu den Limousinen, die mein Vater zu diesem Anlaß gemietet hatte, und fuhren zum Country-Klub, wo der Empfang stattfand. Ward und ich teilten uns einen Wagen mit dem Mann, der Ellen Guthrie zum Altar geführt hatte, und er war ebenso heiter wie das Wetter.

Er stellte sich als ihr Vater vor und starrte seltsam verloren aus dem Fenster auf Thorn. Der Wind rüttelte an dem Wagen, und Regen drang durch die Fenster. »Ich hoffe, sie weiß, was sie tut«, sagte er, »aber es fällt wohl jedem Vater schwer, sein kleines Mädchen gehen zu lassen.«

»Dann stellen Sie sich erst mal vor, wie wir uns fühlen«, sagte ich, aber dies war nicht der richtige Zeitpunkt für einen kleinen Witz.

Im Klub stand eine Schale Champagner, in dem Blüten schwammen, und ich fand in der Nähe einen Platz, wo ich den gesamten Empfang über mich ergehen lassen, den Champagner trinken und vielleicht auch noch die Blüten essen wollte. Ward wurde an einer anderen Stelle des Saals von den Zeitungsfreunden meines Vaters belagert, die ihm mit ernsten Mienen von ihren eigenen Mühen als junge Journalisten erzählten.

Mein Vater war frisch rasiert und roch nach Eau de Cologne. Sein Augenmerk wanderte von seiner Braut zu seinen Freunden, zur Kapelle, zum Wetter, als könne es sich nirgendwo länger als ein, zwei Sekunden ausruhen. Er trank ebensoviel Champagner wie ich, doch besorgte er sich seine Gläser von den Kellnern, die mit silbernen Tabletts durch den Saal eilten. Er umarmte eine Menge Leute; und er küßte Ellen Guthrie, den Mund noch voller Kuchen.

Und der Sturm zog seine Bahn.

»Dies ist der glücklichste Tag in meinem Leben«, sagte er, einer von vielen Trinksprüchen.

Und noch ein Trinkspruch:

»Auf meine Frau, meine Freunde, meine lieben, alten Freunde, meine Söhne...« Er sah sich nach seinen Söhnen um, entdeckte Ward und umarmte ihn. Dann drehte er sich wieder um und fragte: »Wo ist Jack?« Doch ehe ich zu ihm vordringen konnte, stand er seiner Braut gegenüber und umarmte sie statt dessen.

Ihr Lächeln wirkte inzwischen schon etwas bemüht, aber der Sturm hatte noch nicht nachgelassen, und die Zubereitung des

Essens in der Küche verzögerte sich. Ich nahm einem Kellner ein Tablett mit Vorspeisen ab und aß es vollständig leer.

Der Anwalt Weldon Pine ging lächelnd an mir vorbei. Ich erkannte ihn zuerst nicht, da er offenbar krank gewesen war und höchstens noch halb so groß schien wie damals, als wir ihn in seinem Büro aufgesucht hatten. Ich erwiderte sein Lächeln, und Krümel fielen mir aus dem Mund. Er ging jetzt am Stock und nickte mir zu, doch ließ sich unmöglich sagen, ob er mich wiedererkannt hatte oder nicht.

Hungrig und betrunken, ein Champagnerglas in jeder Hand, spazierte ich in die Küche, um noch etwas Eßbares aufzutreiben. Als ich rückwärts durch die Schwingtür ging, traf mich die Hitze wie ein Schlag – hier herrschten mindestens zweiunddreißig Grad, wohingegen der Saal eher kühl war. Ich blieb eine Weile stehen, um einem halben Dutzend Leuten zuzusehen, die ihren verschiedenen Aufgaben nachgingen und das Essen vorbereiteten.

Ein Wildschwein lag auf einem Ofenblech und wurde von zwei Köchinnen mit Fett beträufelt.

Die Köchinnen waren schwarz und trugen weiße Kittel und weiße Kochmützen. Diese Verkleidung war der Grund, weshalb es einen Moment dauerte, ehe ich Anita Chester erkannte. Sie blickte vom Schwein auf und sah mich in der Küche stehen, Drinks in beiden Händen. Ihr Blick blieb einen Moment auf mir ruhen und wandte sich dann ohne ein Zeichen des Wiedererkennens wieder ihrer Arbeit zu.

Ich setzte eines jener Lächeln auf, wie sie mir nur gelingen, wenn ich betrunken bin, und ging an den anderen Küchengehilfen vorbei auf sie zu. Sie sah wieder rasch zu mir auf, und einen Augenblick später konnte ich sie riechen, vertraut und sauber, wie Hemden, die man aus der Reinigung abholt. Ich stand neben ihr, während sie sich an dem Wildschwein zu schaffen machte, den Bratensaft mit einer Kelle auffing und ihn über das Fleisch goß, und als die Flüssigkeit über den Kopf des Tiers lief, spiegelten sich die Deckenleuchten darin und glitzerten, als wäre das Tier gerade zum Leben erwacht.

»Sie vergessen Ihre Party«, sagte sie.

»Ich habe Ihnen ein Glas Champagner gebracht«, sagte ich und gab ihr eines der Gläser.

»Danke«, sagte sie, stellte es auf den Tisch neben dem Ofen und sah dann rasch hinüber ans andere Ende der Küche, wo ein Weißer die Vorbereitungen zum Dinner kontrollierte.

Er funkelte sie und mich an, in der Hand einen langstieligen Löffel, mit dem er die Suppe kostete. Offenbar ging er davon aus, daß meine Anwesenheit Ärger zu bedeuten hatte. Ich lächelte ihm zu, und er beugte sich wieder über die Suppe, um gleich darauf erneut nachzusehen, ob ich mich immer noch in der Küche aufhielt.

»Wie ist es Ihnen ergangen?« fragte ich.

Sie hörte auf, das Wildschwein zu begießen, legte die Kelle hin und schob den mächtigen Braten in den Ofen. Als sie die Klappe schloß, sah ich einen Kranz Schweißtropfen an ihrem Haaransatz. Sie wischte sich die Hände in der Schürze ab und ging, um die Pies in einem anderen Ofen zu kontrollieren. Ich folgte ihr, glücklich, wieder in ihrer Nähe zu sein.

»Arbeiten Sie jetzt hier?« fragte ich.

Sie beugte sich über die Ofenplatte und prüfte ein Pie an der äußersten Ecke. »Das tue ich, falls ich Ihretwegen nicht gefeuert werde«, sagte sie.

Ich sah wieder zu dem Weißen mit den haarigen Armen und lächelte sie dann an, um ihr deutlich zu machen, wie harmlos er war. Sie schloß die Ofenklappe, richtete sich auf und wischte sich die Hände an einem Handtuch ab.

»Ward ist draußen«, sagte ich.

Sie nickte, womit sie andeutete, daß sie dies nicht allzu überraschend fände, und sah mir dann direkt ins Gesicht. »Sie müssen hier aus der Küche verschwinden«, sagte sie.

»Sagen Sie Ward doch kurz guten Tag«, sagte ich. »Wir beide reden unten in Miami immer noch von Ihnen.«

»Im Augenblick paßt es gerade nicht«, sagte sie.

»Ich rede mit Ihrem Boß«, sagte ich, »sag ihm, daß Sie eine Freundin der Familie sind...«

»Bitte nicht«, sagte sie. Und als ich sie wieder anlächelte, sagte sie: »Ich bin keine Freundin Ihrer Familie, Jack. Ich war Köchin und Zimmermädchen, mehr nicht. Das habe ich damals getan, und heute tue ich dies hier, und wenn man mich hier nicht mehr braucht, dann mache ich wieder etwas anderes.«

»Sie sind ein Teil der Familie«, sagte ich und trank das Glas leer. Ohne meinen Drink fühlte ich mich plötzlich fehl am Platz. »Es lag nicht an meinem Vater«, sagte ich. »Er hat Sie nicht entlassen...«

Wieder ging sie an mir vorbei, zurück zu dem Ofen, in dem das Wildschwein lag. Mir fiel auf, daß uns jetzt mehrere Leute beobachteten, und ich merkte, in welch peinliche Situation ich sie brachte. Aber vielleicht konnte ich sie gerade deshalb jetzt nicht in Ruhe lassen. Und dann hörte der große Mann mit den haarigen Armen mit dem auf, was er am anderen Ende der Küche tat, und kam zu uns herüber.

Sie sah ihn, ohne hinzuschauen; sie schlug ihre Augen nieder, um keinen von uns ansehen zu müssen. Er stemmte die Hände in die Hüften, legte den Kopf ein wenig schief und wartete.

»Tut mir leid, Sir«, sagte sie zu mir und klang seltsam distanziert, »Sie müssen mich entschuldigen, aber ich habe zu arbeiten.«

Der Mann nickte, als wäre er noch nicht recht zufrieden, obwohl sie die richtige Reaktion gezeigt hatte.

»Sie gehören nach draußen in den Saal«, sagte ich.

»Nein, Sir, da gehöre ich nicht hin«, sagte sie und ging. Ich begriff, daß sie Angst hatte, und folgte ihr nicht länger. Dann sah ich den Mann an und sagte: »Sie ist eine alte Freundin der

Familie«, und er nickte, als wüßten wir beide, daß das nicht stimmte. Als würde er mich an einem anderen Ort – einer Bar etwa oder einem Restaurant, in dem er nicht arbeiten mußte – mit nach draußen nehmen und mir klarmachen, daß ich in seiner Küche nichts zu suchen hatte.

Und ich erwiderte sein Nicken und dachte an meine berühmte Kopfnuß.

ICH GING ZURÜCK in den Saal, um nach meinem Bruder zu suchen und ihm zu sagen, daß Anita Chester in der Küche arbeitete. Er saß neben der Eingangstür, wo ein Fotograf Bilder von meinem Vater und Ellen Guthrie mit unterschiedlichen Gruppierungen von Freunden und Familie machte.

Doch ehe ich ihn erreichte, gab es einen Kurzschluß, und um vier Uhr nachmittags war der Raum – eine Seite davon war eine Fensterfront mit Blick auf den Golfplatz – in gewittrige Dunkelheit getaucht.

Als meine Augen sich an das Dunkel gewöhnt hatten, setzte ich mich neben meinen Bruder. Direkt vor ihm auf dem Tisch stand noch ein Tablett mit einigen Gläsern Champagner. Der Sturm ließ den Regen gegen die Fenster klatschen.

»Rate mal, wer in der Küche ist«, sagte ich und griff nach einem Glas.

Er starrte an die Decke, als versuche er zu begreifen, was mit dem Licht geschehen war.

»Einfach so«, sagte Ward. Ich sah, wie er lächelte.

»Was ist einfach so?« fragte ich.

Ich trank das Glas aus und dann noch eins, aber irgendwie schmeckte der Champagner jetzt zu süß.

»Einfach so«, sagte er noch einmal. Er hustete, und am Ende ging der Husten in die Andeutung eines Lachens über.

»Anita ist in der Küche«, sagte ich.

Irgendwo im Saal wurde eine Frauenstimme laut und verstummte wieder, und allmählich begann das Gemurmel der Unterhaltungen wieder, nicht so laut wie vorher, aber doch so laut, daß es den Raum füllte.

Mein Bruder hustete wieder, und dann lachte er laut. Leute drehten sich um, und er riß sich zusammen, aber dann lachte er wieder. Es war ein seltsames Lachen; es schien ein Eigenleben zu haben und Ward in Besitz zu nehmen, so daß er ein, zwei Augenblicke später den Kopf in Händen hielt und jaulte, als wäre er verrückt.

»Einfach so«, sagte er.

Ich ging hinaus in den Regen und den Wind und kotzte auf den Rasen.

HURRIKAN »SYLVIA« durchquerte Moat County, zog nach Nordosten, folgte dem Verlauf des St. Johns Rivers, fegte durch Jacksonville und dann wieder hinaus auf das Meer.

In weniger als neun Stunden ließ er mehr als fünfundzwanzig Zentimeter Regenwasser über Moat County niedergehen, den Fluß auf Fluthöhe ansteigen und einige kleine Inseln in den Sümpfen am Westufer untergehen.

Als sich das Wasser verzog, hatte sich das Aussehen einiger Inseln verändert. Uferpartien waren abgebrochen und im Fluß verschwunden, die Wurzeln der Bäume bloßgelegt, und manche Inseln waren ganz verschwunden und mit ihnen ihre kleinen Jagd- oder Fischerhütten.

Ein Barschangler in einem flachen Boot, der sein Glück an den tiefen Stellen am Westufer suchte, fand ihre Leichen. Sie schwammen aufgebläht im Fluß, vor zufälligen Blicken durch einige Bäume verborgen, die beim Sturm umgestürzt waren. Die Strömung hatte sie in eine Art Flußtasche in den Sümpfen getrieben, wo sie sich mit dem übrigen Gewitterstrandgut hoben und senkten und gegeneinanderstießen, während Libellen in der Luft über ihren Köpfen schwebten.

Der Angler warf an den tiefen Stellen seine Angel aus, dann fuhr er zum Bootssteg zurück und rief im Büro des Sheriffs an, und die Leichen wurden geborgen.

Die eine Leiche war die einer Frau, die anderen die Überreste dreier Männer. Dem Leichenbeschauer des County zufolge waren alle mit Ausnahme der Frau bereits ein Jahr oder länger tot, einer der Männer hatte an tödlichem Leberkrebs gelitten. Die Frau war an unvorstellbar grausamen Stichverletzungen gestorben.

Man hatte die Leichen innerhalb der Distriktgrenzen von Moat County gefunden, etwa eine Meile weit von dem Haus entfernt, in dem Tyree Van Wetter wohnte, und man nahm an, daß sie aus einem kleinen Stückchen Land stammten, auf dem die Van Wetters seit altersher, jedenfalls seit der Zeit, da sie in dieser Gegend Floridas wohnten, ihre Toten beerdigt hatten.

Der fortgeschwemmte Teil des Friedhofs hatte dicht am Ufer gelegen und jene Toten freigegeben, die zuletzt gestorben waren. Dem Hilfssheriff, der diesen Fall bearbeitete, fiel auf, daß den Van Wetters kaum noch Land blieb, ihre Toten zu begraben. Er schätzte, daß die Fläche – weniger als ein halbes Ar – noch etwa hundertvierzig weitere Gräber enthielt, konnte sie aber nicht zählen, da die meisten Grabstätten ungekennzeichnet oder nur mit einem Ziegelstein markiert waren.

Einige Grabsteine hatte man zwar dort aufgestellt, aber die waren aus Allens Leichenhalle in Palatka gestohlen worden und trugen keine Inschriften.

Charlotte Bless wurde durch ihre Fingerabdrücke identifiziert, zuletzt gemeldet als Angestellte der Post in New Orleans, wo sie als Briefsortiererin begonnen hatte.

EINE WOCHE SPÄTER wurde Hillary Van Wetter wegen Mordes an Charlotte Bless festgenommen, nachdem ein ungenanntes Mitglied der Familie seinen Aufenthalt an die Staatspolizei verraten hatte, die vom Sheriff hinzugezogen worden war und die Hütten entlang des Flusses mit einem Aufgebot an Männern durchkämmt hatte, wie es von den Van Wetters nie zuvor gesehen worden war, und die damit drohte, den gesamten Friedhof zu exhumieren.

So gaben die Van Wetters Hillary zurück an den Staat und durften dafür leben, wie sie es bislang getan hatten.

ALS ICH IHN AUFSUCHTE, war Ward in seinem Apartment, packte die Unterlagen aus Moat County in Kartons und stapelte sie an der Wand.

Die Eingangstür war offen, und ich stand in der Tür und beobachtete ihn, bis er mich entdeckte.

»Er hat sie umgebracht«, sagte ich.

»Ich weiß.«

Ich ging hinein und setzte mich auf den Boden. Ihr Tod ging ihm nicht so nah wie mir, hatte aber irgendwo seinen Platz gefunden, ein weiteres Beweisstück, das sich in einen größeren Zusammenhang fügte.

Ich dachte an ihre Brüste, wie sie im Wasser trieben.

Mein Bruder machte sich wieder ans Packen.

»Wohin gehen wir?«

Er betrachtete die Kartons an der Wand, als versuche er, sich zu entscheiden. »Ich kann nicht mehr«, sagte er. »Es funktioniert nicht.« Und ich begriff, daß ich zu dem gehörte, was er nicht mehr konnte. Er wollte sich um niemanden mehr kümmern und ertrug es auch nicht mehr, daß man sich um ihn kümmerte. Ich gab mir keine Mühe, ihm seinen Entschluß auszureden.

Ich half ihm, die Schachteln nach unten in seinen Wagen zu tragen. Er verstaute sie sorgfältig und nach Nummern geordnet im Kofferraum und auf dem Rücksitz. Dort waren sie auch noch, in genau derselben Ordnung, als ich vier Monate später nach Kalifornien flog, um seine Sachen abzuholen.

Auf dem Polizeirevier reichte mir ein freundlicher Sergeant die Schuhe meines Bruders, die Brieftasche und die Schlüssel, die er darin gefunden hatte, und er fragte, ob Ward öfter nachts im Meer schwimmen gegangen sei.

»Wir haben hier eine stärkere Unterströmung als ihr da drüben in Florida«, sagte er.

Und mehr sollte ich nie über den Tod meines Bruders erfahren.

Nachdem sein Sohn in Kalifornien umgekommen war, überdachte mein Vater seine Lage, rettete, was zu retten war, und bot mir eine Stelle als sein Stellvertreter bei der *Tribune* bis zu jenem Tag an, an dem ich seine Zeitung übernehmen sollte.

Ich lehnte das Angebot ab, blieb in Miami und arbeitete im Nachtdienst als Redaktionsassistent einer Zeitung. Und es gab Zeiten – meistens nach einer Katastrophe –, in denen das Telefon alle fünf Minuten klingelte und ich zwei Dutzend panische Anrufe in eine einzige Geschichte verwandelte, die mich ein oder zwei Stunden an den Job fesselte, so daß ich einen gewissen Frieden in dem Chaos und der Aufregung fand.

Besser habe ich nie begriffen, was mein Bruder damit meinte, als er gesagt hatte, daß die Arbeit es erträglich mache.

Jahre später versagten die Nieren meines Vaters, und ich kehrte nach Moat County zurück, übernahm seine Zeitung und entließ seine Frau aus dem Vorstand. Sie bleibt jetzt zu Hause und bestellt neue Möbel; eine Maschine reinigt sein Blut.

Mein Vater ist alt, er wurde alt, als er begriff, daß sein Sohn niemals wieder von der Westküste zurückkehren würde. Aber er klammert sich an das, was er kann: Geschichten erzählen. Er erzählt sie nach dem Essen, meistens sich selbst oder den Krankenschwestern im Krankenhaus, wenn er an die Dialysemaschine angeschlossen wird; Ralph McGill ist wieder da! Seine

Geschichten umspannen drei Jahrzehnte, doch sie enden 1969; der Name meines Bruders wird nie erwähnt.

Es ist nicht das Alter, sondern eine lebenslange Gewohnheit; er glaubt, wenn er nicht hinschaut, dann bleibt er integer.

Mein Vater kommt nachmittags noch immer ins Büro, um sich die täglichen Redaktionskonferenzen anzuhören, und sitzt stumm am Kopfende des Tisches, wenn die Redakteure über die Plazierung der Artikel in der nächsten Ausgabe streiten.

Er hört ein, zwei Minuten zu, dann läßt er seine Gedanken schweifen, und sein Blick wandert zum Fenster, durch das man die Nachrichtenredaktion überblicken kann. Er holt ein Messer aus der Tasche und streicht die Schneide in kreisförmigen Bewegungen über die Armlehne, als wolle er sie schärfen.

Manchmal nennt er mich Ward.

Es gibt keine integren Männer.

8. Februar 1994
Whidbey Island